失われたミカドの秘紋

エルサレムからヤマトへ―「漢字」がすべてを語りだす！

加治将一

祥伝社文庫

目次

【主要登場人物】

望月真司《もちづきしんじ》……歴史作家。数々の脅迫や襲撃に遭いながら、タブーを恐れず執筆を続ける。

桐山《きりやま》ユカ……中学校の社会科教師。歴史全般に造詣が深く、望月をサポートする。

笠原明保《かさはらあきやす》……望月の歴史仲間。天皇の真の姿を世に伝えるべく、ブログを立ち上げる。

西山《にしやま》……日中混血の老人。望月は取材旅行先で出会う。

鄧寿《とうじゅ》……中華人民共和国・西安の観光ガイド。

江崎清玄《えざきせいげん》……望月旧知の古書店主。

1　財閥の守護神

男が命を絶った。一〇階から飛び降りたのだという。

親しかった。心はいたって健康的な六五歳の歴史仲間だ。知らせを聞いた望月真司《もちづきしんじ》は瞬間、衝撃を受け、次にその自殺を疑った。

というのも、男は天皇にまつわるある事実を突き止めたと称し、それをブログで発表していたのである。

多忙の望月は、刺激的なトップページを見ただけである。中身もろくすっぽ知らないくせに大胆すぎると警告した。危険だとも言った。つい数日前のことだ。

やはり自殺は妙な気がした。だが、忠告に耳を貸さなかったにせよ、理解できないことに巻き込まれ、命を失ったことには変わりはない。

一月も半《なか》ばである。早めに昼飯をすませた望月は、食べた物がこなれるまでしばらく読書などをしてから部屋を出た。

地下鉄に乗り、浅草《あさくさ》駅で降りる。ステッキを突きながら吾妻橋《あずまばし》で隅田《すみだ》川を渡った。川沿いの舗道をしばらく歩き、向島《むこうじま》から川越しに冬枯れの浅草を眺める。凍《こご》えるような風景で、思わずコートの一番上のボタンも留めた。

黒いフェルト帽子の下から見上げると、空は鉛色《なまり》である。まだ二時だというのに、夕暮れ時のように薄暗かった。嫌な空だ。

向島というのは浅草から見て、川向こうの島という意味だ。視点、すなわち、主役はあくまでも浅草側で、蔑《さげす》みが含まれている。

面白いことに、その蔑みの向島に文人墨客《ぶんじんぼっかく》がふと姿を現わす。江戸時代のことだが、それに釣られ小粋《こいき》な料亭がぽつりぽつりと店を構えはじめるのだから面白い。

望月も若い時分に「向島」なるお座敷遊びに一度だけだが招待されたことがあり、年寄り趣味の慣れない遊びに往生したものである。

月日が流れ、自分も向島の似合う歳《とし》になったことはなったが、ここにこうして今、ステッキを突いているのは、もっぱら取材のためだ。神社と寺目当てで色気はない。

神社、仏閣、そもそも宗教とは何ぞや？

これをとらまえずに歴史は語れない。

信仰は原始、ほのぼのとした自然崇拝からはじまった。だがアダムとイブが木の実を食べてからというもの、欲を覚え人間間で収奪がはじまる。で宗教は、違う力を持ちはじめる。陶酔力、畏敬力、そして呪縛《じゅばく》力だ。

支配者がそれを見逃すわけはない。宗教をもって民を自分に従わせる。

さらに一歩前進する。気取った宗教建造物だ。祈りの場、修行の場であると同時に勢力を培養し、内外の誇示ツールとして活用しはじめる。建物は饒舌《じょうぜつ》すぎるほど饒舌だ。縄張り、警告、威嚇《いかく》、退去、服従……獣《けもの》のマーキングと同じだ。支配者と獣の心理はそう変わらない。

すなわち寺、神社があるということは、その苛烈さ具合の強弱はあるにせよ、他勢力との何らかの押し引きがあった末の果実だと見ていい。

神社と神社の戦いもあったし、寺と神社、寺と寺のぶつかり合いもあった。キリスト教だろうがイスラム教だろうが、宗教戦争は避けて通ることはできない歴史の過程だ。

今現在、異なる宗教寺院が平和裏にあちこちと建っているのは、この半世紀、富が増し、戦なしで暮らせる世になったからである。

ならば寺社仏閣の由来を逆に遡《さかのぼ》って調べれば、古《いにしえ》の勢力図が浮かび上がるはずだ。

すなわち望月にとって寺社巡りは、過去の勢力図範を現地で憶測し、歴史を読み解くためのものである。

名門

着いた先は隅田川沿いにある三囲《みめぐり》神社だ。

鳥居の外から見る分にはこぢんまりとしていて、華やいだところは微塵《みじん》もない。まったくもってその辺の神社と変わりはないのだが、しかし、何かが違う。

特筆すべきは、三井《みつい》家との関係だ。その証拠はいたるところにある。

初っ端《しょぱな》は入口左、御影石《みかげいし》の石柱碑。碑の右側面には三井高棟《たかみね》の名と花押《かおう》が認められる。

三井高棟（一八五七〜一九四八）は三井総領家一〇代目当主だ。

さらに鳥居を潜《くぐ》って左に大理石の横長の石碑がある。

三井八郎《はちろう》右《え》衛門《もん》（三井家総領家である北《きた》家の当主が受け継いだ名前）……それから商船三井、三井住友《すみとも》銀行、三井不動産、三井物産、三越《みつこし》……一六社に及ぶ三井グループ大所の社名がずらりと彫られ、圧巻の一言に尽きる。それだけでも望月真司の探究心がざわつく。

三井家は藤原道長《ふじわらのみちなが》の子孫だ。自らそう名乗っている。

近江《おうみ》の領主、六角《ろっかく》氏に仕《つか》える武士だったが、織田信長《おだのぶなが》の強烈な攻めにあって命からがら紀《き》伊《い》（和歌山）に逃げ込んだという。

息を潜《ひそ》めながら紀州徳川《とくがわ》家の領地、伊勢《いせ》、松坂《まつさか》近辺に根を張り、やがて商売を始める。徳川の時代だ。天下の紀州徳川家に食い込み高利貸しで財を成すが、この男が三井中興の祖、三井高利《たかとし》（一六二二〜一六九四）である。

　高利貸しだから三井高利と名乗ったとしたらシャレのきく御仁《ごじん》だが、とにかくやり手だった。あっという間にごっそりと銭《ぜに》を摑《つか》み、江戸に出る。

　一六七三年、日本橋《にほんばし》で呉服屋をスタート、これがかの有名な越後《えちご》屋だ。後の三越だが、これまたあれよあれよと日本屈指の豪商にのし上がる。

　裸一貫、商才だけでのしてきたのだろうと思ってしまう人は、時代というものを知らない。

　幕府や藩が神様だった時代である。気に入らなければ即刻お取り潰《つぶ》し、何をやるにも幕府や藩の庇護《ひご》、お目こぼしがなければ商売などうまくいくはずもない。越後屋は袖《そで》の下、別名ワイロの力を駆使しながら、蔵にお宝を山と積み上げてゆく。

　テクニックの一つは家訓だ。カネ太りの「家」というのは放っておけば子孫が増え、収拾がつかなくなる。それを知っていた三井は、賢い家訓を残している。

　一定の人数枠に絞り、そこに収まる血脈だけを一族とし、他は容赦なくお払い箱にしたのだ。

　その甲斐《かい》あって、ざっと三五〇年がたった今、北家、伊皿子《いさらご》家、新町《しんまち》家、室町《むろまち》家、南《みなみ》家、小石川《こいしかわ》家、松阪《まつざか》家、永坂町《ながさかまち》家、五丁目《ごちょうめ》家、一本松町《いっぽんまつまち》家、本村町《もとむらまち》家が三井家として存続している。

いわゆる「三井十一家」だ。

この辺が三菱《みつびし》とは違うところだ。三菱の岩崎《いわさき》家はまったくといっていいほど頓着《とんちゃく》しなかった。したがって本家筋は途絶えている。

どちらがよいか、など望月は考えない。人の幸福など価値観の問題だ。金のあるなしにかかわらず、たとえホームレスであろうと、己《おのれ》に満足していれば人生の勝者であって、しょせん幸福の比較は不可能、無意味なことなのだ。

さて、三井本家は代々高利の長男、三井高平《たかひら》（一六五三～一七三七）の子孫が受け継ぐ決まりだ。これが「北家」である。三井の総領家だ。

この三井「北家」の当主が、歌舞伎役者のように代々三井八郎右衛門という名を襲名するのだが、住友も同じだ。三井が八郎右衛門なら、住友は吉左衛門《きちざえもん》である。

「名門」とは何か？　望月は参道を歩きながら考える。

名門は物体ではない。規定はなく、漠然としたものだ。言ってみれば名門だと信じる人々、あるいは信じ込まされた人々の共同幻想の産物だが、しかしその存在感は大きく、人は幻の名門に気圧《けお》される。なぜなのか？

名門には権威がそなわっているからだ。

自問すると、単純なことが分かった。その権威は皇室から来ているという事実だ。天皇に近ければ近いほど、格上の名門になる。

名門は、人間は生まれながらにして平等だという憲法の精神をないがしろにするものだが、しかし日本には天皇を頂点としたヒエラルキーが隠然とあって、天皇に寄り添えば寄り添うほどセレブで、「皇室御用達《ごようたし》」という看板にぶら下がるだけで格が桁違いに上がるのだ。

権威は儀式によって継承可能だ。また、時々皇族の血を取り入れるのも、古よりの知恵だ。皇族の輸血、名門どうしの結婚、養子縁組。

三井家の場合も調べれば、よくもまあ次から次へと相手を見つけるものだと呆《あき》れるほどだが、たとえば三井南家は一条《いちじょう》家、伏見宮《ふしみのみや》家、閑院宮《かんいんのみや》家と一流どころの公家《くげ》と血を交えているし、そのうえ南部《なんぶ》（東北）、鍋島《なべしま》（佐賀）、宇和島伊達《うわじまだて》（愛媛）など旧藩主筋に嫁を出している。

三井室町家も凄《すご》い。娶《めと》ったのは公家、徳大寺実則《とくだいじさねつね》の娘だ。徳大寺実則の弟は一二代、一四代と二度も総理大臣になった西園寺公望《さいおんじきんもち》であり、その弟は住友家の当主、一五代住友吉左衛門、のけ反《ぞ》るほどの家柄である。

三井伊皿子家もたいしたものである。

トヨタ自動車一族の豊田章一郎《とよだしょういちろう》に嫁を出し、また三菱の岩崎彦弥太《ひこやた》の親族をもらっており、ライバルとしっかりとつなげている。

限《きり》がないので以下は省《はぶ》くが、三井の一一家族を辿《たど》れば皇族、政界はもとより、財界、官界の上層階級のほとんどと血がつながっており、これではいったい何家と呼んだらよいのか、あっぱれすぎて想像もつかない。

若い頃、雲上人《うんじょうびと》というのはトイレに行くのに地図がいるほどの家に住み、みな超名門でゴルフをし、若い三号の別宅で腹上死するのだろうくらいに漠然と思っていたのだが、その三井家が、ことあるごとに参拝に訪れるのが、一見、何の変哲もないこの三囲神社なのである。

これだけでも俄然際立つ。そこへもってきて、三井関連会社による祭典が年に三度行なわれるし、三越本支店にも神社の分霊を祀《まつ》っているくらいで、三囲神社はまぎれもない三井の守護神なのだ。

曇り空の下、あたりはしんと静まりかえっていた。猫の子一匹いる気配はない。

望月は甲高《かんだか》くステッキをコンと突いて立ち止まる。

「あんたに訊《き》きたいことがある」

形のよい社《やしろ》をしみじみ眺める。

頭が風景を自動的に取り込み、勝手に脳の保存データと混じり合って、特別な何かを探ってゆく。

神と牛と稲荷《いなり》と天皇

目の前が本殿正面だ。

本殿といっても小さくて可愛らしいものだが、祭神は宇迦之御魂命《ウカノミタマノミコト》である。宇迦之御魂命は『古事記』にある古い神で、スサノオの子供だ。『日本書紀』にも登場するが、こっちはイザナギとイザナミの子供で、いずれにしてもスサノオの系譜である。

スサノオには牛頭天王《ごずてんのう》の異名がある。牛の頭など奇妙奇天烈《きてれつ》ではあるものの、天王と書いてわざわざテンノウと読ませているのは違和感があり、そしてかつては「牛頭天皇」の表記が少なからずあった。

むろん正統なる歴代天皇に「牛頭天皇」などという変わり種はない。

しかし、これまた正統なる天皇に認定されていないが、かつて武塔《ぶとう》天皇（天神王）なる人物がいて、本人、またはその子が牛頭天皇だという伝承も存在し、さまざまな材料を紐《ひも》解《と》けば、どうやらスサノオはその昔、天皇であったか、そうでなければ天皇に匹敵する巨大な勢力を持った大王であったに違いないという手応えある解答に行き着く。だからこそ不遜であろうと不敬であろうと、牛頭の天皇などと名乗れたのではあるまいか。望月はそう目星をつけている。

時代を遡れば、牛頭天王の名を拝した神社は全国いたるところにあった。しかしどういうわけか、その名前が消されてゆく。

潮目は神仏習合時《しんぶつしゅうごう》。

神仏習合とは名が示すとおり神と仏を合体させたものだが、仏教が日本に本格的に伝来してからほぼ二〇〇年がたった西暦七〇〇年あたりから緩急自在に進められている。

対等合併か、吸収合併かは地域によって違う。伊勢《いせ》神宮、鹿島《かしま》神宮、賀茂《かも》神社には神宮寺と称する異形《いぎょう》の建物が併設され、宇佐八幡《うさはちまん》は仏教菩薩《ぼさつ》の姿をした神、すなわち仏であり神であるという、摩訶《まか》不思議な型になっている。

神社と寺がほのぼのと合体するわけはない。両勢力が激突し、しかし決着がつかず、止むにやまれぬ妥協案として手を打った結果だ。戦を回避し、共倒れをまぬがれる策である。

すなわち後に権力を握った朝廷が戦えば、共倒れするくらいの巨大な対抗馬がいたということだ。それがスサノオ勢力だったと望月は考えている。

天皇は天下に一人でいい。朝廷にとって牛頭天皇、つまり俺も天皇だとタメを張るスサノオは、都合が悪いなどという生易しいものではなかった。だからといって、きれいさっぱり抹殺するには勢力が強大すぎるため、しかたなく和睦《わぼく》した。

牛頭天皇の神社を多く認めるから、すんなりと身を引いてもらいたい。

一方、牛頭天皇は玉座《ぎょくざ》立ち退き条件として、「天王」の表記を認め、それをテンノウと呼ばせることを目論《もくろ》む。

平たく言えば、「牛頭天王神社」のロゴマーク使用権を主張したのだ。いったんはそれで合意し、しばらくはその体裁を持続する。しかしやがて頃合いを見て、「茶番は終わりだ！」とばかりに天皇は約束を反故《ほご》にし、ロゴマークの使用を次々と剝《は》ぎ取ってゆく。天皇だから破れる約束だ。

かくして牛頭天王の名はどんどん消され、単なるスサノオ系の神社として各地に残った。

むろんこの世に完璧はない。取りこぼしもあるが、おおむね朝廷の目的は達成している。

牛頭天王の名を薄め、スサノオを強調した有名どころは愛知の津島《つしま》神社だ。津島神社系は津島神社と天王社の二系列だが、それでもまだ全国に三〇〇〇という堂々の勢力だ。

見逃せない勢力がもう一つある。祇園《ぎおん》八坂《やさか》神社だ。ここも牛頭天王の名は薄ま

三井家「御用達」の神社とは

隅田川沿い（東京都墨田区向島2丁目）にある三囲神社。境内の石柱や石碑には、三井家の当主やグループ企業の名前が刻まれている。

っているものの、立派なスサノオ系だ。むろんスサノオが祭神で、祇園八坂神社を総本社としているのは三〇〇〇社である。

津島神社系と祇園八坂神社系を足せば六〇〇〇を超え、石を投げたらスサノオに当たるほどの大勢力だ。この数字を目《ま》の当たりにすれば、いかに天皇といえども、とうてい無視できるものではなかったという歴史が浮き彫りになる。

ではスサノオとは何者か？

歴史は常に情報不足だ。理解できたと思っても、それを疑う理由は次から次へと出てくるものだが、それでも牛を飼い、牛を祀っていた渡来系勢力のボスに違いない。

『日本書紀』によれば、高天原《たかまがはら》を追放されたスサノオはいったん新羅《しらぎ》に降り、それから出雲《いずも》にやってきたと書かれている。

高天原とは、支那大陸のどこかだと目星はつけているが、いずれにせよ文献、伝承が渡来系を語っており、疑問の余地はない。はたして新羅人かどうかは、慎重に行きたいが、天皇勢力が仏教派の百済《くだら》系で、旧渡来の新羅系出雲族、すなわちスサノオ勢力を押しのけたのではないかと思っている。

全国に散らばったスサノオ勢力、その一団が東京の東北、すなわち深川《ふかがわ》を中心に浅草、千住《せんじゅ》一帯に入り込んで縄張りを広げていたのは明瞭だ。その痕跡は侵入者と共にあった牛だ。深川一帯は牛だらけなのだ。

まず、この三囲神社がある場所からして、地名はかつて牛島《うしじま》だった。すぐ近くには、その名もずばり牛島神社という立派な神社が鎮座ましましている。

隣の南千住に目を向ければ素盞雄《すさのお》神社（別名、牛頭天王社）が地元にしっかりと根付き、東隣には「押上《おしあげ》」という地名がある。これは「牛上げ」の変化だという説に違和感を感じない。一帯は牛肉をはじめ食肉加工業者、皮革業者の牙城《がじょう》で、すき焼きの本場はこの界隈《かいわい》だ。有名な「今半《いまはん》」や「ちんや」の発祥も浅草なのであって、ざっと見渡しただけで右も左も牛とスサノオだらけなのである。

牛と倭《わ》国。古代、肉食の食習慣はなかったと主張する学者がいるが、嘘だ。

縄文人は好んでオットセイを食べ、食肉習慣のある渡来系がこれだけ多く侵入してきているのである。食べていない方がおかしい。

『日本書紀』（神武《じんむ》即位前紀戊午年八月）は古来より列島に黒牛、黄牛、斑牛《まだら》がいたとわざわざ三種類の牛を挙げ、さらに「大きに牛酒（牛肉と酒）を設けて、皇師《みいくさ》に労《ねぎら》へ饗《みあへ》す」とある。神武即位といえば公称紀元前六六〇年だ。常識的に考えれば、朝廷の好物だったからこそ神事の捧げものにしたのだ。

望月は、この辺一帯に住み着いた肉食のスサノオ勢力をしっかりと頭に刷り込みながら、思考のフォーカスを三囲神社の祭神に絞った。

宇迦之御魂命。

ウカなど聞き慣れない日本語だが、『古事記』にもちゃんと載っている。そればかりか『日本書紀』にもウカはある。ただし「宇迦」ではなく「倉稲」という漢字を当て、強引にウカと読ませ、倉稲魂尊《ウカノタマノミコト》となっている。

どう逆立ちしても倉稲はウカとは発音しない。しかし意味から漢字を当てたとすれば納得する。

すなわち古代「ウ」は食物を表わす意味だったと望月は確信しているのだ。

たとえば、『日本書紀』のウケモチ（保食）神は、食物を司《つかさど》る神だし、ウケガリ（祈狩）と言えば、捕った獲物で神の意志を問う占いのことをいう。

魚を捕る代表的な鳥はウ（鵜）だし、ウス（臼）は食べ物を砕きこねる器だ。

字は異なるが、神武天皇の父親のウカヤフキアエズもウカだ。農業の神として位置付けられている。

ウカ（宇迦）之御魂命＝食物神

ウケモチ（保食）神＝食物を司る神

ウケガリ（祈狩）＝食物を使う占い

ウ（鵜）＝食物を捕獲する鳥

ウス（臼）＝食物を砕く器

ウカヤフキアエズ＝農業神

これだけ事例を並べれば、誰でもウが食物だと気付くはずだ。では、ウはどこから来た言葉なのか？　近隣諸国には幻影すらない。が、遥《はる》か遠い国にぴったりの言葉がある。なんとイスラエルだ。ヘブライ語でウケは食物だ。偶然なのか？

目の前の三囲神社の祭神、宇迦之御魂命を安く見積もってはいけない。稲荷神社の総本宮、京都の伏見《ふしみ》稲荷大社の主祭神もこの神で、メジャーだ。

少し頭がごちゃごちゃしてきたので、書いて整理することにした。

望月はステッキを腋《わき》に挟み、革手袋を外してコートの上から斜め掛けにしてあるポシェットの中を探った。取り出したのはプラスチック表紙のノートだ。

スサノオ
｜―――――――八坂神社
牛頭天王
｜
宇迦（倉稲）――京都伏見稲荷
｜
三囲神社
｜
三井

書くと、すっと見えてくるものがある。

牛頭天王＝宇迦（倉稲）というつながりだ。牛で田畑を耕《たがや》している風景が目に浮かんでくる。

牛は貴重で高価だった。それ自体、食料でもあり、荷を運ぶトラックであり、田を耕すトラクターでもあり、持ちあげるクレーンでもある。一頭四役。

すなわちスサノオは、稲を生産した食の支配者で、まさに食物神、宇迦之御魂命というイメージなのだ。

望月は続いて、牛頭天王という文字に注目した。

牛頭をゴズと読むのは不自然だ。牛をゴと読ませる例外はもう一つ、牛蒡《ごぼう》がある。これはシナ語「ウーボウ（ギューボウ）」の変種であろう。倭国で「牛」を一字で発音するというなら、ゴではなくどうしてもウシのウとなる。

すると牛頭はウズだ。昔の読み方はウズだったのではないか？

「牛頭天王はウズ天王……」

あっと小さく叫んだ。瞬時に連想したのは京都の地名、太秦《うずまさ》である。たちまち望月の頭に、ある勢力が浮上した。

太秦は秦《はた》氏の縄張りなのである。

――ひょっとしてスサノオは秦氏……いや、いや結論を急ぐべきではない。まだまだ調べは始まったばかりなのだ……――

考えを引っ込めノートを仕舞った。帽子をかぶり直してから、ステッキでカツンと石畳を突く。そのカツンで妄想から現実に戻った。

気分を変えるようにコインを賽銭《さいせん》箱に放り込む。カラン、コロン、コトンとしょぼく底を打つ。少しけちったかなと思ったが、神社のバックが三井では、望月ごとき三流作家がいくら奮発したところで空しい限りだ。気は心である。

それにしても寒い日だった。頭だけは凜《りん》と冴《さ》えているが、今一つ身体の動きが鈍《にぶ》い。

どんよりと曇った空からは、今にも雪が舞い降りてきそうである。湯気の立つ熱い茶と豆大福でもあったらと思いつつ、帽子を正し、寒さしのぎにコートの上からお尻をパンパンと叩く。おもむろに振り返るとコンコン稲荷が目に入った。

黒く見えるが本来は白狐《びゃっこ》だ。稲荷神の使いは、白狐でなければならないという決まりがある。

どこでも白狐の顔は怖い。狡賢《ずるがしこ》い眼を吊り上げ、今にも噛《か》みつかんばかりの、凶暴な御面相である。だが、ここに対座する二匹の白狐は実に温厚だ。口元には、微笑さえ感じられる。

「不況で世間は暗いが、お前さんを見ていると心が和《なご》む」

右の狐を見て、左の狐を見る。対座する、「阿吽《あうん》」の白狐だ。

片方が口を開いて「阿」を発し、もう一方は「吽」と口を結んでいる。仏教でいう例の阿吽の呼吸、「阿」は最初の言葉で宇宙の始まり、求道心《ぐどう》を意味し、「吽」は最後の言葉で宇宙の終わりを示している。つまり涅槃《ねはん》だ。

狛犬《こまいぬ》、仁王《におう》像、白狐、寺社で対座する像は、すべてこの始まりと終わりを表わす阿吽の像である。

視線を離し、思い出したようにポシェットから地図を取り出す。

「三越」の象徴

三囲神社境内に置かれた「越」の一文字を刻んだ石台。かつて越後屋（三越の前身）の店先にあったものだ。

浅草、向島、深川近辺のページを開く。

「稲荷、稲荷……」

人差し指でなぞるまでもなく、あるわあるわ、ざくざくある。

「千束《せんぞく》稲荷、袖摺《そですり》稲荷……ええと玉姫《たまひめ》稲荷に石濱《いしはま》稲荷、それに真先《まさき》稲荷と徳山《とくやま》稲荷……」

と呟く。

「おっとここにもある。篠塚《しのづか》稲荷に加賀美久米森《かがみくめもり》稲荷、それに飛木《とびき》稲荷……」

陣取りゲームのように、片っ端から稲荷が置かれている。おまけに稲荷町は地下鉄浅草駅の二つ向こうで、こうまで多いとなんだか不気味でさえある。

稲荷神は宇迦之御魂命（倉稲魂尊）をはじめとする、数ある食物神の総称だ。故《ゆえ》に稲荷はスサノオ勢力のお印となる。

スサノオ
　―伏見稲荷
　　―稲荷
　　　―三囲神社（別名、三囲稲荷神社）

やはり、ある時期、牛を伴ったスサノオ勢力が向島、深川、浅草一帯に侵入し、神社を建てた、という見立てに狂いはない。

ここで思考を止めた。

これ以上考えると悲劇的に拡散するからだ。放っておくと、尽きることのない連想ゲームにはまってしまう恐れがある。連想ゲームこそ作家にとっては必要不可欠な才能だが、今はまずい。

境内の調査を急ごう。しゃきっと頭を切り替える。

本殿に向かって左、四角い机大の石台がある。

大きく㊓と彫られている。かなり古い。下調べによると、かつては越後屋の店先にあった本物の石台で、客への振る舞い茶を注ぐ銅壺《どうこ》が置かれていたのだという。時代とともに役目を終え、供養のために奉納したのだろうが、いい味のアンティーク・オブジェだ。

異形の鳥居

石碑が賑《にぎ》やかに境内を飾っている。その数ざっと六〇。

どういう関係なのか、元総理大臣、鳩山一郎《はとやまいちろう》の名が刻まれた石碑がある。土佐《とさ》藩士にして明治の元勲《げんくん》、板垣退助《いたがきたいすけ》や九代目市川團十郎《いちかわだんじゅうろう》の石碑もあった。多士済々、よく集めたものである。

はたと望月の足が止まったのは、あまりにも場違いな石碑の前だった。

――はて、これは……――

目にしたのは、蒙恬《もうてん》将軍の石碑だ。

蒙恬は、秦《しん》（B.C.二二一年～B.C.二〇六年）の始皇帝《しこうてい》に仕えた名将で、匈奴《きょうど》を討ち、万里の長城を本格的に修築した英雄である。

いくら蒙恬が「毛筆の祖」と称され、三囲神社が文人墨客《ぶんじんぼっかく》の石碑を数多く集めているとはいえ、突飛《とっぴ》だ。

――秦の蒙恬と三囲神社……――

時代も距離も遠過ぎる。

前回来た時はここまでだった。急用ができて踵《きびす》を返したのだが、今日は時間があったので、見たいだけ見る。ゆっくりと神社の裏手に回った。

奇妙なものに目が釘付けになった。小ぶりな鳥居で、異形だった。

心の準備がなくて少々うろたえたが、世にも珍しい三本柱の鳥居だ。上空から俯瞰《ふかん》すると、ちょうど△になる。

人目を避けるように裏手にひっそりと佇《たたず》んでおり、これを見て望月の何かが変わった。

立て札を読んだ。

〈三角石鳥居　三井邸より移す〉

三井邸からわざわざ移したというのだ。どこの三井邸なのかは書いていないが、移動は三井家の意志だ。

——すると三角鳥居は三井の宗教的紋章なのか？——

ふとそんなことが頭を過《よぎ》る。なるほど三角鳥居の真ん中に井戸があり、誰が見ても組み合わせは三井だ。神社が出来上がってから、こっそりと裏庭の目立たないところに運び込んだものなのだろう、立て札の続きを読んだ。

〈原形は京都太秦《うずまさ》・木島《このしま》神社にある〉

――太秦……うむ……――

望月は力強く合点した。

三角鳥居の原形は京都、太秦にある木島（木嶋とも書く）神社だと言っているのだ。むろん木島神社の三角鳥居は承知している。一昨年《おととし》、京都取材のおり、抜け目なく木島神社を訪れ目撃しておいたのだが、あちらの方がもっと大きく、説明では三角鳥居は景教、すなわちキリスト教ネストリウス派の影響だとあった。

――木島神社と三囲神社、共に三角鳥居……――

目に見えない線が、パッパッと頭の中でつながってゆく。

太秦―木島神社―三角鳥居―三囲神社

この「形」は何を意味するのか

三囲神社の「三角鳥居」。立て札は「三井邸より移す。原形は京都太秦・木島神社にある」と説明する。

なにかの閃《ひらめ》きが、もどかしく脳の一部を刺激している。

秦氏—太秦—牛頭天王

どういうことなのか？

秦氏は、かつて金《きん》に匹敵する絹織物を独占し、聖徳太子《しょうとくたいし》の大旦那として栄華を誇った氏族だ。さらに秦氏は秦国の出身だとのたまっている。

またまた止めようのない連想ゲームがはじまった。こうなると処置なしだ。出口のない豊饒《ほうじょう》な歴史が立ち上がり、ドミノ倒し的にバタバタと頭脳が作動するのだ。

さっきの秦の名将、蒙恬がつながった。

蒙恬—秦—秦氏—三囲神社—三井

秦氏は新羅から来たともいう。そしてスサノオも高天原から新羅経由で来た。

秦氏—新羅—スサノオ—牛頭天王—八坂神社—宇迦—三囲神社—三井

秦氏が三井とつながってゆく。

「そうなのか?」

まだこじつけの大言壮語だ。脳の中でデータとの格闘がはじまり、緊張の空気に囲まれはじめる。新しい感触が奇妙な切迫感を生むのだ。と、連想を何かが止めた。

ケータイ電話だった。

指名された望月

「もしもし」

出ると電話の主が、望月の名を確認した。

「はい私ですが」

相手が身分を名乗った。望月は自分の表情が引きしまるのが分かった。ケータイからとんでもない話が流れてきている。望月は反応できなかった。しばらく凍りつく。

「それはたしか、なんですか?」

「ええ、まちがいありません。飛び降り自殺です」

刑事がしゃべった。くぐもった声だった。低く落ち着いた口調で断定し、それから糺《ただ》すように訊いてきた。

「何か心当たりは、ありませんか？」

「自殺のですか？」

「ええ」

「そんな素振りは……」

望月は慎重に言葉を選びながら、もう一度訊いた。

「しかし……、事故ではないのですか」

「状況からして、そうではないと思います」

こう言って沈黙した。こっちからしゃべるのを待っているようだった。望月は口を開いた。

「一つ、質問したいのですが？」

しかし相手は無視した。むこうが訊きたいのだ。

「どういう、ご関係ですか？」

「どう？　被害者との関係も知らずに僕に電話を？」

「ガイ者……いえ、笠原《かさはら》さんの部屋の壁に紙が貼ってありましてね」

弁解するようにしゃべった。

「そこに緊急連絡先として、このケータイ番号とおたくの名前が書いてありましたものですから。そんなわけで、いの一番に連絡をと」

念押しの付け足しで言った。

「つまり、何かあった時にそなえ、笠原さんがおたくを指定していたということです」

望月はそのことを思い出していた。

最後に逢ったのは先週である。場所は望月行きつけの居酒屋だった。

さんざん歴史を話し合ってから、カウンターで、ぽつりと笠原が語った言葉がまだ耳にこびりついている。

「お互いこの歳になれば、いつ倒れるか分かりませんでしょう？　その時のホットラインを引き受け合うってのはどうです？　私に何かあれば望月先生が駆け付ける。望月先生に何かあれば私が馳《は》せ参じる」

望月は、まかせておけと胸を叩いた。安請け合いというより、酒の上の軽いノリだった。まさかこんなことになるとは思ってもみず、むろん思っていたらもっと違う言葉掛けがあったはずだ。

どうしても自殺は考えられない。理想的に事が進まないからといって、破滅型でも悲観的でもない笠原が、自ら飛び降りるわけはない。心のどこかに、天皇タブーに踏み込んだ、笠原の大胆なブログが引っ掛かっている。

望月がしゃべった。

「余計な口出しかもしれませんが、自殺には納得がいきません。疑問符が付きます」

「つまり、事故だと?」

「そうかもしれませんし……」

と言葉を濁すと、撥《は》ね退《の》けるような言い方が返ってきた。

「飛び降りですね、あれは」

少し待ったが、その根拠は口にせず、その代わりに軽い調子で語った。

「緊急連絡先の用紙には、自分に何かあったら、何人《なんぴと》たりとも望月真司さんの指示を仰ぐようにと書かれておりましてね」

「つまり何ですか、そちらに来いと?」

「いえ、まあそうしていただければ助かります」

「僕は構いませんが、たしかお子さんが……」

「そういった話は、こちらにいらしてから詳しく伺いたいと思います」

刑事は、事務的に告げた。

望月は了解し、ステッキを握り直して足早に財閥の守護神、三囲神社を後にした。

独居

笠原明保《あきやす》、六五歳、細身に白髪がよく似合う男だった。

とある大学の工学部を卒業し、ANAの技術畑をまっとうに勤めあげて無事任期を満了したのは五年前である。

それなりの退職金と年金を手に、あとは趣味三昧《ざんまい》の隠居暮らしができると思いきや、人生何があるか分からない。長年連れ添った夫人が口にしたのは長年の労をねぎらう言葉ではなく、三行半《みくだりはん》だったという。

「謀反《むほん》ですな」

笠原は古風な物言いで苦笑した。

「困ったものです」

元来無口で争いごとが苦手な笠原は、それでもいさぎよく一軒家を売り払って得た札束をぱんと半分にして相手に渡し、ついでに年金もきっかり二つに分けて毎月送っているのだと言った。

移った先は東銀座《ぎんざ》の端っこにある小さなアパート、1LDKである。

子供は二人いるが、とうに親の手を離れて所帯を持っており、不安はない。不安がないというより、年賀状のやりとりだけで互いに案ずるという感覚すらほぼ失われているのだと悲しく笑った。そして自分には歴史があるから孤独感はないと、負け惜しみのように語った。

離婚の理由だけが癪《しゃく》の種だと、一度愚痴《ぐち》ったことがある。

「理由は何だと思います？」

「……」

「男として、あの人を満足させなかったというのですよ」

照れ隠しに顎《あご》を撫《な》ぜた。

「裁判所という公《おおやけ》の場で言うことですかね、そんなこと。我が耳を疑いましたよ」

笠原と元家人は同級生だ。裁判沙汰になった当時はお互い六一歳で、女とはかくもそういう構造で、かくも羞恥心《しゅうちしん》というものが欠如しているものなのであろうか？　元家人が笠原に思いもよらぬ不満を抱き、長年にわたってもんもんと暮らしていたというのだから、つくづく女とは理解不能の動物だと真顔で愚痴った。

「これからの人生を、歴史という趣味に埋もれて暮らしたい。しかしあの人は何です？　口にするのは過去ばかり、自分に同居人はいたが夫はいなかったとか、破廉恥《はれんち》にも年に何回だったとか……」

「……」

「離婚理由など、子供たちの耳に入るに決まっています。でしょう？」

「ええ、まあ」

「あの人だって非常識じゃない。歳相応の恥や世間体というものがあるはずです。しかし、そうした周囲の眼を差し置いても……何と言いましょうか、女の造りってやつが分からない。いやもう、そら恐ろしいというか……どう思います？」

「そうですなあ。悪徳弁護士が二人を離すべく、馬鹿げた知恵を授けたということもあるかもしれませんよ」

とは言ったものの実際、他人様《ひとさま》の仲など第三者に理解できるはずもない。返答に困って、曖昧《あいまい》にお茶を濁した。

笠原は、とうの昔に妻を亡くした望月の境遇を思い出したのか、ここで話はやめた。

「いや、くだらないことを言いました。まあ、しかしこうしてやってみると独り暮らしもなかなか快適ですな。謀反も、今となってはよくぞやってくれたと、表彰したいくらいです」

独り言のように呟いて、おひらきにしたのを覚えている。

笠原との付き合いは、まだ二年だ。取材先で声を掛けられたのだが、笠原の博覧強記《はくらんきようき》ぶりにすっかり興味を覚え、いつのまにか時々会っては意見を交換するようになっていた。

そんな笠原が死んだ。頭の中で波が打ち寄せ、また引いてゆく。悲しみはまだ湧かなかった。死が信じられないこともあったが、自殺だという結論には寛大になれず、死因に対する妙なこだわりが、哀悼《あいとう》を打ち消しているようだった。

一〇七二号室。

チャイムを鳴らすと、中年の刑事が顔を出した。

2 天皇ノート

「ごくろうさまです」

笠原の部屋から顔を出したのは所轄の刑事である。ケータイの主だ。築地署《つきじしょ》、長坂邦彦《ながさかくにひこ》と名乗った。四〇半ばだろうか、顔色のよい男だった。

なつかしい感じがしたのはオールバックという髪形だろうか、それとも前を開けたグレーのコートの下に見える、二五年も前に流行《はや》った襟幅の広いスーツのせいであろうか。ワイシャツは糊《のり》の利《き》いた青のストライプ、ネクタイはオレンジ色という一世代前でもダサい取り合わせなのだが、それもまた古き良き時代を醸《かも》し出しているようだった。

廊下でコートとマフラー、帽子を外した。

望月は、人の死を忌《い》み嫌うもの、不吉なものとは思ってはいない。あくまでも他次元への魂の旅立ちであり、霊魂の進化だと考えている。

だがいくらそうであっても、雪崩《なだれ》のように地面に身体を叩きつけての最期というのは、やはり無惨でなんとかならないものかと思う。いつも付けていた笠原のオーデコロンが部屋に薄く香り、乾いた胸に冷たさが凍《し》みてきた。

思ったより広い１ＬＤＫで、部屋を訪ねたのはこれで二度目である。

寒い部屋が、居心地を悪くしていた。

事件の現場である。望月は、一歩入ったところでコートを着たまま突っ立っている長坂刑事の指示を待つ。無造作にソファーに座っていいものかどうか判断がつきかねたのだが、相手は一拍遅れでそれを感じ、どうぞお掛けくださいと、自分の部屋のような口調で勧めた。

望月は、手に持っていたものを静かにソファーに置き、コートを再び着直してから腰を下ろした。

「寒いですな」

ボタンをかけた。

「まだ」

長坂も座りながらしゃべった。

「朝の暗いうちですね。飛んだのは」

「……」

「下で、どすんという落下音がしたのは今朝六時。テナントさんの複数の証言が、その時刻で一致しています」

望月は背筋を伸ばしてベランダに眼をやった。通りを挟んだ向かいはオフィスビルで、もう昼だが、今日は日曜日ということもあり人影はなかった。

「署へは七時ころでしたね。下を通りかかった散歩中の男性が通報したのは」

「発見まで、間が一時間も？」

「ええ、大都会の日曜日の朝というのは、だいたいそんなもんでしょう。新聞配達は終わっている。通勤者は通らない。日曜日のオフィス街は死の街ですな」

「自殺と思われる理由は何ですか？」

望月は、遠慮会釈《えしゃく》なく訊いた。

「決め手は鍵です」

刑事は、視線を望月の後方にずらしながらしゃべった。

「玄関のドアはロック状態でした。管理人が笠原さんに渡した鍵は二個。そして、それは二つともちゃんと部屋の中にありましてね」

長坂は机の上を視線で示した。ドアが施錠され、鍵が部屋にあった。だから外部の人間の仕業ではない。すなわち自殺だと言うのだ。荒い理屈だ。マスターキーや、余分な合い鍵の存在など疑わないらしい。

「中のドア・チェーンはかかっていたのですか？」

「いや、それはない」

長坂の陽焼《ひや》けでてかった顔がドアをちらりと見た。

「私が管理人と来た時には、すんなりと開きましたから」

「鍵だけですか？　自殺だという理由は」

「まあ、そうですね」

とあいまいに濁し、質問をかわした。

「望月さんは」

長坂刑事の目が細くなった。

「どういうお仕事で？」

「物書きです」

「物書き？」

上目遣いを寄越した。

「ジャンルはどのような……」

「歴史小説のたぐいです」

週刊誌の記者で、不都合なことでも書かれたら大変だととっさに思ったようだが、その点、歴史小説家なら警察の悪口を書かれる心配がないと判断したのだろう、ほっとした顔をした。

消えたノート

自殺と決め込んでいる刑事に興味はない。質問を避けるために、立ってベランダを開けてみる。寒風の中に都会のくぐもった雑音が混じっていた。

望月は高所恐怖症である。思いきって身を乗り出して下を見た。眼の眩《くら》む高さだ。ここから落ちたのだ。いや、落とされたのではあるまいか。冷汗が腋の下に、たーっと流れ、顔を引っ込める。溜息をついてからベランダの左右を見た。背丈ほどの仕切りボードが隣を分けているが、活《い》きのいい殺し屋なら突破するのは造作もないだろう。

ベランダから振り返って、単刀直入に訊いた。

「お隣さんは、どんな人です?」

「こっちは老夫婦、反対側は女学生ですが、両方とも怪しい物音は聞いていませんな。何かご心配ごとでも?」

皮肉っぽい響きがあった。望月は意に介さず、ベランダから室内に顔を突っ込みぐるりと見やった。

視線が、書き物机に吸い寄せられた。きれいに整っている。凝視したのは本立てだ。

――おや……――

かつては五センチはあろうかという分厚い歴史関係のスクラップ・ブックが数冊、本立てを占領していたはずだ。しかしそれが一冊もない。慌てて部屋に入り込む。たしかスクラップは収まりきらないほどあった。はみ出した分は、寝室の書架に移していたのを覚えている。

「私の結晶です」と生前、笠原が自慢げに披露したもので、全部で六冊、間違いはない。

机周辺をしげしげと見てから寝室に頭を突っ込み、書架に目をやった。が、やはりあるべき所は見事にぽっかりと空間になっていた。

幼いころから歴史家になりたかった笠原は新聞、雑誌を舐《な》めるように調べ、寸暇を惜しんでスクラップ造りに取り組んでいる。そうした作業は彼の心躍る至福の時間で、そういう人にとっては命より大切な宝物だ。歴史を趣味にする者と、スクラップ・ブックは伝説的な関係で、それをきれいさっぱり処分してから命を絶ったとでも言うのだろうか、考えられないことだ。

と、もう一つ。肝心《かんじん》の、肌身離さず持ち歩いていた笠原のノートを思い出した。きょろきょろと探したが、それもない。

書き物机の上をなぞり返した望月の目に、今度は冷たくなったコーヒーが映った。コーヒーはほぼカップを満たしていた。頭のどこかの部分で奇妙に感じたものの視線は通過し、まだなくなったノートを探し続けている。ショルダーバッグが目に留まった。

「中身、いいですか?」

「はあ？」

長坂はどうして見たいのだ、という非難めいた表情をした。

「何か、お探し物でも？」

「ええ、ノートを」

「笠原さんのノート……ですか？」

きょとんというより、あからさまなうんざり顔で応じた。

「僕の取材ノートと同じやつです」

長坂はため息をつく。コートの前を搔《か》き分け、スーツのポケットから小さなものを出した。パラパラと手に出したのは銀色の仁丹《じんたん》だった。一〇粒ほどを口にガッと放り込むとバリバリと嚙む。

「笠原さんが」

望月がしゃべった。

「僕のノートを見て、えらく気に入ったので、同じものを一つ差し上げましてね。あれはたしか……」

季節を言った。

「昨年の春です。桜の花見に行ったときに……」

望月のノート・カバーはオレンジ色のプラスチックで、笠原にあげたのはパープルである。気に入った笠原が後に「天皇ノート」と呼んだ。

「見るだけなら、どうぞ」

長坂刑事が、仁丹の匂いをまき散らしながらぶっきらぼうに答えた。

さっそくショルダーバッグの中を覗いた。ノートはなかった。

机の引き出しは、無許可で開けた。やはりノートは見つからない。

消えたスクラップ・ブックとノート。それだけでも自殺と断定することはできないばかりか、望月の胸には今新たな疑問が出現していた。

パソコンだ。愛用のパソコンがないことに気付いたのだ。それを口にした。

「そのパソコンですが」

長坂が動じることなく答えた。

「つまり、何と言いますか、笠原さんもろとも下に……」

「まさか」

「ええ、ラップトップの破片が飛び散っておりましてね」

――パソコンとの心中？　ありえない――

望月は長坂を睨んだ。

殺人事件を自殺として杜撰脱漏《ずさんだつろう》に処理し、自分の仕事を軽減しようというのだろうか？

この苛立ちをなだめるには豆大福が一番だ。塩みの効《き》いた粒アンがチラつきはじめる。

望月は気をまぎらわせるように、再び寝室に行った。

「何かご不審な点でも？」

リビングルームから聞こえた。ええ、とだけ答えてざっと見渡す。拘《こだ》わったのはスクラップ・ブックと「天皇ノート」だが、あんな大きいものを見落とすわけはなく、それらしきものはやはりどこにもなかった。見切りをつけると、その足でキッチンに行った。

シンクを覗いた。コーヒー・ドリッパーに使用済みのフィルターがセットされており、コーヒーの粉はまだ湿っていた。

その事実が、望月に食いついてきた。

手掛かり

「今朝、笠原さんはキッチンでコーヒーを淹《い》れています」

長坂は、つまらなそうな視線を返した。

「妙じゃないですかね」

書き物机の上を顎でしゃくった。冷たくなった放置状態のコーヒーだ。

「淹れたコーヒーを机に運んだだけで、ほとんど呑んでいないというのは」

望月の視線は、キッチンと放置コーヒーの二点を往復した。

「せっかく淹れて運んだのに、気が変わって手を付けずにベランダから飛び降りた。そうお考えですか？」

長坂が釣られて腰を浮かせコーヒーカップの中身を点検した。冷たくなった茶色の液体はほぼ満杯である。長坂はじっと凝視してから無愛想に答えた。

「先生には悪いですが、かならずしも、それが唯一の答えではありませんな」

「……」

「お歳がお歳です。朝から何かよからぬ妄想に、頭がいっぱいだったとしたらどうです？」

「さて……」

「笠原さんはいつもの習慣で、コーヒーを淹れた。その作業は上《うわ》の空《そら》といいますか、鬱《うつ》の夢遊病者に近かった。そして一口味をみた。気に食わない出来だった。とっさに人生の何もかも嫌になった。それで、発作的にベランダへ」

「コーヒーの不味《まず》さが、自殺のきっかけですか？」

「まあなんといいますかすなわち、ようはコーヒーなど眼中に入っていなかったというやつですよ。自殺前に闇雲《やみくも》にさ迷い歩く人がいますが、同じです。本人に歩いている自覚はありません。そして突然、線路わきで自殺衝動というやつが沸騰《ふっとう》する。〇・五秒で、電車にドンですわ」

たわごとだと思った。だいいち笠原は正常だった。自分の余生を限りあるものとしてとらえ、その残された時間を己の信じるものに捧げ、人として正しいと思うものだけを偽りなく世に知らしめるのだと口にしていたし、またそういう姿勢は望月にも伝わっていた。

笠原の起床は六時だ。すぐさまノートとスクラップを広げ、パソコンのスイッチを入れる。準備が整ったところで、ブログの書き出しを考えながらキッチンに行ってコーヒーにとりかかる。出来上がったコーヒーをすすりながらおもむろにパソコンに向かう。

これが一日のはじまりだ。老人がある種の形を造ると、なかなか壊れるものではない。

しかし望月が今、目視しているのは、まったく違う光景だ。

机に広げていたであろうスクラップ・ブックも「天皇ノート」もなく、コーヒーはそのままで、なぜかパソコンを抱えたまま落下した。

老人の習慣からの逸脱だ。

長坂の寝言など参考にもならない。即座に切り捨て、視線は次の異変を求めていた。机の上で若干気になっていたのは、開いたままの聖書だ。『ヨハネの福音書《ふくいんしょ》』のページだった。が、その時はあまり気に留めずに、視線は次の違和感を捜し、床を舐めていた。望月は、かまわず四つん這《ば》いになってソファーの下を探った。

——うん？——

眼鏡《めがね》が転《ころ》がっていた。望月は胸の内ポケットからボールペンを取り出して、手を伸ばした。ボールペンに引っかけたまま手繰《たぐ》り寄せ、四つん這いのまま鼻先でしみじみと眺める。丸みを帯びた銀縁《ぎんぶち》のやつだ。笠原の愛用品だ。

「これ、おかしくありませんか？」

ボールペンにぶら下がった眼鏡が揺れている。長坂は、何も考え付かないかのような目で、四つん這いの望月をぼんやり眺めた。

「眼鏡がソファーの下にあるということは、笠原さんは眼鏡なしでコーヒーを淹れたということですが……」

「それが、何か問題でも？」

「見てください、このレンズの厚さ」

望月は眼鏡をテーブルの上に落とした。

「かなりの近眼でしてね。眼鏡なしで熱湯は扱えないし、歩行も困難なはずです」

コートのホコリを叩きながらソファーに座った。

「スペアが、もう一つあったんじゃないですか？」

「今のところ、どこにもないようですが……遺体の周辺に落ちていました？」

「さて、どうでしょう」

と素っ気なく首を捻《ひね》ったので、むっと来てつい余計なことを口走ってしまった。

うかね？」

「歴史を見つけるのが歴史小説家の仕事ですが、刑事は何を見つけるのが仕事なのでしょ
長坂はきっと望月を睨んだが、威圧的ではなかった。

「蛇足かもしれませんが、この眼鏡がソファーの下に潜《もぐ》り込んだのは、ごく最近……今朝ではないでしょうか。ソファーの下は埃《ほこり》まみれなのに、レンズには少しも埃が積もっていませんから」

返事を待たずに念を押した。

「行方不明のスクラップ・ブックとノートは絶対に妙です。どこに行ったのか？　それにせっかく淹れたコーヒーにほとんど口をつけなかったということもおかしい。下に落ちたパソコン、そしてソファーの下に転がりこんでいた眼鏡の謎。これらだけでも自殺以外の線を疑ってみるべきではないでしょうか」

一つ一つの物証が、笠原の伝言のように思えてならなかった。

「そりゃあなた……いや先生。可能性を考えたら、何だって限《きり》がない。しかし私に言わせたらこうも考えられますな」

しつこく言い返してきた。

「たとえばスクラップとノートはあらかじめ処分済みだった。あるんじゃないですか、嫌気が差すってこと。何もかもがみんな嫌になる。我々だってありますよ。これまでのもの

がぜんぶ気に食わなくなるってことがね。眼鏡の件だって、飛ぶ前に気合いを入れたかもしれませんし」

「気合い？」

「ええ、相撲取りがよくやりますよね。制限時間いっぱいで、塩を叩きつけたり、思い切り自分の頬を張ったり。ここの人も眼鏡を毟《むし》り取って、ばしっと床に投げつけて人生に決別した。否定できませんでしょう？」

見事な想像力に、望月が思わず失笑した。

「気に食わないようですな。ならばこういうのはどうです？　コーヒーを呑む段になって、急にむしゃくしゃした。で、わっと頭をかき毟った時に眼鏡が飛んだ」

何とでも言ってくれ。この刑事にやる気はない。ちょっこら気付いたことを適当に見繕《つくろ》っておしまいにしようという、この無責任さは尊敬に値する。

望月は話しても無駄だと思いはじめていた。

「しかし先生」

長坂は、思い出したようにスリムな身体を起こして言った。

「殺人だとすると動機は何です？」

テーブル越しに真顔で続ける。

「物盗りですか？　ならカネの入った財布がそっくり残っているし、部屋には争ったような乱れはない。それとも知人による怨恨ですか？　しかしその線もありませんな」

長坂は咳《せき》を払った。

「こう見えても先生が来るまでに、あらかた聞き込みを済ませているんです。ガイ者……笠原さんは近所付き合いも含めて、波風ある暮らしとはいたって無縁で、敵を作るような方ではありませんな」

望月は聞く耳を持たなかった。しばし沈黙し、考えを巡らせ、整理してから顔を上げた。

「プロの人に言うのは気が咎《とが》めますが」

言いたいことを口にすることにした。

「このご時世、動機なき殺人は珍しくありません。誰でもいいから刺したとか、何だか分からないけれど電車のホームから突き落としたという事件は頻発しているのじゃありませんか」

「ほう、先生は今回の件がわけの分からない動機なき殺人だと、おっしゃりたい？」

挑戦的な物言いである。

「いえ、そうではありません」

あえて静かに受けた。

「一般論です。笠原さんとは切り離してください。刑事さんが動機は何か、と質問したので、動機から探ると一ミリも進まなくなる危険性がありますよと、ただそう言いたかったのです」

「なるほど、ご高説、大変参考になりました。温かいお心遣い痛み入ります」

望月は涼しい顔で続けた。

「動機なき殺人の多くは、通り魔的犯行ですが、しかしここで起こったことはあきらかに違う匂いです」

長坂がお手並み拝見とばかりに座り直した。

「わざわざ一〇階まで上ってくるというのが、まず行き当たりばったりではない」

「それなら、何とも言えませんね」

立ちはだかるように小鼻をひくつかせて反論した。

「以前、所轄《しょかつ》では悪魔の声に誘われて、上へ上へと階段を上って、屋上の子供をさらって投げ落とした女がいましたから」

望月は眼を瞑《つむ》った。

旗色が悪くなると、悪びれもせず稀《まれ》な事件を持ち出す人がいるものだ。こっちがこうだと言うと、例外をほじくり出してああだと答える。品のない行為だ。

こういう男は恃《たの》むに足らずで、早く家に帰って豆大福でも頬張っていた方がよっぽど有意義なのだが、それでも、言うだけ言わないと気が済まない心境にかられた。

「笠原さんは今朝、ブログを書く準備を整え、大好きなモーニングコーヒーを淹れて、ちゃんと書き物机に運んでいます」

一口、二口、口をつけたかもしれないが、とにかく呑もうとしていた。そこに誰かがやってきた。

この時、老人の気高い習慣が破られる。

笠原はドアを開けた。顔見知りだったのか、それとも何かの配達を装っていたかもしれない。とにかくそこには警戒心を溶かす何かの仕掛けがあって、ついドアを開けてしまったようである。で、犯人がいきなり襲った。おそらく二人以上だと望月は主張した。

「なぜ複数犯説かと言いますと、いくら細身でも笠原さんは男です。手をばたつかせ、必死で暴れたら狭い室内ですからもっと置物などが散乱するはずです。ところが、部屋に乱れはない。まったくの無傷状態です」

ティッシュペーパー、リモコン類、鉛筆立てが置かれたガラスの応接テーブルは、入口とベランダを結ぶ動線を遮《さえぎ》るように置かれている。

テレビのキャビネットは、ベランダの横にあるが、将棋の駒が入ったケース、ピラミッドの模型、竜の置物、七枚の燭台《しょくだい》（メノラー）などが所狭しと棚を埋め尽くして、埃の具合から位置がずれた形跡も認められない。

「大の男を手際よく玄関でさらい、真一文字にベランダまで進み、ガラス戸を引き開けて突き落とす。となると単独では困難です。そこで二人、ひょっとすると三という数が頭に浮かびます。とにかく犯行は一瞬です。口を塞《ふさ》ぎ、手足の自由を奪える邪悪なマンパワーがあったと見るべきで、ただしその際、眼鏡だけがソファーの下に飛んだのではないでしょうか」

とテーブルの眼鏡を示した。

「ほう……私に代わって、このケースを丸ごとそっくり先生にお預けしたいですな」

長坂が皮肉った。

「先生、一つお訊きしますが、なぜ笠原氏が攻撃の的になったのですかね？」

「おそらく目当ては、スクラップ・ブックかノートです。そしてパソコンも破壊したかった」

長坂がネクタイを触りながら苦笑した。

「犯人の目当ては、資料ですか……？」

「ええ、命を懸けるほどの秘密が書かれていたからです。それをまとめてブログで――」

「ブログの何が問題なのです？」

説明は長くなる。どこから話してよいのか分からず、とにかく一度ブログを読んで欲しいと言って席を立った。

「では、これで失礼します」

望月が先に言うと、長坂のケータイに呼び出し音が鳴った。長坂は左右のポケットをまさぐって、耳に当てた。

「ああ私だ」

うんうんと頷《うなず》く。手で望月を呼び止め、ときどきちらりと気になる視線を寄越し、ほう、なるほど、それでという小声が聞こえた。

意外に長い電話だった。長坂はケータイを切り、どかりとソファーの背もたれに身体をあずけた。テーブルのケータイをしばらくじっと見つめていたが、急に顔を上げた。

「訊きたいことがあります。先生は今朝、何をされていたんです？」

「えっ」

突然の矛先に、少々驚く。

「僕の執筆は毎朝、五時からはじまります」

「笠原氏が落ちた時間の、六時ころはどうです？」

「部屋でちょうど、頭を痛めている時です」

「したがって証明する人は、誰もいない」

「ええ、独り者ですから。それが何か？」

「我々の業界では、それをアリバイがないと言うのですがね」

長坂は口を閉じて、茶番は終わりだとでも言いたげに望月を凝視した。今までとはうって変わった嫌な視線だった。

「この国には、ふさわしくない、つまり反社会的な人間がいる、という輩《やから》がおりましてね」

「今の電話ですか?」

「国に食い付き、秩序を乱すピラニアだとも言ってましたな」

「なるほど……そのピラニアが僕ということですか」

長坂は、動ずるふうもなくしゃべった。

「ひとつ忠告しておきますが、先生がこれをスキャンダラスに嗅《か》ぎ回りますとね、私どもの関心は先生に集中し、あなたを小突き回すことになりかねません。アリバイのない人というのは、何が禍《わざわい》するか分からない。反国家的活動家として過激派と一緒に悪の殿堂入りなんてのは、お嫌でしょう?」

「……」

「この事件から立ち去ることです」

「何とお答えしたらいいのか……」

「なら黙っていることです。それがご自身のためです」

長坂はドスの利いた声で言い放った。

天皇のファン

　笠原の天皇への情熱は、尋常ではなかった。

　興味を抱いたのは一〇年ほど前で、すぐさま初代の神武天皇から一二四代昭和天皇までの名前を暗記し、それからというもの天皇に明け暮れしたという。

　御陵《ごりょう》や系図調べはもとより、天皇の個人的な趣味、好物を見境なく調べ上げ、新聞、雑誌の切り抜きは膨大な量に上った。実際目撃した六冊のスクラップ・ブックはパンパンに膨《ふく》れ上がっており、まさに「習慣の結晶」だった。

　望月と知り合って半年がたったある日、皇太子が愛飲しているという酒を持って、居酒屋に顔を出したことがある。

「ほう、これですか？」

　望月は四合瓶を、ためつすがめつしながらしゃべった。

「一般に噂されている銘柄とは違いますな」

「ええ、そうでしょう。しかしこれが正真正銘、皇太子御用達です」

　得意げに言ったものだ。どうやって調べたのかと訊くと、宮内庁にディープ・スロートがいるのだと気取った。

　ディープ・スロートというのは、ニクソンを大統領の座から失脚させたウォーターゲート事件に登場した正体不明の情報提供者のニックネームだ。

「そのディープさんは」

盃《さかずき》を覗きながら、笠原が親しみを込めてしゃべった。

「『奥《オク》』に出入りできる人物でしてね」

「ああ、なるほど。『奥』だから、ディープさんですか。洒落《しやれ》ましたな」

「えっ、あっ、気付かなかった」

妙なところで感心して笑ったが、奥とは、天皇のプライベートな居住空間である。奥への出入りはごく限られた少人数で、天皇の身の回りの世話係を「奥」と呼ぶ。対して、宮内庁の一般職員が「表《オモテ》」だ。

「笠原さんも、なかなかやるものですなあ。ひょっとして女官ですか?」

「これ以上は言えませんよ。何せディープさんですから。もっとも私の方は、本家のディープ・スロートと違って、崇高な反骨心はありませんがね。お会いしても、もっぱら四方《よも》山《やま》話に花を咲かせるだけでありましてね。まあしかし、その話から垣間《かいま》見る面白い風景が何とも言えないのですよ」

カウンターで、笠原が肴《さかな》をつつく。

「で、ディープさんが、この酒を教えてくれたのですね」

「そうです。私はそういう、ちょっとした心温まる話をせっせとブログにね」

例の『万歳！　天皇ご一家瓦版《かわらばん》』と銘打った、不幸をもたらしたかもしれないブログのことである。ささやかながら大仕事だ。

「ディープさんは普段は口が堅く、当たり障りのない話に終始しますが、酒に酔って興が乗ってくると、わりとしゃべってしまうこともありまして、これが貴重な情報源です。私もね、何と言いますか取材ぶりが板に付いてきて、この間も、陛下はインターネットを嗜《たしな》まれない、という情報を引き出しましたよ」

望月は興味深そうに笠原を見た。考えたこともない事柄だった。

「やりませんか？」

「やらないというより、周りがやらせなかったのですよ」

「……」

「宮内庁は、ことのほかインターネットを警戒していますからね」

「天皇と世間を遠ざけている？」

「宮内庁の最大の仕事は、国民と天皇ご一家の完全なる遮断です。世界は情報開示に邁進《まいしん》しておりますが、あそこだけは置き去りです。隠蔽《いんぺい》が宮内庁の大切な任務で、あの陰険な集団の目下の敵はインターネットに尽きます」

「チャイナ政府みたいですなあ、情報の遮断なんて。まあ考えられなくはないが、これだけ技術が発達している時代に、はたしてそんなことできますかね」

笠原は時々首を前に傾《かし》げる癖があって、肯定の頷きなのかは、はなはだ曖昧なのだが、それがほどよい合いの手になっている。

「先生、秦の始皇帝に仕えた宦官《かんがん》がどうやって実権を握ったかご存じでしょう？」

ご存じでしょう、という言い方に歴史作家としてのプライドが傷付く。望月が知らなくて、誰が知っているのだ？

宦官は皇帝、王帝の身辺に仕える官吏だ。残酷にも、例外なく男根が斬り取られているのは、皇帝、王帝が抱える何百人という女性との悪さを危惧してのことである。

望月は少々むっと来て、力みかえった指先で猪口《ちょこ》をつかみ、酒を口に運んでからしゃべった。

「相手は始皇帝です。仕える宦官はおおっぴらに逆らえません。しかし迂遠《うえん》に慇懃《いんぎん》に操縦します」

「そうです」

とまた首を前に傾げた。

「宮内庁のやり方はそれと同じです。たとえば陛下がインターネットを所望《しょもう》する。すると、あれは下世話な情報しか流れておりません、陛下のようなやんごとなきお方が覗くのはいかがかと存じます、とやんわりやる。あるいは電磁波がお身体に毒で、技術的な解決はまだかと聞いております、といって時間を稼ぐ。一年がたち二年がたち、再び陛下が思い出したように興味を抱く。すると皇居は広く接続は不可能やに聞いておりますが、どうなっていますことやら、しかし陛下がお望みなら検討させるのはいっこうにやぶさかではございません。さらには安全確保の上で技術的にさまざまな障害がございまして、どういうことが可能か検討させます。ああだこうだ、のらりくらりと引き延ばすのです。やり方は巧妙で、面と向かっての邪魔、妨害の素振りは微塵も見せない。連中は自分の見せ方を知っています」

「……」

「調査結果が出たら出たで、今度は、また秘密漏洩《ろうえい》、逆探知などの安全上、陛下の身に何が起こるか、正直責任が持てないのでございます。それをどうするか、考えると夜もおちおち眠れず、慎重に検討させると言って、また延ばす」

「そのうち、やる気をなくしますな」

「ええ、すべては陛下のため、陛下をお守りするという口実のもと、世間から遠ざけるノウハウなら一万通りは知っています。しかも、それは自分たちが選択したのではなく、ずる賢くも陛下ご自身でお決めになったようなかたちに誘導するのです。上級官僚が大臣を丸め込むのもこの手を使いますが、宮内庁の場合は芸術的です。神代《かみよ》から連綿と続く伝統芸ですよ」

笠原は、盃を持ちながら望月に額を寄せた。

「新聞、テレビも積極的に加担している。思い返してください、ほぼ二〇年前の昭和天皇崩御の報道です」

望月も、昭和天皇が病に臥《やまい ふ》してからの報道はおぼろげながら覚えている。が、笠原はさすがに世界一の天皇ファンを自任するだけあって、恐ろしく詳しかった。

宮内庁病院に入院したのは、他界する約一年三カ月前、一九八七年九月二二日である。

「癌《がん》はすぐ判明しました。当然です。しかし医者、宮内庁はもとより、新聞、テレビは額を寄せ合って談合し、固く協定を結んだのです」

「そして、まるまる一年隠し続けた。国民の知る権利を踏みにじったわけですが、隠した理由は……たしか天皇本人に癌を知らせないためでしたね」

「ええ、宮内庁お得意の『陛下の御心を御配慮申し上げて』という屁理屈です。何事も陛下を慮《おもんぱか》って、と言えば誰も文句が言えなくなることを熟知している宦官……いや宮内庁の醜い手口です。しかし先生、陛下は自分のお身体のことです。真実を知りたいと思っていたはずではないですか?」

望月が頷く。

「ならば宮内庁は、陛下の知る権利をも踏みにじったことになる。いったいどこにそんな権限があるのか、道徳上、憲法上の大問題です」

笠原の声が大きくなった。

医者と宮内庁の態度は、立場を考えればまだ許せるものだが、しかしマスコミは違う、と笠原は首を前に傾げ、酒の肴を見つめながらしゃべった。マスコミは浅はかにも肝心かなめの大ニュースを懐《ふところ》に隠し続け、報道機関としての役目を果たさなかったのだと言った。

「マスコミの自殺です。この堕落こそ国家を汚すものです」

望月は腕を組んだ。

国民を真実から遮断する。日ごろ、情報操作ほど恐ろしいことはないと思っているだけに、笠原の指摘は、我が国の重大な弱点を突いていると思った。政府とメディアの自主規制的癒着。戦前と戦中時は軍部とくっつき、戦後も宮内庁とべったりだ。情報操作の片棒をかついでいる。

望月は、手酌の酒をゆっくり呑み込んだ。

昭和天皇の膵臓《すいぞう》癌が世に知れたのは、入院一年後の九月二四日だった。朝日新聞の抜け駆けである。翌二五日には共同通信も歩調を合わせ発表したのだが、宮内庁長官が猛烈に両社に抗議したのは言うまでもない。

だがNHKはもっとうまいことをやっていた。朝日新聞による抜け駆け発表の九カ月も前の一月六日、天皇の病理検査をしていた浦野順文《うらのよしのり》東大教授のインタビュー撮りをこっそり済ませていたのである。むろん、癌証言もしっかりと収録されていて、それを流したのは死亡当日だった。

すなわちNHKも一年は引き延ばしていたことになる。これは受信料を支払っている視聴者を欺《あざむ》く行為で、背信であるまいか。

「寄ってたかってひどいものです。いいですか先生、天皇は国民の総意に基づく公人です。国民の総意に基づく陛下に対して、公僕である宮内庁と、こともあろうに国民の受信料で成り立っているNHKが、情報を隠蔽する。光の当たっていない闇に光を当てなければならないメディアが逆に闇を作り、こぞって加担したのです。それは民主主義の崩壊だ、我々は知らせなければならない、とおろかなふるまいを阻止する人物が内部から一人くらい出てきてもいいはずですが、残念ながらそうはならなかった。やつらこそ腐った国賊です」

温厚な笠原が怒った。

『自粛』という、奇妙な自主規制を覚えているかと笠原に問われ、今改めて思い返したが、たしかに異常だった。

一九八八年の九月一九日に吐血したあたりから『自粛』は全国に広がり、翌年の死亡後も続けられている。

テレビ業界はこぞって派手な演出を中止し、積極的に世論をリードした。

「笑っていいとも！」のオープニングテーマが、ふざけているとして差し替えられ、井上《いのうえ》陽水《ようすい》の「みなさんお元気ですか〜」という日産のＣＭは天皇に失礼だと中止。すなわち、神経をとがらせたメディアは率先して全国から笑いと明るさを追放し、日本列島を灰色に塗り潰したのである。

中日ドラゴンズのリーグ優勝パレードがやり玉に挙がり、不謹慎だとして中止。神宮野球大会も取りやめになって、続々と各地で伝統行事の中止が相次いだ。

個人的なことへも広がった。大物歌手、五木《いつき》ひろしが突然、結婚披露宴をキャンセルしたのである。それがきっかけとなったのか、引きずり込まれるように一般人までもが結婚披露宴や祝賀会の延期、中止へと走った。

死亡当日はもちろんのこと、翌日の八日に予定されていたほとんどのスポーツ競技と音楽会が中止に追い込まれ、ついにテレビは全コマーシャルを取りやめる。

七日の新聞夕刊紙面は崩御一色。なんとテレビ番組欄は、ＮＨＫ教育番組以外は全欄が白紙状態というありさまだった。

恐ろしい光景だった。

すなわち、自由に物を申せば、非国民として潰される勢いで、天皇関連以外の番組は許さないというすさまじい言論統制が完成していたのである。これは『自粛』ではない。実に戦前を彷彿とさせる、非民主主義国家、北朝鮮を笑ってられない国になってしまっていたのである。

昭和天皇崩御の日

何故《なにゆえ》にこんな羽目になったのか？

憂国の士がそろっていたわけではあるまい。単にみんながそうしているから自分もそうするというだけのことであろう。みんながやるからやる。集団思考停止状態だ。みながみなマジックのネタを見破ろうとせず、むしろ逆に騙されたいと思ってしまう心理に陥《おちい》ってしまっていたのではないかと望月は分析している。ぞっとする話だ。

救いはレンタルビデオ屋だった。お役目放棄のテレビに代わって、こぞって押しかけたため、貸し出しが通常の四、五倍にのぼり、その正常な感覚に望月はほっとしたものである。

「でも先生、崩御は本当に一九八九年の一月七日だとお思いですか？」

意味ありげな口調に、望月は首を捩《よじ》った。笠原は徳利《とつくり》の首をつまみながらあたりを気遣うように目を配った。カウンターの二人の両隣が空いているのを確認してから身を寄せた。

「噂話ですが、どうもあやふやなのです」

望月の猪口に注いだ。

「どういうことです？」

「発表では一月七日が崩御日です。大喪《たいそう》の礼はそれから一月半以上たった二月二四日、新宿御苑《しんじゆくぎよえん》で行なわれており、その日のうちに陛下のご遺体は八王子《はちおうじ》の武蔵野《むさしの》陵に移され埋葬されています」

日にちまでは自信がなかったので、曖昧に相槌を打った。

「私は大学で電気工学をかじっていたので、学友の多くは工事会社に就職していたのですが、その中に電気工事会社勤務の同期がおりましてね」

ここで笠原は間をとった。当時を思い出すように眼を細める。

「その男が新宿御苑に呼ばれたのです」

「大喪の礼の準備？」

「ええ、彼の仕事は照明、配電など電気回りです」

笠原は自分の盃に酒を満たしてから、望月の猪口にも注いだ。

「しかし最初に呼ばれたのは、まだ年も明けない年末だったというのです。おかしいと思いませんか？　崩御は年を越した一月七日ですよ」

「万が一に備えて、あらかじめ準備をしていたのでは？」

「私もそう思ったのですが、設営、点検などはあっという間に終わる作業で、半日もかからない。しかし、同級生は急ごしらえのテントの中で連日の張り付き番を命じられたというのです」

「……」

「で、そのうち女官たちも数名やってきた」

「女官ですか？」

「独特の恰好《かっこう》ですからね、彼女らは」

「すぐ分かりますな」

「ええ、分かります。集まって大喪の礼のリハーサルめいたことをちょっとしたことはしたのですが、どうも妙だというのです」

「どう？」

「数名の女官たちが通ってきては日がな一日、仮設テントの中で、何をするでもなくぶら暇《ひま》を潰しながら過ごしていたというのです」

同級生は、だんだんおかしな気持ちになってきたと言った。

たしかに、ことは一般人の葬儀ではない。大がかりな大喪の礼だ。いったんはじまれば粛々《しゆくしゆく》と壮大な儀式が執《と》り行なわれる。しかしそのスピードは大変遅く、息を引き取ってから準備に動いても充分余裕があるはずだと語った。そう言われればその通りで、実際の儀式のスタートは死後四八日だった。すなわち四八日間の準備期間をとっており、早々《はやばや》の現場待機は不自然だという同級生の疑問は的を射ている。

笠原は、思わしげな顔で続けた。

「妙だなと感じているところへもってきて、同級生はテントから漏れてきた女官たちの大変な会話を耳にしてしまったというのです」

望月は酒をごくりと呑んだ。

「女官たちは、何と？」

「陛下がすでに息を引き取っていると」

望月は笠原を見た。笠原は視線を合わせ、ゆっくりと頷く。

「亡くなっていた？」

「なぜ早く葬儀を済ませないのか。いつまで私たちをここで待たせておくつもりなのか、と女官たちはひそひそやり合ったらしい」

「テントの会話はいつです？」

「年越しの前です」

「ということは、つまり実際の死亡は公表より少なくとも一週間以上前……」

「そういうことになります」

「聞き間違いということはありませんか？」

「絶対ない、とは言い切れませんが、女官の話はまだ続くのです」

三人の女官たちの会話を再現すると、こんな具合だったという。

〈いったいなぜ、葬儀にかからないのでしょう?〉

〈そりゃそうですよ。クリスマスの日ですから〉

〈まさか……〉

〈そういう噂があったことは、私も聞いています〉

〈何の因果かキリストと同じ日など、許されるものですか〉

〈そうですか? 私はそうは思いませぬが〉

〈何をおっしゃいますの。お上《かみ》(陛下のことか?)は、かりにも神道の最高位ですよ。キリストの誕生日と重なったらどうなります? 国民はメリークリスマスなんて祝えないじゃないですか〉

〈そんなきれいごとを言っている場合ですか。お上の御魂《みたま》はどうなります?〉

〈お二人とも、ここで言い合ってもしかたがないこと。それよりもそうなったら『表』は私の想像の及ばない頭痛に悩まされることになります〉

〈何ですの?〉

〈外国要人のご都合ですよ〉

〈どういうことでしょう?〉

〈外国の偉い方はクリスマスから新年にかけて家族と過ごすのが習わしです。年がら年中分刻みで飛び回っている御高名な方々は、すでにクリスマス休暇に入っておられますか

ら、人里離れた別荘で家族と過ごしておられ、新年が明けるまで動けないとか〉

〈まあ、何ということでしょう〉

〈だからと言って、偽ってまで、外国要人のご参列に合わせるなど見苦しいではありませんか〉

〈『表』は『奥』と人間が違うのですよ〉

〈でもお上の魂はどうなってしまうのかしら、恐ろしいことです〉

〈お上の安らかな眠りより『表』の偉いさんたちの見栄や面子《メンツ》が大切なのですわ。本当に嘆かわしい〉

〈で、結局崩御のお日にちは、いつに決められたのですか?〉

〈聞くところによりますと、年が明けて一週間後〉

〈えっ、まだ一〇日も先ではないですか〉

〈いたしかたございません。めでたいクリスマスやお正月に崩御日は重ねられませんもの〉

1989年2月24日、東京は雪

古装束の楽師が先導し、昭和天皇の柩を載せた葱華輦（そうかれん）が徒歩列で葬祭殿に向かう。海外から、164カ国の弔問使節団も列席した。写真／共同通信

〈でも、こんな中途半端な気持ちで年越しなど……〉

〈そうですとも。私たちだって、いつまでもこんな所に……〉

マナーを知らぬ世界で育った人のような口調で、毒舌などというレベルではない「表」の悪口が続き、それからしばらくの間があった。

〈こういうことは、いつ世間様に洩《も》れるかもしれませんでしょう〉

〈待って、なぜ洩れるの？〉

またふっと言葉が止まった。同級生は、自分の聞き耳が感づかれたのかと思って、ぎくりとしたらしいが、再び女官がしゃべりはじめたという。

〈まず、祭壇に飾る菊の大量注文ですわ。九州の栽培農家に菊の開花調整を命じているのですが、『表』の誰かが、実はもうお亡くなりになっている、いつ何どき必要が生じるか分からない、いつでも出せるように準備しておきなさい、と口を滑らせたとか滑らせないとか〉

〈下《しも》（一般人か？）は、口が軽いですから〉

〈それに主治医が、お命の境を曖昧にするのに難色をお示しになったようですの〉

〈そりゃそうでしょうとも。そんなことをすれば違法行為でしょうから〉

〈耳を塞ぎたくなるような怖いお話〉

〈もともと先生たちには個人的責任の所在を明らかにしないよう配慮がなされ、病状の経過発表は「森岡恭彦《もりおかやすひこ》医師団」と複数にし、森岡先生以外の個人名を伏せておりますわよね。それでもやはり法律やら倫理にかかわる問題ですから、医者たちは嫌ったとか。でも『表』の偉い方が、陛下は法律の外におられるので一般の法律は適用しない、したがってそもそも違法、合法ということすら存在しないのだと一喝し、それに医者の仕事は医療で、発表の方は私たちの専管領域、まかせてもらいますと強引に押し通したとか〉

〈あなたはその押し引きの、その場所にいらしたのですか?〉

〈あらまさか。恐れ多くも、そんな立場ではございません。阿部《あべ》さんのお話です〉

〈おや阿部さんも、お口が軽いこと〉

隔離された王

笠原はここで重苦しい息を吐いた。又聞きの又聞きで、俄《にわ》かには信じられないと思ったが緊張する話だ。

望月は酒を勧めながら慎重にしゃべった。

「もしそうなら、これは宮内庁単独ではとても動けませんね」

「むろんです。おそらく総理大臣、内閣官房長官、外務大臣、それから当時の総務庁長官あたりが秘密裏に集まって決めた、ということでしょう」

時の総理は竹下登《たけしたのぼる》である。内閣官房長官は小渕恵三《おぶちけいぞう》、そして外務大臣は宇野宗佑《うのそうすけ》、総務庁長官は金丸三郎《かねまるさぶろう》だ。まさかとは思うが、金丸だけを除き、残りの二人が総理になっているのは秘密の共有に根ざした果実なのだろうか。

「先生は、これが本当にあったことだと思いますか？」

「まあ、しかし、作り話にしては臨場感あふれる話です」

笠原はぼんやりと空の一点を見つめていた。やがて猪口に手を伸ばすと一気に呑み干し、白木のカウンターにぱんと戻した。そのまま空の盃を睨んでいる。かれこれ一〇秒くらいたったろうか、やがておもむろに口を開いた。

「私は、本当のことだと思っています」

一度ぎゅっと唇を真一文字に結んでから、付け加えた。

「だとしたらこれぞ不敬の極みです。許せますか、こんなこと。陛下に対する冒瀆《ぼうとく》じゃないですか」

「笠原さん、確認のしようがないことで思いつめるのはよくありませんよ」

「そういう心構えは、宮内庁の思う壺ですよ、先生。これに成功すれば味をしめた宮内庁は、都合の悪いことは国民が確認できない『奥』に運んで、なんでもやってしまいそうな気がします」

笠原が弱く笑った。

笠原の天皇に対する感覚は、いっぷう変わっていた。そしてこの男こそ、天皇家の真の味方だと思ったものである。

天皇に熱狂するあまり、宮内庁を徹底的に嫌っていたのだ。いや、それを通り越して、憎んですらいた。天皇に対する、人を人とも思わない慇懃無礼な扱いに強烈な反感を抱いていたのである。

「天皇は苗字がなく、戸籍もありません。パスポートもない。むろん選挙権も被選挙権もなく、実質的には税金を取られないばかりか、故意過失を問わず、どんなことをしても逮捕されない、という不逮捕特権を持っています。とうぜん裁判もありえない。ようするに天皇は女官の言ったとおり、日本の法律の外にいる人間です」

「つまり、日本の国民ではない」

望月が応じる。

「そう言えます。しかし国民でないからといって外国人でもない。外国人だって日本国への納税の義務もあれば、違法行為をしたら逮捕されますからね」

「ええ……しかし」

望月は水を向けた。

「そうすると、へんてこになりませんか？」

「……」

「日本国民ではないのに、何故に我が国の象徴になるのか。どうにも、しっくりきませんが、そう感じるのは僕だけだろうか」

笠原は、物憂げな眼でじっと望月を見つめてから言った。

「そう、そこなんですよ、落ち着かないのは。つまりですよ。日本国民でもなければ、外国人でもない。としたら、いったいどういうお方なのか？　先進国でそんな存在は他にいません」

一筋縄ではいかない問題だった。難題を前に、二人は長い間沈黙したものである。

天皇は東京のど真ん中で暮らしている。しかしお膝元の都民も国民も天皇の何たるかをよく知らない。知らないばかりか知ろうともしない。まず、望月はこのことに驚く。

憲法上、天皇の地位は国民の総意に基づくとなっている。望月の意見も、その総意の一つに違いないのだが、天皇をあなたはどう思いますかなどと、今まで直接訊かれたためしがない。では、どうやって総意を確かめたのか？

「先生、何だかんだと我々の税金はけっこう使われているんです。私はね、陛下がお使いになるのはぜんぜん構わない。よろこんで使っていただきます。しかし実際、わがもの顔できり回しているのは宮内庁です」

「ええ」

「天皇にはタブーがあっていい。国の象徴ですから、タブーがなければ成り立ちませんよ。しかし宮内庁は違う。公務員でしょう？　役所の窓口に座っている連中と変わりないわけです。にもかかわらずやつらは天皇の威を借り、きらびやかなセレブを気取って自分たちもタブー扱いしろといった尊大さです。私は認めませんよ。先生、私に充分な説得力があるかどうか知りませんが聞いてくれますか」

笠原が自信なさげな顔で言ったが、中身は堂々たる主張のようだった。

「私は、神と崇《あが》められていた人間に興味を惹《ひ》かれ、のめり込んだわけですが、調べれば調べるほど湧いてくるのは同情心だけです。天皇、皇后、皇太子、皇太子妃……、天皇ご一家の一挙手一投足が宮内庁の監視の対象でしてね。むろんそれは致し方のないことかもしれませんが、程度というものがあります。あまりにも度が過ぎる。天皇ご一家は、『お守りする』という都合よく強弁を弄する連中に手も足も出ず、十重二十重《とえはたえ》と囲まれ、有形無形の『お守り』の中に天皇の自由が封じ込まれている。私はそれが我慢ならないのです」

「……」

「陛下は」

笠原の口調に、静かな憤《いきどお》りが含まれはじめた。

「自分のケータイ電話を持っていると思いますか？」

「はて、どうだろう。おそらく無理でしょうな」

「でしょう？　今はどうか知りませんが、インターネットもうまく外されている。先生、人間は自分でしたいことをする、好きに暮らす、それが基本的人権じゃありませんか。陛下だって、殿下だって、生身の人間です。友人と気ままに話したい、冗談を言い合いたい、悩みを打ち明けたい。ところが宮内庁は、反抗的に聞こえない反抗、不平に聞こえない不平を自在に操《あやつ》って自由を阻害するのです。皇居は、高貴に見せかけた下劣な規制であふれています。いったい人間としてのご一家はどうなります？　人間、束縛が一番こたえます。傷も付きます。心が壊れかねません。いや、じっさい皇太子妃はあのとおりです。もっともっと血の通った接し方をすべきです。私は宮内庁の冷血なるバリアをぶち破って、自由の光をさんさんと注いであげだいのですよ」

笠原が繰り返した。

「天皇ご一家に自由はありません。玉座にはそれなりの代償がいりますが、限界を超えている。あれでは幽閉《ゆうへい》以外の何ものでもない」

「そうかもしれません」

「人間には自由を求める年齢があります。われわれみたいに長く生きてきた者ならどうということはないが、若ければ若いほど自由を欲する。皇太子妃、雅子《まさこ》さまの場合、あれでは身も心も持ちません。私の耳には、相談相手も限られた、あの広く寂しい御所から、夜毎啜《すす》り泣く声が聞こえてくるのですよ」

酔ったのか、語尾が乱れた。乱れたが言葉は止まらなかった。

「不憫《ふびん》過ぎます。どうしても解放してあげたい」

「どうやって？」

「私ごときものにできることなど知れてます。私的《わたくしてき》手法は負け犬の遠吠え作戦です」

「遠吠え作戦？」

「ご存じのとおり、古今東西、王というのは民衆との隔離という策をもって、権威を保ちます。四六時中その姿を国民の目にさらすと、マジックのネタバレと同じで、なんだ普通のおじさんじゃないか、自分たちとどう違うのだ、という感覚を持ってしまってカリスマ性を失うからです」

「ええ……」

王は下々の目に触れさせない、知らせないということで、王は王たりえるのだと語った。

そのための策として、写真や映像の露出を制限する、肉声を聞かせない。何ごとも絞りに絞って小出しにし、伝説を造り上げ神秘性を保つのである。

王のカリスマ性は宮廷の権力を保障し、カリスマ性の拡大は宮廷の権力拡大を意味する。だから宮廷は、徹底的に垣根を高くし、王と民を引き離すのである。

それにメディアを加担させ、長い間「雲上人《うんじょうびと》」を造ってきたのだ。

しかし現代になって強敵が現われた。大マスコミと違って、コントロールのきかないインターネットの登場である。見せない、知らせないの真逆に位置する彼らにとっての恐怖のツールが幅を効かせはじめたのだ。

ネット上での敵性思想の摘発などは困難で、しかし野放しにすると、これまでしてきたことが一気に崩壊する危険性がある。

禁止が成立しない相手に宮内庁は頭を抱える。だが時代は止まらない。インターネットは花開く一方で、これからが満開を迎える。新手の強敵を前にこの先をどう乗り切るか?

「宮内庁は、非常に難しい舵取りを迫られていますが、私にとっては今がチャンスです。そこに楔《くさび》を打ちます。陛下と宮内庁の間に割って入るのです」

「というと?」

「私の後ろ盾はネットです。つまりブログを作って、陛下とそのご一家の情報をどんどん流します。ご一家はこんな遊びをしている。こんなことに興味がある。こんな疑問を持っている。こんな本を読んでいる。こんな洋服の趣味がある。宮内庁の発表される、通り一遍の退屈な話ではなく、等身大の天皇ご一家のニュースです。それを読めば子供も大人も身近に感じ、敬愛を寄せるはずです。インターネットこそ宮内庁の傲慢な支配欲を粉砕する武器、天皇ご一家に自由を取り戻す切り札なのです」

「……」

「やり方は、はなはだ稚拙《ちせつ》かもしれませんが、私は私なりのブログを作ります。もうタイトルも考えました。『万歳！　天皇ご一家瓦版』」

「『瓦版』ですか……」

「ええ」

「それは、皇族の権威を削《けず》ることになるかもしれませんよ」

「少しくらいはしかたがありません。しかし、その分、かけがえのない自由が得られます」

「危険な賭けだと思いますが」

「先生、もう決めたことです。今となっては私の使命は、私の命より重いという確固たる信念があります」

笠原はそうとう酔っていた。

「命を懸ける価値がおありですか？」

「ええ、天皇の血脈は幾度も断絶しています。まともな学者ならみなおっしゃることです。しかし、私にとっては、そういう意味での正統性はどうでもいい。今の天皇ご一家が好きなのですから。つまり、私の憂《うれ》いは」

また盃を睨んだ。焦点がずれている。しかし、厳しい顔で語った。

「陛下のお世継ぎです」

ついに来た。笠原の話がここに行きつくのは時間の問題だと思っていたが、望月にとっては巻き込まれたくない話だった。

人間、好きに生きろ！というダダイズムの色合いが濃い望月には興味のわかない話題なのである。

さて、皇室典範では、天皇は男子に限られている。きびしく照らし合わせれば、次期天皇は男子のいない皇太子家ではなく、男子のいる弟の秋篠宮《あきしののみや》家に移る可能性は否定できない。

「秦の始皇帝に仕えた宦官は、どうしたか？」

唐突に言った。傍目《はため》にも分かる酔眼《すいがん》である。

「先生、あの宦官どもはいったい何をやらかしたのか……」

笠原の身体が、ぐらりと揺れたが、いささかのためらいも見せずに言い放った。

「秦の始皇帝亡きあと、恥知らずにも始皇帝の死を長い間伏せ、なんと始皇帝の遺言を焼き捨てて、始皇帝が世継ぎに指定した長男を抹殺し、弟を玉座に座らせたのです。奉ずべき世継ぎを容赦なく亡き者にし、そのあげく自分たちが担《かつ》ぎあげた弟の新皇帝すら処刑し、宦官自ら政治の舞台に躍り出て、皇帝のように振る舞い、自分たちこそが権力だとのたまったのです。宦官共の使う言葉は、これ以上ないというほどの慇懃な敬語ですが、心の中は獣です」

もう話せないほど、したたかに酔っていた。

「私はぶちかまします……『万歳！　天皇ご一家瓦版』……手抜きはしません」

終わりの始まりだった。そして笠原は一〇階から墜落した。

あの日のやりとりを思い出しながら、望月は豆大福を買いに行った。

3 チャイナの文字の謎

桐山《きりやま》ユカに電話を入れたのは、東銀座駅から地下鉄に乗る前だった。

「少し話したいことが……」

望月の声は深刻だった。その声色で状況を察知したのだろう、ユカは多くを訊かなかった。

「はい、ではお伺いします」

家にやって来たのは指定時間きっかりの夜八時、急ごしらえの夕食を持参し、長い指で手際よく、萩《はぎ》焼の皿に盛り付けはじめた。

その間、望月の説明は続いていた。子供が学校の先生に花丸をもらったので一刻も早く、親に打ち明けたい気持ちに似ていて、話さずにはいられなかったのだ。

他殺と思い込んで話せば、聞く方も、おのずと他殺説に染まってゆく。

「先生、それは笠原さんのブログが原因ですね」

ユカが、食事の準備の手を休めずに話を続けた。

「それにしてもその長坂って刑事、別れ際に先生を脅すなんてアク趣味。どういう魂胆《こんたん》かしら」

「時代遅れのファッションもそうだが、どこかいっぷう変わっていて捉《とら》えどころがありません。日本には不適当な人間だ、などという僕への皮肉なども真意がどこにあるのか」

「先生、それって皮肉ではなくって、厚かましい脅しですよ」

「そうとも言えますがね」

「悠長すぎます」

「しかしユカさん。この鼻は利きますぞ。あのけしからん刑事は、僕に悪さはできません」

　ユカが手を止めた。

「なぜ分かるんです？」

「まあ……根拠なき、予感」

「もう」

　ユカがちらりと睨んだ。若干の垂れ目、表情には憂いを含んでいる。

「先生、ありがとうございます」

「えっ、なんだろう？」

「蝶ネクタイ、とっても素敵です」

「ああ、これ。懐古趣味ですがね」

機嫌よく自分の胸元を触った。手間暇かけて作ってくれた料理に、ポロシャツやらセーターでは悪いような気がしたのだ。そこで、ご馳走にあずかる身としては蝶ネクタイを結び、感謝の念を示したかった。白のシャツにコーデュロイのジャケット。下手《へた》をすると腹話術師かバーテンダーだが、ちょいとしたポイントがあって、そこをきちんと押さえればちゃんとなる。

「あの刑事は」

望月が、背もたれに身をあずけ手持ち無沙汰ふうに話を戻した。

「普通の公務員であって、悪人ではない。おそらく諭《さと》しているつもりなんでしょうねえ、僕を」

「趣味の問題ではすまされませんよ」

ユカは望月の無言に少し反発した。

「では、いい人ですか?」

「それは見方によります。しかし、まあ、あの程度じゃ、僕の心は縮みませんね。ユカさんに怒られたら縮むけど」

「先生。笠原さんが亡くなっているのですから。それに去年だって間一髪だったじゃないですか」

アパート火災のことである。放火で全焼したのだ。むろん犯人の狙いは分かっている。望月の破滅だが、そんなことで音《ね》を上げるほどヤワではない。正義は理想であり、理想を追求すれば既成勢力や権力とぶつかるのは覚悟の上だ。

その後、しばらく北海道に潜み、戻ったのがこの家だった。信頼のおける友人が融通してくれたものだが、道は行き止まりになっていて人の来ない一軒家だ。他人名義で借り、表札もなければ住民登録でさえ省略している。

すなわち望月真司なる作家はいるにはいるが、どこを探しても見あたらず、幽霊のごとき存在だ。むろん望月の希望的観測だが、心からそうなりたいと願っている。

もっともユカに言わせれば、その効果のほどはどうでしょう？　であるのだが。

消されたブログ

「脚だって、ナイフで刺されたんですからね」

ユカが痛い話を持ち出した。今でもときどき疼《うず》くことは疼く。以前はナイフで刺されるなど、考えるだけでも恐ろしいことだったが、いざ、やられてみるとどうということはなかった。

「案じてくれるのはうれしいけれど、〈**真実は強大なる楯となって死の影を覆《おお》い、深き眠**

りをもたらす〉のです」

望月は気取った詩の一篇を口にし、「名誉の死で最期を飾るのも、おつなものです」と言った。

「そんなことおっしゃって。あっ、いいです、わたしがやります」

腰を上げようとした望月を制した。

「お箸《はし》ですよね」

「えっ、うん……まあ……おそらく」

「おそらくって?」

「いや、何と言うか……たぶん早く料理を摘《つま》みたいという衝動が、無意識に身体を浮かせたのだと」

「もう子供なんですから。ちょっとの辛抱ですよ」

ユカが冗談めかして、箸置きをさっさと並べながら続けた。

「先生、これだけはちゃんと言っておきます。敵は紳士的でない方法で、近いうちにきっとまた――」

と望月が遮る。

「いえ、ユカさん。あちらも人非人《にんぴにん》ではないはずですから」

「無抵抗の人間にこれ以上ひどい扱いはしないと思います」

まっさきにポテトサラダに手を出した。

「怖くないのですか？」

「怖くないと言えば嘘になります」

口に放り込み、二噛み、三噛みしてから続けた。

「危険か危険でないか、など考えはじめると限《きり》がありません。パイロットだって危険があるし、鳶《とび》職人だって危ない。仕事に伴うリスクは珍しくはない。それにもう歳です。好きに生きたい」

「自由に書く楽しさは分かりますけど」

「自由というのは僕の生命の源《みなもと》です。死の瀬戸際までヒューマニストでありたいしね。最近、思うことがあります」

ユカが好奇心の眼で望月を見た。望月はかまぼこを口に放り込むと、静かに箸を置いた。

「人間は平和を望む動物ですが、その反面、また危険も好みます。危険に近づけば近づくほど快感を覚えるのはある種人間の習性でしょう。旅客機よりセスナ機、乗用車よりスポーツカー、自転車よりバイクの方が楽しい。不倫や駆け落ちもまた然《しか》り、危険だから燃え上がるわけです。悲鳴を上げて楽しむジェット・コースターやらバンジージャンプが世界中に山ほどあって、スリルのために喜んでお金を払うのはそのためです」

「つまり……先生は、危険な作品を世に送り出してスリルを味わっているとおっしゃりたいのですか?」

望月はにこりと笑った。

「やんちゃすぎます」

「そうかもしれません。そうかもしれませんが、死ぬまでこのスタイルは変わりません」

ユカがしょうがないというように肩をすくめた。口の前で祈るように手を合わせ、話題を戻すように柔らかい声で言った。

「頭の壊れた犯人が笠原さんの『天皇ノート』とスクラップを標的にしたということは、その中身が殺人を焚《た》きつけるほどのものだった、ということになりますよね」

「ええ、敵の急所を、ドンと突いた」

「急所って何かしら……」

語尾が消え、急に現実に引き戻されたように顔を上げた。

「急所は天皇崩御の時期を数日ずらした、という記述でしょうか」

「そうは思いません。証拠があるなら別ですが、死亡時期の偽装などは、その辺にいくらでも転がっている都市伝説のたぐいで痛くも痒《かゆ》くもない」

「となると……」

「そう急がないでくださいよ。まだ頭がよく動かない」

「そうですね。今日は、いろいろなことがあってお疲れですもの……では一杯いかがですか？」

「歓迎します、そのアイデア。今の僕には、現実逃避が必要ですからね。冷蔵庫に『一夜《いちや》雫《しずく》』が冷えている」

「旭川《あさひかわ》のお酒……」

嬉しそうな顔をした。

「おや、知ってましたか」

「何せ望月先生、ご指定銘柄ですから」

ユカの言うとおり、最近のお気に入りの清酒だ。長期低温発酵のもろみを酒袋に入れて吊るし、圧力をかけずに自然濾過《ろか》にまかせて搾《しぼ》り落とした贅沢《ぜいたく》な酒である。

下手に考えるより、黙って脳にアルコールを送った方がよい。ユカと、ぐい呑み盃の縁《ふち》をこつんとぶつけ合ったあとは、呑むことと食べることに専念した。

鰯《いわし》の香草焼き、水茄子《みずなす》に生姜《しょうが》を添えたもの、若布《わかめ》の酢の物、大根と烏賊《いか》の煮付け……すべてユカのお手製である。そしてご機嫌なチーズ、アグールも卓上にあった。

望月は時間をかけて順番に箸をつけ、これは旨いだの、これは最高だのと称賛しつつ、盃を口に運んだ。

「そのノートは、ご覧になった？」

そのうち、話が自然に戻っていた。

「外側だけはね」

「中身は？」

「それがねえ……」

残念そうに首を振った。

「こんなことなら、もっとチェックしておくべきでした。今更何を言っても後の祭りですが……」

今ごろノートはいかなる経路をたどり、いかなる人物の手にあるのか？　いや、もう消却の憂き目に遭《あ》っているかもしれない。

「うん？」

望月は、口に運びかけた盃を止めた。

「そうだ！　肝心なやつをすっかり忘れていました」

「……」

「『万歳！　天皇ご一家瓦版』ですよ」

ユカはぴんと来てないようだった。

「ですから、笠原さんがこしらえた運命のブログです。何か掴めるかもしれません」

言い終わらないうちに、テーブルを離れていた。

宮内庁攻撃

執筆部屋にあるパソコンのスクリーンが立ちあがった。大画面である。

グーグルに文字を打ち込む。

空振りだった。頭をひねりながら、今度は笠原のフルネームを入れてみる。現われない。手を替え品を替え、引っかかりそうな言葉で検索してみたが、ないないだらけである。

「本当に作ったんですよね？」

背後からユカが訊いた。

「保証します。笠原さんに言われて、一度目にしたことがありますからね。全体が青い色調で、『万歳！　天皇ご一家瓦版』という大きなロゴがくっきりと」

「それなら、たしかそうですね」

「そう？」

望月が不満気にちらりと振りかえった。

「もしもし？　妄想ではありませんよ。こう見えても、まだ頭は頼れます。僕がブログを覗いたのは、二人で居酒屋に行った直後だから、一〇日前あたりかな。ブログは開始早々、すごい勢いで宮内庁に嚙みついてました」

「噛みつきですか？」

「けっこう向こう見ずなんですよ、あの人は。やりたくてやりたくて仕方がなかったらしく、勢いがありすぎの感じで……」

「削除されましたね」

「敵は、チャイナ政府に優るとも劣らないテクニックを持っているか……」

望月は、あきらめてパソコンのスイッチを切った。

食卓に戻って、笠原の過激なホームページを思い出していた。

書き出しは〈拝啓宮内庁殿〉だ。

〈あなたがた宮内庁はホームページ上で初代の神武天皇から一二四代まで、歴代の天皇陵のすべてを断定し、発表している。自信満々だ。しかし、古代の天皇陵は、その大半に科学的根拠はない。中世にしても怪しい。これは歴史学者の共通意見で、あなたたち自身が一番知っていることである。

神武天皇から開化《かいか》天皇までの九人は実在すら危うい。天皇という肩書きもなかった時代であり、肩書きがないのに天皇がいるのは奇怪な話で、子供でも見破れるでたらめだ。にもかかわらず宮内庁は、大風呂敷を広げてその九人すべてを実在天皇とし、あまつさえ陵墓を断定している〉

「笠原さんは古世の陵墓は贋作《がんさく》だから、フィクションだと白状しなさい、と初っ端《しょぱな》から迫っていました。間違っているものを展示してはならない。役所なら虚偽記載は許されるのか？　偽造だから即刻削除せよと嚙みついたのですが、削除せよと言った方があべこべに削除されたわけです」

〈恥を知るべきだ。縁もゆかりもない他人の墓を天皇家の御陵だとし、その管理運営費を毎年毎年我々の税金でまかなうなど違法であるから、宮内庁はただちに科学的な調査を実施し、その結果を国民に公開し、責任ある対応をすべきである〉

「役所の欺《あざむ》きを」

ユカが涼しげな目で言った。

「世間に知らせるのは、まっとうですね」

学生時代、陵墓の調査願いを何度も宮内庁に提出して、その都度けんもほろろに断られたユカとしては、笠原の意見に共感しないわけはない。

「あちらさんの調査拒否理由は、いつも決まっています」

ユカが続ける。

「天皇の個人的な墓だから、一般の調査はまかりならんの一点張り。この論理は国民を愚弄するものです」

「まあねえ」

「先生、まあねえで片づけられる問題ではありませんよ」

ユカは望月を睨んだ。柔和な造り睨みである。

「わたしたちは」

ユカがしゃべった。

「学問上、本当に天皇家の墓であるかどうかを調べさせて欲しい、とお願いしているのですよ。それなのに、天皇の個人的なものだから触れるな、はないでしょう」

「ものすごい屁理屈だね。たとえば」

望月は酒を呑んで、支援した。

「その財布はあなたのものではない、僕のものだ、調べさせて欲しい、と主張する。すると容疑者が、いやこれは僕個人の所有物だから触るな、調べさせない、と言い張るのと同じ」

「でも、それで長いこと押し通してきています」

「うん、そこですよカラクリは」

「……」

「屁理屈で黙らせる手法が今までまかり通ってきた」

「どうしてでしょう？　なぜ頭の良さでは評判の日本人がみんな沈黙してしまうのか、いえ宮内庁の主張に屈服し、賛同してしまうのか、真実への裏切り行為です」

「なるほど、真実への裏切り行為か。うまいこと言うねえ。まあこれもそれも僕は深く考えさせない暗記教育の賜物だと思っています。で、宮内庁の力の源は何か？」

「天皇の権威です」

「そう。切り札は天皇の権威、ご威光。宮内庁が窮地に立つと、その切り札をぽんと切る。これ以上の詮索《せんさく》は不敬である頭《ず》が高い、とやらかすわけです」

　望月は一拍置いた。

「不敬というのは『史記』にたくさん登場しますから、三〇〇〇年前からあった問答無用で口を封じるツールです。しかし、二一世紀に入っても、まだ不敬に畏《おそ》れおののき、降参してしまうのは日本人の特徴で、おおかたの欧米人には理解できないと思いますよ」

陵墓の謎

宮内庁が神武天皇陵に比定した山本ミサンザイ古墳（奈良県橿原市）。写真／時事通信フォト

ユカの酌《しやく》を受けながらしゃべった。

「しかしそうは言っても時代は少しずつ変わっています。僕の周りでも、下がりおろう、と言われても下がらない人たちが多くなってきた。頭が高いと叱られても低くしない人も増えている。笠原さんは違うふうに変わっていて、引き下がらないのは宮内庁にだけで、天皇へは崇拝に近かった」

「なんとなく分かります」

「宮内庁の役人は天皇という巨木の下に生える雑草だとし、はっきり両者を区別しています。天皇は尊敬するが、宮内庁は尊敬しない。この辺の線引きは実にはっきりしていて宮内庁は天皇と国民に対して幾つもの犯罪的な過《あやま》ちを繰り返しており、それを決して許してはならない、というのが彼の明確な立場でした」

望月は記憶をたどりながら、あたかも笠原のブログのすべて覚えているように説明した。

〈天皇陵を完璧に比定したのは明治時代である。

巨大で頑強な武家社会を壊し、新しい世を造る。武士には将軍に代わるものが不可欠だった。しかし江戸庶民の感覚では、将軍が山の頂《いただき》で、将軍の上はありえない。もし、いるとすれば神だけである。ならば天皇を神にしてしまえとなり、そこで天皇の過去を過大に演出し、神に変身させたのである。

先祖を神とし、明治天皇をそこにつなげる。

さて、天皇は神の子だといくら口で言っても限界がある。目を付けたのは古墳だ。見て分かるとおり、巨大古墳ほど神々を連想させるものはない。

まず、神武天皇はじめ、見た目立派な古墳にぺたぺたと菊の御紋をつけまくった。むろん比定作業などやっつけ仕事だ。もっともらしい古墳を探し出しては、改築、増築で、ピカピカに磨き上げただけの科学的な裏付けもへったくれもない偽造だ。

かくして宮内庁は明治維新というどさくさに紛《まぎ》れて他人の墓を不法に専有したのである。それは国民遺産の収奪に他ならない〉

刃《やいば》は、宮内庁にまっしぐらに向かっている。

〈陛下と縁もゆかりもない墓と知りつつ、税金を使い続けるのは不正使用であって、確信犯だ。

犯罪的行為は、偽造、税金盗用に留まらない。

古墳は遺跡だ。遺跡の調査を拒否し続けるのは歴史学、民俗学の破壊で、学問的損失は測りしれない〉

「笠原さんが一番怒っているのは、こともあろうに他人の墓を化粧直しして天皇陵とするのは天皇家を汚すもので、神をも畏れぬ所業だという点なのです」

「あっ、そうですよね」

ユカが手を口に当てた。

「そう言われれば非理性的。よく分からない人のお墓を天皇の先祖として敬《うやま》うなど先祖供養という点からも大問題です。あたしだって、赤の他人の古いお骨《こつ》を自分の先祖だから、供養しなさいと言われたら……考えただけでもぞっとします。お墓の方もいい迷惑でしょうね。自分の子孫じゃないのに」

ユカが顔をしかめた。わたしがあたしになっている。酔った証《あかし》だ。

「国民に、隠し通せるものではありません」

望月が肴を摘みながら続けた。

「未来永劫、騙し続けるなどしょせんは不可能です。すでにあちこち、これだけボロが出ているのですから、いずれ、きちんとした科学のメスが入る。人間なら真実を望むからです」

「次々と古墳の正体が明るみに出たら、宮内庁はどうするのでしょうね」

「テレビの前で九〇度に腰を折って頭を下げ、神妙な顔で前任者と外部の研究者たちがしたことですが、庁ぐるみで調査すべく、このたび調査委員会を設置し……と三、四年かけるでしょうね。結局は、決定的な証拠を発見するまでには至りませんでした、とかなんとかやってまた再調査……そして暫時《ざんじ》先送りしながら下手人たちは定年退職を済ませてゆくのは目に見えています」

「年金使い込み発覚の社会保険庁を彷彿《ほうふつ》させます」

「ウヤムヤにしてしまう茶番劇ですが、ある意味、僕は同情します」

「えっ、どうしてですか？　こんな長い間あたしたちを欺いてきたのに」

「それはそうですが、官僚組織で生きるということは、並大抵のことではありませんから」

「でも……」

「公務員にも良心があります。真実を世に知らしめたいと思っている人だっていることはいるのです」

「そうでしょうけど……」

疑わしげな眼を寄越した。

「僕は以前個人的に、宮内庁の人が天皇制はもう現代にそぐわない、そろそろなくなってもいいと、こっそり本音を漏らしたのを聞いています。この人は宮内庁でも頂点に近い人物なのですが、しかし表だって異論を唱えることはしなかった。動けるわけもありませんしね。想像してごらんなさい。公務員です。僕だってまかり間違って宮内庁に就職し、家庭を持ち、子供がいたら、悲しいかな、やっぱり腐った空気を吸いながらでも隠蔽、保守の道を歩くかもしれません」

「先生に限って、それはないでしょう」

「そう思いますか?」

「ええ」

「そうね。僕も耐えられるとは思えない」

苦笑した。

「でも先生、宮内庁は誰よりも天皇に忠実でなければならない立場にいるべきなのに、他人のお墓を天皇の陵墓にしてしまっているというのは、心臓に毛が生えているどころの話ではありません。あたしなら、夜も眠れないはずです」

「たしかにそうでしょう。そうでしょうが、しかし陵墓の否定は自分たちの全否定につながります。長年言い張ってきたのですから、今さら贋作《がんさく》を明かせば上を下への大騒ぎ、毒を食らわば皿までという言葉がありますが、まさにその心境でしょう。結局は居直って生きるほかはない。とにかく定年退職まで、賢く陛下の権威を駆使して渡り切る。それが公務員というものです。しかし、中には待っている宮内庁の人もいます」

「何をです?」

「笠原さんみたいな人をです」

「……」

「人にはだれだって、天から授《さず》かった良心というものがある。人格障害者でない限り、良心は自分の不道徳さに苦痛を与えます。すなわち、宮内庁の一部の人は罪悪感を抱えているのです」

「そうでしょうか」

ユカが両手で盃を持ち、不満気に付け加えた。

「慣れるということもあると思いますが」

「むろんそういうこともあるでしょう。しかし幾人かの良心は、雇用主である国民を欺くことに忸怩《じくじ》たる思いを抱いている。強烈な孤独感と言ってもいい。疾《やま》しい人にとってのお清めは、真実の告白です。しかし口が裂けても言えない。誰だって人生を棒に振る危険は冒《おか》せませんからね。そこで笠原さんのような直言に出会って、ほっとするのです」

「なぜ、ほっとするのです？」

「笠原さんの直言は、汚れた心を洗う聖水です。そういう人が何人も現われてごらんなさい。世論がいずれ真実を求めて騒ぎだします」

「……」

「つまり良心的な公務員は、世論が盛り上がって古墳に光を当てることに安堵するわけです。ああ、これでもう偽らなくても済むとね。彼らは天皇のご威光も利用すれば、世論も利用します。役人は己の軌道修正までも他力本願なのですよ」

「先生は、そうした宮内庁良心派の味方ですか？」

「ものは考えようです。僕の熱心な隠れ支持者が宮内庁にいると思えば、心強いじゃありませんか」

望月は酒呑み話ていどのことを口にしてから、話を本題に持ち込んだ。

「計画的殺人は、必ず被害者の過去に絡んでいます」

皇帝の文字

望月は笠原の机の上にあった聖書も気になっていたが、もう一つ、今まで使っていたぐい呑みを手にとってじっと眺めていた。

「こいつが、どうにも引っかかるのです」

小さな文字が書かれている。ユカにその盃を渡した。手にとったユカは、たったこれだけ？　という表情で音読した。

「始皇帝」

チャイナのファースト・エンペラー、秦の始皇帝である。

「これは笠原さんの土産《みやげ》なんですよ。昨年、彼は西安《せいあん》を旅していましてね」

「西安？　兵馬俑《へいばよう》ですか」

「俑」とは、人形の意味だ。それから発展し、人や動物をかたどった副葬品を表わす。今では兵馬俑と言えば、西安から出土した秦の始皇帝にまつわる約九〇〇〇体の兵と馬の、実物大の陶俑《とうよう》群を指している。

「西安が、事件とつながっているとおっしゃるんですか？」

「というか、この盃が重要なメッセージのような気がしてならないのです」

望月が深刻そうに答えた。

「笠原さんの旅行目的は、兵馬俑以外にもあったようで、命運の鍵を握っていたのは、そっちの方だという気が」

「西安で、兵馬俑以外ですか？」

望月が頷く。

「ええと……それ以外だと、あとは始皇帝の陵墓と……他になにかあるかしら」

「あるのですよ、それが。歴史家は見落としがちですがね」

「……」

「文字です。笠原さんは、文字に執念を燃やしていました。文字が日本の正体を解き明かすと言っていたのがとても印象に残っているのですよ。どうもその執念が死を招いたように」

「どうして西安が文字なんです？」

「おや、おや、ユカさん、始皇帝が文字を統一したのをお忘れですか？」

「あっ、そうでした」

ぺろりと舌を出した。ユカは照れ隠しに徳利《とつくり》の首を摘んだ。

「漢字を統一したんですよね」

「かなり違います。漢字とは漢《かん》（B.C.二〇二年～二二〇年）の文字です。秦の始皇帝はそれよりずっと前の西方の騎馬民族ですから、したがって漢字ではありません」

「あら、そうでした」

「それはさておき、僕の記憶の隅に、笠原さんのある台詞《せりふ》が残っていましてね」

「……」

「文明は文字からはじまり、文字は数字からはじまり、数字は一からはじまった。そして自分の人生は、取材先での運命的な出会いで、はじまったのだと」

「現地の人と？」

「おそらくは。で、その人物は自分で解き明かした神秘的な文字の成り立ちを、笠原さんに教えた」

「神秘的な文字の成り立ち……？」

　ユカが鸚鵡《おうむ》返しに言ってから訊いた。

「それが死の原因に？」

「気になるところです。そしてそれ以上に、印象に残っているのは、文字は仏教と共に伝来したのではなく、神道とともに渡来したという台詞です」

「まさか」

「僕も驚いて訊き返したのですが、笠原さんの主張には何の外連味《けれんみ》もなかった」

「でも先生、『日本書紀』にも漢字は仏教と一緒に渡ってきたと書かれています。神道ではありません」

「仏教が漢字を運んできた、というのは仏教勢力のいいプロパガンダという見方です。神道勢力を打ち負かした仏教勢力が中央政府を牛耳《ぎゆうじ》り、都合よく『日本書紀』を編纂《へんさん》したと考えればなんの不思議もありません」

　仏教勢力の蘇我《そが》氏が、神道勢力の物部《もののべ》氏を負かしたのは五八七年のことだ。『日本書紀』の編纂開始はそれからざっと一〇〇年後だが、まだ九州の隼人《はやと》、東北の蝦夷《えみし》といった地方勢力が存在し、彼らは物部の残党と結託し、神道勢力は力を温存していたのである。『日本書紀』は、侮《あなど》れない彼らをなだめつつ、しかし仏教勢力を誇示した。仏教と漢字は一緒に伝来してきたのだと。

「でも先生、どうして仏教勢力はそれほどまでに漢字にこだわったのです？」

「いい質問です。文字は神でありましてね」

「文字が神?」

「そのことはとても重要ですから、しっかりイメージしてください。文字というのは神秘的で、たいへんな持久的伝承能力を備えています。その予期せぬ力で支配のツールになり、王の証となったのです」

文字の神秘だ。『ヨハネの福音書』一章一節にもこう書かれている。

〈はじめに言葉があった。言葉は神と共にあった。言葉は神であった〉

占いは骨や甲羅《こうら》に記した文字で行なっている。文字は神と人間とを結びつけるツールだ。下々の民は自分たちの世界にはない、得体の知れない模様を読み解く人間を神の仲介者として崇め、平伏《ひれふ》す。したがって、他の者はみだりに使ってはならず、文字は支配者が独占した。

そのうちにもっと特別な文字を造った。始皇帝だけが使える今の漢字に近い始皇帝文字だ。

〈始皇帝＝始皇帝文字〉

↓

〈天皇＝漢字〉

漢字を探れば天皇に行き着く。笠原は、西安で文字に関する何か決定的なものにぶち当たり、それは天皇にまつわる国家機密に属するものだった。だから偏執狂的愛国者に命を狙われたのではないか。

このことは望月の胸にずっと蟠《わだかま》っている一つだった。

「でも」

ユカがまだ漢字に拘《こだ》わった。

「そうなるとおかしくなりませんか？　神道は倭国の土着の祀《まつ》りごとなのに、漢字は神道と一緒にやって来たというのは」

「うん、そうなんだが……しかし本当に神道は土着の祀りごとが芽吹いたものなのか……たとえば始皇帝のもちいたシャーマニズムを合体したということはないだろうか？　その辺に重大なカラクリがありそうな……」

ユカが酒を注ぐと、徳利からぽたぽたと数滴が垂れた。

「あら、もう終わり。どうしましょう」

望月はちょっと考え、ウイスキーにしますかね、とユカの後ろに視線をずらした。

飾り棚の中に「余市《よいち》」の二〇年ものが並んでいた。

神秘の力

漢字発生の地は言うまでもなくチャイナだ。紀元前一五〇〇年あたりから紀元前一〇〇〇年にかけて栄えた殷《いん》の時代の、「甲骨文字《こうこつ》」がその原型だ。

今の漢字とは姿形がかなり違って、むしろ別物に見える。

甲骨に文字を刻み、それを焼く。その時発生するひび割れが、神の意志だとされて、国の大事を決めていた。

殷と戦争状態にあった周辺異民族に羌《きょう》という国があったが、羌についての生々しい甲骨占いが残っている。

〈羌族一〇人の首を切る。結果は凶。羌族一五人の首を切る。結果は凶。羌族三〇人の首を切る。結果は吉〉

占いごときで首をはねられる捕虜もたまったものではないが、それはともかく甲骨文字

チャイナ文字の陰にエジプト文字あり

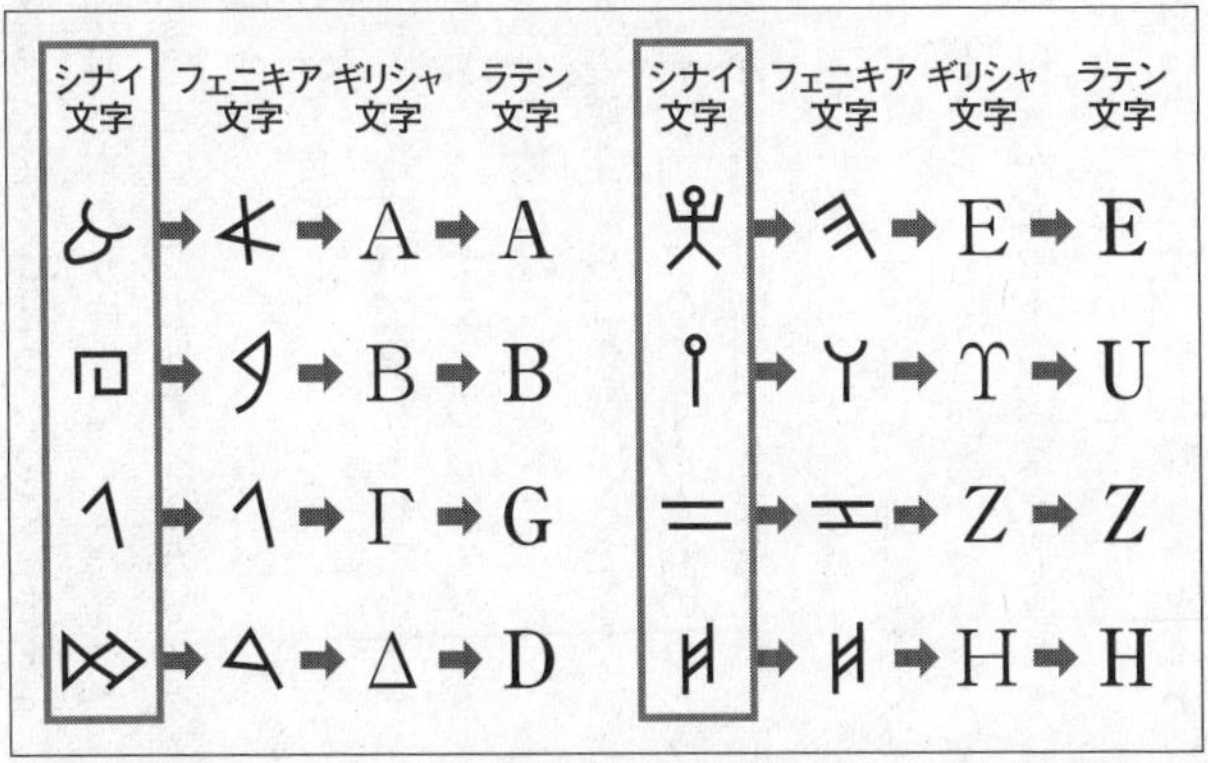

古代エジプトのヒエログリフに類似するシナイ文字（原シナイ文字、原カナン文字とも）はフェニキア文字の祖とされ、現代のアルファベットに通じている。

は神との通信手段であり、人へ読み伝えるものではなかった。文字はもっぱら崇高なる神事の道具だったというのが定説だ。

殷が滅び、次の王朝、西周《せいしゅう》（B.C.一〇四六年〜B.C.七七一年）になる。

この時代の花形は青銅器だが、それにも文字が書かれている。しかし、まだ文字は占い師の領域だ。

時代がさらに下り、ようやく人が読む文字が登場したのは、春秋《しゅんじゅう》時代の晋《しん》（B.C.五九九年〜B.C.五八一年）あたりになってからだが、下々は使用できない。支配者の独占物だ。

日本の時代劇でよく見かける「上意」の文字。人々は頭上に掲げられたこの文字に平伏する。女性が漢字が使えなかった理由もそこに由来する。

「各地で文字は見つかっています」

望月は水割り片手に、しゃべった。

「文字といっても地方、地方でスタイルはまちまちで、中にはシナイ文字に似たものもあります」

「シナイ文字?」

「エジプト東部で発見されていますが、紀元前二〇世紀ころの石碑に彫られたやつです。どうもチャイナ文字の陰にエジプト文字ありというやつかもしれません」

望月の独走がはじまった。

「今の漢字からは想像すらできないバラエティです。あちこちからたくさん発見されていて、紀元前三二〇〇年あたりのウルク文字やメソポタミアやエジプト文字の遺産を引き継がなかったとは断言できません」

「……」

「古代チャイナの地域、地域で異なる文字が使われていた事実は何を意味するかというと、おそらくもっと西の、メソポタミアあたりからやってきた一〇〇〇、二〇〇〇の部族、民族が大中小の国家を形成していて、互いの交流が極端に薄かった。だから文字はバラバラだったということです」

「頷けます。今に至ってもチャイナは多民族国家ですもの。政府が公認しているのは五六の民族ですけど」

ユカも薄い水割りをちびちびと舐めている。

「そして、ついにというか」

望月がしゃべる。

「とうとうわずか一三歳の始皇帝が登場します。秦国を名乗り、チャイナの中原《ちゅうげん》を手中に収め、言葉と文字の統一を命じるのです」

国の統一と言葉、文字の統一は一体だ。命令は正確でなければならない。その命令文を地方官に手渡さなければ国はバラける。

断固としてやりとげたのは始皇帝が初めてではなく、それ以前の強国だって時代、時代に行なってきたことである。

支配と言葉、文字での民族征服は不可欠要素だった。それは連綿と近代まで続いている。スペイン語はメキシコを征服し、ポルトガル語はブラジルを征服し、英語はアメリカ・インディアンを征服し、かつて日本語も言葉・文字の韓国、

中原を統一した秦の始皇帝

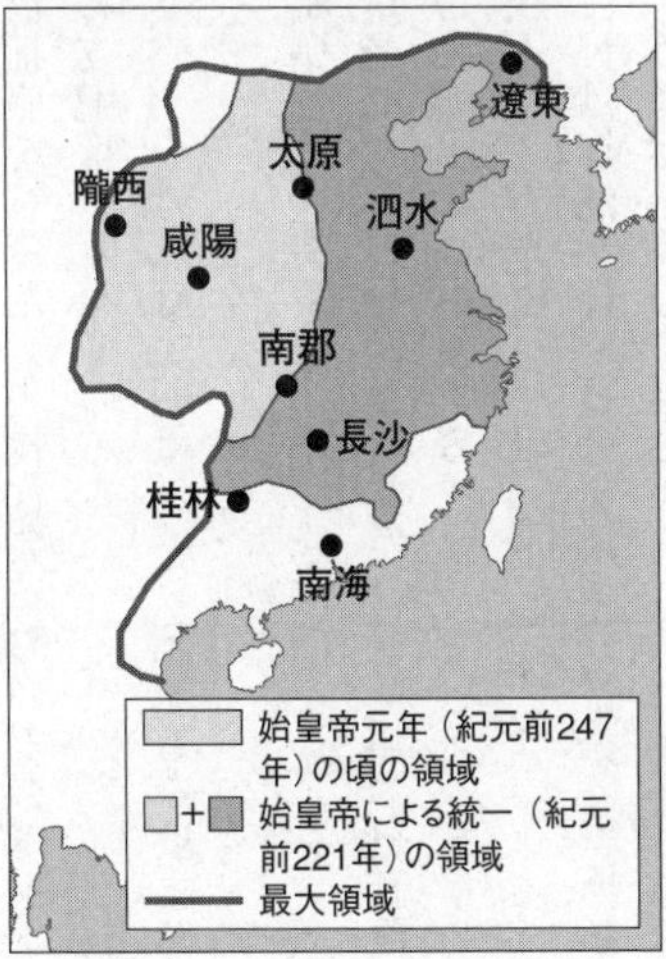

台湾征服を試みた。現代社会においてもベルギーはフラマン語とフランス語が激しく公用語の支配権を争っている。

文字がなければ文明はなく、国家もない。

始皇帝は、文字を二つに分けている。皇帝である自分が書く文字『篆書体《てんしょたい》』と、臣下の文字『隷書体《れいしょたい》』だ。この演出には脱帽する。

天が選んだ皇帝は特別な存在であって、その皇帝が下々と同じ文字であってはならない。民は燦然《さんぜん》と輝く皇帝文字『篆書』に畏怖し、ひれ伏す。まさに文字のパワーだ。

ユカは話を核心に戻した。

「文字は万物《ばんぶつ》を生じ、文字を独占しようとしない王はいないとすると、文字を追えば、やはり古代天皇に行きあたることになりますよね」

望月が、肯定しながらグラスに視線を移した。

「ユカさん、空《から》です」

と言って時計を覗くと、一〇時を過ぎていた。

「もうこんな時間ですか。そろそろお開きにしましょう」

「明日も五時起きですよね」

「はい、三流作家は鳥と共に目覚め、歴史の謎と取り組まなければなりません」

ユカが腰を上げ、ふらつく脚で後片付けを始めた。

「そのままにしておいてください」

「大丈夫。先生、西安に行く予定ですよね」

「そのつもりだけど」

「西安行きはあたしもお願いしまーす」

「えっ、クラスの生徒を放っぽり投げて？」

「あいにく、クラス持ちではありませんのよ」

振り返ったユカの顔には、楽しそうな笑みが浮かんでいた。

倭国と大国

北京《ペキン》が歴史に登場するのは、今を遡ること約三〇〇〇年、周の時代である。この地に、薊《けい》と呼ばれる豊かな都があった。

時が下って世が乱れもっと物騒な戦国時代（B.C.四〇三年～B.C.二二一年）、北京は燕《えん》の都になる。燕は、斉《せい》、楚《そ》、韓《かん》、魏《ぎ》、趙《ちょう》、秦と並ぶ、いわゆる「戦国七雄」の一つだ。

その骨格はよく分かっていない。分かっていないのだが紀元前一一〇〇年くらいから紀元前二二二年、秦に滅ぼされるまでのほぼ九〇〇年の長きにわたって栄華を競いあっていたのは確かだ。

飛行機はその古い都、北京を目指していた。

望月は笠原を思っていた。昨年、ある種の期待と幻想に包まれ、なにかに取り憑かれたように笠原もこうしてシートに座っていたのだ。

望月は出されたコーヒーをテーブルに置き、両手で蝶ネクタイの位置を正す。

カップを鼻に近づけ、顔を左右に振りながらコーヒーの香りを楽しむ。と、ユカが束の間の眠りから目覚めたようだった。窓側でもそもそとショート・ヘアを手で整え、眼が合うとにっこりと笑った。キャビン・アテンダントに劣らず、こちらの笑顔もまた爽やかである。

「おはようございます」

「疲れていたみたいだね」

「昨夜は、徹夜を強《し》いられまして」

「勤め人の旅行準備は、何かと大変ですからね」

望月はそう言って笑顔を返し、静かな声で気晴らしに出題した。

「では知的な旅ですから、目覚めの気付け薬に歴史の問題を一つ」

「はい、何かしら」

覚醒効果抜群だ。

「北京は燕の都でしたが、燕の昭王《しょうおう》という男を知っていますね？」

「もちろんです」

「その昭王にまつわる、有名な諺《ことわざ》があるのですがね」

「諺ですか？　燕の昭王の諺……何だろう、まだ頭がしゃきっとしなくって……ヒントはなしですか」

「素人ならいざ知らず、歴史の先生ですからねえ……その顔は、降参ですかな？」

内心小躍りして言った。

「思い出してみます」

ユカがやる気を見せた。窓の外を食い入るように見つめて、さっそく沈思黙考の様子だ。

通路側からも、ゆっくり流れる雲が見えた。雲を眺めながら望月はのんびりとコーヒーを楽しむ。ユカの独り言がかすかに聞こえた。うーんと可愛らしく唸《うな》って答えが出るかと思ったが、また静かになった。望月は悩めるユカを隣に感じながら、満足気にコーヒーを味わう。

そろそろ助けてあげようかな、と思った矢先だった。

「分かったもん」

というひょうきんな声。

「よろしい。では、拝聴しましょう」

「昭王は」

ユカがしゃべった。

「斉と戦うため知恵者を集めることにしたんです。戦いの勝敗は頭脳次第、優れた参謀のリクルートです。天才なら異民族でもかまわない。というか、多民族国家ですからあたりまえのことで伝統的なやり方なのですが、むしろ異民族を好む傾向がありました。他所《よそ》の国独特の大胆な発想が期待できるからです。王は家臣の一人、郭隗《かくかい》を呼んで、どうしたら世界中から優秀な人材を集められるか？　と相談しました」

すると郭隗は、平伏《へいふく》してこう答えたものである。

「それには王様、愚か者の私をまず優遇してください。それを知った全国の知恵者は、郭隗程度のレベルの低い者でも、昭王様はあのように殊遇《しゆぐう》してくださるのだから、優れた私ならもっと厚遇してくれるに違いない。そう期待して、国中から素晴らしい人材が集まってくるはずでございます」

昭王は納得し、郭隗に気前よく宮殿を建ててやった。

効果はすぐに現われた。郭隗の言うとおりである。噂が噂を呼んで、遠くの国々から秀《ひい》でた人材が殺到したのである。

頭脳集団と化した燕はあっという間に斉に攻め込んで、見事復讐を果たす。紀元前二八四年のことだ。

「ユカさん、すごい！」

「これが、昭王にまつわる諺」

ユカが得意気に言った。

「『まず隗《かい》より始めよ』です」

「正解！」

三度ばかり手を打った。我が弟子もなかなかあっぱれである。だがしかし、寂しくもある。

せっかく教えてやろうと待ち構えていたのに、こう言い尽くされてはつまらない。

――慎《つつし》んで、ちょっとは師匠に花を持たせる気働きがあってもいいではないか――

などと愚にもつかぬ思いが過《よぎ》ったが、そんなことよりも、望月は古代の偉人たちの感覚に、改めて驚きを禁じ得ない。

紀元前三〇〇年の支配者が、人材を広く外国から集め、登用するという大きなスケールを持ち、「まず隗より始めよ」と現代人顔負けのアイデアで、頭脳を掻き集める。その頭脳プレーに唸るばかりだ。

日本政府は、日銀総裁にFRBのバーナンキをスカウトできるだろうか？　外務大臣にキッシンジャーを連れてこられるだろうか？

——ありえん——

提言した郭隗も、腹の据《す》わった賢い男だが、この男に着目し、受け入れた昭王もまた、大人物である。

望月は燕（B.C.一一〇〇年ころ〜B.C.二二二年）という国に、思いを馳せていた。領土は遼東《りようとう》の地で、それは広く朝鮮半島の付け根まで及んでいる。

気になるのは、『山海経《せんがいきよう》』という古い文献だ。そこにある〈倭は燕に属す〉という記述。

『山海経』のこの個所は、紀元前後に書かれたというのが定説で、倭に関する最古の記録といっていい。

この倭が、我が倭国を指すなら大変なことだ。弥生《やよい》時代前期から倭国が存在し、それも燕、チャイナの属国だったということになる。

もっとも『後漢書《ごかんじよ》』にあげられた『論衡《ろんこう》』には、周（B.C.一〇四六年〜B.C.二五六年）の時代に〈倭人来《きた》りて暢草《ちようそう》を献ずる〉と書いてあり、倭人が朝貢していたと記されている。

『後漢書』が書かれたのは、後漢が滅びたあと二〇〇年もたった四三二年だが、遠景であっても『山海経』『後漢書』倭との関わりの、気になる一致だ。

いずれにせよ紀元前一〇〇〇年より前、チャイナは東方に位置する倭人を、きちんと認識していた。望月はそう思っている。

貢物を持参するということは、規模の大小はともかくとして、倭という国家があったということだ。逆に言えば、倭国は、遠く数千キロも離れた周の存在はおろか、大国に貢物をすればどうなるか、政治的、軍事的メリットを充分知っていたということになる。

卑弥呼《ひみこ》より一〇〇〇年以上前の話だ。

――いったいこいつらは、何者なんだ？――

三つの古都

あの北京がこんな近場だったのか、というのが偽らざる心境である。

成田《なりた》から飛行機でざっと三時間半、北朝鮮上空を迂回してもこの早さなのだから、最短で飛べば三時間を切る。

緯度的にも望月の感覚は狂っていた。北の京だから真横の延長線上に樺太《からふと》と結んでいたのだが、これまた大外れで、北緯四〇度といえば北海道より随分南であって、ちょうど盛《もり》岡《おか》くらいである。

先入観を払拭《ふっしょく》すべく地図に目を走らせ、感覚の修正を試みる。

北京を都に定めたのは燕、明《みん》、清《しん》、中華民国、そして現在の中華人民共和国だ。あっちにもこっちにも広大な陸地が広がっているのに、なぜここなのか? パワースポットなのかもしれないが歴史が折り重なっている。

北京で日本の飛行機を降り、ローカル機に乗り換える。

目指すは西安だ。こちらも北京に負けず歴史が濃い。

西周、秦、漢、隋《ずい》、唐という強国の都だ。ヨーロッパへと続くシルクロードの出発点であり、それだけでも心が躍る。

ちなみに北京、西安に続く三つ目の古都は洛陽《らくよう》だ。これもビッグネームで東周、後漢、魏(三国の魏)、西晋、北魏《ほくぎ》の都となっている。

確認のために地図を広げてみた。北京、西安間を結ぶとおおよそ一〇〇〇キロ。飛行時間は一時間半で、ちょうど東京、札幌間だ。これまた意外に近い。

笠原は西安のせいで死んだ。そしてなぜかここにきて、笠原の机の上に開かれていた聖書が気になりはじめた。近づくにつれ、次第にその思いが濃くなってくる。

古都に生易《なまやさ》しくない何かが潜み、その何かが笠原に取り憑《つ》き、突飛《とっぴ》なことが起こった。

望月は今、問題の西安に向かっている。無難に終わらない気がしてならず、あまりいい気

中国の三古都と王朝

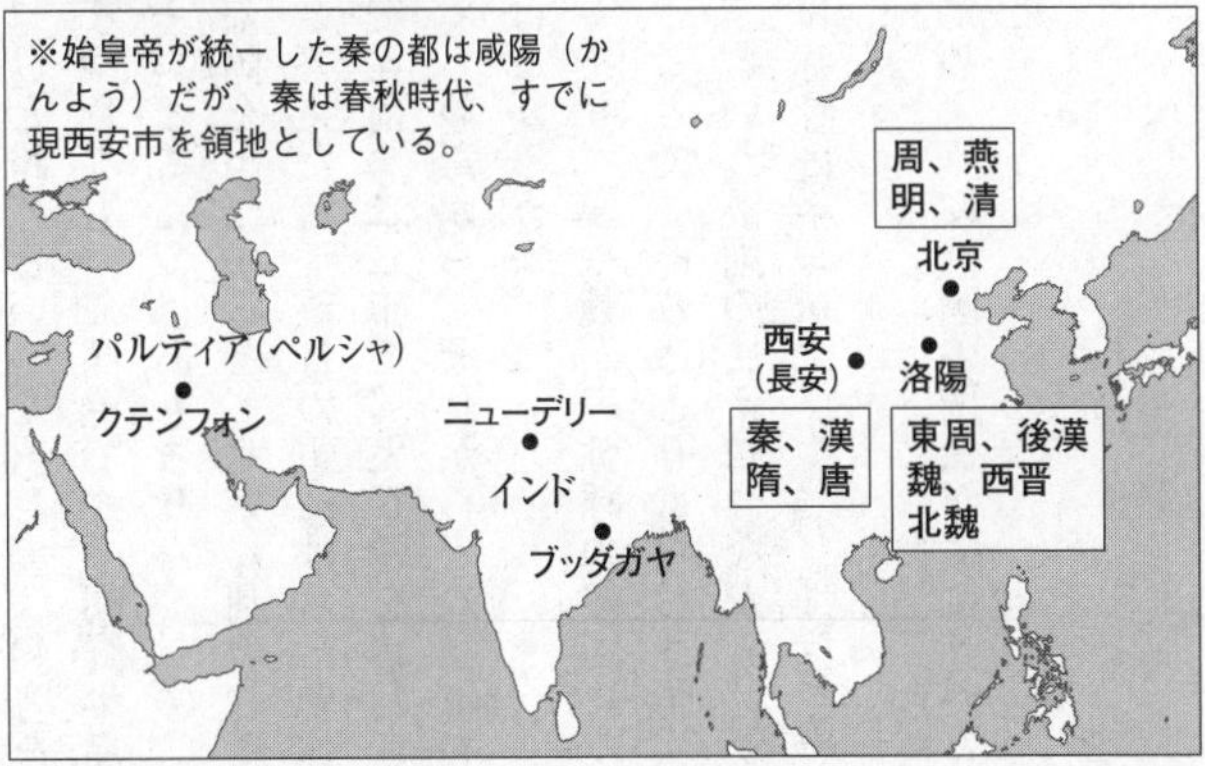

はしない。いい気はしないが、例によって危険な興奮というやつがかすかに身を包んでいた。気を紛らわせるようにユカに話しかける。

「機体は、期待以上です」

「あはは」

「昔のソ連製旅客機、イリューシンを想像していましたからね。あれはすごかった。空中分解せずに飛んでいるのが不思議なくらいでしたよ」

秦の始皇帝は戦車軍団を西安だろうが北京だろうがものともせずに送りつけ、燕の太子、丹《たん》を斬殺し、さらに逃げた君主、王喜《おうき》を朝鮮半島近くまで追いかけ捕獲している。

たいした機動力だ。これで燕は滅び、秦は広大なチャイナを手中に収め、ファースト・エンペラー、始皇帝を名乗ったのである。

「先生、昔の人の距離感って、わたしたちの想像より、ずいぶん近かったみたいですね。一〇〇〇キロひと跨《また》ぎといった感じで、刺客を送ったり大軍を移動させたり」

「まったくもって同感です。朝鮮半島の根っこまで追ったのは事実です。となると一〇〇〇キロどころではありません。二〇〇〇キロはあります。二〇〇〇キロと言えば、日本なら福岡を出発すると、北京に到着しますよ」

と答えた時、望月の頭にはふと卑弥呼の時代が過《よぎ》った。

紀元前二二二年で、大軍隊を移動させ、二〇〇〇キロ先の燕の王をあっという間に捕えるくらいだから、それから三八〇年も下った卑弥呼の時代は、感覚的にもっと近かったのではなかろうか。

つまり、漢や魏が卑弥呼の倭国に攻め込むことなど、その気になればいつでもできたということで、それはとりもなおさず、いつチャイナに攻め込まれるか分かったものではない、という倭国の怯《おび》えにつながる。緊迫度は相当だ。

卑弥呼はチャイナからの呪縛を絶ち切って、自由にふるまうことなどできなかった……。

幻のように両国の関係が瞼《まぶた》に浮かんだが、しかしそれは、着陸のアナウンスにかき消された。

4　始皇帝の都

通訳ガイドが、税関の外で待っていた。

中肉中背、何の変哲もない白いシャツにグレーのズボン、『望月先生』と名前のプレートを頭上高く掲げている。出てくる旅行者に目を走らせ、懸命に探す様は人柄の良さがにじみ出ていた。

一〇時四三分、夜もいい時間である。

日本との時差はたった一時間。東の上海《シャンハイ》だろうが、遥かかなた西の新疆《しんきょう》ウイグル自治区だろうが、全部一緒で日本との時差は一時間ぽっきりだ。すなわちこの国は、東西五千数百キロをものともせず、一つの時間で括《くく》ってしまっているのだ。時間といえども違いは許さない。すべてが右へならえ、何とも共産主義的性分《しょうぶん》である。ちなみにアメリカはどうか？　ニューヨークとロサンゼルス間はこの国より狭いが、三時間もの開きがある。

「望月先生ですね。お疲れさまでした。眠いのではないですか」

「そうでもありませんよ。機内で休みましたから。ユカさんも、ぐっすりだったし」

「わたし、そんなに眠ってました?」

旅行鞄をガイドに渡しながら、きょとんとして言った。

「ええ、寝言で生徒を叱ってたくらいにね」

「嘘……」

「はい、嘘です」

「もう」

ユカの顔に眠気はない。それどころかはつらつと輝いている。素晴らしき歴史の街、待ち受ける未知と冒険。いざ開かん、歴史の扉を……。

「私がガイドの鄧寿《とうじゅ》と申します」

黒いセダンが迎えの車だった。眩《まばゆ》いばかりの新車で、れっきとしたメイド・イン・チャイナだというが、どこもかしこも日本製に見えるパクリだ。助手席から鄧が振り返った。

「西安までは四、五〇分といったところです」

運転手を紹介し、さらりと自分の通訳ガイド歴を口にする。

「一〇年の経験です。大学では経済学を専攻しておりまして、いったんは就職したのですが、日本に惹かれましてね。それで仕事をやめて東京留学。池袋《いけぶくろ》に住みましたけれど、いい街でした」

首を捩《よじ》ってしゃべる口調や、顔から察するに四〇歳前といったところか。

「さて、この一帯が始皇帝の都、咸陽《かんよう》です」

望月は漆黒の窓の外に目をやった。正確に言えば、秦の都は西安ではない。西安の西北約四〇キロに位置する、西安空港周辺にあった。

「咸陽の意味は『ことごとく陽』です」

鄧が簡潔に言った。

「ことごとく？」

「はい、つまり全部という意味」

この辺一帯は南に渭水《いすい》という大河、北は広大な九嵕山《きゅうそうざん》に囲まれている。風水的には南を川で区切られ、北を山でふさがれた土地は陽である。したがってどの地をとってもすべてが陽。それで「ことごとく陽」、「咸陽」と命名したと語った。

ユカもへーと感心しながら聴いている。

望月は鄧というガイドを見直した。こう言ってはなんだが、どこに行っても現地のガイドより望月の方が歴史に詳しく、ガイドの話に耳を傾けるのは望月にとって確認作業にすぎない。

鄧の奥行きある話がよどみなく続く。聞いているうちに、みるみる喉《のど》の調子が悪くなった。妙にいがらっぽいのだ。

「ユカさん、マスクと喉飴、ありましたよね」

「はい、先生……調子が優れないのですか？」

「そんなに、というわけではありませんがね」

楊貴妃《ようきひ》と日本

早朝、ホテルに迎えに来た鄧が口走った。

「いい天気ですね、快晴です」

妙だ。空を見上げたが、どこをどう見渡しても鬱陶《うっとう》しい曇り空である。街の風景もどよんとガスが掛かっていて、世界中の誰に訊いてもこれを快晴とは言わない。

「ははあー、先生は、曇りだと思っていますね？　しかし西安ではこれが晴れ。これ以上の快晴は望めません」

原因は西に横たわる巨大な砂漠地帯だと説明した。そこで巻き上がった砂塵が、街をすっぽりと覆ってしまうのだと。

なるほどと頷いたが、しかしそればかりではあるまい。人口八〇〇万人を有する一党独裁国家の都市ともなればなりふりかまわぬ成長政策の結果、周辺に点在する工場はそうとうなはずである。

「昨夜のイガイガ喉の原因は、これですね」

ユカが指摘した。砂塵とスモッグによる攻撃だ。

「でも先生、いい面もあるのですよ」

とガイドの鄧。

「この天気ですよ。西安は、日焼け止めクリームが要りません」

「独創的な考えです」

望月の頭には、笠原が会ったという相手がちらついていた。

――どこをどう探す？――

漠として歯が立たない。名前はおろか、歳恰好《としかっこう》もまったくもって不明なのだ。何とかなるだろうとここまで来たが、これから先も出たとこ勝負だ。いつものことだが信じるだけである。運命を信じ、風向きを信じ、力を抜いて流れに乗るだけである。

一行は、乱暴すぎる対向車と傍若無人に道路を横切る歩行者を避けつつ、華清池《かせいち》に向かった。

華清池は、三〇〇〇年の歴史を持つ温泉地だ。

秦をはじめ、歴代皇帝が別荘、離宮を設けた場所でもある。中でもその遺産を引き継ぎ、後世名を残しているのが唐時代の華清宮《かせいきゅう》だ。

唐六代目皇帝、玄宗《げんそう》と世界三大美女の一人、かの楊貴妃（七一九年～七五六年）の大ロマンス宮である。発掘された楊貴妃の風呂。彼女専用というふれこみで、優雅な浴槽がそれとなく妖艶な想像をかきたてる。

落日を迎えた唐に反乱が起きる。

玄宗皇帝を追いつめた反乱軍のボスは、皇帝が腑抜けになったのは楊貴妃のせいだとして殺害を命じ、彼女はあっけなく三七年の生涯を閉じる。

「しかしですね、先生」

鄧がしゃべった。

「皇帝が楊貴妃に自害させたというのは真っ赤な嘘で、密かに日本に脱出させたという言い伝えがあるのをご存じですか？」

「茶呑み話ではね。楊貴妃の日本渡来伝説は、聞き飽きるほど聞いています」

望月は大袈裟《おおげさ》に天を仰ぎ、パナマ帽を被《かぶ》り直し、素早く解説した。

「日本はかつて、チャイナでは伝説の国、蓬莱《ほうらい》と呼ばれていました。東の海中にあり、仙人が住み、温暖で海の幸、山の幸が豊富な理想郷です。女性は献身的で優しく、男たちも無欲である。しかも国土の懐《ふところ》は深く、迷路のようになっていて、逃亡しても入り込めば探せない。まさに心休まる蓬萊です。その伝説を信じ、多くの人が蓬萊を目指したことは想像に難くありません」

楊貴妃改葬の時、遺体がなかったという。置かれていたのは妖しげな匂い袋がひとつで、そんなことから、いつしか楊貴妃はこの地を抜け、蓬莱に行ったのだと囁かれはじめる。山口県長門《ながと》市油谷《ゆや》町、そこに楊貴妃の墓というのがある。むろん本当かどうかは知る由《よし》もなく、しかし楊貴妃が蓬莱に逃れたという伝説が、不老不死の薬草を探しに蓬莱に渡ったという徐福《じょふく》伝説とともに日本には残っている。

「まさに歴史ロマンの符合ですな」

「山口県油谷町に楊貴妃が……」

ユカが感慨深げに言った。目許がうっとりしている。女性は史実よりも、ロマンに反応する。

「伝説の墓は首相、安倍晋三《あべしんぞう》さんの出身地にあります」

と鄧。

「あら、ご存じでしたの？」

「ユカさんの」

鄧が、おべんちゃらを言った。

玄宗と楊貴妃の離宮

古来の温泉地に造られた歴代皇帝の離宮、華清宮。唐時代は玄宗と楊貴妃のロマンスの舞台になった。

「先祖かもしれませんよ、美人さんですから」

「まあ鄧さん、大好き」

「なるほど、それでユカさんはよく笑うんだ。陽気姫ですから」

望月のダジャレは受けなかった。

それにしても混んでいた。華清池はわいわいがやがやと人気スポットだ。美女の威力とでもいうのだろうか、しょぼくれたところがない。楊貴妃は死んでなおチャイナ全土から、これほどの大勢を集めてしまっているのだから大したものである。

「スリに気を付けてください。お二人はすぐに日本人だと分かりますから」

鄧が大声で忠告した。周囲の騒々しさといったら我慢の限界を超えていた。まずガイドの拡声器だ。なぜ拡声器が必要なのか。たった四、五人相手にマイクで喚《わめ》き散らしているガイドがあっちにもこっちにもいる。おまけに他の客の話し声も負けずに大きい。

「大丈夫ですよ」

望月も声を張り上げる。

「僕はすでに四〇カ国の雑踏を歩いていますが、ある時からぴたりとスリに遭《あ》わなくなりましてね」

「へー、何か秘策でも発見したのですか？」

「いいこと教えましょうか？」

ベージュのパナマ帽を手で触った。

「こいつを被るとスリに遭いません」

「ご冗談でしょう？」

「いえ、いえ、本当です。並みの帽子ではだめ、このパナマ帽がいいのです。目立ちますから」

「目立つのが、いいのですか？」

「そうですよ、鄧さん。犯罪心理学です。スリは目立つ標的には、手を出しづらいものです」

と言ったとたんに、どんと人がぶつかった。スリではない。どうやらこちらの人間は、ぶつかるのが平気らしい。

紀元前の驚異

『秦始皇帝陵文物陳列庁』

ついにというか、ようやくというか、かの有名な兵馬俑の博物館である。大きな看板は秦の始皇帝御用達、篆書文字だ。

館は一号坑、二号坑、三号坑に分かれている。広い。一号坑に足を踏み入れたとたんに、パノラマが広がっていた。ドーム球場顔負けの坑内だった。圧巻である。息を呑む光景に、思わず立ち止まる。

人を掻き分け、ようやく全貌が見える柵の前まで進み出て、おもむろに愛用のステッキの柄《え》に付いている望遠鏡を目に当てた。

立ち並ぶ兵馬俑、連続して重なる兵士の顔がレンズにくっきりと浮かび上がった。よく見ると、驚くことにみな違う顔つきである。表情ばかりではなく髪型、衣装も全部異なる。一体一体、一人一人に実在のモデルがいて、細かく丁寧に造った傑作の数々で、顔つきで推測できるのは出身部族や出身地だけではなく、個性豊かな性格までもが、しみじみと浮かび上がってくるのだと鄧が流暢《りゅうちょう》にしゃべった。

「先生、あの兵は微笑んでいますね。見えますか？　大らかな人柄です。でもあっちの人は怒っている。いつも怒鳴ってばかり、うちの上司みたいです」

持参のオペラグラスを覗きながら、ユカも負けじと言った。

「あの兵隊さんは薄情そう、冷酷な感じ」

「ね、凄いでしょう？」

鄧が自慢気に続ける。

「この中を探せば、自分のそっくりさんが必ず一人いると言われています。きっと先生に似ている兵士がいますよ。たぶん弓矢隊ですね。誰かさんのハートを……あっ先生」

地中に息づいていた「始皇帝の軍団」

紀元前250年当時の軍隊をリアルに伝える兵馬俑。上写真は、始皇帝陵近くで発見された青銅製の馬車などを展示する「秦始皇帝陵文物陳列庁」の正面。

鄧が慌てて、望月を追う声が後ろに聞こえた。

　望月は兵馬俑を左に見下ろしながら、人混みの中を歩いた。無表情でぶつかってくるチャイナ式歓迎を受け流し、歩を進める。

　眼の前の紀元前二五〇年の軍団に夢中になっていた。圧倒的な量の歴史、武具のサンプル。弓矢部隊、騎馬隊、戦車部隊の配置、生々しい当時の軍の陣形がそっくりそのまま再現されていて、噂に違《たが》わぬ巨大遺跡だ。

　古代の中にいて古代を観察しているという実感があり、ずしりとした歴史の重みに引き摺り込まれる。

　戦争は頭脳の総力戦だ。すなわちこれは秦の人間の頭の中身だ。紀元前の頭の中身に直接、触れているのだ。まさに地獄の軍団だ。侮れないどころか、大坂を攻めた徳川軍だって、この世にも恐ろしげな軍団にかかれば、子供扱いではないだろうか。

周囲を歩き、ガラスケースに入った一体の兵俑を見上げた。大きい。

思わずそう呟くと鄧が答えた。

「ここの兵の身長は、どれもこれも一七八センチから二〇〇センチ。しかし当時の平均は一六五センチですから、始皇帝は自分の軍隊を強そうに見せました」

「おもしろーい」

ユカが可笑《おか》しそうに言った。

「見栄っ張りは、紀元前からなんですね」

「生きるか死ぬか、命懸けの演出だよ」

「あら」

と口調を変えた。

「そう言えば、さっきから女性の俑を見ないですね」

「そうなんです」

ここにはないのだという。しかし漢時代の女性俑は存在する。秦になくて漢で登場した理由は謎だと鄧が言ったが、おそらくまだ発掘されていないのではないか。始皇帝の好いた女性たちは、どこかの地層でいまだにぐっすりと深い眠りに陥《おちい》ったままでいると望月は思った。

目を見開いたのは二号坑を出て、三号坑を覗いた時だった。

驚愕の的はブロンズ、つまり青銅製の二台の馬車だ。写真で何度も目にしたことのある馴染《なじ》み深い芸術品だが、実物となると次元が違う。望月は半ば茫然としながら近づいた。

馬車は、実際の半分のスケールに造られている。一連のずば抜けた仕事をなし遂げ、今にも馭者《ぎよしや》が鞭《むち》を振るいそうだし、馬も嘶《いなな》きそうなのだ。とにかくリアルだ。

死後、始皇帝の魂を乗せるために造った副装品らしいが、馭者も馬もみな魂を喰らっているようだった。

歯の数から馬の年齢を割り出すと、人間の二、三〇代に当たるらしい。作者は、活きのいい馬をわざわざモデルに選ぶという深い拘《こだ》わりで仕事に臨んでおり、あきれるほどの気配りに脱帽する。

驚愕の度が増したのは、青銅の使い方だ。

使用部品はおよそ三〇〇〇、車軸を受けるベアリングまであると鄧が説明した。望月の知る限り、ベアリングがあると書かれている解説本はなく、鄧の勇み足かもしれないが、目を白黒させたのは青銅そのものだ。

部品ごとに硬さが違うのである。銅、錫《すず》、鉛《なまり》などの混ぜ加減で硬軟を調整し、力が加わるパーツは硬くし、そうでないところは微妙に軟らかな合金部品で仕上げている。その細かさは神の采配としか言いようがない。

「溶接の完璧さは恐ろしいほどです。先生、紀元前の仕事ですよ。むろん電気、ガスはありません。数ミリ単位の細かな金属溶接を可能にした技法は、これはもういまだに神秘の謎です」

鄧は、自分の親父でも造ったかのように自慢した。

ふと卑弥呼を思った。この馬車が造られた時代から下ること四五〇年後の倭国だ。情けないことに、我が方はまだ曲玉《まがたま》、銅鏡、銅剣をもらって、きゃっきゃと喜んでいる。いったいこの差は、何であろうか?

帽子を被り直して外に出た。

ユカと鄧が、トイレに行った。手持ち無沙汰になって一人、ぼんやりと建物を見上げる。

また、人がぶつかった。もう慣れているので気にも留めなかったが、男は珍しく、そのまま通り過ぎず、望月の顔をちらりと見た。

気のせいか男は会釈らしきものをして立ち去ったようだが、望月はすぐに忘れた。

背後の男

くたびれてはいたものの、夜はショー見学だという。歴史、文化を知る上でも見逃せないので、部屋で小休止も取らずに腰を上げる。

この劇場も広かった。夥《おびただ》しいテーブルがずらりと並んでいて満席だ。この国のことだからむろんラスベガスのパクリであろう。

ショーの前の夕食にコース料理がでた。期待に胸を躍らせ箸を付けたが正直、どれもこれも望月の口には合わなかった。

ユカと眼が合った。望月が首をすくめる。

「本場なのに、これはいったいどうしたことです？　料理人は、横浜《よこはま》中華街で修業した方がいいかもしれません」

「先生……」

ユカが周囲を気遣ってシッと人差し指を唇にあて、たしなめる仕草をした。

食事はあまり進まず、早々に箸を置いた。ちびちび舐めるビールが苦《にが》く、だんだん気持ちが沈んできた。と、ようやくパフォーマンスが始まった。

演目は七つ。解説によれば唐時代の古代芸術に則《のっと》って再生されたものだという。昔の楽器を使用し、人々の記憶に残る民謡舞踊を拾い集め、現代風な味付けがなされている。動きが大きく退屈することはない。

インド、もしくはバリ島を彷彿とさせる舞いだが、音楽や照明の大胆さもショーの要素をより強調してあり、やはりこれもラスベガス流だ。

「豪華絢爛《けんらん》でしたね」

ショーが終わって、上気した顔のユカが言った。

「躾《しつ》けられた軽業《かるわざ》芸は見事です」

ナプキンで口を拭きながら、望月が首を傾げる。

「ワビ、サビがなかったことが妙でしかたがない。心を閉ざし、時には心を開き、自然と人のはかなさを静寂な中に味わう。ワビ、サビはこの国の根底に流れているはずだけれど、見込み違いでした」

「昔はありましたよね」

「水墨画に李白《りはく》、杜甫《とほ》の漢詩……」

どこへ消えたのか？　日本のワビ、サビ、歌舞伎、音楽……大陸の影響を受けているはずなのだが、元祖にその名残がほとんど見えない。我が列島に上陸したとたんに化学変化が起こって、別のまったく違うものを生み出したのか？　それとも、チャイナに宿っていたはずのものが共産国家になって消し去られたのか？　この例は他にもある。仏教がそうだ。本家インドの仏教の例を出すまでもなく、チャイナでも今や見る影もない。

ロビーに出た。ユカが化粧室に消えたあと、柱に寄り掛かって一時、ぼんやりしていた。疲れてもおり、眠くもあった。

と、突然誰かが、望月の手に何かを押しつけた。背後からの通りすがりの行為だった。

はっとした時にはもう相手は、そのまま人混みの中に姿を消し、見えたのは背中だけである。歳はおそらく三〇歳前後ではなかろうか、がっちりした男だった。不審顔で自分の手を見下ろした。握らされたのは丸まった紙だった。

〈笠原さんの件でお話があります。今夜、車を迎えにやります。誰にも気付かれずに玄関の外に出てください。帽子は目立つのでご遠慮ください。時間は……〉

闇の中の招待

夜の一一時一五分、指示どおりホテルを出る。むろんユカには内緒だ。それに無帽のリクエストも守った。周囲に目を配りながら外の車寄せに立つ。なぜか嫌な予感はなかった。

西安の夜は暗く、みすぼらしい。それにかなり冷え込んでいた。望月はコートの襟を掻き合わせた。ステッキの頭に両手を載せたとたん、漆黒の闇で待機していたのか、突然ヘッドライトが輝き、望月の前に灰色の車が滑り込んできた。

「お乗りください」

後部座席に乗った。

乱暴な発進に戦慄が走った。運転手は制限速度を守らず、追っ手を警戒しているふうでもある。乱暴な運転に胸の動悸はおさまらず、なぜ誘いに乗ってしまったか、という後悔の念が今さらのようにふつふつと湧き起こっていた。正直、酔ったせいでもある。

運転手も助手席の男も口を閉ざし正面を見たままだ。これで自分の人生が終わるのだろうか？　どこをどう走ったのかちんぷんかんぷんだったが、気を紛らわすために一番幸せだった瞬間を思い出そうと無駄な努力を繰り返した。

二〇分も走った。寺院らしき建物で駐《と》まった。と、塀の一部がするすると自動的に開き、車は頭から突っ込んだ。背後で再び扉が閉まった。

——手荒な真似は、しないだろう……——

「ここはどこですか？」

降りて訊いたが、やはり返事はなかった。庭も建物も静かだった。月もなく暗い。

望月は、前後を運転手と助手席の男の二人に挟まれた恰好で光のない廊下を歩く。石の階段を登った。二階で、また少し廊下を歩き、古びたドアの前で立ち止まった。

助手席の男のノックでスルスルとドアが開いた。

暖かい空気の中に一人の老人が立っていた。ぼっとした逆光だが白髪、痩身、顔が穏やかさを湛《たた》えているのが分かった。その穏やかな顔には敬意が芽生えており、削《そ》げた頰に微笑みが浮かんだようだった。

「笠原さんのことは残念でした」

しわがれ声で言った。この一言で救われた思いがした。

部屋に入った。助手席の男だけが中に入り、戸口に張り付くように立つ。

フロアスタンドと壁に付いた飾りランプが、広い部屋を薄暗く照らしていた。窓の分厚いカーテンが眠りについた外界をぴたりと閉ざしている。老人は望月を奥のソファーに勧め、自分もテーブルを挟んで腰を深く下ろした。

前屈《まえかが》みになったとき、スタンドが顔を一瞬明るく照らした。鼻筋が通り、眉の濃い印象だ。真夜中なのにきちんとネクタイをつけ、ベージュのカーディガンを羽織っている。

「西山《にしやま》といいます」

望月が驚いて、背もたれから身を起こした。

「日本人ですか？」

「母は大和《やまと》族です」

「大和族……」

思いもかけない表現に何と返したらよいか、一瞬言葉を失った。

「つまり私は合いの子というやつでしてね、西山は母の姓です」

「では日本語も、お母さんから？」

「ええ、あまり上手ではありませんが、何とかまだ……」

謙遜した。

「お生まれは日本ですか？」

「日本にはいまだかつて行ったことがありません。怖いのですよ、行ったら行ったきり帰ってきたくなくなるのではないかと。私は満州《まんしゆう》生まれの満州育ちです」

——満州……——

埃《ほこり》っぽくてほろ苦い響きがした。望月でさえそう感じるくらいだから、戦前生まれの日本人ならもっと胸が熱くなるはずだ。ちくりと心のどこかが疼《うず》いた。

己《おのれ》が口にした満州という一言で情景が鮮やかに甦《よみがえ》ったのだろうか、西山の瞳がきらりと輝くのが分かった。

痩身をずらして座り直し、終戦直前の満州を語った。突然ソ連軍が怒濤《どとう》のごとく越境し、満州を侵略したのだ。西山が一二歳の時である。

日本人なら耳にタコができるほど聞き飽きているかもしれないが、近代史の中でももっとも悲惨な歴史だ。ソ連軍による殺戮《さつりく》、暴行、レイプ、略奪、誘拐、……地獄絵である。ソ連軍は、はじめからそれが狙いであったのだろう。軍人、民間人を問わず、あっという間に六五万人もの日本人を捕虜にし連行した。

いや、捕虜などという生易しいものではない。奴隷だ。大袈裟でも何でもなく、アメリカのアフリカ系奴隷より酷《ひど》かった。アメリカの黒人奴隷は売買の商品で、それなりの扱いを受けていたが、酷寒のシベリアに送られた日本軍捕虜に商品としての価値はない。徹底した使い捨てだ。飢えと寒さと過酷な労働で、虫けらのように死んだのは捕虜の約半数、三〇万人だ。

しかし文句は言えない。言えば、侵略者はそっちの方だというお定まりの答えが返ってくる。唇を嚙みしめ、耐え忍ぶ以外に道はなかった。

話を聞いて望月は昔、誰かが言っていた台詞を思い出した。

〈人間、善と悪の区別はやさしい。難しいのは、悪だと一方が思うものを、悪を用いて片《かた》っ端《ぱし》から刈り取る行為だ。これはいったい、善なのか？〉

「母は息子の私から見ても聡明な女性で、日本の素晴らしいことをたくさん教えてもらったのですが、その中でも大切にしている言葉があります」

目を細め、嚙みしめるようにゆっくりと語った。

「西洋人は、自分の欲望を達成するために自由を求めますが、大和族は欲望に縛られない自由を欲すると」

「欲望に縛られない自由ですか……」

「ええ、我欲から解き放たれた自由です。欲望に縛られた自由は人々を幸せにしません。知らず知らずのうちに己と周りを蝕《むしば》みます」

望月は出された冷たい茶を呑みながら、言葉の意味を心の中で反芻《はんすう》した。西山も茶に口を付けた。

「大和語を話す満州族の会というのがありましてね」

「ほう」

「誇り高き満州族が、茶を呑みながら気楽に大和語を話す会です」

望月は素直に嬉しく思った。

「しかし何と言いますか、政府の嫌われ者で、目下監視の対象です」

「だめですか?」

「ええ」

西山が断言した。

「ご存じのとおり、この国は圧倒的多数の漢族と称する連中が政府を牛耳《ぎゆうじ》っている。この政府というのがまたかなりの心配性で、少数民族はみな不満分子に見えるらしく、たとえ呑気《のんき》な茶会でも、陰謀を疑います」

苦笑して付け加えた。

「心配性の政府は過激でありましてね。民族色を薄めようと多数の漢族を少数民族エリアに移住させ、同化政策を推し進めてきたのですが、私どもに言わせれば民族同化ではなく、強引な民族浄化です。むろん我々満州族も真っ先にやられた口、目の敵です。そもそも満州族という呼び方すら禁止されている」

「では何と？」

「州は領土を意味します。それでは都合が悪いので、満州からわざわざ州を取って満族」

満州族と漢族

「満州という、かつてあった独立国のことなど」

西山がデリケートな民族事情に触れた。

「歴史的に満州国があってはならないのです。他にも受け入れがたい歴史がある」

まず秦と清（一六四四年～一九一二年）。この二つは代表的で、共に漢族の国ではない。

秦は西の騎馬民族であり、清は北東ツングース系騎馬民族、女真《じょしん》族が主役だ。その女真族が蒙古《もうこ》人、朝鮮人など北方にいた非漢族系民族を束ね、満州族を名乗って清王朝をぶち上げたのである。

満州族はツングース系なのだ。

偉大なるファースト・エンペラーである秦の始皇帝と、これまた世界に名を馳せたラスト・エンペラー、清朝の愛新覚羅《あいしんかくら》溥儀《ふぎ》は、今の中華人民共和国を牛耳っている漢族とはまったく違う別の民族だ。

この事実は漢族に、言いようのない劣等感を与えており想像以上の恥部となっている、と西山が強調した。

つまり、清朝が滅亡し、ようやく漢族は広域を領有する。これが中華民国だ。しかしそれも束の間、あっという間の二〇年後、再び漢族をパニックが襲った。

満州国の出現だ。

むろんこれには日本が深くかかわっている。一九三一年、日露戦争でチャイナ東北部の権益を確保した大日本帝国陸軍部隊、関東軍が満州事変を起こし、その翌年、中華民国から領土をもぎ取って、植民地的に満州国を打ち立てたのだ。

満州国はとてつもなく広かった。日本領土の実に三・五倍の面積を持ち、国境はソ連、モンゴル、チャイナ、日本（当時の朝鮮半島は日本領土）に接していた。

満州国の元首として玉座に着いたのは溥儀、すなわち清朝ラスト・エンペラーその人である。騎馬民族が再び息を吹き返した瞬間だった。

続いて西山は、満州について意外な感想を話した。

「満州事変は、思いがけない満州族への贈り物でした。漢族から自分の国を奪い返す大チャンスとなったのですから」

「奪還した……」

「ええ、そのとおりです。二五〇〇年もたって、突然パレスチナの地に建国したイスラエルとは訳が違います。東北部は有史以来ずっと女真族、すなわち我が満州族の大地でした。そして私たちの清王朝が、下劣な漢民族に奪われたのはたかだか二〇年前のことです。その領地の一部を取り戻し、清王朝の香りも高き満州国を宣言したのです。誰も文句は言えないはずです」

西山の痩せた顔に赤みがさした。

「今、イスラエルは国として成立しています。イスラエルがよくて、なぜ満州は認められなかったのか?」

「背後に日本軍がいたからではないでしょうか。満州国が好戦的な関東軍という狼の巣になっていると」

「ええ、そうです。おっしゃるとおり、たしかに関東軍はいました。しかし、それを持ち出すなら、中共の後ろにはソ連やヨーロッパがいました」

「……」

「そして少なくとも満州族にとっては、大和族は漢族よりぜんぜんましでした。先生、私には大和族がだめで漢族なら支配してもいい、という理屈が分からない」

「五族協和」の国家

「王道楽土」「五族協和」を謳った満州国は、1931年の満州事変を経て建国された。(国名は1932年当時のもの)

満州族にとって、漢族よりも大和族の方がだんぜんよく、親近感があるのだと言った。

「ようやく見つけた陽だまりです。私は『満州里小唄』『満州行進曲』をよく覚えています。特に『異国の丘』は気に入っていまして、今でも時々口ずさむのです」

と言って西山は、しわがれ声で口ずさんだ。

〈今日も暮れゆく、異国の丘に～、友よ辛かろ切なかろ～。我慢だ待ってろ～嵐が過ぎりゃ～帰る日もくる、春がくる～〉

「大和族がいて、満州族がいる。私に半分半分の血が流れているからでしょう、甘き遠き日々です。あの時代は眩しすぎます。なぜ世界は認めなかったのです？　そう、手強《てごわ》い日本が乗り出せば、白人がこの国から果実をもぎ取れなくなるからです。彼らのパワーゲームで、祖国満州は潰されたのです」

他国を武力で強奪する。当時の列強国は、どこも似たり寄ったりのことをしてきたのだが、遅れてきた日本が態勢を整えてようやくプレイヤーとして参加した時、悲しいかな、弱肉強食の時代は過ぎ去ろうとしていた。

出遅れた世界デビュー。すでに、人権というやつが主流になり始めていたのである。不幸にも日本はそれを知らなかった。時代を見誤り、傲慢《ごうまん》に振る舞ってしまったのだ。

看板は「五族協和」。

満州族による民族自決を原則とし、満州に在住する大和族、満州族、漢族、朝鮮族、蒙古族のアジア人によるアジア人国家であることを宣言してはいたものの、日本国内自体、平等意識が育っていないのに他国でできるはずもない。他民族への差別感は、かなり鼻息荒いものだった。

顕著な例は神社だ。

いたるところに神社を建て、神道を無理強いしたのである。現地の宗教を蔑《ないがし》ろにするなど愚の骨頂で、素人支配者のやることだ。

それでもアメリカを真似、ウクライナ人、ユダヤ人などヨーロッパ人の入植をも試みたが、関東軍は議会制民主主義や共和制の意味すら理解していなかったであろうことは歴然で、成功のチャンスは一ミリもなかった。

「漢族の野望と、日本を牽制《けんせい》したい欧米の白人国の利害が一致し、両者はスクラムを組みました。残念ながら大和族は他民族の扱い下手、外交下手、宣伝下手で、その上戦力も半端でした。ソ連が雪崩《なだ》れ込んで来たあとは、国際世論を操る術《すべ》に長《た》けた白人の独壇場です。ぐいぐいと大和族を締め上げ、罰し、その時満州族の声も一緒くたに消し去ったのです」

西山は茶を啜《すす》り、寂しそうな顔をした。

「大和族と組んだ満州族は、中華民国の面汚しとして全国に散るほかはありません。野垂れ死にが相応《ふさわ》しいと、さんざんな目に遭ったものです。おかしなことにこんなに広い国なのに逃げ場がないのです。この国は、あちこちに心の中を覗く連中がおり、子供心に夜明けは恐ろしかったし、夜更けは心細いものでした」

西山は目を瞑《つむ》り、しばらく沈黙した。

「その後、共産革命、文化大革命と漢族共産党による蛇のような弾圧がありました。今、思い返しても、どうやって乗り切ったか不思議なくらいですが、ライフ・イズ・ショート、六五年の歳月などあっと言う間のできごと。そして私たち満州族は、まだこうしてしぶとく呼吸をし、大和語の会を楽しんでいるのです」

「そうでしたか……」

望月は西山に同情した。

「我々など、そよ風のようにかすかな存在ではありますがね」

西山が自虐的に付け加える。

「二〇〇〇年に行なわれた政府の調査では、満州族はわずか一〇〇〇万人」

わずかと言われても一〇〇〇万人は立派だ。

「しかし、その発表は少なすぎます。多くは弾圧を恐れ、漢族ふうの氏名に変え、身を隠しています」

「統計は鵜呑《うの》みにできないと？」

「あたりまえです。どの少数民族も似たり寄ったりで、みな無難に漢族を装っていますからね。私も昔はそうでしたから」

「でも、今の政府は少数民族保護育成政策をとっているのではないですか？」

「そうお思いでしょう？　それが政府のプロパガンダです」

西山は笑いを浮かべた。

「甘い誘いですよ。その誘いに乗ってうっかり少数民族を名乗り出てごらんなさい。家族がマークされ、暴動の際には真っ先に捜査の餌食《えじき》です。保護育成政策など少数民族を把握するための罠《わな》で、むろん我々はみなお見通しです。だから名乗り出ません。沈黙あるのみ。この国の統計など当てにしてはいけないのです」

「ではどうやって、大和語の会は仲間を増やせたのです？」

「天地が分かれ、万物が生じたときから同類は固まるものです」

「……」

「日本人、ユダヤ人と争うほどの綺麗好きであるとか、同じ民族の匂いです。そんな民族が放つ得も言われぬ匂いで、互いに嗅ぎ分けると言ったら信じますか？」

「何となく……」

「私は、別に自慢話をしたいのではありません。しかし満州族と漢族はぜんぜん違います。あまりにも違いすぎる。私たちは大和族に近い。昔、ヤマト朝廷はこちらから渡った騎馬民族の征服王朝だという本がありましたが、私もそう思うほど似ています。少々脇道にそれましたが、つまり満州族は漢族になり切れないし、同化もできんのです」

「……」

「だからと言って、めそめそする必要はありません。血というのはなぜ居心地がいい。つながらずにはいられない不思議なものです」

「大和語の会はどのくらい、いらっしゃるのですか？」

やんわりと訊いた。西山は、スタンドの光の下で何度も頷きながら曖昧に答えた。

「あちらこちらに一〇〇人単位です。随分と昔の話ですが、木の実が熟して落ちるように自然にできていた西安大和語の会を偶然知りました。私は嬉しさのあまり北京、上海、南《ナン》京《キン》と飛び、つながりを結んだのですが、彼らと会っているうちに茶会を思いつきました。これも自然の成り行きです」

「日本の茶道？」

「本格的なものではありませんが、母に教わった裏千家《うらせんけ》の我流です。私は茶を点《た》て、茶の心を語ります。何度も読んだ『千利休《せんのりきゅう》　茶の心』という本を披露するだけですがね。そうするうちに、茶の心だけではなく、満州族の心はどうなのか、とそんなことが胸にたゆたいはじめたのです。寂静清澄《じゃくじょうせいちょう》の胸に堪え切れないほどの熱いものが溢れてきました。誇りを捨て、生き延びてきたからこそ、心の中で偉大な清王朝を造った民族の誇りが、怒濤のごとく押し寄せてきたのかもしれません。ただのお茶会ではつまらない、大真面目で、同朋のために何か役立ちたい、そう思ったのです」

望月が頷く。

「一立ちて万物生ず。考えました。満州族に武力はありません。その代わり知恵がある」

監視

「知恵を働かせ、そして武器を一つに絞りました。ありふれてはいますが自由です」

「この国に自由を確立すると……」

「共産党国家がもっとも恐れているもの。それは言論の自由です。ご存じのとおり、反政府的な発言には血眼《ちまなこ》です。たとえ外国人記者であろうが容赦はしません。いや反政府的なことでなくとも、真実を報道するだけでアウトです」

「噂には聞いていますが、酷いですか？」

「酷い？　どんな国の人でも、自分の国の愚痴なら山ほどあるでしょう。しかしこの国は、土台が違うのですよ。自由度は暗黒時代です。『国境なき記者団』が二〇〇七年に発表した『世界報道自由度ランキング』では、めでたくも一六三位という地を這《は》うほどのポジションでした」

『国境なき記者団』は、言論界の守護神だ。活動は主に拘束、殺害されたジャーナリストの救出、救援、それに被害者の家族支援だが、二〇〇二年以降は新たに毎年『世界報道自由度ランキング』を発表し、各国のメディア規制の動きを監視、警告している。

「いいですか先生、問題はGDPで日本を抜き、世界二位になろうとする強国に言論の自由がないことです。自由を認めない独裁国家が世界の富をかき集める。その富が、再び自由の弾圧に使用されるのです。厄介なことに世界がこの暗黒のスパイラルを支えています」

棘《とげ》のある表現でシニカルに笑い、両手で冷たい茶を、熱いもののように啜った。目を瞑って呑み込むと、満足そうに茶碗をテーブルに置く。

「人は空気と自由がなければ生きられません。報道の自由、言論の自由、これを守る。これだけが私たち満州族大和語の会の使命です。インターネットの普及で自信を深めていますが、目下の活動は野辺に咲く花のように、諦めずに強い信念を持って真実を発言する人の応援です」

素晴らしい！　と望月が称賛した。

「もちろん『国境なき記者団』とは親密ですが、我々の支援はもっと積極的なもので、拘束された言論人を救うのではなく、蛆虫《うじむし》どもの餌にさせない予防的支援も含まれます」

「と言いますと？」

「勇敢なる言論人への情報の提供と、資金の援助。そして必要とあらば身辺警護もします。世界中からひたすら真実が発射され、一党独裁のこの国を壊してゆく。ひいては我々少数民族の復権につながるのです」

西山は壊してゆく、と力強く言った。そこに強い信念を感じた。すっくと背筋を伸ばし、濃い眉をぴくりともさせずに正面から望月を見た。

「我々は走り出しています。当然あなたがたも支援の対象です。まあ、日本人との合いの子である私の身贔屓《みびいき》ということもあるでしょうが」

上品に忍び笑った。

「人は何を守るかによって、どんな人間かが決まります。笠原さんは正直者だけが持ち合わせる直感や大胆さで日本最大のタブーに挑みました」

「ブログを読んでいたのですか？」

「むろんです」

「すると、笠原さんとは西安で偶然出会ったのではない？」

望月は戸惑うように視線を向けた。

「ご説明しますと、我々は西安を訪れる日本人観光客を眺めているのです」

「……」

「通関、旅行会社、ホテル、ガイド……いやその前段階、客を日本から送り出す旅行会社……想像にお任《まか》せしますが、大勢の人がかかわっていると言っておきましょう」

「そんなに……」

「満州族大和語の会の人数を思い出してください。あちこちに一〇〇人単位、仮面の下で眼を動かすなど造作もないことです」

「なるほど」

「支援の対象となった日本人は、笠原さんを含めて今のところまだ若干名です」

「僕も？」

「こうして、私と話しているのですからお分かりでしょう。今まで出版された本の内容、そして先生に加えられた執拗な攻撃、災難も存じています」

西山は穏やかな表情のまま言った。

「勝手に調べさせてもらいましたが、気分をお悪くされませんよう」

「いえ、慣れています。物書きの宿命ですから」

「実は、近くでお顔を拝見したくて、今日、二度ほど……」

はっとして望月は視線を上げた。

──華清池、兵馬俑……あの時の……──

望月は、言われるまで気付かなかった自分に呆《あき》れた。溜息をつき、身を乗り出して両手をステッキの柄頭《えがしら》で重ね、気分を変えて訊いた。

「笠原さんの死をどう思いますか？」

「守り切れず申し訳ないと」

「いえ、そういうことではなく、つまり突き落とした犯人です」

「それでしたら、この国の仕業ではありません。向こうも監視しているなら、こっちもしています。断言できます」

きっぱりと繰り返した。

「笠原さんはノーマークでした。つまり、この国の情報部はまだ彼を知らなかったのです」

「一つ質問があります」

望月は西山を見た。

「なぜ、笠原さんを支援したのです？　真実に挑戦しているからだとおっしゃいましたが、しかし、どうしてそれほどまで肩入れされていたのか、今一つ納得が……」

西山は何かを言いかけたが、視線を腕時計に落とし、こんな時間かと言うように口を閉じた。

「今に分かります、今回の旅でね。それより」

西山が身を乗り出す。

「先生はマークされていますよ」

「マーク？　ここの政府に？」

「ええ」

「どうしてそこまで好かれているのです？」

喉の渇きを覚えた。

「めったにいない異色の作家だからです」

「まつろわぬ物書きだから？」

西山は嚙みしめるように、まつろわぬ物書き……なるほど大和族には深い表現がありますね」とゆっくり呟いてから咳払いをした。

「先生は、この国なら間違いなく国家反逆罪に問われる本を続けざまに出しておられる。だから、危険なのです」

「でも僕の関心は、チャイナ政府にありません」

「あなたのあるなしは関係ない。先生の、国家はそうだが自分は違う、というその姿勢、国家権力に歯向かうエネルギーに恐怖するのです。先生の強烈な反権力エネルギーの波動は広がって、あちこちで共鳴し増幅します。先生を見習い、ペンを持ってこの国をばっさばっさ斬る輩《やから》が続出すればどうなります？　国籍はどうであれ、国に楯突く言論人は放っておかない。だから監視リストに放り込んだのです」

「なるほど」

「先生に張り付いている日本語の上手《うま》い鄧ですが……」

「ええ……」

「諜報部の大変な大物です」

望月は眉根を寄せた。

「首相、温家宝《おんかほう》、それに台湾の国民党、連戦《れんせん》氏、両名が西安に来た時に、ぴたりと付いて回っています」

「まさか……」

呆気《あっけ》に取られた。

「なぜそのような大物が先生を担当したのか、不思議だと思いませんか？」

「非常に、いや、あり得ない……」

それには答えず、西山がもっと薄気味悪いことを付け加えた。

「もう一人、運転手におさまっています。趙《ちょう》、陸軍の副武官です」

「副武官？」

「ええ、れっきとした上級将校ですよ」

喉に言葉が詰まって出てこなかった。血の気が失せるとはこのことだろうか、首筋に冷たいものが通り過ぎた。

「我々も今一つ読み切れていませんが、日本の外務省筋から、何かを依頼されている可能性は否定できません」

「ちょっと待ってください。それはひょっとして僕に関しての話ですか？」

「そうです。望月真司というまつろわぬ物書き、先生のことです」

「つまり僕が拉致とか監禁とか、そういう目に遭うかもしれないと？」

「いや、彼らもそんな馬鹿じゃありません。毒舌作家を体制に取り込んで、何かに利用しようとしているのではないでしょうか。もっとも、それに失敗した場合は……分かりませんが」

「彼らのフライングで一巻の終わりですか」

自虐的に言ってから、重ねて訊いた。

「それにしても、僕がなぜ？」

「私は根拠のないことを言っているわけではありません。何もなくて鄧と趙という大物を揃えると思いますか？　日本の当局から、何らかの指示があったと見るべきです」

「しかしなぜ、そんな話が進行するのか、そこが分からない」

「先ほども言いましたが、両国のタブーを守るためです」

「……」

「日本国のタブーは天皇です。この国のタブーは言論弾圧です。互いに互いを突《つつ》かない、触れないという規制システムが作動しているのです」

「密約がある？」

半信半疑の視線で見つめた。

「では伺いますが、これまで、両国は互いのタブーを直接批判し合ったことがありますか？」

そう言われてみると、記憶になかった。あれほど喧《かまびす》しく靖国《やすくに》神社と南京事件をネタに攻撃してくるチャイナが、天皇の戦争責任には、まったくの沈黙だ。なぜチャイナが無関心でいられるのか？　なぜ日本政府はチャイナの言論の自由を国際舞台で追及しないのか？　という疑問は常に横たわっていたのだが、タブーの取り引きと考えれば合点がゆく。

喉の渇きだけでなく、心の乾きも覚えた。望月は目を開け、わずかに残っていた冷たい茶を呑んだ。

「日本側窓口はチャイナ・スクールです」

「チャイナ・スクール……」

外務省内の派閥だ。チャイナ語を習得したキャリア外務官僚を中心に構成しているが、言わずと知れた親中派だ。そのなびき方は同じ省内の親米派からも、チャイナ政府日本出張所とまで揶揄《やゆ》されるほどである。

しかしながら、外務省ではかなりの勢力だ。存在感はそうとうなもので、親中政治家、在野の親中ジャーナリスト、親中企業と密接につるみ、日本の対チャイナ政策に多大な影響を及ぼすばかりか、リードしている。

チャイナ・スクールを抱える外務省と天皇を囲い込んでいる宮内庁は親愛だ。二つは兄弟組織だといっても過言ではなく、外務省から宮内庁への人事スライドは異常なほど頻繁だし、大使の部屋で、天皇の写真が飾ってない壁など見たことがない。

天皇
―
宮内庁
―
外務省（チャイナ・スクール）
―
チャイナ政府

望月の頭に、存在する隠されたラインがくっきりと浮かびあがった。

「そうした背後には、棍棒で欲しいものを手に入れる原始人のような連中が控えています」

西山はまた腕時計に目を下ろした。

「明日は体調を理由に、午後からのツアーをキャンセルしていただけませんか？　あの二人から先生を遠ざけたいし、ある場所にお連れしたい。いや、どうしても立ち寄っていただきたいのです。亡き笠原さんのためにも」

城壁

翌朝、すでに鄧寿がロビーで待っていた。

「おはようございます。よく眠れましたか？」

「ええ、とても」

無理に笑顔を作るが、やはり硬さは否めない。なにも知らないユカは上機嫌だ。

外に趙がいた。車の傍だ。会釈を寄越したが、この男は運転手ではない。上級将校なのだ。そう思うと昨日とはまったくの別人、鋼《はがね》のような身体に見えた。二人とも気のせいか目つきが鋭く、時々見せる引きつったような笑顔が何かの前兆のような気がしてくる。まったくもって知ってしまうというのは厄介で、自然に振る舞うのは難しかった。

車が動く。望月は思念を凝《こ》らして、後部座席から牽制した。

「昨日、撮った写真をインターネットで親戚やら出版社に送りましたが、鄧さんも趙さんもハンサムだって評判でしたよ」

「えっ、本当ですか?」

鄧が、まっすぐ前を見たまま言った。

「いつの間に撮ったのです?」

「風景の中に偶然入っていたのですよ、何枚も。いずれもバッチリいい顔が撮れていましてね」

「へえー」

鄧は嬉しさを装ってはいるものの意表をつく作戦に、かすかな戸惑いの色をみせた。会話直後、気まずそうな沈黙がすべてを物語っていた。

――そう、君らの写真は日本に送られ、面はすでに割れているのだ。それでも僕に手を出したいならするがいい。どうだい、望月のお手並みは? なかなかなものでしょう。君たちの作戦は変更ですな――

望月は外の風景に目をやりながら、にやりとほくそ笑んだ。

西安城壁に着いた。威風堂々の城壁は静かな朝を抱いていた。

冷たい風が鼻先をかすめてゆく。望月は頭をクールに切り替え、コートの裾《すそ》をひらめかせて城壁に登り、印象を頭に取り込む。

ショルダーバッグからデジカメを取り出す。シャッターをバシャ、バシャと切れば、たちまちその世界に没頭する。

明《みん》（一三六八年～一六四四年）時代の早期、偉大な頭脳と労力で一三七三年に造られている。南北二・五キロ、東西四・二キロの長方形で、現存する城壁ではこの国最大だ。

壁上を歩く。

高さ一二メートル、幅が一三メートル。これだけの厚みなら、今のミサイル攻撃でも耐えられそうだ。

「いい眺め」

ユカが、赤いデジカメでさかんに写真を撮っている。

「ユカさん、城壁を」

鄧がしゃべった。

「ぐるぐるっと三周すれば、ちょうどマラソンで走る距離になります」

「わー、四二キロですか……先生、こっちこっち」

明るい顔で呼んだ。ユカはいつだって真夏に浮かぶ綿菓子の雲のように、天真爛漫で気取りがない。

「先生！　ガイドさんと並んでください」

――ガイドさんだと？　疫病神だぞ。ユカさん、気を付けろ！――

意外にも鄧が上機嫌で進み出た。どうせ顔写真は送られている、今さら何枚撮られようが同じだという、やけくそな気持ちがきっぱりとした行動に表われていた。

「写真なら、ここがいい位置です」

望月は自ら場所を指定した。西門の脇だ。この際である。鄧と肩を組んだ。望月もやけくそだった。自分をどうにかしようとしている人物と一緒にユカのカメラに納まった。次に望月がステッキを腕に引っかけ、自慢のデジカメでユカと鄧のツーショットを二枚もらった。

笑顔の二人を撮り終え、望月はカメラを構えたまま西に向き直って視線を延ばす。ヨーロッパの方角だ。シルクロードへの出発点がここ西門である。砂塵に霞《かす》んだ遥かなる西方に目を凝らすと、無限なる好奇心が目を覚ます。

この城壁は明時代のものだが、それ以前の唐時代にはもっと立派なものが造られている。こんなものではない。南北八・七キロ、東西九・七キロと、現在のものよりなんと二・五倍も長いというから、恐ろしい。

日本の城壁とはまるで違って、こちらの城壁は都市をすっぽり丸ごと囲っている。内側には兵、商、工、奴……すなわち農民以外のあらゆる階層が都市機能を満たしていた。したがって「城を渡す」という意味が自《おの》ずと異なってくる。『史記』には、王が部下に城をくれてやったとか、戦争に負けて一六の城を譲渡した、という記述が頻繁に出てくるが、何万、何十万が住む都ごとそっくり引き渡すということだ。

民の逃亡は許さない。洩れなくいただく。いただいたその日から税金と奴隷、女が丸ごと転がり込んでくる仕組みだが、下々の者は新しい支配者に恐怖した。恐怖が支配力だから、いきなり見せしめの殺人ショーも演じた。生きている方が死より苦しかった時代だ。

そんなことを思いながら、城壁から西安の街を見下ろしていると鄧が近づいてきた。

「あまり元気がありませんね。お疲れですか？」

しめたと思った。チャンスは不意に訪れる。

「実は、お腹の具合がよくありません」

鄧の表情がたちまち曇った。望月を心配しているのではない。己の計画が狂いそうなので不安になったのだと直感した。

「車に戻って、早めに次を回りましょう」

と鄧。聞こえたのか、ユカも心配そうにやって来た。

「大丈夫ですか」

「鄧さん、申し訳ないが、今からホテルに戻っていただけませんか？」

一瞬の間があった。チッという舌打ちが聞こえたのは気のせいなのか、鄧の顔に初めて焦りの色が見えた。

「部屋で少し横になったら、よくなると思います」

望月はさりげなく、しかしはっきりした口調で告げた。

「ホテルへお願いします」

「……分かりました。では戻りましょう」

平静を装っている。ドジったといったふうでもある。やはり鄧は、何かを仕掛けるつもりだったのだと、今更ながら確信した。城壁の階段を降りながら、鄧が誰かとケータイでしゃべっている。ちんぷんかんぷんだが語気が荒い。車を回すよう指示しているのだろうか、それ以外にも何かありそうで、それが気になる。

「ユカさんは、どうしますか？」

鄧が訊いた。

「どうって？」

「市内観光です。我々は明日の朝まで、お二人に雇われている身ですから」

「先生を放っておけません」

――一人ですることがある。放っておかれた方がいいのだ――

「いやいや、僕なら心配無用です。部屋に帰って、あとはぐっすり眠るだけですから……」

と言って、しまったと思った。ユカを一人で出すのは危険すぎる。

「そうですよね。わたしがいては、かえって安眠できませんよね」

「あっいや、そういう訳でもないのだが……」

慌てたが、ここで引き止めるのもおかしい。ボロが出ないように渋々、目で勧めた。

「では、お言葉に甘えて、予定通り始皇帝陵に登ってきます」

ユカとはホテルの玄関で別れた。嫌な流れになったが、どうにもならない。妙な画策がないことを祈りつつ、部屋に戻った。

電話のベルにはっとした。下からの呼び出し電話だった。ユカを心配していたくせに、睡眠不足が祟《たた》って、ついベッドの上でうとうととしてしまっていたのだ。

慌ててコートを引っ掴んで下に降りた。

西安の中の異国

望月を乗せた黒い車が西安の街を疾走した。着いた所は歴史博物館で、そこに西山が待っていた。

「うまくいったようですね」

「ええ、ただユカさんが心配です」

西山は何も答えなかった。答えなかったが、口元の微笑に伝えたい言葉が胸に残っているようでもあった。

肩を並べ、長いアプローチを歩く。望月は、頭の半分をユカにとられたまま、周囲を見渡す。

「ここは？」

「碑林《ひりん》博物館といいましてね、二三〇〇点に及ぶ膨大な歴史遺産、石碑の保管展示場です」

館に入ると、身の丈《たけ》三メートルはあろうかという古い石碑が何一〇基も林立していた。まさに碑林である。

「これをご覧ください」

入口を入ってすぐの左、巨大な亀の土台の上に石碑が載っている。

望月は眉間《みけん》に皺《しわ》を寄せ、表面を舐めるように眺めた。びっしりと文字らしきものが刻まれているのだが、プラスチックのカバーが光を反射し、判読は不可能である。

「下の部分、見えますか？」

そう言われて腰を屈める。やはり覆いのプラスチックが邪魔だ。と次の瞬間、横に走る妙な模様が目に飛び込んできた。

「何です、これは？　幾何学模様にも見えますが」

「古代シリア文字です。つまりアラム語に類するものです」

「アラム語？　なぜそんな言葉がチャイナに」

「先生、ここは陸続きなんですよ、中東とは」

「そりゃそうですが……」

「伝播《でんぱ》するのはごく自然の出来事です。アラム語は紀元前一〇〇〇年あたりでしょうか、アラビア半島に出現したアラム人たちの言葉です」

知っている。普段なら、既知のことを重ねて解説されると面白くないのだが、この時は気にならなかった。

「アラム人は主に商売を営み」

西山が続ける。

「メソポタミア、シリア全域に浸透しています。彼らの文明が高かったのでしょう、アッシリア帝国、バビロニア、ペルシャ帝国と、中東全域にまったりとアラム語が普及し、現代の英語のような国際語になっています」

「ユダヤ人、パレスチナ人、キリスト教徒にもアラム語は浸透していますね。タルムード、ゲマラ、ゾハルなどユダヤ教の教典の多くはアラム語表記ですから」

「よくご存じで……あっ、これは失礼いたしました。歴史作家先生に」

旧約聖書の『ダニエル書』、『エズラ記』の一部もアラム語だし、『マルコの福音書』一五章三四節には、磔《はりつけ》になったキリストが死の直前、神に叫んだ悲痛な言葉がアラム語で記されている。

〈エロイ、エロイ、ラマ、サバクタニ〉〈私の神よ、私の神よ、なぜ私をお見捨てになったのですか?〉

なぜ聖書のこの個所だけがアラム語なのかは謎だが、キリストは日常アラム語をしゃべっていたというのが目下の定説である。

そのアラム語が、この石碑に刻まれているのだ。俄然、興味を覚えた。

「何の石碑です?」

「上部が見えますか?」

望月は視力が覚束《おぼつか》ない。いや、正常な視力をもってしても読み取れないほど部屋が暗かった。ステッキ望遠鏡を活用しようと思ったが、この距離では逆に近すぎて役に立たず……。こういう場合はデジカメである。天井近くに位置する標的を捕え、ズームボタンを押す。

狙い通りスクリーンに、石碑に刻み込まれた古い文字がわっと浮上した。

〈大秦景教流行中国碑〉

「これは……」

軽い衝撃が襲った。

「景教《けいきょう》の石碑です」

景教というのはキリスト教だ。

キリスト教の発祥はエルサレムだが、東に広がったものを東方キリスト教という。

ギリシャ正教、ロシア正教は東方キリスト教に属し、逆の西方に向かったローマ・カソリックとは一線を画している。

キリスト教とチャイナ

唐時代に建立された「大秦景教流行中国碑」。「ローマのキリスト教が中国で流行したことを讃える碑」と刻まれている。

「景教は、東方キリスト教でもネストリウス派と呼ばれた異端ですね？」

望月が訊いた。

「異端と言う人もいます。しかし、かつてはプロテスタントさえもローマから見れば異端でした」

「ええ、異端か異端でないかは立場によります」

「そうです」

西山が答える。

「両者の大きな違いをあげれば、キリストは我々と同じ人間として生まれ、後に神になったと考えるのがネストリウス派です。それに対してローマ・カソリックの主張は、キリストは生まれながらにして神です」

「ええ」

「しかしネストリウス派は異端と呼ばれるほど少数ではありません。むしろ数の上ではローマを凌《しの》ぎ、その時代に名を馳《は》せた主流派だった、という学者がいるほどです」

古《いにしえ》には、宗派の区別はあまりなく、チャイナに流れ着いたキリスト教はみな単純に、漢字で「景教」と書き表わしたのだと講釈した。

望月が唸《うな》るほど驚いたのは、このタイトルである。

まず最初の〈大秦〉だ。〈大秦〉はローマのことである。これは、無理矢理押し付けた望月のこじつけではなく、チャイナが認める公《おおやけ》の事実だ。

訳せばこうなる。

〈ローマのキリスト教が、中国で流行したことを讃《たた》える碑〉

望月の胸は高鳴るばかりだった。明時代、すなわち一五〇〇年あたりの出来事に、支配者層にローマ・カソリックが流行し、洗礼者が多数出た事実がある。

「この石碑は、明時代のものですか？」

「いえ、もっと前です」

西山は微笑みながら首を横に振って否定した。

「設立は唐時代の七八一年です」

「唐？」

望月は口をポカンと開けた。七八一年と言えば桓武《かんむ》天皇が即位した年である。そのころキリスト教がチャイナで流行したなど、今まで耳にしたことがなかったのだ。

頭の中が猛烈に回転しそうになるのを抑え、カツンとステッキを床に突き、もう一度、石碑を見上げる。

「信じられないようですね」

西山が、心の中を見透かすようにしゃべった。

「先ほども言いましたが、ここはエルサレムとは陸続きだということを忘れないでください」

「確かに……」

「記録によれば前漢の武帝《ぶてい》が使者、張騫《ちようけん》を大月氏《だいげつし》に出したのは、紀元前一三九年のことです。九七年には後漢が使者の甘英《かんえい》をローマ領に走らせています」

西山は史実をぶつけてきた。望月は考えながら数枚、デジカメのシャッターを石碑に切る。

西山が今、口にした大月氏とは、今のアフガニスタンあたりに存在したペルシャ系の巨大な国家で、紀元前一四〇年頃から紀元後一〇〇年くらいまでは輝きを放っている。大月氏をチャイナ読みにするとターキッシュ、すなわちトルコだ。

シルクロードを西と東に結ぶ大月氏は、ヨーロッパ文化の溜池のような役目を果たしていた強国で、見落としがちだが偉大なるチャイナ文明の鍵を握っていると言った。

以前目にした文献に、ユダヤの民が逃れた地と記されていた国だ。

時は紀元前七二一年。アッシリアによってユダヤの一〇部族が攻撃され、散り散りに逃げまどうが、西は地中海が阻《はば》んでいた。残る逃げ道は東と南しかない。

安住の地を求めて地の果てまで逃げるのは人類の本能だ。ある部族は今のアフガニスタン、すなわち大月氏国近辺まで辿りつき、ある集団はチャイナまで到達したという伝承はいくらでもある。石器時代の人類がアフリカから南米までの五万キロを旅したグレート・ジャーニーを見ても分かるように、人は長い長い道程《みちのり》を踏破するものだ。

あらゆる角度から見ても大月氏は重要中継国だった。望月もかねてからそう睨んでいたが、西山の話でまた認識を新たにした。

と、どうなる？

——つまり景教が大月氏を経由して西安に……さらに東に行くとどうなる？　海を渡り、どんつきは大和……待てよ……何！——

望月の胸で小さな爆発が起こった。

京都の木島神社の由緒書きを思い出したのだ。例の秦氏の三角鳥居の神社だ。

［由緒］

〈現在の鳥居は享保《きょうほう》年間（約三百年前）に修復されたものである。一説には景教（キリスト教の一派ネストル教約一三〇〇年前に日本に伝わる）の遺物ではないかと言われている〉（原文のまま）

あっという間に、頭の中でいつもの連想ゲームが疾走した。

キリスト教↓大月氏↓西安↓京都
←
秦氏―木島神社
←
三井―三囲神社

妄想に支配され、何かがちらりと見えてきた。

「引き返しましょう」

腕時計を見て、西山が急《せ》かした。

「もう一カ所、お見せしたい所があります」

車内でも会話は尽きなかった。ローマとチャイナの交流話は、辛気臭《しんきくさ》い鄧寿の影などさらさらと洗い流す。

「一六代ローマ皇帝マルクス・アウレリウス・アントニヌスの使者が、正式に後漢を訪問しています」

一六六年、歴史書には大秦国王（ローマ帝国皇帝）の安敦（アントニヌス）の使者が訪問すると書かれている。

「後漢とローマ、正式な使者が行ったり来たりしているくらいですから、商人たちがシルクロードをどれほど往復していることか、想像もつきません。ベンチャービジネスとはよく言ったもので、強欲は死をも恐れず、盗賊、砂漠をものともしない一〇〇人、二〇〇人、時には一〇〇〇人の武装キャラバン隊が荒れ果てた地を移動したのです。商人は過酷であろうと、地獄であろうと、日常と常識を破壊してこそ巨万の富を得られます」

「プロの戦争屋、外国人部隊もいたはずです」

「ええ、他にもシルクロードをものともしない人々がいました。屈強なキリスト教徒です。神に命を捧げた古の十字軍とも言える人々です。数百、数千、いや万単位のキリスト教徒たちが、それぞれの胸に神の使命を秘め、手付かずの新世界へ布教に赴《おもむ》いたのです。まさに神のお導きです」

揺れる後部座席、望月の頭には情景がぼんやりとしていて、はっきりとは見えなかったが、シルクロードの風景と望月の間に、何かが挟まっていた。

「先生は、ここ西安からエルサレムの地までの距離、七〇〇〇キロを想像するから、ぴんとこないのではないですか。あるいは、日本までの一万二〇〇〇キロという途方もないローマからの道のりを」

「……」

「距離を忘れてください。そして二世紀頃のヨーロッパを頭に浮かべてみてください。するとローマの支配権は、今のイラクあたりまで広がっていることが分かります」

「ええ」

大陸は地続き

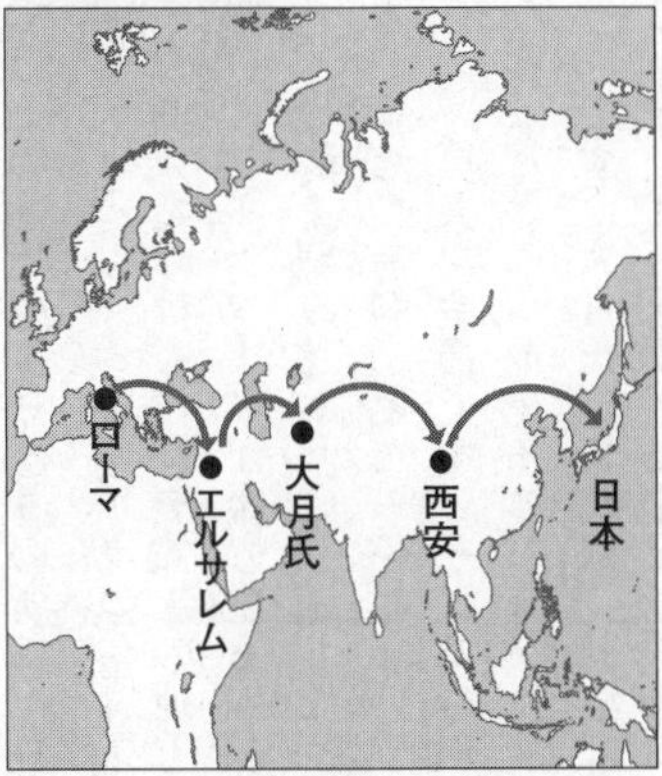

エルサレムを起点に、西へ行けばローマ、東に進めば大月氏国。その東隣は後漢。商人やキリスト教徒たちは、はるばるシルクロードを横断した。

「ではその国境線ぎりぎりの所に、ローマの商人が住みついて交易している光景を想像してみてください。一歩東に踏み出せばパルティア（ペルシャ）王国の領土です。金持ちのローマ商人たちは、パルティアの地方ボスと取り引きをして通行手形を手に入れる。パルティアはシルクロードが金の生る木《な》だと知っていますから、道を整備し、随所に監視台を置き、商隊を望みどおり守り通した」

「なるほど、有料道路で一儲けということですね」

「ええ、莫大な金額です。そしてパルティア王国を渡ればもう大月氏《ターキッシュ》なのです」

「なるほど……パルティアの隣が大月氏ですか」

「そうです。大月氏に入れば、後漢は真隣。聖地エルサレムを起点に西へ行けばローマ。同じ距離を東へ行けば大月氏に到着します。三五〇〇キロほどになります。どうしてエルサレム、ローマ間の交易は頻繁で、エルサレム、大月氏間が頻繁でないなどと言えるでしょう。大事《おおごと》でも何でもありません。むしろ東方貿易の方が金になった時代です」

「……」

「欲に駆られた商人、プロの戦争屋、使命感に燃えた宣教師、圧政を逃れる逃亡者、それぞれがそれぞれの思いを胸に、新世界を求めて波状的、重層的に東へ、東へと向かいました。その痕跡はシルクロードのあちこちに残るキリスト教会の遺跡です」

ようやく実感が湧いてきた。大月氏に留まった西洋人は、和紙に滴り落ちた墨のようにみるみる東へ滲《にじ》んでゆく。

「では……」

望月が質問しかけた時突然、車が止まった。

「さあ、ここです」

窓から外を見ると、道路際に古臭い寺院の門が迫っていた。

門を潜《くぐ》った。

〈清真寺《せいしんじ》〉

「何教のお寺です?」

「仏教ではありません。イスラム教です」

「えっ！　まさか……」

半信半疑で建物を見上げる。イスラム教寺院といえば、どの国でも屋根は金ぴかドームのモスクだ。しかしこれはどうみても古びた寺であり、日本の寺と少し

西安にあるイスラム

清真寺。唐時代に創建されたイスラム教の寺院で、今もイスラム教徒が礼拝を欠かさない。

も変わりはない。

「外にいた人たちの頭、ご覧になったでしょう?」

西山が歩きながら訊いた。

「白い帽子の?」

「ええ、イスラム教徒です」

さらりと言いながら、どんどんと中庭を奥に進んでゆく。

そう言われてみれば、あの帽子は中東でよく見かけるものだ。宗教を否定する共産党独裁国に来ているという先入観が、見えるものを見えなくしていたのかもしれない。

望月は興味深げに目を配った。中庭を飾っている名も知らぬ木々、ところどころに置かれた一風変わった像、左右に異国情緒を醸し出す回廊がある。神秘的な空気が漂っている。

「清真寺の創建は七四二年、唐時代です」

「預言者ムハンマドが神の啓示を受けたのは、ほぼ六一〇年……。それから約一三〇年後に、もうここにモスクができている」

「さすが歴史にお詳しい」

「イスラム教そのものの伝播は、この寺院ができる随分前でしょうから、その速度たるや新幹線並みですね」

「唐のせいです」

西山が口元を緩《ゆる》め付け加えた。

「特に六三五年からの二〇〇年間の唐は素晴らしい。閂《かんぬき》を外して、あらゆる国の宗教、文化を受け入れました」

「なぜ唐は、それほどまでに寛容だったのです？」

「王の素性は、はっきり分かりませんが、唐は明らかなる多民族国家です。南方の越《えつ》や西方の秦の勢力も強く、さまざまな民族を受け入れなければ安定は望めなかった」

「連立政権ですね」

トウモロコシというのは『唐諸越』と書き、唐の南方、「越」の諸々の人の食べ物だったと説明した。

「大和国からも、いわゆる遣唐使が大量に入唐しています」

西山が力を込めていいわゆる付きで言ったのには訳がある。

つまり、遣唐使のイメージは留学だが、こちらの認識では朝貢使節団なのだ。チャイナの子分、属国という扱いだが、その証拠は唐時代の書に残っている。

〈貞観《じようがん》五年（六三一年）、使いを遣わして方物《ほうぶつ》を献ず。太宗《たいそう》、その道の遠きを矜《あわれ》み、所司に勅《みことのり》して、歳貢《さいこう》せしむることなし〉（『旧唐書《くとうじよ》』倭国日本伝）

〈太宗の貞観五年、使者を遣わして入朝す。帝《みかど》、その遠きを矜み、有司に詔《みことのり》して、歳貢にかかわることなからしむ〉(『新唐書』日本伝)

二つの文で皇帝は、日本は遠く大変だろうから朝貢は他国より少なくてもよい。よきにはからえ、と日本に命じている。客観的に見ても朝貢使節団だ。

第一回、遣唐使派遣は六三〇年だ。

間隔は一〇年か二〇年に一度で、合計二〇回計画され、唐が衰退した八三八年が最後である。

遣唐使船は、通常は四隻《せき》がまとまっている。官吏、僧、技術生、通訳、兵士などの構成で、一隻ざっと一〇〇名が乗船したというから四隻で総勢四〇〇名、結構な数だ。

四〇〇名の遣唐使が二〇回。単純累計八〇〇〇名だ。

が、何せ昔の船だ。破船、沈没、特に新羅と厳しく交戦してからは朝鮮半島ルートは使えず、五島《ごとう》列島からの南回りになったので海路が延びて、難破の確率がぐんと上がった。逃亡、病死、事故死もあったろうが、文献などから望月は、帰国の確率は六割と見ている。

遣唐使の有名どころでは七一七年出発組の阿倍仲麻呂《あべのなかまろ》、吉備真備《きびのまきび》、八〇四年出発組の最澄《さいちょう》、空海《くうかい》だが、日本からだけではなく唐の方も夢を両手に、商隊や宗教関係者を数多く渡来しており、唐と日本の往来は想像以上に忙しい。

スタートは舒明《じょめい》天皇の時代だ。かといって舒明の政権基盤が余裕しゃくしゃくだったということではない。無視できぬ複数の王が近畿のあちこちにおり、火花を散らしている時代である。

飛鳥《あすか》（奈良）、大津《おおつ》（滋賀）、藤原《ふじわら》（奈良）、長岡《ながおか》（京都）、平城《へいじょう》（奈良）、難波《なにわ》（大阪）と目まぐるしい都の移転。世の常識では天皇が遷都したということになっているが、そう単純なことではない。

なにせいまだ天皇という名称すらない、日本史上の節目の時代なのだ。

混沌とした黎明《れいめい》期を白日のもとに曝《さら》すことはできないが、天下の跡目は己が継ぐ、天が我を産んだと名乗る者のオンパレードで、それぞれの縄張りに宮と呼ばれる住居を構えていた、と望月は憶測している。

婚姻と和合、二を合わせて一となす謀略の嵐。他を消して一となす戦《いくさ》の数々。あらかたの争いに決着がつき、長安《ちょうあん》を模した平安京なるものを京都に造りはじめたのは、唐との行き来もたけなわの七九五年前後だ。

――ようするに――

望月は思った。

――最初に天皇と名乗った人物は、遣唐使が行き交う期間に登場しているのだ。

いやいや天皇ばかりではない。『日本書紀』(七二〇年完成)もしかり、『古事記』(七一二年完成)もしかり、唐を親と仰ぎ朝貢している時代に生まれているのである。しかも『日本書紀』は本格的な唐風の漢文で倭風ではない。天皇と唐。そこに濃い何か、震え上がるような事実が見え隠れしている……――

「先生」

西山の声で、我に返った。

庭を深く入り、丸くくりぬいたような門を通過したところだった。

「カイ族ですよ。漢字では回る族と書きます」

中国様式の八角堂が右に見え、その傍を突然湧き出たように白い帽子の人たちがぞろぞろと歩いていた。左の廊下も、同じ恰好の人たちが奥へ奥へと進んでいる。

「顔を見てください」

さっきから気付いていた。眼が大きく、鼻筋がすっとしていて、中東顔が多い。白い帽子を頭に載せ、一〇人、二〇人と連なって行く姿は幻想的だった。

「何か、始まるのですか?」

「イスラムの礼拝ですよ」

「日に五回の?」

「その通りです。左の回廊奥が風呂場になっていて、礼拝の前には身体を清めるのが一応の習わしです」

「なるほど、それで清真寺ですね？」

「それは、どうでしょう。ただ『清真』と書けばイスラムのことです」

広場があって、礼拝殿はその向こうにあり、一〇〇〇人は収容できようかという大殿が、続々と教徒を呑み込んでゆく。

静かになったと思ったら、突然中から一斉に、あのコーラン独特の旋律が聴こえてきた。哀愁を帯びた甲高《かんだか》い肉声だ。開け放されたドアから中を覗いた。床に膝付き、厳粛にひれ伏す教徒たち、まぎれもないモスクである。

共産党政権下、西安のど真ん中でイスラムが息づいていたのは不思議な光景だったが、まだ状況がつかめていなかった。

望月は感激を覚え、デジカメを出す。夢中で連写しながら訊いた。

「寺の外観は、カモフラージュですか？」

「あり得ます。この建物は明（一三六八年～一六四四年）の時代に再建されたもので、それ以前がどういう形だったかは分かりませんが、明は恐怖政治を行なっていますからね」

「明の皇帝は、たしか朱子《しゅし》学と陽明《ようめい》学を奨励し、他教徒は顔色を窺《うかが》いながらひっそりとしていたと記憶しています」

「そのとおりです。明は異民族どうしが支え合った唐の時とはえらい違いの恐怖政治、宗教は目立たぬようにといった按配《あんばい》です。しかし、なぜかカソリックのイエズス会だけに対しては、大っぴらにその門を外して、宣教師、マテオ・リッチを受け入れており、信者の数を増やしている」

「ほう、そうでしたか……明がイエズス会をねえ……」

考えもつかぬことだったが、思案顔で付け加えた。

「今に残る太祖朱元璋《しゆげんしよう》の肖像画にはペルシャ系の血が香っています。つまり明とキリスト、イスラムは特別な関係にあったのかもしれませんね」

「さて、もう一つ、お見せしたいところがあります。少し歩きましょう」

5　王朝と民族

清真寺を後にした。

門を跨《また》いで外に出ると、どこからともなく三人の男が近寄ってきた。歩調はそのままに、ごく自然に望月と西山を囲んだ。前に黄色いブルゾンの男が付き、後ろは目立たないジャケット、少し離れたところにいるもう一人は蛇革のバッグを持った男だった。身のこなしから、ことあらば勝負に出る武道家だろうことはすぐに分かった。

「大和語の会」のセキュリティだということはすぐに気付いたが、居心地はすこぶる悪い。危険な一党独裁政権に媚《こ》びないということは、力を捨てられないということで、つまり日常的に大和語の会が危険にさらされている証《あかし》だ。

びっしりと屋台がせり出している。そのうえにこの人出だ。路《みち》は他人と肩が触れずには歩けないほどごった返し、そういう意味では、どこにでもある西安の街なのだが、肌合いが妙に違った。

回族のエリア。清真寺の中だけではなく、この一帯が、彼らの領域なのである。

来る時は、車の後部座席で夢中になって談じ込んでいて、周辺に気付かなかったのだが、蜃気楼《しんきろう》にも似て、なんとも見事な中東だ。

「私はここに来ると浮き浮きしましてね。自由を感じるのですよ。ほら、あそこ」

西山は視線で屋台を示した。見ると串に長く刺した焼き肉、シシカバブーが何十本もにょきにょきと立っている。違う屋台の売り物はナンだった。白い帽子を被った回族が、目の前にナンを二〇枚も三〇枚も堆《うずたか》く積み上げている。楽しげな風景だ。

望月の本能が遊びはじめた。ステッキを西山に預け、いっぷう変わった趣《おもむき》を何枚も何枚もデジカメで切り取った。

カメラを構えながらさらに異国を探した。あちこち視線を移しながら歩くと、ふと右斜め後ろに気配を感じた。振り向くと高い塀があり、その高い塀越しにモスクの頂《いただき》が出現した。どんよりと曇った寒空に浮かぶピカピカの金色ドーム。

「これは、また大っぴらですな……」

安っぽい言葉では括《くく》れないほど幻想的シーンである。

「けっこう年代物です」

ここは西安城壁に開いているシルクロードの出入口、内側だ。

「遥かシルクロードを旅してきた回族たちが、この辺に居座ったということですね」

回族から回教徒という名前がついたのか、それとも、あべこべに回教徒だから回族と呼

「回教徒」たちの街

ナンを売る屋台（左）に、そびえ立つモスク（上）。今、西安で回族（イスラム教徒）が住むエリアは、唐時代の長安の中心部にあたる。

ばれるようになったのかは分からないが、彼らはかつて回遊魚のように巡礼し、移動し、そしてくるくる回るダンスに興じていたので、回族なのだと西山が説明した。

「屋台出店だけでなく、彼らの住まいも、この一帯です」

西山が説明した。

「しかし、ここは言うなれば長安の一等地ですよね」

「ええ」

「唐時代は、さらに中心部だったのではありませんか」

望月は念を押した。

「その通りです。唐時代の城壁は、これよりかなり広いエリアを囲っていましたから、私たちの歩いているまさにここは都の中庭でしょうな」

「ならば、奇妙です」

肩を並べて歩いていた西山は、何が奇妙なのかという顔を寄越した。

「清真寺が、最初に建ったのは唐時代ですね」

確認した。

「となると、やはりかなり刺激的です」

「……」

「つまりイスラム勢力は唐の都、長安の一丁目一番地、ど真ん中に住み着きモスクを設けたことになる。それでは、イスラム国家ではないですか。いくら皇帝の器量が大きかったにせよ、自分の中庭に大勢の異民族を引き入れ、生活拠点として与えるでしょうか？　危険すぎます」

「さすがは歴史の闇を白日のもとに曝してきた作家先生、鋭い視点は噂どおりです」

西山は歩みを止めずに誉めちぎった。いつもなら照れる場面だが、西山が次に口にするだろう解答への興味で、はにかみは打ち消されている。

「唐が、完璧な連立国家だったと考えてみてください」

落ち窪んだ目で、ぎょろりと望月を見返した。

「それは分かりますが……」

うまくイメージがつかめない。

「『魏志倭人伝《ぎしわじんでん》』に書かれている倭国と同じです。倭国は奴国《なこく》、伊都国《いとこく》、邪馬台国《やまたいこく》……三〇あまりの国の連合国家でしたね」

「ええ」

「一国、一国が異なる部族、民族だったのでは？」

「充分考えられますし、そう考えた方が自然です」

「それと同じイメージです」

　西山は空咳《からせき》を払ってから望月の思い違いを正すように語った。庸《よう》、蜀《しょく》、羌《きょう》、髳《ぼう》、微《び》、盧《ろ》、彭《ほう》、濮《ぼく》と族名を並べ、これらを知っているかと訊いた。

「ええ、いくつかは」

　殷と周が戦った有名な「牧野《ぼくや》の戦い」（B.C.一〇二七年、またはB.C.一〇四六年）の時、周族と同盟を誓った部族、民族たちの名だと語った。

　さらに一つ一つの部族民族は、配下の部族民族を複数従えている。すなわち王朝などは紀元前一〇〇〇年、いや二〇〇〇年あたりから徹頭徹尾、広範囲に広がる部族、民族を積み上げた連合国家であり、だからこそ統一王朝と言われているのだと語った。

「なるほど……」

「歴代王朝の中でも唐は、その色合いがもっとも濃い。隋で反乱を起こしたのは李世民《りせいみん》ですが、この男は根回しが得意中の得意で、目を付けた部族を片っ端から束ねて皇帝の玉座を射貫《いぬ》いた人物、これが唐の始まりです。その時、強大な勢力をもって唐を支えたのが遊牧騎馬民族の突厥《とっけつ》でした」

「突厥？」

唐はイスラム国家か？

突厥をチャイナではテュルクと発音するのだが、耳で判別できるように、まさにテュルクはトルコのことだ。六、七世紀が突厥のピークで、中央アジアから東北アジアにかけた広域に君臨しており、隋が滅んだ大きな理由は、トルコの度重なる侵略によると言っても過言ではない。

「記録によれば、トルコの軍閥は李世民と共に、蹄《ひづめ》の音も高らかに長安に雪崩れ込んだといいます。そして長安の西半分の一等地で気勢を上げ、力ずくで居座った」

「……」

「少なくとも皇帝側についた半分は、トルコを含む遊牧騎馬民族でした。いや、それ以上の勢力だったという学者もいます。その子孫である回族が、今でも西安城壁内の西を押さえているという事実に、歴史の真実が潜在しています」

望月はしばし押し黙った。

唐が中東、それもイスラム勢力との連合国だったなど、俄《にわ》かには信じられない話である。言いたいことも分かるし、多民族国家だということも分かる。がしかし、唐が両勢力との合意バランスの上に成り立っていた知的国家だったなどやはり予期せぬ新説だった。

望月は確認するように右の建物に眼を留めた。

黒地に金色で『清真食品』と書かれた看板がある。イスラム教の戒律に則《のっと》って宗教処理された食品、ハラールの店だ。視線を路上に戻す。男の白い帽子や頬被りのスカーフ女が目に飛び込んでくる。そこらじゅうがイスラムだ。思考は蹴散らされ、望月はますます沈黙に陥《おちい》った。

すでにできあがっているイメージを壊すのは難しい。いつだって古い刷り込みが邪魔をする。望月の中では王朝と扁平な漢族顔が分かち難く一体となっていて、トルコ的国家に塗り替えられず、なかなか始末がつかなかった。だがこの苦痛が望月の脳を鍛える。

「もっと立ち入れば」

西山が、歩きながらさらなる苦痛を提供した。

「唐の初代皇帝と言っていい李世民ですが、彼は漢族ではありません」

「漢族の名門貴族、李家の出身ではないと？」

「誤解されやすいのですが、違います」

きっぱりと言い切った。

「李というのは後付けの名で、出自は鮮卑《せんび》族。これはもはや学者の間では定説です」

「鮮卑族って、満州族ではないですか」

狼狽《ろうばい》気味に言った。鮮卑族は北方にいたモンゴル系、ツングース系民族だ。女真族、満州族の祖は鮮卑族だ。

満州族と言う時、西山の顔に誇らしげな愛嬌が滲んだ。

「李皇帝は、トルコとの混血だという大学教授もいます。まあ、どちらにしても遊牧騎馬民族系であることは間違いありません」

「……」

「長安に入城したトルコの族長たちは、伝統に則って李世民に『天可汗《テングカガン》』の尊称を与えています」

「ちょっと待ってください。『天可汗』とは？」

「遊牧民族の大君主という意味です。李はなかなか腹黒い男でしてね。唐の旗揚げ時、東トルコの臣下となって唐を打ち立てています。ようするにナンバーワンじゃない。臣下の一人です。その後、力を付けたと思ったら、六三〇年のことですが、今度は遊牧民族の仲間割れを利用して恩義のある東トルコに牙をむき、攻め入って滅ぼしてしまうのです。大した策士です。もっとも一杯食わされた方も間抜けと言えば間抜けですがね」

「狐と狸ですな」

「これは視点の問題ですが、トルコ側から見れば唐は自分たちの国、長安はれっきとした自分たちの都だったに違いありません」

「唐がトルコの国……」

ようやくイメージが湧いてきた。

「トルコ側の史書が今に残っていたら、きっと唐ではなく、あちらの文字で『テング』と書かれていたと思います」

「……」

「『唐』の広東《カントン》語の発音はテングです。トルコ語のテング、つまり天可汗の『天』を音写して、『唐』と表記した」

頭がこんがらがった。それを察した西山が繰り返した。

「新しい連合国家の名を『テング』と呼んだ。それを非遊牧民の受けを狙って漢字で『唐』という一文字で表わしたというわけです」

東では「唐」と書き、西では「テング」と呼び、新連合国家は農耕民族と遊牧民の二つをまとめたのだと語った。

唐
＝
テング（天）

その後、国を簒奪《さんだつ》し、漢字表記の国名を残し、時代が下ってチャイナは何食わぬ顔で歴史の腹の中に真実を納めてしまったのだ、と西山が断言した。

——唐がトルコ系の連立国家……——

望月は、とまどっていた。このまごつき方は、間違って鏡の向こうの『千夜一夜物語』の世界に入り込んでしまった子供のようでもあった。

「そればかりではありません」

西山の話は終わらない。

「長安で謀反を起こし、楊貴妃に自害を迫った安禄山《あんろくざん》という男は、後に軍を握り、大燕帝《だいえん》国の大燕聖武《せいぶ》皇帝を名乗りますが、彼は押しも押されもしないサマルカンド出身のソグド人とトルコ人の合いの子です。安禄山はアン・ロクシャンと発音し、ロクシャンとはあちらの言葉で、『光』のことです」

ソグド人は中央アジアにいたペルシャ系だ。トルコ人とペルシャ人はかなり重なっている部分があり、違いは曖昧だが、イメージとしては、現在のイランあたりから中東全体に広がっている人々だ。

早い話がトルコ系の男が宮廷深く出入りし、唐の大軍団を掌握していたのである。唐の要《かなめ》はトルコだ。そう西山に指摘されれば、安禄山の名前に合点がいく。トルコ、ペルシャに多い名前、アンの漢字表記が『安』で、まさに安禄山だ。

ふと思い当たって、望月は顔を上げた。

「ひょっとして唐の都、長安の『安』も、そのアンでは？」

「露骨なお印です」

心もとなかった望月の頭脳がようやく働き、今まで手前に見えていたものが背後に退《しりぞ》き、背景に隠れていたものが表舞台に迫《せ》り上がってきた。

――北京、南京、洛陽……並べてみると……都名で長安だけが色合いが違って見えるのは気のせいではない――

「隋はどうなります？」

言葉が弾《はず》んだ。

「初代皇帝、楊堅《ようけん》は弘農郡《こうのう》（現在の河南《かなん》省）出身の漢族だというふれこみです。しかし実は違います」

「隋もですか」

「楊堅は内モンゴルのフフホト北部にあった武川鎮《ぶせんちん》出身の人間です。武川鎮というのは内モンゴルですよ」

そう言って何でもない話のように両手で白髪を後ろに撫《な》でつける。

「武川鎮は北魏時代の要塞都市で、各地から雑兵《ぞうひょう》を駆り集めた場所。そこに楊堅の父、楊忠《ようちゅう》がいました。彼は鮮卑人で、立派な軍功を立て、一二大将軍の一人に抜擢された人物です」

「う〜ん、またも鮮卑ですか……でも西山さん」

望月は、多少呆れ顔でしゃべった。

「しかしそれが本当だとすると、ファースト・エンペラー秦に始まり、モンゴル系の蒙古、つまり元《げん》、それに今お話しした唐、隋、さらにはラスト・エンペラー清に至るまで、有名どころの王朝のほとんどが漢民族でないことになってしまいます」

望月の頭は、まだイメージの積み残しがあるのか、あしらい切れずに、再び置いてけぼりになっている。

「まだ、だめですか？」

整いきれない望月に言った。

「漢族優位政策をとる共産党にとって、騎馬民族の王朝などあってはならない歴史なのです。民族だけは超越できない忌々《いまいま》しき問題で、実は、それこそがこの国の最大の弱点と言っても過言ではありません」

7世紀の唐と周辺民族（王朝）

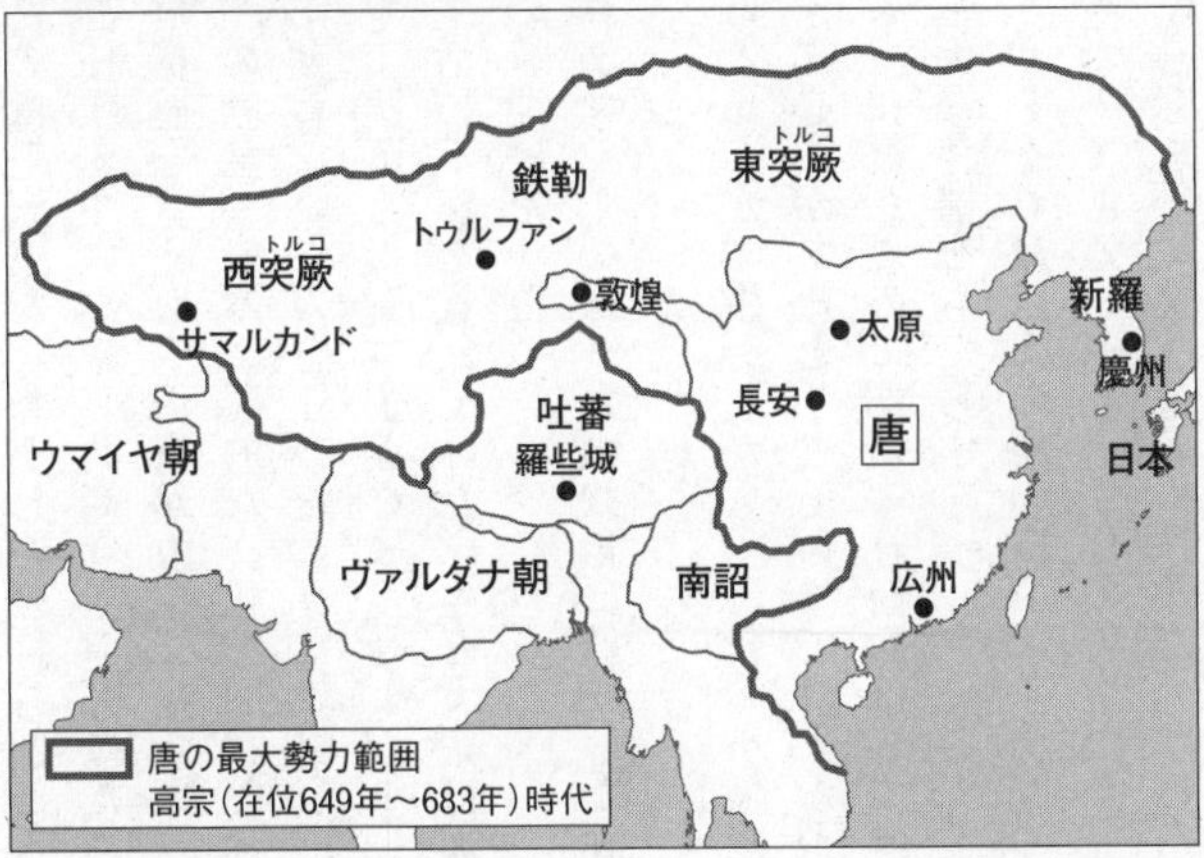

「分かります」

「見え透いた嘘でも有形無形に偽りを流し続ければ、民の思いはそれで固まる。漢族の王朝に次々と置き換え、とにかくそれを教え続ける。そうすれば偽りの中に歴史が固まってゆくのです。一党独裁国家なら、教科書を作り話で固めるのは難しい話ではありません」

いかにして過去を消し去ったかその一例を話さねばなるまい、と西山が語りはじめた。

歴史抹殺大革命

支配者は、都合の悪い歴史を次々と葬ってきたが、その中でも空前絶後の規模で行なわれたのが、一九六〇年から約一〇年間にわたって吹き荒れた文化大革命だと論じた。

建国以来、中華人民共和国で実権を握って

いたのは毛沢東《もうたくとう》だ。しかし非の打ちどころもない毛沢東でも大躍進政策で躓《つまず》く。国家主席を辞任するやいなや、共産党指導部はたちまち実務派が台頭し、劉少奇《りゆうしようき》に軸足が移った。危機感を覚えた毛沢東が政権奪還を試み、仕掛けた権力闘争が文化大革命である。大内《だいうち》ゲバの勃発。資本主義的な文化を国賊と批判し、新社会主義国家の再構築とのたまって、気に食わないものを狂ったように攻撃した。

――堕落した資本主義を放逐《ほうちく》せよ！――

生活に不満を覚えていた学生と大衆は煽動され、富裕層、知識層を襲撃。血塗られた粛清の幕開けだった。

粛清マシーンは一九六六年に結成した紅衛兵《こうえいへい》だ。毛沢東の親衛隊、狂信的暴力団体である。

ほとんどが学生、しかも一〇代の小僧だから、やることはめちゃくちゃだった。農村から学ぶ必要があるとし、そこまではよかったが、田舎に移る前に都会で釜が煮えくり返ったように暴れたのである。紅衛兵はまず学校を徹底的に破壊した。これは後々、高等教育に甚大な停滞をもたらす。

しかしそれはほんの序の口で、イナゴのように教会、寺院、博物館……文化財に襲いかかったのである。宗教、文化の否定だが、やったことは史料の焼却、仏像、銅像の破壊、素晴らしき歴史文化遺産の抹殺だ。むろん狂気の津波はチベット、はては内モンゴルまで押し寄せ、多くの僧侶、指導者の命を奪った。

勇気ある三島由紀夫《みしまゆきお》が抗議声明文を出す。

〈われわれは左右いづれのイデオロギー的立場をも超えて、ここに学問芸術の自由の圧殺に抗議し、中国の学問芸術が（その古典研究をも含めて）本来の自律性を恢復《かいふく》するためのあらゆる努力に対して、支持を表明する者である……〉

賛同者は川端康成《かわばたやすなり》、安部公房《あべこうぼう》、石川淳《いしかわじゅん》だけであった。司馬遼太郎《しばりようたろう》は何を錯覚したのか、当初文化大革命に肯定的だった。現地を訪れ、その光景を目の当たりにしたとたんに、転向したが。

海外メディアは、ほぼ中華人民共和国から締め出される。その中にあって少数の「親中派」だけが居残った。

朝日新聞社もその一社だ。

真のマスコミ人として激動の中国事情を伝えるなどと聞こえはよかったが、ようは中共新聞の外電機関となり下がる。どんなに体面を繕おうが、自分の目が節穴でない限り、居残れたのはそこには釣り合う代償があったからであり、下衆《げす》の世渡りだと西山は憤慨してしゃべった。

「無知な紅衛兵の小僧どもは」

西山の口調はきつくなってきた。

「街中の老舗に『旧文化』というレッテルを貼って回り、片っぱしから破壊し、職人を吊るし上げました。日本や欧米でも評価の高かった景徳鎮《けいとくちん》の陶磁器や浙江省《せっこう》の養殖魚すら叩き潰し、この時点で伝統文化は途絶えてしまったのです」

望月はふと、昨夜観た舞台を思い出した。

水墨画、漢詩、かつてこの国にもあったであろうワビ、サビがまったく感じられなかったのは、世にも稀《まれ》なるこの文化大革命という化け物が、幽玄なる心までも大地深く埋葬したからではないか。

「破壊された伝統産業、伝統工芸の数々は文化大革命後、再興に動き出すわけですが、手を差し伸べたのは誰あろう日本の企業です。これには正直頭が下がる思いですが、望月先生、おたくの国の技術者たちが、ボランティアでやって来て価値ある文化を再生したのです」

「……」

「紅衛兵は、歴史を憎んでいました。陵墓を片っぱしから荒らし回り、その数は計り知れませんが、明王朝の一四代皇帝、朱翊鈞《しゆよくきん》の墓のことははっきりしています。中の副葬品を引きずり出してはぶち壊し、あまつさえ帝と王妃の遺骨にガソリンをかけて焼き払ったのです」

「くそ餓鬼《がき》です」

「ええ、くそ餓鬼の火遊びです。難を逃れるために全国の博物館は知恵を絞りました。展示物という展示物に、毛沢東の肖像画や語録を護符のように貼り付けるというくだらないことをしでかしたのですが、しかしその多くは助からなかった。その結果、現在、この国に貴重な美術品はあまり残っておりません。特に古銭は絶望的です」

「焼かれたのですか？」

「それもあります。が、貴重なものは難を恐れて、博物館の方でこっそり国外へ持ち出したのです。目を盗んで運んだ先は一体、どこだと思いますか？」

「ひょっとしたら日本……」

「そのとおりです。紅衛兵に見つかれば終わりです。ならば日本のコレクターの手に渡した方が、どれだけ大切にしてくれることか。我が国の古銭は、日本で生き延びたのです」

終わってみれば事業家、学者、医者、弁護士、文化人など行方不明者を含め、虐殺数は一〇〇万、二〇〇万の単位ではなかったという。二〇〇〇万人とも、あるいは七〇〇〇万人とも言われているほどだ。もっとも閉ざされた共産国家の出来事ゆえ、詳しい数字は闇の中だが、いずれにしても神をも恐れぬ大量殺戮《さつりく》だったと語った。

邪《よこしま》が真《まこと》を駆逐した例など古今東西どっさりあるが、一〇年間におよぶ底知れぬこの狂気動乱の文化大革命ほどのものは、そうあるものではない、と言い終えた。

聞きしに勝る話だが、西山はそのままの勢いで、話題を元に戻し、もっと重大なことが最近浮上していると続けた。

「重大、と言いますと？」

釣られて訊き返した。

「漢王朝の高祖《こうそ》、劉邦《りゅうほう》（在位B.C.二〇二年～B.C.一九五年）でさえ、漢族ではないという疑いです」

事もなげに言った。

図書館が六〇〇もあったという知的な強国、漢王朝はいわば漢族の誇りだ。その名を轟かせた初代皇帝劉邦は、さながら日本の織田信長《おだのぶなが》のごとき英雄で、人気ナンバーワンである。この英雄が漢民族でないなどと否定されては、漢族の立場はない。

西山は黒いコートのポケットに両手を突っ込みながら、飄々《ひょうひょう》たる口調で理由を説明した。

西山が引きずり出したのは古代史の横綱、『史記』である。司馬遷《しばせん》が、その『史記』（B.C.九七～B.C.九一）を書いたのは漢の七代皇帝、武帝の時だ。

すなわち英雄、劉邦の時代から一〇〇年後なのだが、司馬遷の筆はわざと劉邦の出自をぼかしていると語った。

女が大沢で休んでいる時、神と会う。それで身籠《みごも》ったのが後の劉邦その人だ、というお伽噺《とぎばなし》でお茶を濁しているのだと。

「劉邦が、卑しい生まれだから曖昧にしたのではありませんか?」

望月が反論した。

西山は確かにそれもあると答えた。実際に劉邦は沛《はい》県の、名もない家柄に生まれている。

沛県は現在の江蘇《こうそ》省徐州《じょしゅう》市。漢王朝のふたつ前、いわゆる戦国時代の末期でいうと「楚《そ》」の領域だ。

問題は、はたして沛県が、当時漢族支配エリアであったかどうか、ということだと言い、西山は鼻先の虫でも払うように顔の前で手を振った。

「違います。鮮卑系です」

古いレコードのように繰り返し繰り返し、鮮卑系の騎馬民族が登場してくる。

ここでと、西山は妙なことを口にした。

「そもそも漢族は、どこにいたかご存じですか?」

そう問われぎくりとした。歴史作家として、この程度の質問に口籠《くちごも》るなど、まったくもって不甲斐ないのだが、漠然と漢中にいた民族、あるいは中原《ちゅうげん》にいた部族といったイメージがまったりとあるだけで、これまで深く考えもしなかったのだ。

「先生、これは盲点です」

たしかに盲点だった。

「漢族とは何か？　このことは国の歴史を語る上、政治を語る上で、はっきりさせておかなければならぬ、土台の中の土台であろうかと存じます」

強い調子で言い、足を止めた。彫りの深い眼は真剣そのもので、尖った顎を心もち引き気味にして言った。

「漢族には気の毒ですが、中身は空です」

意味が分からず、望月は左の眉毛を上げた。

「遺伝子的な血統など存在しません」

望月はぎょっとして、とっさに口走った。

「それは承服しかねます。それでは西山さん、漢族など存在しないも同然ではないですか」

西山は背筋をしゃんと伸ばして、きっぱりと頷いた。漢族は架空の民族であり、中華人民共和国を統一させるためのお飾りだ、と言い切ったのだ。望月は、よく分からないというより、聞いてはならないものを耳にしているようで、ステッキを握る手がじんわりと汗ばんだ。

西山は掠《かす》れた声で、しかし明確に部族、民族名を言い連ねた。

「匈奴、月氏、鮮卑、庸、蜀、羌（姜）、髳、微、盧、彭、濮、烏桓《うがん》（烏丸）、烏孫《うそん》、東《とう》胡《こ》、扶余《ふよ》、濊《わい》……これらの名は古代史書で確認できます。しかしそこに漢族は見当たりません。つまり古代史のどこをどう探しても存在しないのです」

「漢族は、古代史書に登場しない……」

望月は呟くように繰り返した。

「少なくとも、私の知る限りでは中世にも見当たりません」

——漢族が歴史書にない……——

軽い目眩《めまい》を覚えるほどだが、物足りない思考が頭の中でもそもそと徘徊《はいかい》した。

ふっと湧き起こった疑問をまっすぐぶつけた。

「ではいったい漢族は、どの時代で出現したのです？」

「いい質問です」

西山は再び歩き始め、前から来る二、三人をかわした。

「どう言ったらいいのでしょう、これにはいつも考えさせられるのですが……つまりですね」

歩きながら、西山は大きく息を吸った。

「その昔、黄河《こうが》周辺、現在の河南省ですが、そこを中心とするいわゆる中原と称される一帯に、たむろっていた人々がいました。有象無象《うぞうむぞう》の未開人です」

「人類はアフリカからグレート・ジャーニーでユーラシア大陸を横切り、途中ぼろぼろとこぼしながら、やがて南米に辿り着くわけですが、彼らだけは違っていた」

「ええ」

「と言いますと？」

「どうやらアフリカからやって来たのではなく、中原にぽっかり出現した北京原人の血を引いていたらしい」

「いや、それは……」

とんでもない話に絶句した。

「私の友人に人類学者がいますが、彼曰《いわ》く、北京原人が絶滅したという証拠などあまりにも薄弱で、たわごとだと言うのです。私も最初驚きましたが、猿が現代まで生き残って、なぜもっと知恵のある原人が一人残らず消えてしまうか？　と訊かれれば、返答に窮するわけです。猿が暮らし続けられるのなら原人だって暮らせるはずです。まあしかし、これだけははっきりしている。中原と言われる一帯にいた人々は見事なまでに身体が丈夫で、比類なき繁殖力を誇っていた。遊牧民族でもなく騎馬民族でもない、いわば狩り採集民族というべき人類ですが、名もなき中原の古代人です」

望月は相槌の入れようがなく、一方的に拝聴するだけである。

彼らを最初に支配したのは東方の強国、殷だと語った。次に西方の周。支配者は共に馬を巧みに操る騎馬軍団だ。

古代世界は騎馬民族の天下である。どう足掻《あが》いても戦闘はかなわない。馬脚が優れているのみならず、常日頃、牛馬羊を追い込み、獣を狩っているので、運動能力は採集農民の比ではない。しかも武器が違う。飛び道具だ。騎馬民族の移動は他民族との頻繁な接触をもたらし、すぐれた新武具が伝わっている。

望月は、古代騎馬民族というのは略奪という戦闘行為を、いわばゲームのようにやっていたのではないかと思っている。戦争に強い魅力を感じるのは男の本能に根ざしていて、生々しい殺戮、レイプは最高の興奮だ。「男らしさ」を試したいゲームだ。でなければ広大すぎる大平原で、戦う明確な理由など他に考えられない。

戦争を政治家や歴史家に語らせるから見えなくなるのであって、古代でも現代でも兵士に言わせれば「最高だぜ！」「わお！」というやつはたくさんいる。

押し寄せる騎馬民族に、中原の古代人はなす術はなく、負ければ腹を切り裂かれ、臓物を食われたという時代であるから、食われるか奴隷になるかだ。そして中原古代人の武器は繁殖力で、それでも増え続けたのである。

次に南方の楚、呉《ご》、越《えつ》などが中原で争い、ついに秦がチャイナを統一する。むろん中原古代人は最下層民族であるために歴史に登場しない。もし書かれていたとしても表記はせいぜい「奴隷」だ。

幾層にも幾重にも入れ替わる支配民族。三、四世紀には新たな支配者、鮮卑等の北方騎馬民族が深く押し寄せ、ここに中原古代人はきれいさっぱりいなくなったと説明した。

「いなくなったといっても、尾羽《おは》打ち枯らして滅亡したというのではありません。血が薄まったという意味です。彼らの繁殖力は無敵ですから民族混交が繰り返され、血は薄まりつつもかえって拡大したと言った方が分かりやすい。古代、生きるに値しない氏素性の卑しい最下層民族の血が他の民族の中に入り込み、静かに増えていったのです」

「で、今盛んに漢族、漢族と言われますが、いつ登場したのです？」

急ぐように疑問をぶつけた。

「どう言ったらいいのでしょう」

西山が遠くに視線を延ばした。

「族名というのは曲がりなりにも軍団を統括する族長がいて、初めて民族名が付くわけです。有象無象の奴隷に民族名など付きません」

「なるほど」

「私の知る限りでは清王朝（一六四四年〜一九一二年）の時代に、漢族という名前が表舞台に登場しています」

「そんなに遅いのですか？」

「ええ、その使い方から清王朝を打ち立てた誇り高き満州族が、ありとあらゆる他民族を

『漢族』という一言で蔑称したのだと思います」

清王朝による他民族隔離政策は有名だ。支配者の心はいつも優越意識で満たされている。満州族を特別にし、他の部族を穢《けが》れの民として明確に切り離している。同じ遊牧民族のモンゴル族とウイグル族は親しく交わったが、他はみな一つに束ね、力ずくで自分たちの領域外へ押しやり、自分たちとの混血を阻止したのである。

そして柵の外に置いた人たちを漠然と「漢族」と呼んだ。

人種差別など、現代人なら風上にも置けないことだが、古代、いやつい五〇年前までは普通のことで、他民族をどう扱うか、複雑微妙な事情を鑑《かんが》み、抹殺、隔離、とりなし、これらが支配者がとる定番だった。

「チャイナ王朝の基本は多民族連合国家です。したがって二つ、二つの例外を残し歴代の皇帝は、自分の出自をぼかしました。出身部族、民族をあからさまに名乗ることは有利に作用しないからです」

これは分かる。日本の知事選挙で、無所属を表明するようなものだ。

「ぼかす上で漢字名は役立ちます。漢字は、いわば中立的な文字として扱われており、漢字表記で民族、人種が分からなくなる。それゆえ皇帝の慣わしになったのです」

そう聞いて、何かの感触が身体の中でもそっと動いた。

「ということは皇帝には、出身族名と漢字名の二つの名前があったと？」

「ええ、上級官僚にもありました。本名と芸名みたいなものです。たとえば蒙古の仲間内ではクビライと呼び合いますが、中原では廟号《びょうごう》と言って、死亡後に付けられた名前では世祖《せいそ》という漢字表記があります。兄のモンケも憲宗《けんそう》と書きます。そもそも正式な国名だって、ダイオン・イェケ・モンゴル・ウルスというのが『元』の正式名なのです。元といえども多民族国家ですから、共通語の漢字国名があった方が広範囲にウケる。漢字は出身部族をボカし、民族をまとめる道具です。ゆえに大元大蒙古国とね」

「なるほど漢字名からでは出身族が分からなかった」

「おっしゃる通りです。当時は写真も似顔絵もありませんから、あとは漢字というブラックホールで出自を消し去ったのです」

「すると……西山さんはどうやって民族を？」

「特定はまことに大ざっぱです。人骨、出身地、習慣、着物、持ち物などを追って、総合的に想像する以外にない。鼻が高く、龍顔で、髭が立派で美しい。これは司馬遷が漢王朝の高祖、劉邦の面立ちの特徴を書き綴ったものです。立体的な顔の造りで髭が濃い。いわゆる北京原人、いや中原古代人ではありません。彼らの特徴は真逆で、鼻が低く頬骨と口が突き出て、眼がつり上がって髭が薄い。劉邦の容貌はトルコ系です。司馬遷による」

西山が続けた。

「秦の始皇帝の描写を思い出してみてください。こちらも鼻が高く、目が切れ長だと書いています。始皇帝と劉邦、二人の印象はとても近い」

「うーん、いやはや……」

正直言って驚くことばかりだったが、ここまで来ると清々《すがすが》しくもあった。西山が、さっさっと表土を掃き清めると、下から隠しおおせるはずもない恐竜ほどもある大きな化石の尻尾《しっぽ》が現われたといったふうである。

「まだ頭が混乱しているのですが、すなわち漢族という言葉が初めて清王朝で出現したのなら、それ以前に存在した漢王朝は――」

「むろん、漢族のものであるわけはない」

カーン、ハーンはモンゴル王の称号だが、その起源ははるか昔、鮮卑系の諸族間で使われていたことが判明している。西山はそのカーン、もしくはハーンに「漢」という文字を当てた可能性を指摘した。

漢はツングース、あるいはトルコ系だ。

漢王朝は漢族のものではないという洒落にならない話になる。

それればかりか、西山の話しっぷりでは王朝のほぼすべてが漢族のものではないことになる。そもそもDNA的にそんな民族が存在しないのだから。

我々は、チャイナがいわゆる漢民族の歴史であるとはなから思い込んでいるのは、漢字で記された歴史に呑み込まれているからである。望月は新説を身体に馴染ませるよう、ステッキをリズムよく突きながら歩いた。

チャイナは騎馬民族の遊び場だった

ほどなく歩くと、西山の車が人混みを避けて駐まっていた。

望月は促《うなが》されるままに身を屈めて車に潜り込み、西山は反対側から入った。黄色いブルゾンは前の助手席に滑り込んだが、あとの二人は外に残って通行人を止め、車を車道に誘導した。

「これからどちらへ？」

「すぐそこです」

西山はそう言っただけだった。

望月はシートに腰を沈め、目を瞑った。いささか脳が疲れている。情報津波の後の、静なる凪《なぎ》。自分が水面の葉っぱで憩《いこ》う蟻《あり》のように思えた。だが頭の中は疾走し、もつれるようなチャイナ王朝の幻影をともなく眺めていた。

秦＝秦族（騎馬民族）

漢＝鮮卑族（モンゴル、ツングース系騎馬民族）

北魏＝鮮卑族

五胡十六国（三一六年〜四三九年）＝胡人

胡人というのはイラン系のソグド族も指すが、当時の文献では漫然と非漢族のことを言ったりもしている。胡服《こふく》、胡弓《こきゅう》、胡麻《ごま》、胡椒《こしょう》は胡人由来の品々で、五胡という国家群は匈奴族（モンゴル系）、羯《けつ》族（モンゴル系）、氐《てい》族（チベット系）、羌族（チベット系）、鮮卑族（慕容《ぼよう》、宇文《うぶん》、段《だん》、拓跋《たくばつ》）などトルコ系諸部族で占められている。

隋＝鮮卑族

唐＝突厥族（トルコ系）との多民族連合

五代十国（九〇七年〜九六〇年）＝後唐、後晋、後漢、北漢の四国は、いずれも鮮卑族

宋《そう》＝鮮卑族

元＝モンゴル族

清＝満州族（鮮卑族等）

並べてみると、バラエティに富んでいるが漢族らしき国家など一つもない。

——いったいチャイナは、どうなっているのだ？——

歴代王朝は、騎馬民族のものだということが望月の記憶ファイルに保存されてゆく。思考の難所だ。もう少し頑張れば、背後に隠れた史実が忽然《こつぜん》と登場するような気になった。喉の渇きを覚えた。いがらっぽくもある。ポケットからミントの喉飴を出して口に放り込むとひんやりとした空気が鼻に抜けた。

野蛮な古代国家において異民族の連合都市など見果てぬ夢だと思っていたが、なかなかどうして、やるものだというのが感想だ。望月の目には紀元前より支配者たちはエゴを捨て、東アジア、中央アジアに点在していた一〇〇、二〇〇という部族の軍閥を束ねている風景が見えてきた。

〈一にて生ぜず。故に分かれて陰陽となり、陰陽合和して万物生ず〉

と核融合みたいなことを記したのは紀元前一五〇年頃の『淮南子《えなんじ》』だが、それを地で行っている。

まさに統一王朝だ。恐るべし多民族支配システム。痛烈なる頂門《ちょうもん》の一針《いっしん》で、思いもよらなかった本物のチャイナの姿がはっきりと見えてきたようだった。

部族、民族を束ねるには武力だけでは限界がある。知恵ある駆け引きが物を言う。賢くなければ皇帝にはなれない。なれなくとも高度な支配ノウハウを持った小軍が三つ四つ離れて逃亡し、東の蓬萊《ほうらい》というウブな別天地を目指したとしたらどうなるのか？

ぬくぬくの日向《ひなた》部落、緩《ゆる》い部落はどうなるのか？

侵略者は買収、懐柔、ペテン、誘拐、脅迫、暴力、殺人、結婚、慈悲、宗教、呪術、占い……万と抱える方法を駆使するまでもなく、居酒屋の暖簾《のれん》を掻き分けるような気やすさで侵入し、居座われる。

辺りかまわず馬上から、ここは俺たちの場所だと喚《わめ》き散らす。説明はいらない。鎧兜《よろいかぶと》に身を抱み、鉄の鏃《やじり》を射掛けながらヒーハーと言って蹴散らすだけだ。

土着の縄文人、弥生人に選ぶ権利はない。訳も分からず、命からがら、恨みの言葉一つ吐かずに逃げ散るのが関の山だ。

望月の脳裏に大陸から渡った部族軍閥が列島のあちこちに住み着いて、根を張って豪族に成り上がる風景が描かれてゆく。

強い騎馬民族が日本列島の原始林に踏み込んでゆく。田畑に縛り付けられている農耕民族にその発想はない。やはり、集団移動は騎馬民族のものだ。これだけ話がそろえば、もはや他に解釈しようがなかった。日本は騎馬民族に支配されたのだ。そして移動人数は案外、馬鹿にならない数かもしれないと思った。

「先生」

西山の声が望月の思考を止めた。車はまだゆっくりと走っている。

「シラムレン河一帯を本拠地とするモンゴル系の部族……契丹《きったん》と言われている部族ですが、彼らは北方に遼《りょう》という国を造りました」

「ええ」

後部座席で頷く。

「これが強烈でしてね。北から宋を波状的に攻め立てています」

宋は、唐の後に生まれた有名大国だ。その宋を知名度の低い格下の遼が侵略している。いい根性だ。

「苛烈な攻撃にたじたじとなった宋が、ついに和約を結んだのは一〇〇四年のことですが、気色悪いのはその中身です。なんと宋の方が莫大な銀、絹を遼に貢ぐという条件になっているのです」

「えっ？　あべこべじゃないのですか。遼は宋より強かった？」

「断然強い」

「不敵ですねえ」

「というより遼、すなわち契丹が大陸の本物の支配者で宋は脇役だった。マルコ・ポーロ以後、ヨーロッパではチャイナのことをキャセイと呼んでいますね」

「ええ、香港にもキャセイ・パシフィック航空があります」

「そのキャセイですが」

車が勢いよくカーブを曲がったので、西山がドアの握りを摑みながらしゃべった。

「何を隠そう強国、遼を生んだ契丹だと言えば驚くかもしれませんね。契丹の発音がマルコ・ポーロにはキャセイに聞こえたというわけです」
「するとモンゴル系の契丹が、チャイナ全土を代表する顔だった……」
「宋でもなく、ましてや漢でもありません。西洋人にとって契丹、キャセイこそがチャイナそのものだったと、今に残るキャセイ・パシフィック航空という社名が自白しています」

契丹（モンゴル系）＝キャセイ＝チャイナ

大陸の王は契丹だった。しかしだれも知らない。なぜならば後の支配者が歴史の筋書きを漢族の一大叙事詩に映すことを夢見、その線に沿って多くの文献を整えてきたからである。我々はまんまとその物語にはまってしまっている。漢字による歴史の上書《うわが》き。漢字表記は、すべての国を漢族のものに変えてしまう。

少し眠ったようだった。時差かもしれない。車はまだ人混みにつかえていた。またうとうとし、クラクションで目が覚めた。眠気が嘘のようにとれ、座り直した。

いつになくシャキッとなった望月は、西山がまだ触れていない残りの続きを話題にした。

中国王朝の略年表

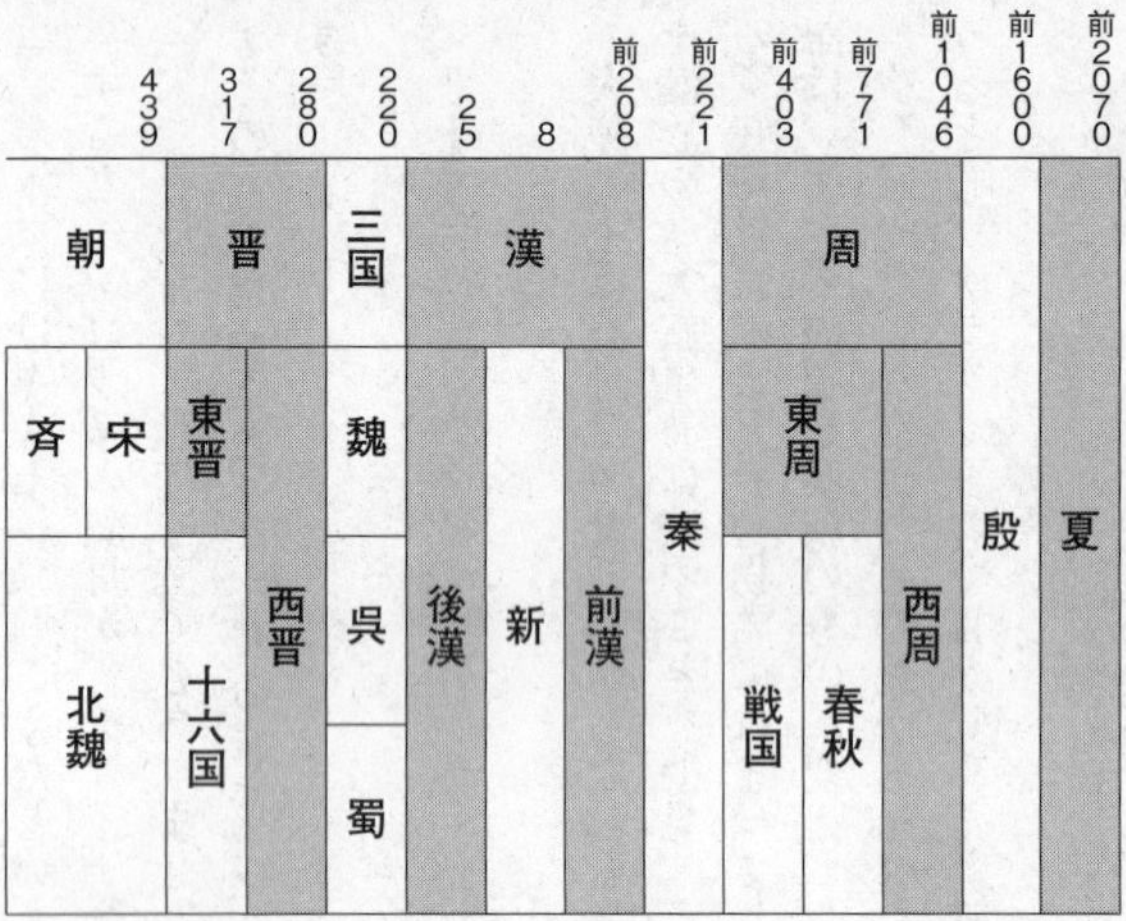

「明（一三六八年～一六四四年）、明はどうなりますか？」

西山がどう答えるか、見物《みもの》である。

「明の一つ前は蒙古です」

西山は動ずることなくしゃべった。

「つまり元ですが、この国は実に面白い。末期は、かなり分別を欠いておりましてね。民衆は重税と超インフレに苦しんでいるというのに、ボンボンの世襲皇帝が下々に鈍《にぶ》いのは世の定番で、この男もひどかった。何の手も打たないどころか、こともあろうにこの苦難は民の気の迷いだなどと吐蕃《とばん》（チベット）のラマ寺院を各地に濫設《らんせつ》し、宗教上の衝突を招きます。当然、反旗を翻《ひるがえ》す勢力が台頭するのですが、むろん彼らの旗印は反モンゴルです」

反政府側のプロパガンダは巧みで、訴えか

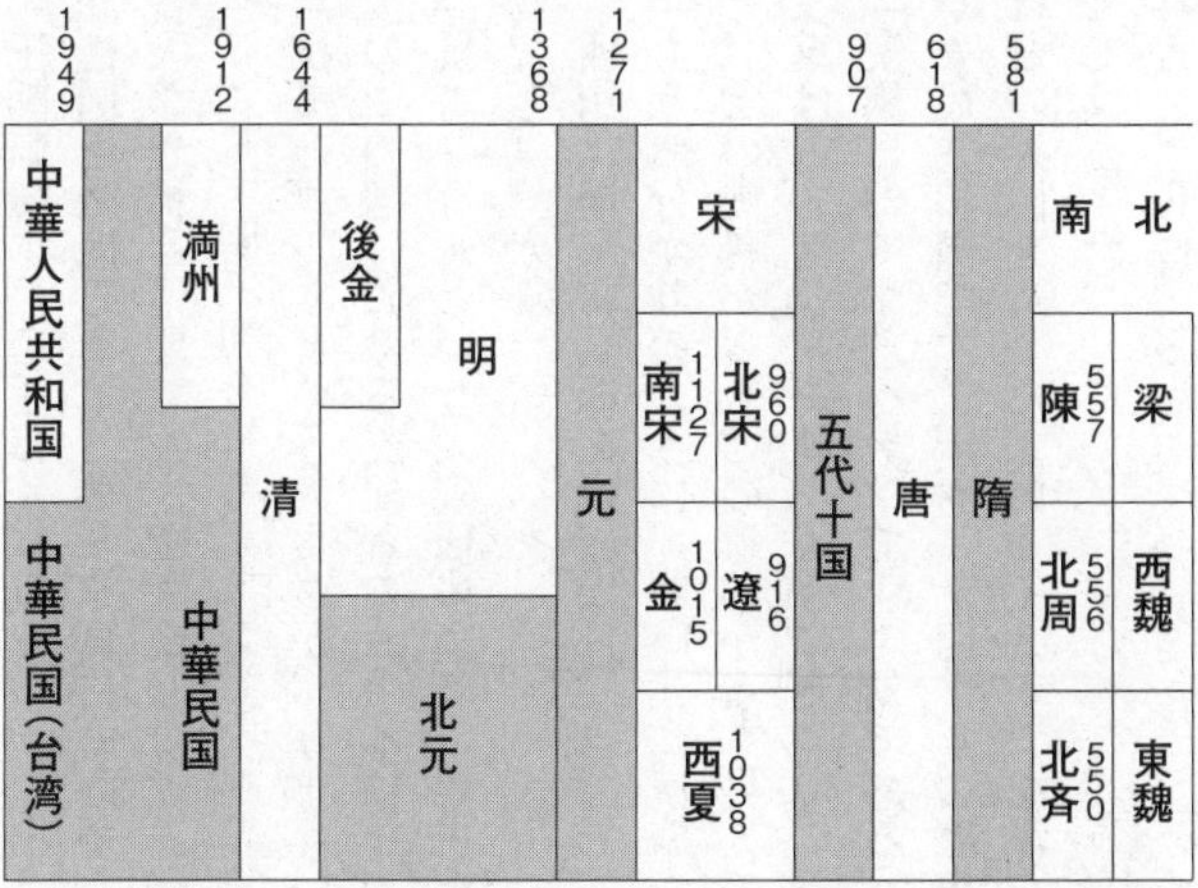

けはただ一つ、民族的心情である。民族的憎悪を全土に煽ったのだと言った。

「槍玉に挙げたのは蒙古の宰相の一人、バヤンでした。この男はモンゴル人以外は人にあらず、と張《ちょう》、王《おう》、劉《りゅう》、李《り》、趙《ちょう》という非モンゴル系の名前の者を皆殺しにし、根絶やしにしはじめた、という噂を大々的に流しましてね。この流言蜚語《りゅうげんひご》は効きました」

〈モンゴル人以外は皆殺しにせよ〉

嘘は早足、真は亀足。尾鰭《おひれ》がついた噂は非モンゴル系の族長の口々から村々にもたらされ、草原の尽きるところまで蜂の巣を突《つつ》いた騒ぎになる。今で言うなら、ブログの炎上だ。

「殺《や》られる前に殺れ！」の大合唱。

「王朝転覆の決め手は、混乱をいかに引き付けるかです。モンゴル対非モンゴル連合という構図を徹底します。偽りを真に塗り替え、真を虚偽とし、あちこちに布陣する軍閥が、盛大な恐怖と憎悪で蒙古を圧倒した。こうして朱元璋が洪武帝《こうぶてい》（在位一三六八年～一三九八年）として明王朝を打ち立てました」

「抗モンゴル」という大ネタが、うまくいった例である。この時の民族差別戦略が、その後のこの国における支配者のお手本になったと語った。

「抗モンゴルという大宣伝によって蒙古を倒した明の洪武帝は、はたして漢族と言える人物でしょうか？」

西山は簡単に質問を投げかけ、自分で答えを口にした。

「もうお分かりのように、明時代に漢族が存在し、独自の軍団を持っていたという歴史など、どの史料からもどの遺跡からも見えてきません」

車は古い街並みを縫《ぬ》うように走っている。

「漢族は幻です。ペテンです。幻であろうと、でたらめであろうと、今や輝ける漢族が中華人民共和国です。チャイナ四千年の歴史は漢民族のもので、漢民族こそが世界一を狙うほどの大国を造ったというイメージを流し続ける。事実、先生もそう思い込んでいましたでしょう？」

「ええ、正直……」

「努力の甲斐があって漢民族の認知度が上がりました。自信を深めた政府は、ますます他民族を絞めつけ、漢族一色の国にしようとしているのです。チベット、ウイグル、その他少数民族を攻撃し、その刃は我々満州族にも向けられています。なぜなら我々騎馬民族こそが、この国の由緒正しい皇帝の血を引いているからです」

西山は昔の栄光が懐かしいのか、声色に愛おしさを含ませた。

「しかし西山さん」

望月は窓の外を見やりながら一つだけ疑問を呈した。

「なぜ、ここの回族は安泰なのです？」

「当然目障《めざわ》りです。政府は随分以前から立ち退《の》きを要求していますが、この辺の人たちは頑《がん》として腰を上げません」

「そこがよく呑み込めない。今の政府なら多少ややこしくても、不退転の力で臨むはずですが、なぜ手をこまねいているのか……」

「イスラム勢力を刺激したくないからです」

「それは少し妙ですね」

望月は背もたれに身体を預け、首を振った。

「新疆ウイグル自治区もイスラムですが、あちらの弾圧はかなり手厳しい」

「先生、西安と新疆ウイグル自治区を一緒に見てはなりません。地政学がまったく違うのです」

「……」

「イスラムを弾圧した場合の脅威は、この国に隣接するイスラム国家です。不用意に刺激し、怒らせるのは愚策です」

「新疆ウイグル自治区の隣は、カザフスタンですね」

「ええ、そのとおりです。しかしそのカザフスタンはイスラム教徒とキリスト教徒が半々の穏健国家、しかも人口一五〇〇万人という小国で、中共軍の敵ではありません。もう一つの隣国はキルギスですが、こちらも人口五〇〇万人程度で問題外です」

「でも西山さん、屈強なイスラム国家のパキスタンがあります。お隣ですね、新疆ウイグル自治区の」

「そうです。しかしあの国はインドと一触即発の臨戦態勢。そしてチャイナもインドと睨み合っている。敵の敵は味方です」

「なるほど、ちゃんとそこを考えている。あと残るウイグル地区の隣国はロシア……」

「ロシアもたしかに隣です。しかしご存じのとおり、イスラム国ではありません。逆にイスラムのテロに手を焼いていて、ロシアにとって中共のウイグル攻撃は、かえってお願いしたいほどのものです。中共はロシアのお墨付きを得ています。だから強硬姿勢を崩さない」

「なるほど……そう考えるとしかし西安は違いますな」

「どうしても弱腰にならざるを得ません。鍵はここの位置。国のほぼ中央です。しかも人口八〇〇万都市となれば、事が起こった時の報道規制は難しい。何せ土地柄、欧米駐在員が多く、世界と直結していますから」

「インターネットの時代でもある」

「ええ、ここの回族はそれを見越しています。ですからけっこう強気で、政府と事を構える姿勢さえちらつかせている。何かあったら照明よし、カメラよし、よーいスタート！　派手にやらかすはずです。爆心地が東アジアのど真ん中だと、その衝撃波は間違いなく他の少数民族を揺さぶり、国際世論が沸騰する。それを政府が危惧しているのです」

車が塀に鼻先を付けて止まった。行き止まりだ。助手席の男が素早く降りて、何やら塀に怒鳴った。すると目の前の塀がぐらりと動き、するすると横にスライドし、ほっこりと花道が開いた。

待ち切れないように車が前進した。目に飛び込んできたのは、古色蒼然《こしょくそうぜん》たる石造りの建物だった。

大きな十字架が屋根に突き出ている。中央に一つ、その両脇に二つ、合計三つの十字架。

――教会……――

独裁国家に息づくキリスト教。車を降り、肌の引き締まる思いで見上げると、年代物の建物には「天主堂」と記されている。日本には浦上《うらかみ》、大江《おおえ》、馬込《まごめ》……「天主堂」と付く教会は幾つもあって、同じ教会でも古いカソリック教会を天主堂と言うのが一般的だ。

「一七一六年の建物です」

「ほぼ三〇〇年前、清の時代ですか……」

場違いなゆえに、感慨無量だ。信者でもないのに望月がほっとするのは、ここに自由の余地を見つけたからだ。

階段を数段上がって建物に入った。古黴《ふるかび》のような臭いがぷんと鼻を突く。薄暗い内部に目が慣れ、天井を見上げていると、どたどたと運転手が駆け込んできた。血相が変わっている。ただならぬ様子に何事かと、望月はひどく張りつめた様子の男を眼で追った。

男は大股で西山に近寄り、肩で息をしながら耳打ちした。西山の横顔にさっと緊張の色が走った。それから難しい顔を望月に向け、申し訳ありませんが、ユカさんの車を見失ったと言った。

一瞬、意味が分からず、浮き足立った。

「黙っていましたが、万一を考え尾行させていたのです」

固唾《かたず》を呑もうとして、喉に拒《こば》まれ、うろたえる。

「つまり……相手が尾行に勘付いたということですか？」

「可能性は否めません」

「しかし……勘付いたとなると、彼女がまずい立場に……」

「それはないと思います」

慰《なぐさ》め顔で言った。

「車の尾行とユカさんをつなげて考えるとは思えないし、仮にバレたとしても彼女を連れ去る理由はありません」

たしかに人質に取ったところで意味はない。ほんの少しだけ、気が楽になった。

“独裁国家”に教会が

清時代（1716年）に建てられた「天主堂」。西安の城壁内（市街地）にある。

〝男〟からの電話

ホテルに戻ったのは四時一五分、効き過ぎた暖房が暑かった。

コートを掛け、セーターを脱ぐ。窓を少し開けると、夕闇に包まれた街の冷たい空気とくぐもった騒音が侵入した。

見失ったという事実が暗い影を投げ掛けている。セメントの樽詰めはないとしても、嫌な予感、いやただの放心状態に近かった。

仮病で外出を拒んだのだ。一応病人らしくパジャマに着替えた。かといってベッドで横になる気分にもなれず、むろん読書などもできる状態ではない。仕方がないのでバスタオルを床に敷いた。

瞑想しかなかった。瞑想は決して欠かすことのない望月の大切な日課だが、朝からバタバタしていて今日はまだである。身じろぎもせず、ひたすら呼吸を整える。腹を立てているのか、心配なのか、それともたんに恐いのか、ゆっくりと息を吸う。呼吸のたびに性質《たち》の悪い記憶は形を失い、騒がしかった気持ちが鎮まってくる。

一〇分もたったろうか、身体のどこかが音を捕えた。

リーン、リーン、……遠くでベルが鳴っている。ベッドサイドの電話だ。ユカの帰館を告げる電話だと直感しているのだが、まだ瞑想から覚めず頭が痺《しび》れている。辛うじて受話器を取り耳に当てる。

「ユカさん、待っていましたよ」

「もしもし」

予想と違って手強そうな男の声だった。

「加減はよくなりましたか」

「ああ、鄧さん。おかげさまで――」

「外出されてましたか？」

ぎくりとし、かっと身体が熱くなった。見られたのか？

「いやその、気分がよくなったのでその辺を少しぶらりと」

「そうですか……それは何よりです」

これまでとは語調が違った。低い声で勿体《もったい》ぶるというか、皮肉っぽいというのか、とにかく嫌な雰囲気が寄せている。

「ご相談があるのですが、そちらに伺ってもよろしいですか？」

おいでなすったと思った。

「お茶ぐらいは付き合えます。下のラウンジに着いたら、電話をください。すぐに降ります」

「いや、先生の部屋の方がいい」

「それは……少々散らかっておりましてね」

「かまいません。内々の話ですから」

「私に内々の話はありません。みなオープンですよ」

「そちらになくとも、こちらにあります」

そして事もなげに付け加えた。

「お連れ様は、まだ市内観光中です」

「いつ帰りますか？」

「先生次第で」

その一言が重くのしかかった。向こうの手に落ちているユカを持ち出されれば、対抗手段はない。手持ちの矢を全部射尽くしてしまった感である。

「分かりました。お待ちしています」

電話を切ると急に忌々《いまいま》しさがこみ上げてきた。ステッキを上段から一〇回ばかり振り降ろす。だからといって、何がどうなるわけでもないのだが、気持ちだけはシャンとなった。

パジャマを脱ぎ、新しいシャツに着替えた。いったん座ったが、癪《しやく》に障《さわ》ったので蝶ネクタイを着け、ジャケットに腕を通した。大袈裟だが死装束のつもりだ。

鄧は一人だった。高級そうな厚手の茶色のスーツを身に着けている。ローレックスの高級時計もちらりと手首に見えた。

「ご相談というのは」

椅子に座ったとたんに切り出した。

「先生の、ご本のことです」

単刀直入に警告した。

「天皇制を覆《くつがえ》すような内容ですが、中国政府は歓迎しません」

西山から話を聞いていたので、意外な気はしなかった。が、言いっぷりは大したものである。望月は頭に血が上ることもなく、感情のこわばりもなく、その理由を尋ねた。すると我々は天皇制を支持しているからだと言ってのけた。

「共産主義国家が天皇制を支持する？」

好奇心が疼き、望月が問うた。

「腑《ふ》に落ちません。おいしい取り引きとは思えませんが」

鄧は無遠慮に見返してきた。なかなか堂に入っている。望月は額に注がれた視線を受け流す。

最初から火花散らす展開である。場を和《やわ》らげようと茶をすすめたが、鄧はこっちを睨んだまま首を横に振った。茶は要らぬが煙草を吸っていいかと訊いたので、今度は望月が断わった。

「天皇制を支持する理由は？」

「日本の近代化は、我が国の悪夢だということです」

「よく分かりませんが」

「そうですかね」

睨みを効かせた。

「それは先生が心を固く閉ざして、理解しようとしないからじゃないですか?」

笑わなかったが鄧が可笑しそうな顔をした。不思議だった。中共が天皇を支持するという謎が知りたい。その一心で、望月は真面目顔で重ねて問うた。

「僕は勘が悪いのか、理解を超えています。説明願えませんか?」

「大したことじゃありません」

心もち首を傾《かし》げ、正面からまたじっと望月を見据えた。しばらく間を置いてからぽつりと訊いた。

「天皇制が崩れたら、どうなると思います?」

この一言が沈黙の重石《おもし》だったのだろう、その後は堰《せき》を切ったようにしゃべりはじめた。

天皇制がなくなれば宮内庁がなくなる。続いてパスポートから菊の御紋がなくなり、外務省の権威が地に墜ちる。

今の日本の外務省に、外交戦略はない。あるとしたら、援助金バラ撒《ま》きのパーティー社交だ。

頼みは天皇の権威とカネ。

この二つで諸外国と付き合ってきただけである。カネはどうにでもなるが、ご本尊の天皇はこの世で唯一、ただ一人だ。ご本尊はぴかぴかに磨きに磨きあげておかねばならない。後生大事に囲い込み、絶対に手放してはならない。

外務省の切り札は、外向きも内向きも天皇であると重ねて断言した。海外在留邦人、海外日系人の勲章授与選定権を握っているのは現地の大使館、領事館だ。事あるごとに天皇の御影を掲げ、まるで血のつながりでもある皇族のように振る舞っている。天皇こそ彼らの拠り所で、天皇制が停止すれば外務省は往生する、と嘲笑しながら語った。

「つまりこういうことです」

鄧が言った。

「外務省は東シナ海ガス田、尖閣《せんかく》諸島、靖国神社、南京、これらすべてにおいて事なかれ主義を貫《つらぬ》いてくれています。国民が騒がないのは、天皇を背負った外務省が穏便に国民をなだめ、ひたすら静観しているからです」

「なるほど、それでおたくの国は安んじられる」

「そうです。天皇制があらばこそです」

「もし天皇制が崩壊し、共和制に移行すれば、外務省は軽い存在となり、代わりに気骨《きこつ》のある政治家が前面に出てくる。そうなれば、今までのように惰眠《だみん》を貪《むさぼ》れなくなるというわけだ」

「だが我々の思惑に気付く日本人はおりません」

鄧が苦笑した。

「先生には失礼だが、日本人というのは人がいいのか、読みが浅いのか、中国は天皇制反対だと思い込んでいる。我々にとっては小躍りしたくなる思い違いです」

くすりとほくそ笑み、天皇に恩義を感じる理由は他にもあると言った。

「皇室関係に費やされているのは一〇〇〇億円以上。この中には各省庁、自治体の隠れ皇室費も含まれているのですが、これが毎年浮くことになる。一〇年で一兆円です」

鄧は自分の手をぱっと広げ、一〇本の指を示した。

「この一兆円の金がごっそりと科学に向かえば、それこそ我が国の脅威です」

「……」

「それに、天皇制が崩れれば天皇を頂点とした三〇万とも言われる神社とそのシステムが音を立てて崩れます。そうなれば、やれ祭りだ、やれ厄払いだ、やれ御利益だ、やれ七五三だという、日本を覆っていた非科学的な行事や感覚が、まったくなくなるとは言いませんが、確実に薄れます。つまり政治、行政、教育はより合理的になり、人のマインドはこれまで以上に科学にシフトするのは目に見えている。ならば日本の経済、科学、軍事、核武装……は飛躍的に向上します」

「日本が核武装すると?」

「その通り」

「それはトラウマです」

「トラウマ?」

「ええ、日清戦争と第二次世界大戦の被害者だという」

「ええ、脅威です」

「いささか病的ですな」

「被害者意識は根強く残るものですよ、先生。我々は散々な目に遭《あ》いましたから、多少妄想気味になるのはやむをえませんでしょう。しかし天皇にはいつまでも平和を唱えてもらう。無条件のね。そこにアジアの平和がある。あなたの国にはどんなことがあっても平和の看板は下ろさせない。非戦非核を誓った平和憲法は我々を守る最大の武器ですからな。幸い自民、民主両党の親中派、それに社民党、共産党、日経新聞、朝日新聞はじめ、ほとんどの地方紙とあの国営NHKは中国政府の味方です。むろん宮内庁も外務省も波風は立てない。そうであるかぎり安全で、我々は日本に気を遣うことも、金を使うこともないのです」

天皇の利用者は宮内庁、外務省だけではなく、最大利用者は自分たち中華人民共和国だと告白した。

もともとおしゃべりなのだろう、鄧の話は止まらず、僭越《せんえつ》ですがと言って天皇制は日本国の象徴ではなく、日本国における階級社会の象徴だと自分の考えを披露した。

インターネットで世界がつながる時代になっても、一人の人間だけが東京のど真ん中の、一〇兆円でたちまち売れるであろうというとてつもない土地を聖域として世界と遮断されている。これはどこかの国の誰かを笑えない時代錯誤だが、嬉しいことに日本人はそれが当然という感覚を持っている。

天皇の特権たるや仰天しごくで、総理大臣、最高裁長官の任命権を持ち、国会召集、衆議院の解散、憲法改正、法律・条約の公布、国務大臣・官吏の任免、大使・公使の信任状の認証、その他、およそ国の博物館にでも入りそうな陳腐な儀式という儀式を全部司《つかさど》り、神をも恐れぬ不逮捕特権と実質的な免税権を与えられていると喝破《かっぱ》した。

天皇制は上意下達《じょういかたつ》の階級社会のトップに象徴的に君臨し、近代国家にして、目を疑うような崇拝者は政治家、経済人、教育者、文化人、メディア……いたるところにいる。実に素晴らしい、と愉快そうにしゃべった。

「天皇は特権階級の旗頭です。特権階級というのは閉鎖的なシステムの中で恩恵を受ける泥棒ですが、おたくの国はこのシステムの頂点、出生だけが拠り所の人物を祭り上げている、世にも不思議なマジック社会だ。トンデモ本の『日本書紀』、デタラメな天皇陵、そして万世一系。ネタバレばかりなのに国民は見破れない。見破りたいとも思っておらず、あべこべに喜んで騙されたいという摩訶不思議な民族です」

天皇を持ち出せば、いかなる毒舌家も沈黙し、臆病なメディアは口を閉じ、無頼《ぶらい》の徒も土下座する。すなわち天皇制は自由精神を破壊する屈強なるシステムで、逆に言えば天皇制が崩れれば階級社会システムがあっという間にばらけ、自由精神が目覚め育ってゆくのは明らかである。そうなれば国民は真の民主主義を歩みはじめ、さらには底知れぬ大策士が歴史に登場し、日本は再び我が国に牙をむく。鄧はそう言い切った。

中華人民共和国は、だから断固として天皇制を守る。これが指導部の分析であり方針で、自分の任務なのだと、悪びれる様子もなく一気に話した。

「一つだけ歴史を告白しますが」

鄧が続けた。

「天皇が、我が国にとっていかに必要不可欠であるかが理解できる話をします」

天安門《てんあんもん》事件を覚えているかと訊いた。

――当たり前だ。しかし、それと天皇と何の関係がある?――

一九八九年六月、北京で起こった戦慄すべき大事件だ。

「民主化」を叫ぶ学生や市民に、人民解放軍が銃と戦車で襲いかかり、自由、平等、民主化を一気に打ち砕いた近代史上類を見ない野蛮な弾圧である。

公式の死者数は三一九名だが、死者はその場で焼いて闇に葬ったために、実数は不明であるもののその一〇倍はいるという。三〇〇〇名というのが常識的な線だろう。

その結果、世界は憎悪の目を向ける。激しい集中砲火を浴びたチャイナは国際的に二進《にっち》も三進《さっち》も行かぬほど完全に孤立した。

欧米の経済的封鎖。

世界の投資は完全にストップし、メイド・イン・チャイナはボイコットの憂き目に遭い、それまでの経済成長に急ブレーキがかかった。おかげで一九八九年と一九九〇年はマイナス成長となる。

その後、共産圏諸国を中心に外交関係が多少回復したものの翌年、天地がひっくり返ったかのような大事件が起こる。ソ連邦崩壊だ。追い打ちをかけるように身内だった東欧がオセロゲームのように次々と西側に寝返って行く。

「風前の灯《ともしび》でした。舵取りを誤ればこの国の明日はない。しかも西側の輸血がなければ経済的にもたない。あの手この手でラブコールを送りましたが、西側諸国は経済封鎖ばかりか、首脳らの訪中をも抑制するという徹底ぶりで、目も当てられない状況に陥ったのです」

指導部は顔面蒼白だったと語った。緊急課題は、対中制裁網の突破だ。何としても、どこかに一穴《いっけつ》を開けなければならない。

その外交工作を統括していたのが、外相の銭其琛《せんきしん》だった。

さすがは聞きしに勝る策士、銭である。夜を徹して分析し、ぴたりと目を付けたのが日本だった。銭は天皇崇拝、謝罪好き、弱腰外交という日本病を突く作戦を練る。目を凝らせば、時あたかも一九九二年、日中国交正常化二〇周年が迫っていた。

銭は二〇〇三年秋、引退後に出版した回顧録『外交十記』でこう書いている。

〈西側の連合戦線の中の弱い個所が日本であり、日本こそが西側の制裁包囲網を打ち破る突破口になった〉

「彼は何をしたのです？」

「天皇です。天皇を我が国に呼んだのです」

「あっ、天皇訪中……」

天皇の訪中

万里の長城を見学する天皇と皇后（1992年10月24日）。写真／AFP＝時事

銭は闘志を燃やし、野望を抱いた。

いかに西側が我が国を非難しようとも、天皇に弓は引けまい。天皇が仰々《ぎょうぎょう》しくも厳《おごそ》かに訪中すれば、地均《じなら》しになる。友好をひっさげた対中制裁突破の堂々たる花道、天皇訪中は中日友好の範囲をはるかに超えたものになる。

史上最大の対日工作は細心の注意を払って推し進められ、そして実現した。大当たりだ。銭は回顧録の中で完全に勝利したと綴っている。

「私が若い下積みの時代です」

と鄧は得意気に話しだした。

「まだはっきりと覚えている、我が特務機関が日本外務省チャイナ・スクールに働きかけたのは。楽勝でしたよ。看板は『日中友好！』。誠に見せかけた大法螺《おおぼら》を見せつければ、チャイナ・スクールの面々は涎《よだれ》を垂らして飛びついてくる。いやはや見事な仕事ぶりです。マスゲームのように眉ひとつ動かさず、臆病者の知恵を発揮してくれました。大物政治家の説得などわけはありません。時の副総理兼外務大臣、ええと……そうそう渡辺美智雄《わたなべみちお》と言いましたね、彼もまた役者で、友好をまるごと信じたふうを演じ、キッシンジャー気取りで訪中しましてね。下にも置かぬ接待で、あっという間に手懐《てなず》けましたよ。仕掛ける方も仕掛ける方、仕掛けられる方も仕掛けられる方ですが、お互い板についたものです。上機嫌で、ほい、ほい、と飛脚役を立派にこなしてくれたものです。それに……自民党左派の宮澤喜一《みやざわきいち》総理。彼にしても、日中友好というエサには電光石火です。天皇を動かしての、何憚《はばか》ることのない平和外交。宮澤さんも政治家として手柄を立てたかったのでしょう、友好をちらつかせれば、風車の付いた帽子をかぶり、ローラースケートを履《は》いて申し分なく働いてくれました」

「お人好し？」

「とんでもない、みなさん友好好きの素晴らしい政治家です」

またほくそ笑んだ。抑揚のない笑いである。

天皇の利用で、日中関係は改善され、これが大きなステップとなって西側の包囲網が解凍したのは、たしかに鄧が言ったとおりである。

「しかも天皇は手ぶらでは来ません。資金援助という大きな土産がありました。天皇は魅力的な人です。納税者に対する説明など一切必要ないし、だれも反対できないのですから」

鄧は勝利気分が迫り上がってきたのか、満足気な表情だった。

脅迫者

頭の後ろで腕を組み胸を反《そ》らし、望月を眺めた。かなりの余裕である。

「私の言いたいのは先生、我が国にとって天皇がいかに大切かということです」

腕をほどいて身を乗り出す。

「我々は当の日本の誰よりも、天皇を大事にしています。天皇は絶対的な平和の象徴ですから、平和を望む、と中高い声で言うだけで、日本の軍備が足踏みし、我が国の軍事予算は他に回せるのです。幸い日本に天皇制反対の勢力はありません。一人を除いては——」

「で、僕を白い眼で見ているわけですね」

「あなたは一番危険な人物です」

「買いかぶり過ぎです。僕のような間抜けは何の邪魔にもなりません」

「いえいえ、七年ほど前、先生は一冊の本を出しました。とびきりの反消費者金融の本です。その本が話題となり、蟻の一穴となって堤防が潰《つい》えるがごとく、それまで無敵を誇っていた消費者金融各社が音を立てて潰れていきました。恐ろしいことです。たった一〇〇〇円の本で世論の風向きが突然がらりと変わるのですから。型破りな本は亜流で、文学賞のお呼びはかかりませんが、我々にとっては気をつけなければならない存在です」

ここで鄧の口調が変わった。

「先生は大切な人です。心からそう思っています。是非とも先生のお立場で天皇制を支持していただきたいのです」

「意味が分かりませんが」

「先生、あと何年書けます？　一〇年？」

「……」

「書けても、せいぜい一五年といったところでしょう。ならば残りの人生、楽しく行きませんか？」

「今でも充分楽しく暮らしています」

「そうでしょうが、もっともっと楽しい生活です。先生の年間出費は、ほぼ一〇〇〇万円ですね」

妙な角度から斬り込んできた。どうだとばかりに、にやついている。

「おとぼけはよしてくださいよ。調査済みなんですから。この一〇年間はだいたいそんなものです。是非提案させていただきたい。提案としてはありきたりですが、立ち退《の》き補償として毎年二〇〇〇万円」

「ありがたいお話ですが、魅力はありません」

「やはりね。では三〇〇〇万円ではいかがですか、寿命の尽きるまでお支払いします」

「随分と気前がいい」

「日本の天皇制が壊れたら、我が国の国防予算は二倍に増やさなきゃならない。それに比べたら安いものです」

「ならば安過ぎます」

望月は冗談めかして応じた。

「心が開けませんか？」

「興味はありません」

「聞き分けの悪いお人だ。教養ある作家の、まっとうなビジョンとは思えませんがね。五〇〇〇万円ならどうです？」

芝居がかった言い方だったので、こちらもテーブルを叩いて、下衆《げす》の暮らしなどできるかなどと、啖呵《たんか》を口にできたらさぞすっきりするだろうと思ったが、まったくもって、そういう言葉は出てこなかった。

「大目に見てください」

と応じると、鄧は呆れたように小さく舌を打った。

「日本のタブーに挑戦し続けているくらいだから一徹だとは思っていました。しかしこれほどとは」

鄧はローレックスを見下ろした。時計に二、三度溜息をつき、顔を上げた。

「分かりました。この件はこれで私の手を離れます。これから先は他の者が当たるわけですが、彼らは私より友好的ではありませんよ」

鄧は、むっつりとした顔で続けた。

「専門が違うと、ご忠告したいのです」

「和戦両様の構えですか？」

苦笑が返ってきた。

「ズドンと来ますか？」

「黙々と何かをします」

鄧は唇を舌で舐めた。

「もう一度言います。自ら不運を招くことはない。お考えが清いからといって、仕事をそれに合わせることはない」

望月は腕を組んで、不退転の意志を示した。

「どんな餌にもとんと無関心というのは、どうなりますことやら……先生は預金をお持ちですよね」

「……」

「東西銀行、丸の内支店、取引口座番号は――」

数字を諳《そら》んじた。望月自身、口座番号まで覚えているはずもないが、支店名は正解だった。調査能力は本物のようである。

「ある日、そのお金が消えてなくなったらどうします？　我々にできないと思ったら大間違いです」

「できるでしょうね」

そんなことは想定済みだ。

望月真司、仮にも反逆児と呼ばれる本を書いているのだ。いつだって国家権力との悶《もん》着《ちゃく》を覚悟し、差し押さえられてもいいように預金は分散してある。多くはアンティーク・コインに換えて保管してあるし、預金だって国内ばかりではなく、海外にも口座があって、間抜けなＦＢＩの目くらいはごまかせる配慮はある。しかし、余裕もここまでだった。

「お住まいは港区《みなと》。道路が行き止まりになった突き当たり、緑の屋根ですね」

そういうと、鄧は懐《ふところ》からバサッと写真をテーブルに投げ出した。

目が釘付けになった。リビングルームとキッチン、一二畳の書棚に囲まれた仕事場が写っている。一目で自分の家だと分かった。

ザワリと鳥肌が立ったのはベッドの隠し戸が開けられ、中の預金通帳、保険証の写真を見つけた時だった。

――くそ……――

望月は、鄧を睨んだ。

「先生が昨日、私の顔写真を撮ったので、私の方もお返しです」

微笑んでいるものの、目は笑っていない。

「毎朝のカフェオレはディーン&デルーカのマグカップ、アフタヌーン・ティはジノリのカップで……むろんやったのは私じゃない。裏の連中です。裏には裏の流儀がありますからね。今後は彼らの手に委《ゆだ》ねることになります」

たちまち不穏な空気が漂った。心臓が早鐘を打ちはじめる。恐怖ではなく、怒りがふつふつと湧き起こってきたのだ。

「笠原さんを落としたのは、おたくの仕事ですか？」

喉が渇き、声が掠れた。

「まさか、違います。あれはガサツなやり方です。我々であるはずがない。誰かは存じ上げないが、国粋主義者はどこにでもいます。品のないどこぞのプレイヤーが動いただけでしょう」

鄧がソファーの肘かけを手でトントンと叩きはじめた。忌々しげな溜息が二度、三度と聞こえた。

「分かりました」

言ってようやく腰を上げた。憮然とした気持ちが態度に表われている。

望月も何事もなかったように立ち上がった。帰りがけの駄賃に襲われるのはまっぴらごめんなのでステッキを片手に戸口まで送った。鄧は自分でドアを開け、その場でくるりと振り返った。

「明朝はご帰国ですね。お迎えは、六時半でよろしいですか？」

「ありがとう。しかしそれには及びません。ホテルのバスがありますから」

「そうですか……」

鄧が面白くない顔で、心中の憤りを口から吐いた。

「先生、あんたはウザすぎる」

「気持ちは分かります」

「しかし、もう手遅れだ。すでに餌を口に入れている。明日、帰国したら分かります。犬だって餌を喰らえば尻尾を下げてしまうね」

意味不明の言葉をドアの外で投げつけた。

ユカが戻ったのは、間もなくだった。上機嫌だったので安心した。

6　漢字は「聖書」に訊け

港区の家に戻った時には、室内は手付かずに見えた。鄧寿がテーブルに放った写真は、はったりの脅しなのか？　と一瞬頭を過《よぎ》った。が、その考えはすぐに引っ込んだ。やはり画策の刺激が目に飛び込んできたのだ。クッションが、床に一つぽつんと転がっていたのである。

「うっ」

ぴくりと胃が締まった。狼狽《ろうばい》気味に鞄を手放し、吉凶を推しはかるように書斎に足を踏み入れる。机の上を見たが、乱雑さはいつもと変わらず変異の判別は難しかった。しかし習慣になった乱雑さとは少し違うような気がした。

ショルダーバッグから、デジカメを取り出す。

泊まりで家を空ける時には、デジカメでの記録を心掛けている。書き物机の上、寝室とベッドサイドの引き出し、主な個所をざっと撮っておくのだ。そうしておけば、デジカメの映像と帰宅後の風景の、微妙な変化でも即座に気付く。

灯《あか》りを点《つ》ける時間ではなかったが、机のスタンドを点灯した。

デジカメの記録画像を見、机の上の今に眼を走らせる。

一目瞭然だった。ボールペンの位置、積み重ねられた本の按配《あんばい》、相棒のキーボードやマウスの角度、かなり違う。

鄧が指先をパチンと鳴らし、実行させたのだ。鄧の高笑いが頭に浮かんだ。

——くそ！　俺から離れろ！——

望月の足は、バスルームやまったく使用していない他の部屋を徘徊した。みっともなくもまごつくようなうろつきだった。間抜けな行為だと気付き、居間のソファーに戻った。

頭が混乱した。

こういうことがあると、外出する度に侵入者の影が頭を過るようになる。

——家を空ければ、またやられるかもしれない——

このトラウマは記憶によって起こるのではない。記憶そのものではなく、記憶に添付された感情だ。嫌な思いが潜在意識に定着しトラウマとなる。毒を撒《ま》き散らす感情は、悪影響を及ぼす前に退治しなければならない。方法は一つ、セルフ・セラピーだ。自分で自分の潜在意識を癒《いや》す、いつものセルフ・セラピーをしてから、二〇分の瞑想に沈んだ。

瞑想を終え、旅行鞄から大判の封筒を出す。今朝、西安のホテルのフロントでチェックアウトの際に手渡されたやつだ。イニシャルW.M.。ウエスト・マウンティン、西山からだ。

開封すると五、六〇ページの資料が出てきた。

遠視の銀縁眼鏡を掛け、ページを捲《めく》る。出だしから興味を惹《ひ》かれた。

いきなり孔子《こうし》(B.C.五五一年〜B.C.四七九年)の登場である。孔子の旧家の壁の中に隠されていたという『古論語』は「壁中古文《へきちゅうこぶん》」として有名だが、別にもう一冊があった、という劇的な書き出しだ。

それだけでも驚きだが、中身の方はさらに衝撃だった。なんと、それは漢字と聖書を関連付ける竹簡《ちくかん》だったというのである。

いくら何でも胡散臭《うさんくさ》い話だが、読み進めば、しらけるどころか資料の持つ力はなかなかのものがあり、途中幾度も、ぎょっとさせられる場面があった。

望月もプロの読み手だ。そのプロの目から見て、話の筋道を捻《ね》じ曲げて逃げ切ろうとか、都合のよい言い回しで知恵の輪を解いたふうに見せよう、という小賢《こざか》しい技法はなかった。綻《ほころ》びもあって粗《あら》めではあるものの、必ず次の行がちゃんとそれを補《おぎな》っていた。どんどんと読み手を先へ誘《いざな》う上手い筆遣いだ。

眼鏡をむしり取ってテーブルに置いたのは小一時間後。夢中だった。ふっと息を吐き、眼と眼の間の鼻筋を揉《も》んだ。

興奮はおさまらない。夜でなくてよかったと思った。夜なら、疲れているのに頭がギンギンに冴え、朝まで寝付けないという最悪の状態にハマったはずだ。

時計を見るまでもなく、夕方である。賊に這い回られた家などまっぴらなので、ホテルに泊まることにした。鞄に資料と聖書を入れ、穢《けが》れから逃れるように家を出た。

一〇〇〇万円の罠

翌朝、コートを羽織って散歩に出かけた。

ホテルの庭を抜け、ぶらぶらと街の方へ歩く。川沿いに桜が白っぽい蕾《つぼみ》を付けていた。春めいた風景は何か古い夢を見ているようで、自分の居場所がぼやけていた。

昨夜も今も、漢字と聖書が頭にロックオン状態である。考えなくとも、考えてしまっており、ある時は論理的に、ある時は非論理的に、頭が複雑な死闘を続けていた。

気が付くと繁華街にいた。

道、建物、えらく街が小さく見えた。西安に目が慣れているせいなのだが、来たついでに銀行に立ち寄った。

トイレを借り、いつものように三万円を下ろし、財布に補充する。財布の中身を好きな数字、七万二〇〇〇円きっかりに数え、ATMから、ぺろんと出てきた支払明細書を手の平で丸めた。

一秒遅れで、ざわっと身の毛がよだった。

——何だ？——

慌てて明細書を広げる。

〈残高、一八四三万円〉

——こ、この金額は多過ぎる……——

一〇〇〇万円ほど余計なのだ。望月は今まで、口座を一〇〇〇万円以上にしたためしはない。それ以上は趣味と実益で、歴史に彩《いろど》られたアンティーク・コインを買う。自分で決めたルールだ。呆然と明細書を見下ろす。

——うん？——

犯人が浮かんできた。鄧だ。あの男の仕業に違いない。耳元で鄧の捨て台詞がよみがえった。

「もう手遅れだ。すでに餌を口に入れている。明日、帰国したら分かります。犬だって餌を喰らえば尻尾を下げてしまうね」

望月は足早にカウンターに向かった。順番などかまわずに窓口に近づき、手にした明細書を突き出した。

「残高が違います」

誤差金額を聞いて、若い女子行員の顔から笑みが消えた。ボールペンを机に置き、望月にキャッシュカードの提示を要求し、パソコンにその番号を入力した。食い入るように見つめている。またキーを軽快に叩く。違う画面を出したらしく、目まぐるしく視線を上下左右に動かす。じれったくなった望月が訊いた。

「振込元は、どこです?」

「同じ日に二カ所から送金されていますが……」

「二カ所?」

語尾を上げげた。恐い顔になったのだろう、女子行員が怯えるようにかすかな声で、はいと答えた。

「どこ?」

「最初の七〇〇万円は……」

おずおずと答えた。

「チュウゴク……テンノウセイ……ハンタイドウメイ……」

望月は頭の中に漢字を並べた。

――中国天皇制反対同盟……何！　何だ！　鄧のやつ、いいかげんな組織を作りやがって――

「残りの三〇〇万円はチョウ……セン……ミンシュシュギジンミンキョウワコク……テンノウセイ……キュウダンカイ」

たどたどしく言った。

――朝鮮？　朝鮮民主主義人民共和国天皇制糾弾会？――

かっと頰が火照って、やられたと思った。これはまずいと直感した。

送金は既成事実なのだ。この事実を公開すれば、望月の一連の歴史本は、怪しげな団体から金をたんまりといただいて書いた国辱本で、日本人の風上にもおけない売国作家となる。望月の書籍など木端微塵《こっぱみじん》だ。

――くそ……――

たとえ否定しても、一度できあがったイメージの払拭は難しい。メガトン級の破壊力である。

「これは罠です」

思わず大声で口走った。女子行員が、びくんと身を硬くし、すみませんと謝罪した。

「いや、君のせいではありません」

慌てて周囲を見渡すと、批判めいた客の眼がぶつかった。ぶつかったが次々とあらぬ方へ逸れてゆく。暴声を張り上げる男など、危なくて関わり合いたくはないのだ。

咳を払って蝶ネクタイを正し、穏やかに言い直した。

「送金してきた団体は、僕とはまったくの無関係です」

「二つともですか？」

「ええ二つとも。まったく知りません」

ぴしゃりと言った。

「これは明らかなる陰謀……いや、間違い送金ですから、ただちにお返し願いたい」

「ああ、はい、少々お待ちください……」

戸惑いの語尾をカウンターに残して、女は席を立った。

——少々お待ちを？　そんな暇はない、さっさと返送してくれ！——

上司とやりとりの結果、先方と連絡がとれない、あるいはたとえ連絡がついても先方が受け取りを拒絶した場合は、不明金を預かる銀行側の別段預金口座に保管する以外にない、ということだった。それでいいならそうするが、それでも、いったん記録された数字の消去は難しいと言い張った。記録の抹消は、万が一にも責任問題に発展するかもしれず、その危険を冒すくらいならば、望月への敬意を放り出す方が無難なのだ。

したがって、望月の聖なる預金通帳に汚らわしい入金記録が残った。

中国天皇制反対同盟　七〇〇万円入金
朝鮮民主主義人民共和国天皇制糾弾会　三〇〇万円入金

返金にはなったが鄧のやり方次第では、これが生きることがある。望月に、永遠のリスクを植え付けたのだ。

望月は、その場で残りの預金を全額下ろし、用心のため口座を閉鎖した。

チャイナとイスラエル

ホテルに戻った。いろんな疲れを下のスパで流すことにした。

歳をとれば恐れに対しても鈍《にぶ》くなるというのは本当だ。プールサイドでしばらくうとうとしてから、温泉風呂につかった。部屋に戻って、再び封筒を取り出す。先刻より気持ちが幾分晴れていた。

髪も乾かぬうちに、孔子の旧家の土壁から出てきた資料に目を通す。

――漢字は聖書に訊け！――

漢字と聖書など、仏とキリストの同一性を無理強《むりじ》いされているみたいで、常識人なら相手にしない。

だがスパでさっぱりして戻ってくると、思いが少し違ってきていた。

——漢字は聖書に訊け！——

たとえお伽噺《とぎばなし》であってもワクワク感があり、ちゃんと向き合いたい気持ちが強くなっていた。

さて、どう料理したものか？　息急《せ》き切ってチャイナと聖書を同時に俯瞰《ふかん》しようと欲張れば、ごちゃごちゃになってうまくいかない。かといって、チャイナ一国に絞るという狭い限定版にすれば、今度はそっちに引ったくられる。突破口の予感は意外でもなんでもなく、聖書を生んだ聖なるイスラエルにあった。たとえ遠回りでも、散歩がてらにこの国に立ち寄らずばなるまい。

日本人はイスラエルに馴染みが薄い。

まして古代史などちんぷんかんぷんだ。だが望月は、教会幼稚園を卒園し、高校はミッション・スクールだったので他人様より聖書は詳しかった。聖書を読めば古代のイスラエルが見えてくる。それに、手掛けたフリーメーソン本もある。取材はユダヤの知識をどさりともたらし、いまや日本でも指折りのイスラエル通だと自惚《うぬぼ》れている。

さて旧約聖書によれば、イスラエル人の族長アブラハムが一族を引き連れてエジプトに移住している。紀元前一七世紀のころだ。

悲しいかな、アブラハム一族はそこでエジプトの奴隷となる。なぜそうなったかは不明だが、一族の奴隷時代は四〇〇年にのぼるというから長い。

それを救うのが同じくイスラエルの民、モーゼだ。肝《きも》を据えて同朋と共にエジプトを逃れ、新天地を目指す。

しかし偉業をなしたモーゼという男が、腑に落ちない。何から何まで奇妙なのだ。

まず、その出自が不思議だ。イスラエル人の増加を恐れたエジプトのファラオ、つまりラムセス二世（B.C.一三一四年～B.C.一二二四年）は、イスラエル新生児の殺害を命じる。そのために親は、生まれたばかりのモーゼを葦舟でナイル川に逃がしたというのだが、おかしい。ぜんぜん納得できない。だいいち望月はラムセス二世の、奴隷に対する扱いが理解できなかった。

普通、王にとって、奴隷の増加は願ってもないことだ。

国家が弱っているならまだしも、ラムセス二世は歴代ファラオの中でも桁違いの権勢を誇っており、稀代の建築狂でもある。何かにとり憑《つ》かれたようにアブシンベル神殿、カルナック神殿など次々と建てまくり、現在エジプトで目にする古代の巨大建築物の大半はラムセスのものだ。

となると奴隷は、いくらいても足りない。それなのに自らの手で貴重な労働力を殺してしまう王がいるだろうか？

古代チャイナ王朝でも、奴隷を増やすためには必死で、その任を負った「牧民官」や「州官」という長官がいた。彼らは地平線の彼方から奴隷を掻き集めていたし、今の我が国にだって少子化担当大臣がいるくらいである。あの手この手で、産めよ増やせよとやるのが支配者だ。

唯一、産児制限をしたのはかつての中華人民共和国だ。共産主義国家というのは、原則として全人民の暮らしを丸ごと保障しなければならず、人口増はそれだけ負担になるからである。

しかし奴隷は、経費ゼロの財だ。

ラムセス二世は、本当に奴隷のイスラエル人の血を引く全新生児殺害を命じただろうか、という大いなる疑問が第一点。

では仮にそうだとして、次に、可愛い我が子を葦舟でナイル川に流す親がいるだろうか、という素朴な問いが浮かび上がる。

古代、中世、いやいや近代だって人身売買は日常だった。むろん子供も金になる。そんな時代、川に我が子を流せばどうなるか？　これではまるで見ず知らずの他人に我が子を叩き売るなり、奴隷にするなり、好きにしてくれと言わんばかりではないか。いやいやその前に、食うや食わずの奴隷に、葦舟など調達できるのか、という疑問も横たわっており、まったくもってとんちんかんなのである。

さらなる仰天は、葦舟で流れてきた幼児を拾った人物だ。なんとファラオの王女だというのだから、奇跡だ。

女心など、計りがたいものだが、何がどうなったら氏素性怪しいどこかの捨て子を、高貴な王女が拾って育てなければならないのか。

その辺は聖書にこう書かれている。

『出エジプト記』二—6〈王女は「これはきっとヘブライ人の子です」〉

と、なぜかヘブライ、すなわちイスラエルの子だと言い当ててしまうのだ。で、様子を見ていたモーゼの姉が王女に「この子に、乳を呑ませるヘブライ人の乳母を呼んできましょう」とタイミングよく申し出る。姉の歳は知らないが、モーゼの葦舟をずっと追ってきたのであろうか、姉は本物の母親を連れてきて大きくなるまで育てたというのだから、何から何まで月次《つきなみ》ではない。

この部分にこだわれば先に進めないので、これらも大目に見る。

しかし、それでも奇跡の連続は止まらない。

王女の膝元で、二〇年近くを過ごしたモーゼは、同朋であるイスラエル人を虐待したエジプト人をやっつけて、アラビア半島に逃亡する。そこの小さな村でツィプラという女を娶《めと》り新規蒔《ま》き直し、羊飼いとして暮らしはじめるのだ。

おいおい、エジプトで王女の子としての宮殿暮らしは二〇年にも及んでいるモーゼが、急に泥まみれになって羊など飼えるだろうか、と心配するのだが、その不自然さもまたまた妥協して流す。

そんなある日、モーゼは突如神の啓示を受ける。エジプトに住んでいるイスラエル人をミルクと蜂蜜の流れる地、現在のパレスチナに導くよう神命を授かる。

モーゼが預言者となった瞬間だ。古代に限らず唐突な展開には、神の専売特許なので驚かないが、しかし次の話には飛び上がる。

モーゼは兄、アロンと共にエジプトに戻ってファラオに面会したのである。

これまた腕を組み、首をひねって唸る場面だ。

思い出して欲しい。モーゼはエジプト人を殺し、ファラオに追われてエジプトから逃げたのだ。その逃亡犯が、ふらふらと舞い戻って、どうやったらファラオの顔が拝《おが》めるのか？

育ての親である王女がモーゼを庇《かば》い、口利きしたので、ついファラオの矛先が鈍ったに違いない、きっとそうだと、無理やり折り合いをつけるしかないシーンだが、モーゼの提案がまた大胆すぎる。

ファラオの中のファラオ、ラムセス二世に、イスラエル人、すなわち奴隷解放を願い出たのだ。望月のまごつきは、この奴隷解放で頂点に達した。

およそ奴隷解放などというものはそれから三〇〇〇年後、アメリカ合衆国が北と南に国を二分する大戦争を派手にやらかして勝ち取った（?）果実である。殺人犯が、のこのこと殺害現場に戻り、絶対君主のファラオと面会し、奴隷解放を依頼するシーンなど、三文小説でもまずい。

ファラオは、とうぜん拒否する。

モーゼのふざけた上訴に、烈火のごとく怒って一刀のもとに首を刎《は》ねたのかと思ったら、ぜんぜんそんなことはなく、逆にモーゼの方が、自分の言うことを聞かなければエジプトに災難が降りかかるぞ、と脅したというのだから恐れ入る。

預言どおり、一〇の災いがエジプトを襲いはじめる。恐れ慄《おのの》いたファラオはイスラエル人の解放を約束し、エジプトからの移住を許可するのだ。が、急に変心して軍の追撃を命じる。

眩《まばゆ》い太陽が照りつける中、蒼い海が行く手を阻《はば》む。しかし、その海がモーゼの一喝で左と右に大きく割れ、イスラエルの民はさっさと渡り歩いてしまうのである。慌てて追うエジプト軍。しかし崩れてきた海に呑まれ全滅するという、おなじみ聖書『出エジプト記』の大スペクタクル・シーンが、このくだりだ。

その後、モーゼはシナイ山で大天使ミカエルと見られる神の使いから、二枚の石板に書かれた『十戒《じっかい》』を授かる。その御本尊を携《たずさ》えイスラエルの民を率いて、地元の部族と戦いながら約束の地、カナンを目指すのだ。

モーゼとは何者だったのか?

旅がまた長大だ。艱難辛苦《かんなんしんく》の四〇年。これはいくら何でもやりすぎではないか。四〇年と一口に言うが、当時の平均寿命より長く、オギャーと生まれた子供が老いさらばえて、墓の下に埋葬されてしまうほどの年月をひたすら歩き続けるのだ。四〇年を移動したのだから、推《お》し量《はか》るに地球を二周くらいしたのかと思ったが、距離はいかほどでもない。たかだか一〇〇キロ四方、その中を、右往左往ぐるぐるさ迷っていただけ。

で、当のモーゼはカナンを目前にし、志半ばでピスガの山頂で天に召される。御歳《おんとし》一二〇、平均寿命の三倍だ。今の感覚で言えば二四〇歳ほどで、ここでも正常な思考が蹴散らされる。

神に選ばれた人物だからだと言われればそれまでだが、モーゼというのは、揺り籠から墓場まで底なしに限界を超えている。が、大誇張《だいこちょう》と大法螺《おおぼら》に言いくるめられようが、モーゼはたしかに実在の人物だ。望月はそう固く信じている。民を引き連れエジプトから離脱したのも史実だ。そうでなければ神の書、バイブルにあれほどのページ数を割《さ》き、登場させる理由がない。

前代未聞の超人ではあるものの、しかし常識的かつ冷静に考えればモーゼが葦舟で流れてきて、王女に拾われたという部分は偽りだろう。

では、どう推理したら合理的か？

望月流の手本を見せる。

モーゼは王女とイスラエル人奴隷との間に生まれた子供ではないか？　あるいはファラオとイスラエル女の子供という線も捨てがたい。すなわちファラオの血を引く子供だ。ラムセス二世には一〇〇人くらいの子供がおり、養子もいたというから、モーゼはその一人として育てられた可能性は高い。

もうひとつの可能性は、ラムセスの異母兄弟という線だ。これも捨てがたい。

いずれにしても王家の人間で、後継者問題がこじれたか、あるいは宗教上のことで揉めたか、何か不都合なことが起こってアラビア半島に逃れたのだ。

イスラエルの民を救った男

モーゼは数々の伝説に彩られている。ミケランジェロ作「モーゼ像」。写真／dpa／時事通信フォト

モーゼはファラオの縁者である。この考えは揺るがない。彼に従った勢力は、エジプトの技術者集団ではなかったか？　いやそうだったと勝手に思っている。

当時の人種分けなど曖昧だ。ぜんぜんあてにならない。出身地と職に加え、恨みや嫉妬で、特権支配層が適当に割り振ったり、強引に部族をでっち上げて差別したことも少なくなかった。

では、もともとイスラエル人はどこにいたのか？

ここに注目すべき民がいる。紀元前三〇〇〇年〜紀元前二〇〇〇年にわたって死海《しかい》の周辺で暮らしていた部族だ。彼らは何をしていたのか？　死海から採《と》れる優良なアスファルトをエジプトに売っていたのである。そのアスファルトはエジプトの建造物や船の隙間を埋め、ミイラを塗り固めていたことが判明している。すなわちエジプト文明の生命材を握っていた連中だ。

科学的知恵と高い技術を持ち、エジプトとは太いパイプがあった。彼らこそピラミッドを建設した部族ではないかという学者もいる。

旧約聖書によれば、イスラエルという名を神から授かったのはヤコブだ。

そのヤコブはアブラハムの子孫である。

『創世記』三二―28〈お前の名はもうヤコブではなく、これからはイスラエルと呼ばれる〉

イスラエルとは「イスラ」（戦う）＋「エル」（神）の造語で、イスラエルとは軍神なのだ。

紀元一世紀ごろのパレスチナの原始宗教、グノーシスは、軍神イスラエルの身体は女で、足は蛇だと称している。実に奇妙な姿だが、もう一人、同じ恰好の神がチャイナに存在する。この世を創ったという伝説の女媧《じょか》だ。女媧も身体は女で、足が蛇だ。これは望月にとって見逃せない一致だが、この話は次の機会に譲り、次に進む。

モーゼと共にエジプトから離脱した後、自らイスラエル人だとはじめて名乗ったという説は根強い。つまり、それまではエジプト人との区別などなかったというのだ。ではなぜファラオはイスラエル人を差別できたのか？

そもそもエジプト文明を語る上での泣き所は、エジプト人そのものだ。よく分かっていないのだ。

ラムセス二世の亡骸《なきがら》も、妙ちくりんだ。ミイラを測れば一八三センチ、当時の平均より二〇センチも背が高く、おまけに髪の毛も赤茶で、黒毛のエジプト人のものではない。

寿命にしたって桁外《けたはず》れだ。科学的な測定では、これまたなんと平均の二倍以上、九〇歳を超えているというのだから、現代で言えば一六〇歳を突破しかねない勢いなのだ。

身長、髪の色、寿命、すべてにおいて化け物のようなファラオが、次々と巨大建造物を建ててゆく様は、まさに超人である。

超人のファラオとモーゼ。超人どうしが、ああだこうだとやっていて、何やらゴジラとガメラの対決みたいだが、しかしこのくらい思いを膨らませないとイスラエルのイメージはつかめない。

結論としては乱暴かもしれないが、旧約聖書『出エジプト記』なるものは、古代エジプト王朝のお家騒動であり、負けたモーゼが古代エジプト文明を担っていた技術集団を引き連れ分離独立した物語ではないかというのが今のところの望月の推測だ。

モーゼが去った後、巨大建造物がばったりと建たなくなったのはその証拠で、それを潮にエジプトそのものが衰退してゆくのである。

その後のイスラエルも、ご多分に洩れず、栄枯盛衰を味わう。

偉大なるダビデ王（在位B.C.一〇〇四年～B.C.九六五年）が出現し、シナイ半島一帯に領土を広げ、ほぼ制覇したのは二〇〇年後だ。

王が王たる理由は神の意志だ。ダビデは、ばらばらだったイスラエル一二部族を一つにまとめ、彼の後継者ソロモン王（在位B.C.九六五年～B.C.九三〇年）の時代に、栄耀栄《えいようえい》華《が》を極める。知力抜群のソロモンは治世のツボに通じており、後にも先にもこれがイスラエルの頂点となる。

ソロモンの死後、たちまち二分するイスラエル。一〇部族が結束してサマリアを都に定めて北イスラエルができ、南は二部族がまとまってエルサレムに都を置く。

分裂の原因は政治腐敗、重税、苛烈な強制労働……お定まりの人々の不満だが、聖書によれば宗教上の対立だ。

その記述は旧約聖書（『列王紀』下一七—16）にある。北イスラエルのサマリア人は金の二頭の子牛とバール神を崇《あが》めているという明記だ。バール神は慈雨の神だが、旧約聖書では忌み嫌われ、新約聖書になると悪魔扱いだ。

南と北の宗教は異なっていた。南は偶像崇拝をいっさい認めず、現在に通じるユダヤ教をひたすら信じる。

信仰は力だ。偉業もなしとげるが、闘争にも発展する。君は君、僕は僕、されど仲良しとはいかず、血を分けた兄弟姉妹だろうが、宗教を捨てるくらいなら宗教に死んだほうがましだとばかりに、戦いにあけくれる。

激しい対立は北をイスラエル王国、サマリア人と名乗り、南をユダ王国、ユダヤ人と名乗って、決着のつかぬまま、それぞれが己のアイデンティティを高めてゆくのである。

ユダヤの流浪の軌跡

望月はホテルの部屋で歴史をざっと振り返ったあと、骨休めに窓辺に立って美しい庭に目を細めた。春うららかな陽光が生き生きと緑を甦らせ、目眩がするほど美しい。それからしばらく瞑想にも似た物思いに沈んでいたのだろう、チャイムの音で我に返った。頼んでおいたルーム・サービスである。カフェオレを受け取って、一人掛けのフット・スツールに腰を下ろす。

一口啜《すす》って息をつき、西山の主張する旧約聖書が、どうやってチャイナの地まで運ばれたかという点に光を当てることにした。

目星を付けていたのはアッシリアだ。

アッシリアはチャイナとイスラエルの中間に栄えた大帝国だ。すぐれた軍隊を保持していただけではなく、当代屈指の知恵袋を腹におさめている。図書館だ。こいつはすごい。王シャムシ・アダド一世（?～B.C.一七八一年）とその取り巻きは、まことの教養人であったことは想像にかたくなく、古代メソポタミア各地から掻き集めたなんと二万点を超える粘土板の古書が発見されているのだ。

領土内をシルクロードが貫き、中継点を数多く抱きかかえ、あらゆる文化と宗教さえも大目に見ていたアッシリアは、ユダヤ教旧約聖書の安全地帯で、蓄電するにはおあつらえむきの国だった。

そして、何を隠そう聖書に書かれたチグリス、ユーフラテス川に挟まれた肥沃《ひよく》な土地こそ、聖書「エデンの園」のモデルだ。ここまで思い、ふと気付いたことがある。ということは、ユダヤ人の源流は、その昔メソポタミアというエデンの園で、世界四大文明を担《にな》った民の一部族かもしれないと思ったのだ。そして何か我慢ならぬことがあって「エデンの東」、すなわち死海周辺に追放されたのではあるまいか。望月は、カフェオレを呑みながらユダヤ流浪の軌跡を頭に描いた。

チグリス、ユーフラテス→死海→エジプト→カナン

さて、その教養自慢のアッシリアだが、玉座に座ったばかりのサルゴン二世（在位B.C.七二一年〜B.C.七〇五年）は、やる気満々で、電光石火のごとく北イスラエルに侵略する。

北イスラエルのユダヤ一〇部族は、旗振りかざして押し寄せる軍勢になす術もなく、強制移住の憂き目に遭う。紀元前七二一年のことだ。空き家になった土地には、入れ替わるように異民族が住む。

さらに約一五〇年後（B.C.五八六年）、今度は南のユダ王国に、めっきり力をつけた新

バビロニアが襲いかかる。抵抗虚《むな》しく囚《とら》われ人となったユダヤ人は、これまた北東の地、バビロニアに連れ去られるのである。

俗に言う「バビロン捕囚《ほしゅう》」だ。

バビロニアに封じ込められたユダヤ人はかえって宗教的に結束し、ユダヤ教がより鮮明に確立されてゆくのだが、これを機に歴史からはイスラエル一二部族が消滅する。

望月は一つだけ確認しておきたいことがあった。西山いわく、孔子が参考にしたという『創世記』の章の成立の時期だ。孔子は紀元前五〇〇年の人間だ。それ以前に、書かれていなければお話にならない。

パソコンを開いて、関連個所を洗った。

諸説はいろいろあったが、旧約聖書は時代に幅はあるものの、おおむね紀元前一〇〇〇年頃から紀元前四〇〇年の間に収まっていた。西山説は成立する。

しかし、思いがけず根本的な理由で『創世記』の書かれた時期がもっと前だと気が付いた。

イスラエル南北の分裂が宗教的な対立であるならば、その前提として宗教的論争が長くあったと考えていい。つまりお互い、異教の化けの皮を剝《は》がそうと理論武装を施《ほどこ》し、どこをどう突かれてもいいように完璧を目指したと考えるべきだ。

完全なる宗教は、開闢《かいびゃく》時の物語が肝心になってくる。我が民のもっともらしい来歴。すなわち『創世記』だ。『創世記』がなければ宗教として弱い。『日本書紀』同様、いの一番に完成させるはずだ。

こう考えると衝突し、分裂したときにはすでに『創世記』があったと見るべきである。ならば分裂は紀元前九二二年あたりであるから、余裕で、孔子に間に合う。

結束を強めるのは、日々これ聖書の暗記で肌身離さず持ち歩く。ユダヤ人が聖書と共にアッシリアあるいは新バビロニアで蓄電し、さらに東へ向かって放電し、それを孔子がキャッチした。

バビロン捕囚の頃の中東

望月の瞼《まぶた》には、ユダヤの民がキャラバンを組んでシルクロードを渡る風景が映った。古代、中世のキャラバン隊は二〇〇〇人以上だ。それに荷ラクダが三〇〇〇頭。そうイメージすると望月の頭のどこかでアラームが音を立てて鳴り、神経が小さく強張《こわば》った。

この時、チャイナは周（B.C.一〇四六年〜B.C.二五六年）の時代の出来事だからだ。すなわち周こそ文字が飛躍的に漢字に進化した時なのだ。

文字は考古学的に実在が確認されている王朝、殷代（B.C.一七世紀～B.C.一〇四六）に登場している。しかしそれはまだ甲骨に刻まれた、神に捧げる絵文字にすぎない。漢字として整ってくるのがこの周あたりなのだ。時間的に聖書『創世記』と合体し、新しい文字が生まれたという説は否定できない。

孔子の旧家の壁の中から出てきた竹簡が、ミステリーを盛り上げていた。自慢じゃないが推論は冴えている。

『創世記』と漢字の距離

望月は机に肘《ひじ》を突き、最後のカフェオレを啜った。啜りながら、おぼろげに問題の孔子を思った。

孔子も謎の男だ。モーゼといい、ラムセス二世といい、有名どころの古代人には、まごつくことがいっぱいで、一人くらいは常人がいてもいいはずだが、孔子の身長もなんと九尺六寸だというのである。周の時代、一尺は二四センチだから、まともに換算すると二三〇センチに達する。これはもうラムセス以上の天を突く怪人で、それを裏付けるように『史記』には「長人」と呼ばれていたと記されている。やはり孔子も一筋縄ではいかない。

孔子の祖先は商国《しょう》（殷）の貴族だ。その時の姓が子（ズィ）だったらしいが、定かではない。

生まれは現在の山東省《さんとう》曲阜《きょくふ》。これもはっきりしない。食うや食わずの卑賤の巫女《みこ》の出だとか、あるいは孤児だったという話も伝わっている。何せ紀元前五〇〇年の話であるから、不透明さは無理のない話で、時代を考えればこれでもかなり伝えられているほうだ。

その孔子が、旧約聖書をユダヤの民から聞いて、漢字を組み立てたというのである。その証拠は紀元前一四〇年。孔子の家の壁から出てきたという竹簡だ。少なくとも西山はそう信じ、命懸けで望月に伝えようとしているのはたしかである。

孔子は周でも春秋時代の人間だ。その時代から上に遡って、王朝名をずらりと列記してみせたのは他ならぬ孔子自身である。

孔子の創作なのか、それとも当時は誰もが知るおおっぴらの伝承だったのかは分からないが、はるか一〇〇〇年前の王朝名をちゃんと記している。

神話上の三人の「皇」と五人の「帝」の、俗にいう三皇五帝《さんこうごてい》時代で、それはまあ、糸の切れた凧《たこ》のように心もとない王たちではあるものの、その中に実在を思わせる帝がいる。

望月は資料を手に取り、いよいよ迷宮に一歩足を踏み入れた。

一回目のような流し読みはやめにして、充血した眼で嚙みしめるようにじっくりと行を追う。一ページ目を読み終え、傍《かたわ》らのノートを引き寄せ、自分でサインペンで孔子が記した王朝を書いてみる。

堯《ぎょう》↓舜《しゅん》↓夏《か》↓殷↓周

「堯」と「舜」は王の個人名だ。国名と同一だが、夏、殷、周の方は国名である。最初に戻ってもう一度、眺めた。

〈堯〉

孔子が書き残したチャイナにおける最初の王名で、はたして西山の解説はここの文字からはじまっている。

虫眼鏡を使わなくとも「堯」という漢字を分解すれば、土＋土＋土＋兀ということが分かる。

兀は人の足だ。こじつけでも何でもなく、漢字の常識だ。よって人間を意味する。「兀」＝「人」。

西山〈孔子は、初代の王の名を「土の人」と書いた〉

――土の人……――

望月は、机の上に常備している聖書を手に取った。『創世記』を開く。視線を斜めに滑らせ、間もなく西山の指摘個所を見つけた。

〈神は、土から人の形を造り、その鼻から息を吹き込み、人を造った〉『創世記』二―7

アダムのことだ。ヘブライ語でadamは「土」を意味し、かつ「人間」を意味している。

アダムは、土からできている。チャイナの最初の王も土からだ。

――なるほど……――

おそらく、これはたまたまの一致に違いないと思った。一回目の流し読みと違って、猜《さい》疑《ぎ》心をいっぱいにして、次に書かれている漢字に着目した。

〈女〉

西山〈「女」という字を見ていただきたい。く＋一＋ノという組み立てである。「く」は「人」という漢字の崩しで、「一」は一本を意味している。「ノ」は、あばら骨のこと。すなわち女は、人間のあばら骨一本から出来ている〉

望月は、額を掻いた。はて、聖書にあばら骨から女を造ったなどという奇妙な記述があっただろうかと思いつつ、ページをめくる。

簡単に見つかった。

〈人から抜き取ったあばら骨で、女を造った〉『創世記』二―22

――ふん……――

望月は唇を噛み、次を読んだ。

西山〈アダムは男ではない。女でもない。土で出来た両性の人間で、自分の骨からイヴという女性部分を抜き去ったことによって、はじめて男になったのである〉

単なる行きずりの説ではなさそうだが、これくらいではまだまだだ。望月は次のサンプルに移った。

〈地〉

西山〈「地」は「土」＋「也」から成っている。一般に「也」は、蠍《さそり》が毒尾を上げた恰好を真似た絵文字だと解されている。今と違って昔の蠍という字は「虫」偏に「乾」と書いた。すなわち蠍は乾いた虫で「也」という字そのものが「乾」と同意味なのである〉

その横に、対比する聖書の個所が記されていた。

〈神は乾いたところを地と呼んだ〉『創世記』一―10

聖書の教えの通り、孔子は乾と土で「地」という漢字を合成した。西山の言わんとすることは分かるが、しかし多少強引が過ぎ、拙速《せっそく》は否めない。

西山も〈「土」＋「也」＝「地」など、こじつけのようにも思えるだろう〉と、望月の気持ちを見透かしたように続けている。

〈しかし、そもそも漢字の設計自体がこじつけによるものなのだ〉

そう言われれば、もっともである。

史上初の漢字辞典は『説文解字《せつもんかいじ》』だ。漢の知恵者、許慎《きょしん》が造ったもので、西暦一〇〇年の漢代に完成している。この時、漢の字、「漢字」と称した。他にも文字があったからざわざ「漢字」と名付け、区別したのである。

許慎は文字を六つに分類している。

まず象形《しょうけい》文字。これは絵文字の進化系だ。

口、耳、目、井、日、月、貝……見た目通りのビジュアル系文字で解説を要しない。

次に指事《しじ》文字。

「上」「中」「下」は、非物体で絵には描けない。それで連想させる形で、意味を伝えた。

仮借《かしゃ》文字というのもある。当て字、あるいは音写ともいう。ブッダはサンスクリット語だが、後漢では「浮図」、三国六朝《さんごくりくちょう》では「仏陀」と書く。日本でもイギリスを英吉利、フランスを仏蘭西とやったが、そのたぐいだ。

次に会意《かいい》文字。合成文字といった方が分かりやすい。

「人」の「言」ったことを真に受けろ、とばかりに合成して「信」という文字が出来、「女」にオッパイを二つ入れるとたちまち「母」が出現する。

合成作業は基本の文字を付け足せば、いくらでもひねり出せる。たとえば、突き通す意味を持つ「工」を使えばたちまち、抜けた場所を「空」、突き通った川を「江」、腹から突き通る「肛」、勢いよく突貫するのは「攻」、突き通して担《かつ》ぐのは「扛」、身体の中空になったところは「腔」と、何でも製造可能だ。

残る二つの分類は省くが、ようするに漢字などは、程度の差はあれこじつけにすぎない。西山の言いたいことは分かる。が、望月としてはもっと説得して欲しい。

新しいエデンの園

ケチを付けるような目で眺めた。

〈禁〉

首を捻《ひね》った。今まで意識して見ることがなかったが、こうして眺めてみると奇妙な文字である。なぜ「禁」じるという文字が「林」＋「示」なのか？

西山〈「示」は、神が命じた言葉である〉

同感だ。異論はない。「神」を見れば一目瞭然で、示偏だ。「福」、「禍」も、神の思し召しであることを思えば、「示」が神の意志だと考えるのはまともだ。

それは分かるが、しかし「林」はどうだろう。ちゃんと立ち向かえるのか？

西山は聖書を参照しろと催促している。仰《おお》せの通り指定個所を探した。

〈神が言った。善悪の知恵の木からは、決して食べてはならない。食べれば死ぬ〉『創世記』二―17

「ほう……」

望月は身を乗り出した。

神は「林」を見て、アダムとイヴにこう警告しているのである。

「知恵の木からは決して食べてはいけない」

知恵の木は一本ではない。複数の「林」だ。神の意志で「示」したのだ。まさに「禁」である。

顎を擦《こす》りながら、詰問《きつもん》するように次に視線を送った。

〈裸〉

西山〈「衣」＋「果」である……〉

望月は分かりそうな気がして、先を読まずに自分で想像してみた。

「裸」に「衣」を使ったのは、なんとなく理解できるが、なぜ「果物」が登場するのか、場違いな見せ方に思えた。

――待てよ……――

一〇秒後、たどたどしい推理の底から新しい感動が込み上げてきた。おぼろげに気付いたのである。

『創世記』を開いた。視線を送って行く。ビンゴ！　ここだ。

〈女は果物を食べた。男も食べた〉三―6

続く三―7には、こう書いてある。

〈二人は眼を開け、自分たちが裸であることを知り、いちじくの葉を縫って身体を覆《おお》った〉

アダムとイヴは果物を食べ、初めてスッポンポンに気付いたのだ。「裸」という漢字は、いちじくという果物の衣をつけ、途方に暮れて立っている姿を表わす合成文字だ。彩りがきれいだ。がぜんその気になって、もう一度漢字を眺める。

〈裸〉

自分の見立てに間違いはない。この時点で望月は、ひょっとするとひょっとするかもしれないと思いはじめた。

〈船〉

「舟」＋「八」＋「口」。「舟」は櫂《かい》を取り付けた舟の絵文字だから分かりやすい。しかし、「八」が分からない。なぜ七でもなく、九でもなく、「八」なのか？　なぜ船は、「八」と「口」なのか？

説明を読み、呻《うめ》いた。孔子は、聖書にある「ノアの方舟《はこぶね》」から「船」という字を組み立てたというのである。

〈まさにこの日、ノアと息子のセム、ハム、ヤフェト、ノアの妻、そしてこの三人の息子の嫁たちも方舟に入った〉『創世記』七―13

思わずあっと声を出した。書かれているとおり、数えてみると乗船したのは、なんと八人なのである。「口」は人だ。口は食事を必要とする頭数を表わし、人口の「口」も、そうした意味で使っている。

西山〈漢字の船は、ノアの方舟のことである。次に「共」を見ていただきたい〉

〈共〉

〈「廾」＋「八」だ。「廾」をさらに分解すると「二」＋「‖」。「二」の上の線は海、下の線は地を表わし、「‖」は一組の番《つがい》のことである。そしてまた「八」人。ノアの八人が「共」に生き抜いたという意味である〉

はぐらかされた感じはぜんぜんなかった。

さらなる追い打ちは「洪」だった。「氵」+「共」。「氵」はあふれる、あるいは下から上へ跳《は》ねる水のことで、まさに八人は「共」に暴れる水「氵」と闘ったのだ。

西山資料は、四川省《しせん》も聖書から拝借したと主張している。

〈四川〉

西山〈エデンの園を潤《うるお》し、川は分かれる。ピション、ギホン、チグリス、ユーフラテスの四つで、四川省の四川とはこのエデンを流れる川をイメージしたものである〉

東方に逃れてきたユダヤの民が肥沃な土地を見つけて移住し、そこをエデンの園になぞらえ四川と命名したというのだ。

四川省を世界に冠たる長江《ちょうこう》が滔々《とうとう》と貫いている。その源流ははるか西方、チベットと青海省《せいかい》だ。川は合流しつつ東へ東へと注ぎ込み、広大なチャイナの土手っ腹をうねるように横断し、やがて揚子江《ようすこう》と名を変えながら上海で海に落ちる。総延長六三〇〇キロ。なんと雄大な風景であろうか、本州を二往復してもまだ余る。まさに長江だ。

豊富な水、肥沃な土地。文明が発達しないわけはない。そう、この流域に花咲いたのが、黄河文明とはまた違う、異彩を放つ長江文明だ。

紀元前一万四〇〇〇年から一万年以上にわたって栄えた大文明だが、日本とは縁がある。

稲作の発祥の地で、長江の南、すなわち「江南《こうなん》の稲」が、はるばる日本に伝わったという説はＤＮＡ的に有力だ。江南の稲は北上せず、南に下って越（現在のベトナムあたり）の国から海上航路に出る。いわゆる南回りで九州にもたらされたというのが最近流行《はや》りの学説で、望月も今のところ南回り派だ。

北は寒冷乾燥地帯だから稲作が伝わらなかった。というより、「畑作の黄河」と「稲作の長江」という相容れない文明の衝突があったから北上しなかったのだと望月は思っている。人種が違ったのだ。

長江文明が生んだ古代の芸術品

三星堆遺跡から出土した青銅の仮面。紀元前2000年頃のものとは思えない。

長江の肥沃すぎる土地は、三星堆遺跡《さんせいたいいせき》（B.C.二〇〇〇年あたり）を残している。三星堆というメルヘンチックな名前は、たまたま発見された場所の地名で特別な意味はない。

しかし出土した青銅仮面はピカソも仰天の独創的芸術品で、世界の有名遺跡だ。臍《へそ》がどこにあるのかは知らないが、四川の腹で生まれた長江文明の発掘調査はまだ手付かずに近い。ただこの辺はチベット系羌族の牙城で、楚、呉、越の祖人ではないか、という説は濃厚だ。

四川というのはパンダと四川料理だけではない。世界四大文明に付け加えても、何ら遜色がない古代文明を生んだ領域なのである。

唐突に、ユダヤの血が混じっていないだろうかと思った。刮目《かつもく》したのは発見された文字記号だ。紀元前二〇〇〇年あたりというから、最古の甲骨文字（B.C.一七世紀）より、さらに古い文字記号で、バビロニアの文字の部類に見える。

歴史の何かがむき出しになりそうだった。この辺の歴史がどこか違う方向に向かって行くような気がした。いや、そうではない。少しおおげさかもしれないが西山資料に巣作っている見たこともない新種の蛾《が》の幼虫が、じれったげに激しく身もだえし、いよいよ繭《まゆ》を破ってバタバタと一斉に飛び立ちはじめたのだ。

7　ユダヤは東を目指した

「先生は、ユダヤの消えた一二部族がチャイナに逃れたとおっしゃるのですか？」

ユカの口調は懐疑的だった。

「少なくない人数がね」

ホテルのバー、居心地のいい隅っこの、ちょっと死角になったソファーである。音楽はなく、まばらな客の話し声も届かなかった。

「そうです。それを話す前に粗削《あらけず》りですが、当時の空気を分かってもらうためにも、イスラエル人移動の背景について押さえておかなければなりません。ちょっと寄り道になりますが」

「ええ、どうぞ。長い旅、途中の今日の短い旅、って言いますもの、ゆっくりお話しくださいな」

「洒落《しゃれ》たことを言うなあ」

まったりとした時が流れようとしていた。望月はシャンパンの入ったフルートグラスに口をつける。

「イスラエルに降りかかった大きな災難といえば、アッシリアによる侵略（B.C.七二一年）とバビロン捕囚（B.C.五八六年）ですが、これは大打撃となります。一三五年の間に二度、奴隷としてごっそりと連れて行かれた。しかし彼らもしぶとい。行った先でどん底から這い上がって、やがてバビロニアで商売をはじめ、中には大金持ちになって多くの奴隷を持つ輩《やから》も現われます」

「奴隷だったのに、大金持ちに？」

「疑うのも無理はありません。万人が奇妙に思うポイントです。しかし富を集めたのは本当の話で、そのことは旧約聖書の数カ所に書かれています」

旧約聖書『エレミヤ書』二九―5、『エズラ記』一―6、二―65、68、69などに記されている。

「ふーん、でもなぜ、奴隷が富裕層になったのかしら……」

ユカは解《げ》せない顔でシャンパンに口に運んだ。

望月は奴隷について語った。

「連行されたイスラエルの民は奴隷ですから、まず青銅の足かせをつけられたり、目をえぐられたりしています」

「目を？」

「ええ、容赦なくね」

「そんな……ひどい」

ユカが唇に手を当てた。

「ユカさん、現代人の物差しで測ってはいけません。当時の奴隷に対する平均的な待遇です。チャイナでも同じことが行なわれており、『民』という漢字でそれが分かります」

望月はボールペンを取った。

「『民』という文字は、眼を潰《つぶ》した様子をこうして……はい、これです」

とナプキンを押し出す。眼に錐《きり》が刺さっている絵文字だった。

絵　　金文《きんぶん》　　篆書《てんしょ》　　楷書《かいしょ》

「青銅器に刻まれていた金文。そして篆書文字。民への仕打ちが一目で分かります」
「怖い」
ユカが顔をしかめている。
「非情な処置で逃亡や反乱を防ぎ、盲人でもこなせる単純な労働に宛《あて》がいます。古代など、牧歌的だと思われがちですが、欲に目覚めた人間は残虐そのものです。捕囚イスラエルの民も同じ扱いでした。それが、どういうわけか、いくつかの街に固まって住むようになり、商売を営む」

「敵の領土ですよね」

「そうです。それどころか宗教集会でさえ黙認状態で、ユダヤ教の集会所、シナゴーグがあちこちにできたのは、この捕囚期間だと言われているのです」

彼らはたちまち自分たちの災難は、神の裁きだと結論づける。神に選ばれし民であるにもかかわらず、モーゼの十戒を守らなかった神罰で、この苦難は神との契約違反に下された報《むく》いなのだ、と反省を繰り返し、ますますストイックに信仰へのめり込む。

謙虚に悔い改め、安息日や食事規定を厳格に守る。そうやって耐えつつ、未来に立ち向かったのである。

旧約聖書の『ヨシュア記』、『士師記』、『ルツ記』、『サムエル記』、『列王紀上下』はイスラエル史そのものだが、これらを整えたのもどうやらこの捕囚時期らしい。そこに流れる視点は一貫していて「神の祝福と裁き」である。

「先生、やはり何となく妙な感じです」

「……」

「奴隷は生涯奴隷で、彼らを簡単に手放して商業活動を許すものでしょうか？　それに民族の結束を強める宗教活動まで認めるというのも、支配者としてはかなり危険だと思います」

　ユカさんの言うように、常識からはみ出した話です」

　望月は細長いフルートグラスの首を指でつまみ、話を続けた。

「ところが歴史を覗くと、そうなっている。先のエジプトでもファラオはユダヤ人であるヨセフの予言が当たるというだけで国の宰相に取り立てており、モーゼも王女の養子になり、奴隷階級だったイスラエルの民をまとめてエジプトから逃している」

「彼らは本当に奴隷だったのでしょうか？」

「その辺がユダヤ人のユダヤ人たる所以《ゆえん》かもしれませんが、僕はこう考えます」

「……」

「けっこうな身分になれたのは、イスラエル司祭たちの力ではないかと思っているのです。予言や呪術がきわめてパワフルだった時代。恐れをなした王は呪いを避けるため、味方に付けたほうが得策と判断し、地位を上げてやったのではないかとね。かくして彼らは解放され、商売をし、宗教にのめり込む。つまりですね、ユカさん。古代、生者の国と黄泉《よみ》の国の間を、提灯《ちょうちん》をぶら下げて行ったり来たり、二つをつなぐものは司祭だけで、司祭なくして王の平安は保てないということです。司祭は絶大なる力を持っていた。で、司祭の能力は予言が当たるかどうかです。そしてユダヤ司祭は抜群に勝っていたのではないか？」

「なるほど……それなら分かります」

「それに考えてみれば」

望月がグラスに口を付ける。

「支配者も奴隷も、人種的にあまり違いはありません。ユダヤ人の父祖はアブラハムですが、アラブ人たちもまた父祖は同じアブラハムなのです」

「血を分けた親戚ですね」

「二つを分かつものは宗教と言語くらいなものではなかったのではないでしょうか」

イスラエルはヘブライ語、エジプトはコプト語、そしてバビロニア近辺はアラビア語が幅を利かせており、あちこち旅する自由商人はアラム語を使っている。

中東でのＤＮＡ的区分けなど、あてにならず、生まれ育った周辺環境の言葉やつまらないこじつけで部族が決まったと見る学者もいる。

そしてこれは重要なことだが、昔は語彙《ごい》が少なく、話し方もシンプルだったので、社交はことのほか簡単で、中東の古代人の多くは二、三カ国語は話すバイリンガル、トライリンガルだったという学者もいる。

山東省の「人骨」が意味すること

ユカはシャンパンを楽しみながら、熱心に耳を傾けている。眼と眼が合った。美味しい、という微笑みが淡いライトにぼんやりと浮かんだ。今気付いたのだが、髪が少し長くなっていた。セミロングというやつだ。白いブラウスにベージュのベストがとても似合っている。

「祈りが通じたのか」

望月がしゃべった。

「あれよあれよという間にバビロニアがペルシャに制圧され、とたんに支配者となったペルシャのクロス王が、イスラエル人解放の勅令《ちよくれい》を出します」

喜びにむせび泣き、手に手をとって再び神との約束の地、パレスチナの地に戻ってくるのは、紀元前五三八年のことである。

「質問です」

かわいらしく小首を傾《かし》げた。よろしい。こういう謙虚さは実にいい。

「イスラエルの人って、何度も何度もパレスチナに戻ってくるけど、何かあるのですか」

ユカの言うとおり、パレスチナに帰還したのは四度。

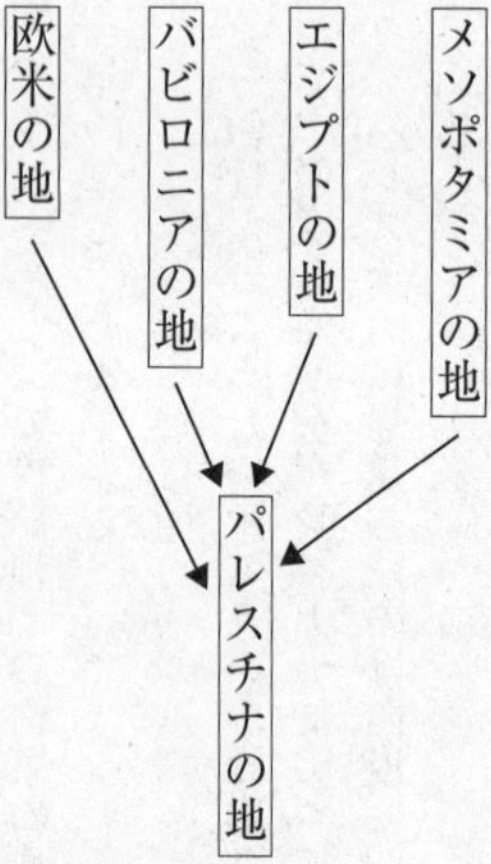

一回目は聖書の「エデンの園」と目《もく》されるメソポタミアに住んでいたアブラハムは、何の因果かパレスチナに移り住んでいる。次がご存じのモーゼだ。エジプトを脱出し、大勢を引き連れ移動。三番目がバビロン捕囚からの帰郷だ。

そして最後が一九四八年、世界に散らばっていたユダヤ人が一斉にパレスチナを目指し、あっという間に造り上げたのが現在のイスラエル国家である。

「パレスチナは石油も出ないし、とりたてて肥沃とも思えません。僕なら戻りませんが、しかし彼らが戻る理由はただ一つ、『神との契約』です」

「それだけですか？」

「ユダヤ人にとって、神との契約がすべてです」

「本当に？」

「ユダヤ教のラビに訊くと、みなそう言います」

「ひょっとしたら他に隠された秘密があるのでは？」

「意外に疑《うたぐ》り深いですね」

二人の笑いがバーに流れた。いい空気が流れている。そして話は佳境だ。

「アッシリア侵略とバビロン捕囚の時代に、チャイナ方面を目指します」

あたかも既成事実であるようにしゃべった。

「天地を揺るがすこの二つの異変は際立っていますが、常識的に見ればそれ以前から移動はあります。一〇〇人、五〇〇人、一〇〇〇人単位の幾波もの移動。ある部族は四川省に住み、またある部族はもっと奥の東北部、現在の山東省まで到達しています」

「断定しますか？」

「はい。中東とチャイナは地続きですから」

西山が言ったことを口にした。今では頭の中の模様替えが完了し、望月もそうはっきりとイメージできていた。しかしユカは、承服しかねるといったふうの形容しがたい笑みを浮かべた。

「その顔は、理由をお尋ねですね」

微笑が頷く。

「しょうがない。では、種明かしといきましょうか」

と言って、グラスに一度軽く口をつける。

「山東省あたりは昔の斉《せい》の国ですが、開いたのは魚釣りで有名な太公望《たいこうぼう》」

「けっこう昔の人ですよね」

「紀元前一一〇〇年あたり、太公望の姓は姜《きょう》です。姜の字は羊という字を使っているくらいで、羊を飼っている遊牧民族でありましてね」

「まさか、ユダヤ人の羊飼い？」

「そう言ってもかまいません。でもかなり中東に近い人たちだと思います。太公望の姓の姜は、羌族の女性、つまり母方の名前です」

「そう言えば、斉の歴代の王の姓は、おおむね羊の女、『姜』ですものね」

「よくご存じで」

「先生、わたしの専門は歴史ですよ」

ユカが望月の腕を小突いた。

「はいはい、そうでした。で、太公望の斉は羌族の国なのですが、どうも様子がおかしい」

ユカの興味をさらった。

「斉の都は臨淄《りんし》です。しかしこの古代都市がおかしいというより、仰天です」

望月は咳払いをして座り直し、遺跡を発掘した結果、実に驚愕すべき事実が浮上したのだと語った。

調査団の編成は、東京大学植田信太郎《うえだしんたろう》、国立遺伝学研究所斎藤成也《さいとうなるや》、チャイナ科学院遺伝子研究所の王瀝《おうれき》らの合同だ。彼らは周の春秋時代、すなわち紀元前五〇〇年前後の臨淄遺跡を注意深く発掘した。

結果を発表したのは二〇〇〇年、内容は強烈だった。

臨淄遺跡から発掘された人遺伝子（ミトコンドリアＤＮＡ）は、現代ヨーロッパ人に非常に近いというか、ほぼヨーロッパ人であることが分かったのだ。

「ヨーロッパ人ですか？」

ユカが、目を丸くした。

「酔いの醒める話でしょう？」

「なんだか寒気がします」

望月は自分の蝶ネクタイを直し、ベストの裾を引っ張った。

「僕もそれをぶつけられた時、柄にもなく頭が四方、八方に暴走しました。チャイナ西方ならいざ知らず、よりにもよって、なぜ日本海寄りのギリギリまでヨーロッパ人が来ちゃったんだろうとね。紀元前五〇〇年ですよ、ユカさん。しかし、衝撃はそれだけで済みませんでした」

「まだあるのですか？」

「臨淄には他にも前漢《ぜんかん》時代、すなわち紀元前後の遺跡もあって、調査団はそっちの遺跡も入念に手を付けたのです」

「……」

「こちらの方の人骨は、中央アジア人の遺伝子に非常に近いという結論です」

「中央アジア？　それって先生、ユダヤ人も入りますよね」

「むろんです」

調査団の発表は我々のイメージと一致するものだった。古代チャイナは、現代チャイナの人種とは非常に異なる集団を含んだ民族構成だった、という仮説が成り立つと言ったのである。

学者らしい遠回しな言い方だが、ようするにヨーロッパ人も中東人も、ユーラシア大陸深く入り込み、集団で街を造り、独自の国を立ち上げるほどの勢力を保っていたということだ。

「東向き」の謎

異なる体型、異なる容貌、異なる言語……彼らだけの街もあり、共存していた地域もあ

中東とチャイナは地続きである

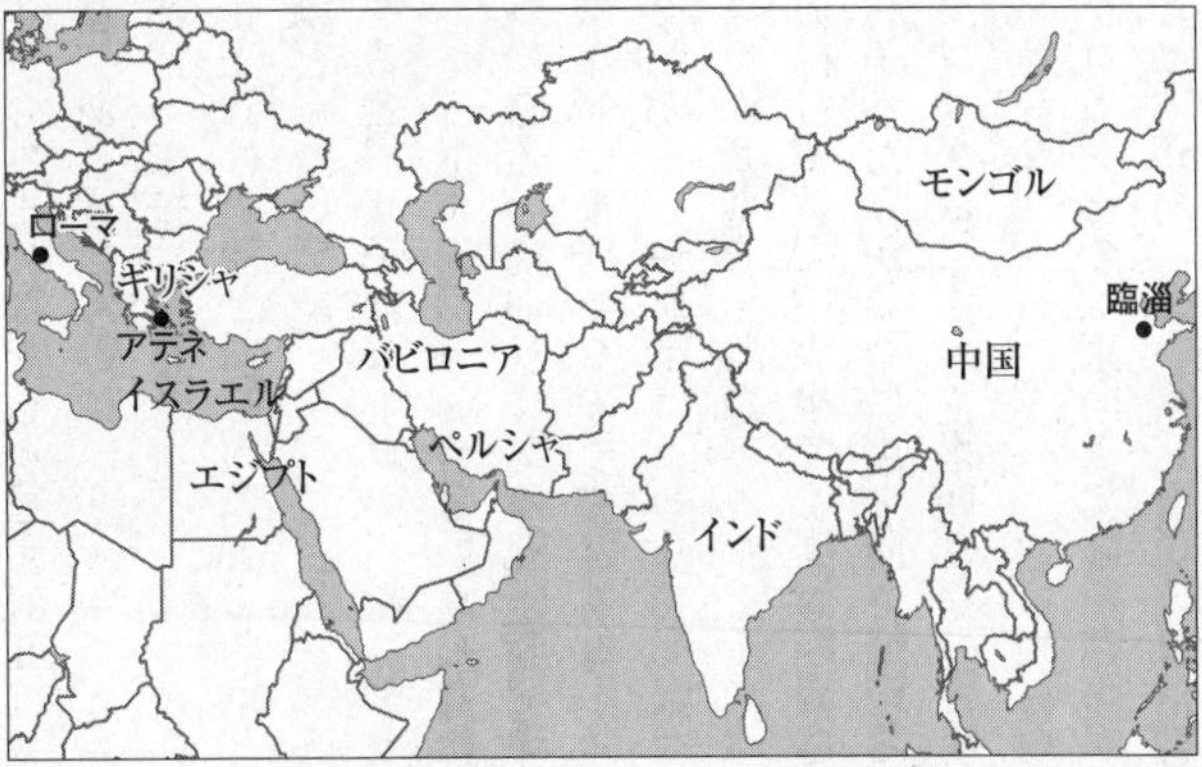

った。多民族のモザイク模様。斬新な風景である。

このニュースを聞いた時、望月は以前、蔣介《しょうかい》石《せき》の子孫から聞いた話を思い出したものである。チャイナは山ひとつ越えると違う言葉なので、何度も日本軍と間違え、攻撃したことがあるというのだ。山を越えると言葉すら違う異国で、これはつい六〇～七〇年前のことだ。多民族大陸。二〇〇〇年以上も前ともなれば、推して知るべしである。

「臨淄は」

望月が説明した。

「紀元前八五九年以降にはすでに一大商業都市です。そして指折りの諸子百家《しょしひゃっか》、つまり思想家、哲学者の発生の地、学びの中心地でもありました」

「あっ」

ユカの一段高い声が響いた。

「孔子の生まれはたしか紀元前五五一年ですよね。ひょっとして、臨淄の出身ですか？」

「遠くありません」

と言って続けた。

「生まれは臨淄と同じ山東省、曲阜《きょくふ》と言われています。臨淄、曲阜、距離的には東京、静岡ほどもない」

「すると、孔子はヨーロッパやユダヤの血を引いていても不思議はない？」

二メートル三〇センチという長身は、想像を掻き立てるには充分である。

「気になるのは曲阜にある孔子寺です。一般にチャイナのお寺は南向きですが、孔子寺だけはなぜか東向きなのです」

「それが……何か？」

ユカが疑問を呈した。

「方向は宗教上、大事ですよ、ユカさん。でたらめに建てていいというものではない。なぜ孔子寺だけが頑《かたく》なに東を向いているのか？　そこにユダヤの匂いがあります。正統なるシナゴーグは、すべて東向きなのです」

「へえ……」

「ソロモン神殿は東向きでした。エジプトのピラミッドも東向きです。太陽が昇る東に未来と希望があるという、一種の東信仰が彼らの建物の方角を決定しているのです」

フリーメーソンのロッジ・マスターも位置は東だ。同じく、フリーメーソンの女性組織、ロイヤル・オーダー・オブ・イースタン・スター（東方の星）なら、キリストの生誕を見届けたのも「東方の三博士」という按配で、イスラエル、エジプト、フリーメーソン、キリスト教は明らかに東を崇拝している。すなわち中東を中心に広がる方角思想なのだ。

孔子寺の東向きは、何を意味しているのか？　ユダヤ、キリストのエッセンスが溶かし込まれていると考えるのは無謀だろうか？

すべては「東」へ

エルサレムにあるソロモン神殿の復元模型。神殿正面はピラミッド同様、東を向いている。

望月は一つの仮説を披露した。

「孔子の先祖は、殷の出だと言われています」

殷は近ごろ、殷とは言わない。というのも、殷という国名はその時代の甲骨文字に存在しないからで、殷を滅ぼし天下を奪った周が勝手に付けた後付けの蔑称だ、という説が有力になっている。

では、殷文明の中心都市から発見された甲骨文字には、何と書いてあるのか？

都「商《しょう》」だ。「商」の存在は、他にも数点の文字で確認されており、はっきりしない殷より商の存在感が増し、学界に採用されはじめているのだ。

商（殷）は、紀元前一一世紀、「牧野の戦い」で周に滅ぼされている。

土地なしの落人《おちうど》となった商の人々は、農業はおろか牧畜すら営めなかった。むろん住む所もない。身を隠しつつ各地を転々と逃げ回り、食うために物を売り始める。それしか生きる道はないからだが、そこから物売りの人を商の人、「商人」と呼び「商売」「行商」という言葉が発展的に生まれたのである。

「わー、商人って、正真正銘、商の人だったのですね。それにしても流浪の民なんて、ユダヤチックなお話ですね」

ユカが食いついてきた。

「そう、だから僕の説に賛同してくれますか？」

「えっ、どんな説ですか？」

「商の人は、中東からやって来たイスラエルの民ではないかという説」

かまうことなく言った。

「ユダヤ人を英語で『ジュー』とか言いますが、古代もジューで、それを音写して『商』という漢字で表わしたという説は、あながち的外れではないのではないかと思っています。

で、商（ジュー）出身の孔子は旧約聖書に接していた。そして、儒教をまとめ、漢字を造ってゆく。むろんこれは僕の仮説ですがね」

バベルの「塔」の「神罰」

ユカはグラスを手にしながら、じっと耳を傾けている。

望月は、話の流れにそって漢字の話を掘り下げはじめた。持ち込んだ西山資料を手に、例の「堯」「女」「地」「禁」「裸」「船」「共」「洪」「四川」、九つのサンプルをテーブルに載せ、聖書とのつながりを披露した。

ユカの態度は数段階で変わった。

最初は笑い、次第に呆れ顔になり、そして面喰らったようにしばらく考え、最後に深刻になった。望月同様、この説に接した者が示す由緒正しい反応だ。そして飾りのない言葉で呟いた。

「面白過ぎます」

唇の前で手を合わせた。

「もっと、聞かせてください。他にありますか？」

「限《きり》がないほどね」

内ポケットから眼鏡を出したが、暗く感じたのでボーイにランプを頼んだ。持ってきたのは卓上用のランプで、充分な光とはいえないが、ないよりはましだ。

西山の資料から新しく漢字を一つ出した。この漢字も興味深い。

〈西〉

〈神は、東の方角のエデンに園を設け、自ら形作った人をそこに入れた〉『創世記』二―8

エデンの園のくだりだ。人間の登場は天地創造の六日目だが、その一人は「西」に立っている。

「西」は「一」＋「儿」＋「口」の合成文字だ。

「一」は最初の人間、「儿」は人の足の絵文字だ。そして「口」は創造したばかりの特定エリアを表わしている。それが「西」だ。面白いのは、「一」と「儿」が「口」から出かかっていることだ。まさに人間が西の特定エリアから東のエデンに脱出しようとしている様を描いた、腹が立つほど洒落たデザインだ。

望月は続いて「苦」という漢字を選んだ。

〈苦〉

なぜ苦しいとか苦《にが》いという漢字に、牧歌的に見える「艹」（草）と「古」を用いたのか？　草が古くなって苦しいなど不可解だが、これには深い意味があると労《いた》わるような口調で話した。

注目すべきは『創世記』の三章だ。17～19にこう記されている。

〈神はアダムに向かって言った。おまえは女の声に従い、食べるなと禁じた木から採って食べた。おまえのせいで、土は呪われるものとなった。おまえは生涯食べ物を得ようと苦しむ。おまえが草を食べようとすれば、草をイバラとアザミに変えてしまう。おまえは土に還るまで、額に汗してパンを得る〉

禁断の果実を食べたアダム。神は怒り、苦しめ、とばかりに神罰を与える。呪いをもって、草を食べることのできないイバラとアザミに変えたのだ。したがって「艹」は草ではない。神の呪いだ。

イバラは「茨」、アザミは「薊」。二つとも「古」い時代に神がかけた呪い、「艹」を上に乗せている。「苦」も「古」の上に「艹」をかぶせて造っている。

続いて「塔」を解説した。

「旧約聖書に、ぴたりと合う個所がある」

「どこです？」

「バベルの塔、建設の場面です」


〈塔〉

〈彼らは「煉瓦《れんが》を作り、それをよく焼こう」と話し合った。石の代わりに煉瓦を、漆喰《しっくい》の代わりにアスファルトを用いた〉『創世記』一一—3
旧約聖書によれば、その昔、人々は一つの同じ言葉だった。彼らは東からやってきて街を造り、やがて天に届くほどの超高層の塔を建てる野望を持つ。有名になるためだと聖書には書いてあるが、天界とつなぐためだったという説もある。
塔は、どんどんと高くなってゆく。
それを知った神は、烈火のごとく怒った。未熟な人間どもが、神の国に足を踏み入れようなど傲慢だ。人間の言葉が一つだから、互いにへらず口を叩き、ろくでもないことを企てるのだ。神はただちに塔を破壊し、しゃべる言葉をばらばらにして聞き分けられないようにしてから、世界に散らしてしまったのである。

　この街の名がバベルだ。

「『塔』を『土』＋『艹』（草）＋『合』の単純な組み合わせだ、と考えてはいけません。それでは魂がない。まず聖書の人が話し合った、という個所に注目してください」

　望月は蝶ネクタイを触りながらしゃべった。

「人」＋「一」＋「口」で「合」が完成する。「人」も「口」もすべて人間のことだ。ようするに「合」は人々が話し合った様を表わしている。次に孔子は、聖書に登場するレンガにとりかかった。「土」はレンガを表わしているが、ここにまた「艹」を登場させる。アダムに下された呪いと同じ、神罰だ。

「『バベルの塔』は人間の、神への挑戦です。結局、神の呪いによって倒されるので、天《てっ》辺《ぺん》に神の呪いの『艹』をかぶせた。もう一度見てください。『人々』と『レンガ』と『神罰』と話し合いがちゃんと組み合わさっている」

〈塔〉

「先生、すごい。世界記録を塗り替えたみたいにすごいです」

「でしょう？　次の文字を見てください」
西山のウケ売りなのに自慢気に続けた。

〈乱〉

「舌」＋「乚」だ。
〈こういうわけで、この町の名はバベルと呼ばれた。神がそこで言葉を混乱させ、また、神がそこから彼らを全地に散らしたからである〉『創世記』一一―9
「舌」は言葉だ。「乚」は「儿」の右足である。孔子はわざわざ片足を持ってきて、パニック状態で散ったことを表わしている。

〈祭〉

〈ノアは主のために祭壇を築いた。そして、すべての清い家畜と清い鳥を焼き、献げ物として祭壇の上に捧げた〉『創世記』八―20

「生贄《いけにえ》ですね」

とユカ。

「そうです。何度も言いますが神は、『示』です。肉を捧げて『又《また》』、つまり念を入れて何回も神に祈ったのが『祭』という漢字の由来です」

「祭」＝「示」＋「又」＋「月」

「先生」

「うん？」

「『月』の説明が抜けています」

「月？　ですから月は肉のことですよ」

「お肉さんですか？」

ユカが戸惑ったように語尾を上げた。

「もしもしユカさん。学校で何を教えているのです？　肉という字をささっと続けて書くと月になります。肉ですから月の付いた漢字は、身体のあらゆる場所を表わし、『月』は月偏とは言わず、肉月《にくづき》と言うのです」

望月はナプキンに、肉月の漢字を並べた。

肝、臓、腸、脳、胆、胎、脂、肪、胸、脈、腕、腰、脚、肘、肢、股、腿、脛、臍、膜、脇、肺、腹、腎、胃、脊、背……。

「そうかあー、今まで気付かなかった」

『示』に祈り、『又』、『肉』を捧げて神に祈る。まさに聖書の生贄のシーンから『祭』が出来ている。

「明日の授業で、さっそく生徒に報告しまーす」

おどけたようにアルコールに染まった頬に手を添えた。ここまで言うと、急に漢字に溶け込んでいた聖書を語りだし、人生で特筆すべき時間を過ごしているような気になり、望月はこの説を守りたくなった。

「では、肝心の『神』」

と、望月は一人掛けシートで腰をずらした。

〈神〉

『神』は『示』と『申』の合成文字で、余計な説明は要しません。静かにこの聖書個所を読むだけです」

望月は、西山資料をライトに傾け小声で読んだ。

〈はじめに言葉があった。言葉は神と共にあった。言葉は神であった〉『ヨハネの福音書』一―1

「神は話し言葉そのものです。『申して』『示す』の組み合わせは、忠実なる聖書の復元以外の何ものでもありません」

望月が語ると、ユカが何かに気付いたのか、おや、という顔をした。

「でも先生、ヨハネは新約聖書ですよね。孔子の時代と新約聖書は五、六〇〇年くらいかけ離れていませんか？」

「いい指摘です」

望月は、ちょっとグラスを眺めて応じた。

「実は、僕もユカさんと同じように考えました。ところが調べてゆくと、ちゃんと旧約聖書にもあったのです」

〈主が言うとそうなり、主の言葉が造り、主が命じるとすべてが現われた〉『詩篇』三三—9

「旧約から神は言葉でした」

「そうか……」

「それに漢字を完成させたのは、何も孔子に限ったわけではありません。孔子前、孔子後、今でも漢字は変化しています。長い年月で整えられたことを思えば、途中で新約聖書のエッセンスが含まれたってかまわないわけです」

グラスの中身を呑んだ。

「僕は既存の説をもったいながるようなタイプではないので、西山説はすぐに心に引火し、さらに深く考えてみました。その結果、漢字はもっともっと古い時代から聖書の影響を受けていたという思想に至っています。たとえばバベルの塔の物語。バベルはメソポタミアの都バビロンのことですが、物語が史実ならば、紀元前二〇〇〇年くらいの出来事。彼らは神罰を受け世界に散ったとあります。実はちょうどその頃なのです、チャイナに漢字らしい漢字が登場するのは。その後ソロモンが栄華を誇り、南北に分裂し、一二部族が消滅する。これらはみな旧約聖書のあたりです。さらに西暦六六年、ローマ軍がエルサレムに進軍し、古代イスラエルの歴史はここで幕を閉じます。神殿は破壊され、壊滅するのですが、この時も大量の人々が東方に逃れています。キリスト以後ですから、すなわち、これは新約聖書の時代です」

「……」

「聞き飽きているでしょうけど、一二、三万年前から五、六万年前、人類がさまざまなグループを派生させながらユーラシア大陸を横断し、アリューシャン列島を渡って、およそ一〇〇〇年ほどでアメリカ大陸最南端に到達したグレート・ジャーニー、この壮大なドラマを思えば、ユダヤ人の集団移動など驚くようなことではない。ごく普通のことです」

「ええ」

「歩くだけならどこへでも行けますよ。しかしユダヤ人は紀元前後、西にだけは行けなかった。行けば宿敵、ローマ軍が立ちはだかっているからです。しかも彼らには東信仰がありました。迷わず活路を東に見出したであろうことは想像がつくことで、臨淄遺跡は力強い限りです。しかし……そうは言っても」

望月は急にトーンを落とした。

「僕はSF作家でもなければメルヘン作家でもありません。歴史本というのはその種の本とはかなり異にし、作家の端くれとして言わせてもらえば、想像上の産物で本を飾り立てても世間が許さないし、僕だって技巧でのごまかしはごめんです。ですからキリスト磔《はりつけ》後の、ユダヤ人移動の確固たる証が欲しい、というのが偽らざる心理でした。このままではユダヤ人が約束の地を離れたからといって、チャイナに到着したとは限らない、と突っ込まれれば万事休すだったのです」

ユカが、励ましの口調で言った。

「でも、臨淄のヨーロッパ人の人骨で」

「そう、推理と科学の一致です」

笠原が迫った漢字と初代天皇の真相。これを調べ上げて本を世に送り出すことが、笠原を弔《とむら》い、かつ鄧寿を蹴り飛ばす唯一の手段だ。鄧とはサシでけじめをつけたい。逃げるのはまっぴらだ。くだらないことかもしれないが、ここはちゃんとしなきゃならない男の節目ではなかろうか。

「まつろわぬ作家」の闘い

その電話は、ホテルに籠城《ろうじょう》して一〇日後、そろそろ館内のレストランにも飽きてきた頃にかかってきた。

一人の支援者からだ。電話の内容は新しい住まいの知らせで、望月は待ち構えていたように、チェックアウトの支度《したく》をはじめた。

天皇は奥に隠す。

ここ一番という時にちらりと登場願って、下々は雲上人《うんじょうびと》と崇《あが》める。そのための巨大なマジック装置が宮内庁だ。望月はそれを破った。

キリストでさえ神の子なのか？　それとも人として生まれ、その後神になったのか？　という宗教論争は二〇〇〇年も続いているのに、戦後、何の説明もなく、現人神から人間になってしまった天皇。それで、はいそうですかと、なんの疑問も持たずに鵜呑みにする国民。望月には信じられない急変で、なにがどうなったらそうなるのか、その仕掛けが知りたかった。

本当にこの国に天皇は必要なのだろうか？

この疑問は文明人としての普通の反応だ。しかしこの国は普通ではない。そんな原稿を持ち込めば、持ち込まれた出版社の方が逃げてゆく。一流出版社と言われるところほど、拒否反応は強い。

日ごろ「言論の自由」などと胸を張っているくせに、こと天皇に関しては口ほどにもなく、望月と一緒に腹をくるという侍《さむらい》はいなかった。

侍日本？　冗談じゃない。それどころか、タブーに手を出す面倒な物書きなどまっぴらで、たとえ違う作品であっても同一人物ならごめんこうむる。くわばらくわばらのへっぴり腰で望月を遠ざけている、というのが真実だ。

そんな手合いに悩む価値はない。へなちょこ出版社など望月の方から願い下げだ。捨てる神あれば、拾う神もいるというのが世の常である。

大きくはないが、とある出版社だ。組織など大きけりゃいいというものではない。「言論の自由」を守り、この世にはびこる闇に光を当て、天下に知らしめる出版社こそ真の出版社で、かくして望月の作品は拾われて陽の目をみた。とたんにある種の人たちの怒りを招き、脅迫と暴力を誘発したのである。

「一人歩きはやめましょう」と、血で書かれた嫌らしい脅迫も来た。

しかし望月が本当に恐ろしいと思うのはそんな手合いではなく、それを黙認し、放置するメディアと教養人といわれる連中である。

彼らは発表の場を牛耳っており、論ずる人を締め出すのだ。言論の自由を掲げながら、無視し埋葬する、手ごわい相手だ。

望月の本も排除の憂き目に遭った。売れ行きは好調で、ネットなど巷《ちまた》では騒がれ、勇気あるプロデューサーがドラマ化、映画化を幾度も試みるもマスメディアで取り上げられることはない。この国では、お笑い芸人の親が入院したことの方が大切なのだ。

こんな現実に最初は悪い夢でも見ている気分だったが、こだわるような柄でもない。正しい選択ならば、簡単に引き下がるべきではないし、恐れているのはこっちではなく、むしろ向こう様なのだと気付いてからは、随分と気持ちが楽になったものである。体制は真実が恐いのだ。

一〇〇年後、人々は埋もれた「今」を発掘し、不思議な時代があったものだと思うに違いない。

歴史の教科書には、こう書かれているであろう。

〈当時は人間は生まれながら平等だという憲法が掲げられていた時代だったというのに、ねぐらのない人間もいる一方、都のど真ん中でゴルフ場より広い土地を有している人間もいた〉

世の中は常に前進する。たとえ原爆が落ちても必ず旧式を乗り越え、自由と平等の世に近付くと望月は信じている。

己を喝采《かっさい》するには多少の犠牲が付きもので、それまで姿を消すことにした。世を拗《す》ねたとか、怒れるオヤジになったわけではない。大物諜報部員鄧の仕掛けに、追い込まれていたのだ。

地下での執筆。その境遇に後悔したことはない。

本は静かに売れている。未宣伝でも売れるものは売れるらしい。姿を見せないということが、かえってコアな読者を作っているのかもしれず、毎年一冊のペースで書き上げる本は、じわじわと満足すべき売り上げ数字を叩き出していた。

この世は、捨てたものではない。一心不乱に歴史の虚飾を剝《は》ぎ取って、真実を叩きつければつけるほど、熱い声援が寄せられる感触がある。

支援を申し出るありがたき人々は、姿の見えないまつろわぬ作家との接触を試みる。伝説の落武者を探し出すのは困難なので、ほぼ出版社経由と相成る。

しかし支援者は友人とは違う。望月からは顔が見えない。有難いが、見ず知らずの人であるから、慎重になる。実際に危険な輩《やから》もいた。

また、支援者であるものの、社会への怒りを充満させてやって来る者もいた。望月さん、あんたは甘い、もっと過激にやれ、やらなければ承知しないぞという具合で、自己表現のうまくできない人間に多いタイプだが、そういう人はいつ怒りの矛先をこちらに向けてくるか分かったものではなかった。面会には、それなりのリスクがある。で結局、無難に、望月は出版社の取り次ぎをすべて避けていた。

しかし、どんな人生でも他人を頼らなければならない局面がある。

住まいだ。これだけは一人ではどうにも動けなかった。

確保するには、住民票がいる。かといって住民登録をすれば、たちまち国家に身元がバレる。しかし、しなければ住民票はおろか印鑑証明書も作れず、契約は交わせない。それに保証人もいる。自分を他人に保証させるなど、封建時代の五人組制度の残滓《ざんし》で、「住民票」も「保証人」も欧米先進国ではとうの昔に違法とされ消えた支配者のシステムだが、実際問題として、それがなければ部屋は借りられなかった。したがって、逃亡犯のように他人名義で借りてもらう以外にない。

友人、江崎清玄《えざきせいげん》に提供してもらったニセコの別荘で缶詰《かんづめ》になっている時もそうだった。雪が融け、春が来る。滞在が長引き、これ以上の迷惑はかけられず、内心尻に火が点きはじめていた。が、さりとて肝心の引っ越し先がない。どう控え目に言っても、雪隠《せっちん》詰めである。

その時友人を介して、面会を求めてきたある人物がいたのだ。耳を疑った。名は明かせないが、万人が知る大会社の社長だった。

「そんな著名人が？」

「本当ですよ、僕の妻の遠縁にあたる方です」

裏のない男の言うことである。それに大会社の社長、いや財界の大御所といっていい人物ともなれば、よもや敵の回し者であるわけはない。

申し出に応じた。

支援者の正体

ホテルのスイート・ルームに呼ばれ面会した。かなりの高齢で、大学の名誉教授のような雰囲気を漂わせていた。

「お目にかかりたいと願っていました」

しみじみと望月を見、穏やかな目をうれしそうに幾度もしばたたかせる。

「まさに、泰然自若《たいぜんじじゃく》の風貌ですな」

いえ、そちらこそと言おうとした時、感極まったように伸びてきた手に言葉を止めた。

握手ではない。手を握ってよろしいか、と両手を差し出したのである。

「ありがとう、ありがとう、直接体温を感じられるなど……実に何と言うか……いやー、ありがとう」

大御所は目に涙を浮かべ、ざらついた両手で望月の手を力強く包んだ。

「体温は三五度三分ですから、平均より少し低いかもしれません」

望月が冗談めかして言うと、大御所が一拍置いて哄笑《こうしょう》した。

「胸に焼きつく、素晴らしい作品でした」

年齢にしては艶《つや》のよい頬をてかてかと紅《あか》く染めながらしゃべった。

「歴史なんぞ、我々商売人の手に負えるものではありません。有識者が垂れ流す偽りを聞かされて育ってきた私にとって、先生の作品は驚異そのものでした」

眩しそうに望月を見る。

「あの侍は、まことの志士だとテレビが持ち上げればそのとおりだと信じ、あの人物こそ元勲だと新聞が語ればそうだと思う。私のような素人などひと捻《ひね》りで、いつの間にか偽りごとで凝り固まってしまっておりました」

おしぼりで顔をしごき、茶も呑まずに続けた。

「それをぶち壊す先生の本が待ち遠しく、むろんすべての本を読ませていただいております。一冊、一冊、毎回、毎回が瞠目《どうもく》の連続で、この数年は、まったく私としたことが日々これ興奮状態でした。いやはや、わずか一〇〇〇円、二〇〇〇円の本、と言っては失礼だが、正直、たったそれっぽっちで世の中の誰も見たことのない世界を垣間見れるのですから、ありがたいことです」

手放しで誉めちぎった。

「坂本《さかもと》龍馬《りようま》の死の直前に出した手紙を暗号文と見破り、下手人を特定してみせた手腕は、お見事の一言。二冊目に読んだ明治天皇すり替え論。これも、大胆不敵と申しましょうか、ずばっと前代未聞の偽史に斬り込んでおられる。普通そんなことをすれば、あちこちに綻《ほころ》びが見え隠れするものですが、どうしてどうして、ちゃんと地に足が着いており、どこをどう突いても奇想天外などという雰囲気は微塵もありゃせんでした。どういう頭脳でお書きになったのか、私は望月史観に酔い、読後は、これまでいかにデッチ上げの与太歴史に埋もれてきたか、ただただ己を恥じたものです。先生は戦っていらっしゃる。知の戦士です」

「自分ではヒューマニストだと思っています。この国の嘘にも感謝しています。だからこその疑問書がこれだけ書けるのですから」

温かい顔が一変し、丸い眼がフクロウのように光った。

「しかし、一人や二人の見落としならともかく、錚々《そうそう》たる世の史家諸氏のすべてが先生の主張に、何ゆえ着目してこなかったのか、何ゆえ推論し、解明してこなかったのか、はなはだ納得できるものではありません」

と言って恥ずかしくなるほど、また誉めた。

「人を惹《ひ》きつける筆の運び、重量感溢れるまれに見る表現力。しかも全部さらけ出さず、多少の疑惑を残し読者に考える余地を与えておられる。才能でしょうなあ」

大御所は作家の急所と接し方を知っていた。歯の浮くような台詞ばかりではなく、気前良くもあって、望月の本を、政財界の知人にさりげなく贈呈していたのである。

その数、一万冊。一万冊と聞いて驚く望月の様を、目を細めて愉快そうに眺めた。

「五〇〇〇万円ものコマーシャル出演料を馬鹿タレントに支払うくらいなら、失礼なほど安い。一億円、二億円出しても惜しくはありません」

「恐れ入ります」

「したがって今では、政財界人の間で、望月先生はコナン・ドイルより有名です」

「そりゃまた大袈裟な譬《たと》えですが、光栄です」

それからたっぷり二時間ばかり談笑した。ただの雑談でも人柄は充分に伝わった。久しぶりの楽しい夜も峠を越え、そろそろお開きになろうという時、何か特別にご支援させていただきたい、と身を乗り出した。

「ありがとうございます」

部屋が頭にあった。

「しかし、お立場がお立場だけに、発覚した場合の危惧が……」

「かまやしません。憲兵《けんぺい》や特高《とっこう》警察に覗かれたところで、法を犯しているわけじゃない。手出しができるものならしてもらいたいものです」

時代錯誤の台詞を口にし、人懐っこく顔をほころばせる。

「しかし、他にも血の気の多い連中が」

と言ったが気にもかけず、大御所が応じた。

「これまで全精力をどっさりと仕事に捧げてきて気が付いたら、もう寿命目前です。さすがに仕事は飽きました。女ももういい。ここらあたりで別の血を沸き立たせたいと思っていましてね。勲章を磨きながら棺桶行きなど、まっぴらごめんですからな」

哄笑した。

これぞ天の助け、望月は臆面もなく住まいの確保を頼んだ。

「おお、願ってもないこと。危険を伴う正義は、やんちゃ人生を歩んできた私の締め括りとして望むところです」

で、ニセコから東京に戻って住んだのが、大御所進呈の今の一軒屋である。びた一文いらないと言ってくれたが、そうはいかない。経済的に困窮しているならいざ知らず、これでも社会人の端くれだ。それ以前に、貸し借りは性に合わない。痩せ我慢の感は否めないが、相場の半額を出すことにした。

再び平和と平穏を確保し、心地よく住んでいたものの今回の住居不法侵入である。たわけた鄧のあのゴキブリ騒ぎだ。

面倒が起これば住宅提供者に遅滞なく報告する。脅迫とでっち上げ送金の事実を告げて、望月はさっさとホテル暮らしに切り替えたのだ。

それを知った大御所のひと声で、またまた高速で新しいねぐらが差し出される。

湾岸地区だった。バベルの塔のごとき超高層マンションと聞いて顔をしかめたが、望月の高所恐怖症を知っていたらしく、部屋は三階だった。下には恥ずかしくなるような豪華な車寄せがあり、玄関に入ると、専門のセキュリティガードもいた。安心である。

海の見える二ベッドルーム。家具はもともと少ない。引っ越しは、遅滞なく完了していた。

ベッドと仕事机は習慣どおり北向きに置かれていた。地磁気が南北に走り、地上の生き物はすべてその影響を受けているからである。牛、鹿なども南北を向いて草を喰《は》み、眠るのはそのせいで、望月も、北でなければ芯から休まらなかった。

愛用の大型テレビとデスクトップ・パソコンは、すぐさま仕事にかかれるよう間違いのないセッティングが施《ほどこ》され、これまた至れり尽くせりである。

嬉しかったのは大量の本だ。以前のままの順番で書棚に並べられていたのだ。

ここまでされれば「本に打ち込め」、と活を入れられたようなものである。バイクのキック・スターターを思い切り踏んだように、エンジンが勢いよく吹き上がって、その日から机に向かった。

まだ夜の明けきらぬ前からパソコンに没頭し、昼近く散歩に出た。潮を含んだ重めの空気をたっぷり吸いながら、行きあたりばったりの店で昼飯をかき込み、戻って少し昼寝をし、また仕事に戻った。

書いては読み返し、読み返しては新しい文を捻り出す。ヨガ、瞑想、再びヨガ。

順調に進んだが、進むにつれ弱点が一つに絞れてきた。

聖書と漢字のつながりが、やはりまだ希薄すぎるのだ。

旧約ばかりではなく、新約も欲しい。キリストの死後、できれば昇天直後に新約聖書もチャイナに渡った、という形ある証拠だ。

地球は丸い。有象無象《うぞうむぞう》のユダヤ人が自由に移動したのは分かる。だが、作家だけの憶測や勘繰りというレベルではどうにもならない。雑談で丸め込むトンデモ本ならいいが、素養ある望月の読者は、そんなものでは納得しない。

はたして肝心の新約聖書がチャイナに来ていたかどうか？　この点の、お値打ちものの証拠品が欲しいのだ。

キリストの死後、新約聖書が、どうやってチャイナに運ばれたのか？

『最後の晩餐』の謎の男

ニュートンはリンゴが落ちるのを見て万有引力を発見し、ワットの蒸気機関はヤカンから閃《ひらめ》いた。望月は瞑想だ。五分後、混じりっけなしの虚無の心に波動が届き始める。規則正しい同じ旋律、テリー・ライリーの迷曲、『インC』のように連続したリフレインの波が引いては寄せてくる。

望月が宇宙と一体になった証だ。

己の想いが宇宙にとって最良であるならば、その想いは必ず叶う。理屈ではない。瞑想する身体が、そう伝えているのだ。一種のトランス状態が続き、眼を開けたのはきっかり一五分後。まだ半分目覚め、半分眠っている。しかし望月の頭の中に、鮮明な一枚の絵画が立体的に張り付いていた。

立派な額に入った大作である。レオナルド・ダ・ヴィンチ（一四五二〜一五一九）作、『最後の晩餐』。

――何だって、こんな時に現われるのだ……?――

心の眼でじっと眺めた。意味が分からない。この絵が、どうしてユダヤ人がチャイナに来た証拠になるのか?

遠近法を使った奥行きある背景だ。キリスト、そして両脇に並ぶ一二人の使徒。頭の中で、突然その中の一人がズームした。キリストの右隣、真っ黒な髪と髭を持つ男だ。

――こいつは誰だ?――

その男はキリストを見、右手の人差し指を天に突き出している。一本の指に注目した。わざわざ描いている。レオナルド・ダ・ヴィンチはその指に何の意味を込めているのか?

望月はふっと立ち上がった。まだ頭がぼうっとしていたが、吸い寄せられるように書斎に向かった。足取りはまるで野良犬の夢遊病だ。ふらふらと書棚の前に立ち、探しもせずに手を伸ばして一冊を引き抜く。

机にどかりと置き、導かれるようにページを捲《めく》った。一発で目的の個所を引き当てる。

『最後の晩餐』のカラー写真。青が印象的だ。

――アンデレ、ペテロ、ヨハネ、ヤコブ、フィリポ……――

解説と照らし合わせ、絵の人物をなぞっていく。視線が留まった。

「ユダ・トマス……」

男の名が判明した。キリストを見、人差し指を天に向けている男だ。見栄えはぱっとしないが、表情に苦悶はない。

ダ・ヴィンチは指を巧《うま》く小道具に使っている。人差し指の持つ意味は何か？　一つなのか、一人なのか、一番なのか、気になった。

ユダ・トマスは謎の使徒だ。新約聖書でも登場シーンはめったにない。せっかく出てもキリストの死を疑う役で、冴《さ》えない使徒だ。

望月は、聖書の中の、この妙な影の薄さは見逃すべきではないと思いはじめた。逆説めくが、かえって目立つ。重要人物だと言わんばかりだ。

何かがあるから薄めたのではないか、望月はそう思った。

気になりはじめた。焦点をこの男に絞れるほどに瞑想からさめ、頭がクリアーになってきた。

一番のミステリーはユダ・トマスの名だ。

「トマス」

アラム語で、「双子」のことである。別名も持っている。「ユダ・ディディモ」だ。これもやはりギリシャ語で「双子」の意味である。単なる偶然では片付けられない、何かを感じた。

いったい誰と双子なのか？　宗教学者がこぞって入れ込む謎の一つだが、新約聖書を一万回読んだところで分かるものではない。

なぜ彼は人差し指を？

謎の使徒、ユダ・トマス。天を突く人差し指（矢印）には何の意味があるのか。（『最後の晩餐』・部分）

そもそも新約聖書なるものが怪しいのだ。すべてがぼけているというより、ユダ・トマスに関する部分が不自然に削ぎ落とされている匂いがするのだ。

では、聖書はどうやってでき上がったのか？

キリスト昇天後、キリストに関する文書はあちこち数多く出回っていた。中にはローマを批判するものもある。見過ごせなくなった支配者の選別は二世紀からはじまった。ありったけのものを掻き集め、その中からこれはいい、これはだめだと、一つ一つを選んで造ったコレクションが新約聖書だ。正典は三九七年、カルタゴ教会会議で定まった。

正典ができた以上、切り捨てられたキリスト書はすべて異端になる。禁書として闇に葬られるのが運命だ。その時、ユダ・トマスも一緒に切り捨てられたのではないか。

なぜか？　理由は一つしかない。時の宗教支配者にとって都合が悪かった。それしかない。

時代がずっと下り、近年になって宗教学者の間に大津波が起こった。一九四五年一二月のことである。エジプトの洞窟から発見された古めかしい壺。砕くと、中から陽に焼け、しみがつき、角がくずれた一三冊のパピルス本が出てきた。

これが物議を醸《かも》した書物「ナグ・ハマディ写本」だ。

その後紆余曲折があり、解読された写本がオランダ語、英語、ドイツ語で出版されたのは三、四〇年も後のことだが、そこには当時の教会が恐れ、葬り去った仰天すべき秘密の数々が書かれていた。新約聖書にはない、伝説の『トマスの福音書』が納められているらしかった。

望月はさっそく調べにかかった。馴染みの古本屋に電話を入れ、ナグ・ハマディの日本語版を探してもらい、バイク便で届いたのは翌日だった。

慌ただしくビニール袋のテープを引きちぎって、のめり込む。

『トマスの福音書』は、やはりナグ・ハマディ写本の中にあった。眼が強張ったようにページから離れない。

すべての優れた形容は偉大な作家に語り尽くされている。望月の口から出てくるのはただ、ただ驚愕の荒い息だ。

なんと、キリストはユダ・トマスと双子だったというのだ。

こんなのはカソリック的に言えばキリストの冒瀆で、敬虔な信者ならショック死しかねない話だ。むろんカソリック本部はその伝説は知っており、双子だというのはたんなる象徴的な表現であると逃げ、かろうじてショック死を免《まぬが》れている。

しかし双子説に対し、天下のローマがわざわざ象徴的だと抗弁するくらいだから、ユダ・トマスの存在は邪魔だったはずである。都合の悪いユダ・トマス。望月はすっかり読み終えた後、あれこれ考えながら謎に光を当てた。

――ユダ・トマスであるからユダヤ人だ。すると双子のキリストもユダヤ人となる。ローマ人がキリストをユダヤ人から奪いとるために、ユダ・トマスをタブーにし、薄めた……――

ローマはキリストの人間性を否定している。むろんユダヤ人ではなく、神として生まれなければならなかった。神として生まれたにもかかわらず兄弟にユダヤ人がいてはまずい。そしてローマは仕掛けた。キリストを裏切ったのは、ユダ（ユダヤ人）でなければならない。

現在研究は進んで、『トマスの福音書』の信憑性は高いというのが定説だ。紀元一、二世紀の成立で、新約聖書に含まれる他の書と較べても遜色なく、イエス語録の部分などは、一八九八年に発見された別のパピルスの内容とほぼ共通していることから、ローマ・カソリックとしても安泰とはいかない。

聖書外伝の存在も確認した。それには一二使徒がそれぞれ分担して伝道の旅に出たと書かれている。

ユダ・トマスはどこに行ったのか？

なんと国境を越え、インドまで行ったと書かれている。望月の胸が騒いだ。

――インド？　ならばチャイナはお隣さんだ――

ユダ・トマスは生き証人になるかもしれない。漢字と聖書のつながりに近付いている感触があった。

「さて！」

望月は手をぱんと叩いて気持ちを一新し、裏を取りにかかった。

インターネットを洗った。記事を見つけるには、さほど時間がかからなかった。多数出てきたが、やはりユダ・トマスの行き先はみなインドとなっている。

しかしせっかくの種明かしも、インターネットの稚拙な文では心もとない。手応えあるものが欲しかった。証を得るべく別の書籍を調べ、全体像が見えてきたのはとっぷりと陽が落ちたころである。

ふと我に返り、ぼうっとした頭をぼりぼりと掻き、それから椅子の上で背伸びをした。

机を離れて窓際まで歩く。しばし高層階から夜の海を見おろす。おもむろに天井のライトを点け、ピンクのカーテンで下界を遮断した。

お茶を淹《い》れた。大福を味わう。もちろん粒餡《つぶあん》だ。たちまち糖分が脳を刺激したようだった。頭がしゃんとしてきたところで、再び椅子に戻った。

『最後の晩餐』の絵が頭から離れない。キリストは大工で、ユダ・トマスもまた大工である。

――双子で同じ大工というのは自然だ。絵の中ではユダ・トマスがキリストを見、人差し指の一本を突き立てている。これは、もう一人のキリスト、すなわちヘブライ語でメシアのことだ。メシアとは膏油《こうゆ》を注がれた者という意味で、預言者、祭司、王のことだ。ユダ・トマスもまたキリストであるというレオナルド・ダ・ヴィンチの暗示なのか？　すると磔になったのはキリストではなく、ユダ・トマスという線はあつかましいだろうか？　ひょっとして復活したのは双子のすり替わりトリックだったのか？

十字架に架けられたのはユダ・トマスで、キリストこそインドに行った可能性はないのか……――

愚にも付かない思いを、咳払いと一緒にさっと消し去り、想いをユダ・トマス一人に当ててみる。

イエスの福音はインドからチャイナへ

外伝は、こう伝えている。長い旅の末、ユダ・トマスはインドの王、ゴンドファルネスと面会した。

王は大工であるユダ・トマスに資金を与え、宮殿を建てるよう命じた。しかし何を思ったのか、ユダ・トマスは大胆にも貧しい人々にその金を施してしまうのである。

「きさま血迷ったか！」

怒る王に、地上ではなく、宮殿を天国に建てたのだ、と諭《さと》すユダ・トマス。しかし王の怒りはおさまらず牢獄幽閉とあいなる。

そのうち王の弟が急死した。天国に昇った弟は、なんとそこでユダ・トマスの建てたエレガントな宮殿を発見する。

弱者に金を与えたトマスの善行は弟を生き返らせる。弟は自分が見た天国の宮殿を国王に報告した。国王は驚き、ユダ・トマスを解放しただけでなく、感激して自らキリスト教に帰依《きえ》したとなっている。

外伝は続く。王は息子、王子の病気を治すために死んだトマスの墓を暴き、もう一度すがろうとした。しかしすでに遺骨は何者かによって運び出されていた。このへんはキリストの復活劇を思わせるくだりだが、外伝はここで終わっている。

望月は本を閉じて眼鏡を外し、こめかみを揉んだ。

ユダ・トマスのインド布教は信頼できるだろうか？　外伝は口伝をまとめたものにすぎず、宗教家ならそれでいいが、歴史本としては重みが足りない。軽いまま無理やり押し込めれば、読者は納得しない。

望月は何も植わっていない花壇を眺めるような気分だったが、カフェオレを淹れ、気分を一新して机に戻った。

――ユダ・トマスにはこのままお引き取り願うわけにはいかない。さて、どうするか……――

指先で顎を撫でた時だった。思いがけずケータイ電話が鳴った。出ようとしたが、本体が見つからなかった。思案顔であたりを見回す。机上の山積みになった書類の中を手当たり次第にひっくり返す。その間も着信音は鳴り止まない。耳をすました。壁の方だ。掛けたジャケットから聞こえていた。

友人だった。

「ご無沙汰しています。コレクション、一度拝見させてください」

コイン商、小谷雄造《こたにゆうぞう》である。望月の趣味はアンティーク・コインだ。日本でも屈指のコレクターである。

「あっ、そうでした。いつでもどうぞ。それはそうと、今、頭を悩めておりましてね」

と望月。

「声から察するに、難問のようですね？」

「卒倒しかねないほどユダ・トマスで悩んでいます」

冗談めかして言った。

「一二使徒の？」

「そうです」

「インドに来た？」

「えっ、どうしてそれを？」

口に運んでいたカフェオレを途中で止めた。

「先生、コイン商を見くびってはいけません」

「……」

「トマス伝に出てくるインドの王……ええと、何と言いましたかね」

「ゴンドファルネス王」

先刻の、聞きなれぬ王の名を告げた。

「そうそう、その王の実在は、長い間疑われていました」

「そのとおりです。ゴンドファルネスなど架空の人物ではないかと」

「ところが、彼のコインがあるのですよ」

「うん？」

「ゴンドファルネス王のコインです」

「ほんとうですか？」

「印象的なコインが数種類」

「数種類？」

かなり面白くなってきた。望月はケータイを左手に持ち替え、身を乗り出した。

「実在は間違いありません。銀貨と銅貨、広いエリアからけっこう発見されています」

と言って、小谷は広大なインド・パルティア領土を説明した。国境ラインは明確に分からなくとも概ねコインの出土分布で支配エリアが見えると語った。

歴史に疎《うと》ければコイン商は務まらない。そんじょそこらの学者など顔負けで、小谷はゴンドファルネス王がパルティア大貴族の出身だということまで知っていた。パルティアの広大な東部を支配し、やがてインド北西部をもぎ取って、

ユダ・トマスが向かった地

『トマスの福音書』に登場するインド・パルティア王国の領土。パルティア大貴族出身のゴンドファルネス王が築いた。

インド・パルティアという巨大な王国を築き上げている。

「ほう……」

感心する望月。

思いもかけず白馬の騎士の登場だった。少々太り気味の騎士だが、絶妙なタイミングだ。コインがあるならば、これはもう口伝ではない。身元の確かな科学である。天は望月を見離さず、よき波動をまだ発信してくれているようだった。

「いやあ、素晴らしい」

「いいえ、たいしたコインじゃありません。数が多いので、期待するほど値が張らなくって」

「そういう意味ではなく……」

説明しようとしたが、複雑になっても面倒なので途中でやめた。礼を述べてから世間話を少ししてケータイを切った。

気持ちが騒いでいた。

『トマスの福音書』にあるインド・パルティア王国。コインが、幻だったゴンドファルネス王の実在を証明し、ユダ・トマスとインドをつなげていた。夢想だにしないことである。

伝説の男はインド・パルティアに骨を埋めてしまったのだろうか？　いや、しかし伝説ではその骨は消えている。チャイナに向かったのか？　仮に死んだとしてもユダ・トマスは一人で来たわけではあるまい。一二使徒という地位から、少なくとも二〇〇人、三〇〇人単位で弟子の宣教師集団を引き連れてきているはずだ。これでキリストの福音が、インドくんだりにまで持ち込まれている確証を得た。

あとはインド・パルティアからチャイナだ。いかにして新約聖書は運ばれたか？

鍵はパルティア（ペルシャ）にある。古代ペルシャ語の発音はアン（ル）シャクで、それを音写し、漢字では『安息《あんそく》』と書く。

パルティア＝安息国

ローマ＝大秦国

二つの漢字はあとで考え出されたものではなく、当時リアルタイムで使用されていたものだ。チャイナと交流があったからこそ、古《いにしえ》の文献に使われていたのである。

パルティア、すなわち安息国の太子、安世高《あんせいこう》は玉座争奪戦に負けたのか、夢想家だったのか、国を捨てて洛陽まで来ている。一四八年のことだ。この男はなんとそこで二〇年もの間、経典に没頭し、約三〇の仏書を漢訳しているのだ。この安世高こそ小乗《しょうじょう》仏教をチャイナに伝えた功労者だ、ということが調べで分かった。

小乗仏教はインドからではなく、正確にはパルティア経由でチャイナにもたらされたのだが、このサンプルは仏教以外にも使える。新約聖書だ。

エルサレム↓インド・パルティア↓チャイナ

ようやく、見通しがよくなった。

ロマンチックに考えれば遥か昔、紀元前二〇〇〇年、バベルの塔で神の怒りに触れ、散らされた連中がチャイナに来たのが第一派だとすれば、アッシリアの侵略でユダヤ人が東に逃亡したのが第二波、バビロン捕囚は第三波、そしてキリスト後の布教活動と、西暦六六年に起こったローマ軍のイスラエル侵略が第四波だ。キリスト教もユダヤ教の一派だとすれば、ユダヤ教は四段重ねで東に進出している。

むろんこれは大きな波で、小波、細波《さざなみ》の到来は時代を通して常にあった。

記録によれば、紀元前一三九年、前漢の武帝が使いを『大月氏《ターキッ》』に出している。『大月氏』は、ターキッという発音から分かるようにずばりトルコ、ペルシャ系の国だ。

そして九七年、後漢が使者、甘英をローマに走らせている。

神に命を捧げたキリスト教宣教師集団は、シルクロードをつなぐ拠点都市に住み着き、次々と教会を建て、信者を増やしてゆく。やがて中央アジア一帯に広がって、チャイナに到達すると名を景教に変え、全土を席巻《せっけん》するほどになった。

西山に案内された西安、碑林博物館の『大秦景教流行中国碑』は、それを大いに物語っている。

唐の長安は人種と宗教の坩堝《るつぼ》だ。バラエティに富んでいる。寛容さは文明のオアシスだ。

改めてこの事実に着目しているうちに、楊貴妃の養子になり、その後、反乱を起こして唐の玄宗皇帝を打ち倒し、最後には大燕帝国皇帝に登りつめた安禄山に思いが及んだ。

彼はソグド（胡人）とトルコ（突厥《ターキッ》）の混血だが、安《あん》、曹《そう》、康《こう》、石《せき》の姓のルーツはみなペルシャ、トルコ、イラン、イラク、つまり中東だ。やはり唐は連合国であり、ここで望月は西山が言ったことをようやく実感した。

『長安』の「安」はいったいどこから来たのか？

パルティア（安息）、すなわちペルシャ勢力の露骨なお印だと言い切った西山の慧眼《けいがん》に、改めて帽子を脱いだ。

望月の頭から「長安」という字が焼きついて離れなかった。というのもその頃、桓武天皇が「長岡京」（七八四年）と「平安京」（七九四年）を造っており、まさに「長」「安」なのである。これは単なる偶然か？

まさかと思うが、ひょっとすると「安」を名乗るパルティア系勢力と「長」を名乗る勢力が張り合って、別々に造った都ではあるまいか。

日本はその長安に最澄、空海という二人の逸材を派遣している。二人ともチャイナの血が流れていると噂されているが、唐で大流行の景教を学ばないわけはなく、望月には最澄や空海が修行を続けた寺はキリスト寺だった、という説が無謀に聞こえなくなっていた。

面白半分に、インターネットで検索した。探っているうちに、興味深い記事にぶち当たった。

最澄は旧約聖書の影響を受け、空海は新約聖書の影響を受けている、というのだ。

影響といってもどの程度の影響なのか、その具体的な中身が書かれていないが、高野山《こうやさん》には場違いな『大秦景教流行中国碑』のコピーがあるというのだ。高野山は、空海が八一六年に開いた高野山真言《しんごん》宗の総本山、金剛峯寺《こんごうぶじ》で有名なのだが、空海が景教に夢中になっていたなら碑のコピーが保存されているのも頷ける。

高野山は浄土真宗の開祖、親鸞《しんらん》（一一七三年〜一二六二年）とも深い関係にある。奥の院、入口近くに建つ熊谷寺《くまがい》は親鸞ゆかりの旧跡として知られ、その奥の院には親鸞の供養塔が建てられている。

親鸞は法然《ほうねん》（一一三三年〜一二一二年）の弟子だ。熊谷寺にはその法然の廟《びょう》もあり、空海、親鸞、法然はみなつながっているのだ。何でつながっていたのか？

浄土宗を広めた法然が気になってきた。というのも母方が渡来人、秦氏なのだ。

——秦氏！——

何かの暗示なのか、望月は敏感すぎるほど反応していた。
導かれるように、ケータイ電話を握った。

8 「浄土」というサイファ

「その後は妙なこと、起きてませんか?」

会うなり、龍音堂《りゅうおんどう》の江崎清玄が言った。言葉とは裏腹に顔は綻《ほころ》んでいる。状況を楽しんでいるふうに見えるが、一応は心配してくれているのだろうと好意的に判定する。

「ありがとう。いろいろお世話になっていますが、僕は神出鬼没でしてね。敵の思い通りにはなかなか……。清玄さんだって今の居所、分からないでしょう?」

「ええ、でも油断は禁物ですよ。前だって、へたな真似をする輩は、バシッと撃退しますと言っていたのに、太腿《ふともも》をブスッですから、ヤバすぎますよ」

「ちょっとした隙を突かれての不覚です。これを見てくださいよ」

と言って、ステッキをトンと突いた。

「地面がどうかしましたか?」

「地面じゃありません。ステッキですよ、ステッキ。これを見縊《みくび》ってはいけませんね。仕掛けは、柄に付いた望遠鏡だけだと思ったら大間違い、モーゼが肌身離さず手にしていた奇蹟《きせき》のアロンの杖も顔負けの業物《わざもの》なのです」

　ぽんぽんとステッキの頭を叩いた。

「アロンの杖ですか……どう奇蹟なんです？」

「ですから杖全体に堅牢《けんろう》な特殊鋼を巻き、上から漆《うるし》塗りで仕上げたものでしてね」

「ああ、それなら知ってますよ。奇蹟なんて大袈裟なんですから……」

「あれ、もう話しました？」

「ええ、コンクリートブロックを砕いたとか」

「そう、風格あるこのステッキで身のほど知らずには報いてやります」

「しかしそうは言っても、相手はプロですよ。どこからその勇気が生まれるんでしょうかね」

　清玄は、呆れ顔で言った。

「では、お訊きしますが、どうやって気を付けたらいいんです？」

「そりゃ、一人でないのが一番」

「実現不可能です」

「誰かいないものですかね。生涯の付添い人が……」

　望月は首を振って、話題を変えるように散歩を促した。曇り空だったが、雨の兆候はない。気温も、歩くにはほどよかった。

「ナグ・ハマディ写本、ありがとう」

望月が軽く頭を下げる。

「おかげでユダ・トマスが不死鳥のように甦《よみがえ》りました」

望月は上機嫌でコツ、コツとリズミカルなステッキの音を舗道に響かせながら歩いた。節《ふし》くれだった老木が道路に食い込んでいる。潮を含んだ空気が喉《のど》に優しく、清玄との屋外での会話は良い気晴らしになりそうだった。

「読んでいるうちに、不思議な感じがしましてね」

望月がゆったりと話した。

「古い、古い、古《いにしえ》の棺桶をね、よっこらしょと開けると、眠っていたナグ・ハマディ写本が、むっくりと起きあがる。生き生きと語りはじめたのは二〇〇〇年前の様子です。その情景が、僕の本に溶け込んでゆくような……で、今度は僕のお返しです。新刊本で、ナグ・ハマディ写本を現代に甦らせる。なんだか輪廻転生《りんねてんしょう》のサイクルに組み込まれているような不思議な感覚です」

「はあー、なるほど」

「物を書いているとね、清玄さん。古代と現代、エルサレムと東京、時空なんてものはいっさい感じられないのですよ」

「喜んでいますよ、写本も。おいらぁ、お役に立てて、うれしいって」

「男ですか？」

「えっ？　写本は……中性ですかね」

海が近いのに海鳥が鳴くでもなく、潮騒が聞こえるでもなかった。清玄は、望月の蝶ネクタイにちらちらと視線を寄越した。

「クラシックな装いで」

「そちらにはかないません」

いつもと違った格好である。清玄はすっかり板についた坊主頭で、いつもなら歳を無視した若者ファッションだが、今日は、どういう風の吹き回しか和装だった。

「大島《おおしま》の高級品ですね？」

当てずっぽうに言うと清玄は、へ、へ、へと照れながら、満更でもないといったふうに目尻を下げた。

「たまにはね……日本人ですから」

運河沿いである。昼下がりだというのに、右を見ても左を見ても散歩の人すら誰一人見当たらないというのは妙なものである。

「ところで清玄さん、仏教の話を少し聞かせてくれませんか？」

「えっ？」

意外だという顔をした。

「珍しいですねえ、先生が仏教ですか……」

「ええ、日本は仏教の国、一応、知っておきませんとね」

前振りは長かったが、望月はこのために清玄を誘い出していたのである。

浄土教の正体

江崎清玄は東京下町の生まれだ。祖父の代から神田《かんだ》で古本屋を営んでいる。

次男の清玄は、いっぷう変わった高校生だったらしく、何を思ったのか仏の道に惹かれ、仏教大学に進んだ。

だが卒業目前にして兄の長男が自動車事故に遭って、急遽《きゅうきょ》、古本屋を継いで今日に至っている。店先で漫画を読み耽《ふけ》っているタイプではない。その後も浄土宗への興味は衰えず、家業を切り盛りする傍ら、暇を見つけては資料を集め、あっぱれなことにへたな宗教学者より、知識はてんこ盛りである。

「なるほど、なるほど、そうでしょう」

清玄が独り、納得して続けた。

「いよいよ来ましたか。齢《よわい》を重ねると、どうしても仏を身近に感じるものです。それにしても、この私によくぞ……ええ、ようがす」

有頂天で腕をまくり、うっとうしい俄《にわ》か江戸弁を口にした。

「どこから話しやしょう？」

「素人にも理解できるよう、イロハのイからお願いします」

清玄は天を仰ぎ、坊主頭を撫で回す。一瞬の間を置くと、仏教の開祖シャカ、本名ゴータマ・シッダルタの生まれからしゃべった。

むろん生誕地はインドだ。と言っても随分北の端っこ、現在ではネパールだ。誕生年はぼやけている。紀元前五六〇年とも紀元前四六三年とも言われているが、父親はシャーキャ族の王だ。押しも押されもせぬ名門で、シャカという名は部族名シャーキャから来ている。

ちなみにゴータマの意味は「最高の牛」で、シッダルタは「目的を達成した者」、つまるところゴータマ・シッダルタは「目的を達成した最高の牛」という、妙な名前で、伝承によれば本人は八〇歳と長寿を全《まっと》うしている。

仏教が世に広がったのは、シャカの死後だ。

インドの北には、あらゆるものを阻《はば》む長大なヒマラヤ山脈がそびえているため、伝播ルートはもっぱら東西方面と南である。

言葉や文化の伝播方向は、どちらかというと民族同士の強弱、優劣で決まるのだが、ユダヤで始まったキリスト教が、強国ローマに広まったように、宗教だけは支配者が陣太鼓を鳴らしたからと言って宗教的勝利者になるとは限らず、複雑な動きを見せるものである。次の時代も複雑だった。

宗教に砦《とりで》は築けない。インドに侵入した後発のヒンドゥー教、さらにイスラム教が仏教を弾圧、ついには呑み込んで、本場インドから仏教がすっかり消滅した。

「シャカ自身の著作は、ありません」

と清玄。

「そうですか。キリストも同じです。どの教祖も、他にたくさんすることがあって手が回らないのかもしれません」

「でも先生、キリストの場合は張り付いていた一二使徒が、けっこうな記録を残していませんか？」

「ええ、しかしあるパートは使徒の、さらなる弟子たちの手によるものではないか、という数カ所が最近浮上しています」

「しかし、大筋は使徒が書いたと言っていいでしょう？」

「おおむねそのようです」

慎重に答えた。

「シャカの場合は、桁違いに疑問でしてね」

清玄は事もなげに首を振った。

「もちろん弟子の手による直伝の経典、と称するものはあります。が、端《はな》っからあてにはなりませんわね」

「シャカの口伝、『月蔵経《がつぞうきよう》』も？」

「ええ」

もてあますように手を払った。

「たしかに、取っ掛かりはシャカ時代の伝承を文字にしたのでしょうが、宗教学者の口を借りて言えば、その後、長い間にかなり人の手が入り、景色はかなり違ったものになってしまっている、というのがもっぱらのところです」

「……」

「逃げるわけではないですが、『月蔵経』の真贋は回答保留にしておきます。上座《じようざ》仏教の方々に悪いですから」

上座仏教（小乗仏教）というのは、シャカの戒律をストイックに守ることで己が救われる、という思想だ。彼らが拠り所にしている直伝の経典だ。その真贋を疑えば、彼らの面子に関わってくる。

上座仏教の勢力図は、タイ、ラオス、カンボジア、ベトナムなど南方だ。南の風土や人柄に合ったというより、あべこべにキリスト教、イスラム教など強烈な他の宗教がインドという大国家に遮《さえぎ》られて浸透しなかったせいであろう、混ざり気が少ない分、シャカの教えに近いと言える。

一方の大乗《だいじよう》仏教は、大雑把に言えばヒマラヤ山脈を西に大きく迂回しながらチャイナ、朝鮮、日本に伝わった仏教だ。

「大乗仏教は、いや大乗仏教に限らず宗教というものは、伝播の過程でさまざまな思想、宗教、新説に晒《さら》されます。あちこちでぶつかり、ねじ曲がり、衰退したり、出世したりと収拾がつかなくなる。ちょうど日本の華道みたいなものです。やれ本家だ、宗家だ、本流だ、亜流だ、変節だ、裏切りだといびられて四分五裂《しぶんごれつ》を繰り返して、今では無数とも言える流派がありますが、それに近い有様です」

清玄が、嘆くこともなく続けた。

「上座仏教にしてみれば、そんなものは仏教ではない。何せ生粋《きつすい》が信条ですから悪趣味な乱痴気騒ぎ以外の何ものでもないわけです」

「マニ教を彷彿《ほうふつ》とさせます」

マニ教とは、今のイランあたりでマニ（二一〇年〜二七六年）が開いた宗教だが、ゾロアスター教、ユダヤ教、キリスト教、グノーシス主義、仏教、道教などあらゆる宗教の影響を受け、アメーバーのように姿形を変えた宗教だ。

しかし侮《あなど》れない宗教である。唐時代には摩尼《マニ》教と漢訳され、景教、ゾロアスター教と共に『三大夷教《いきよう》』の一つとして花開き、やがて白蓮《びやくれん》教を生んで、「紅巾《こうきん》の乱」を引き起こ

仏教の伝播(概念図)

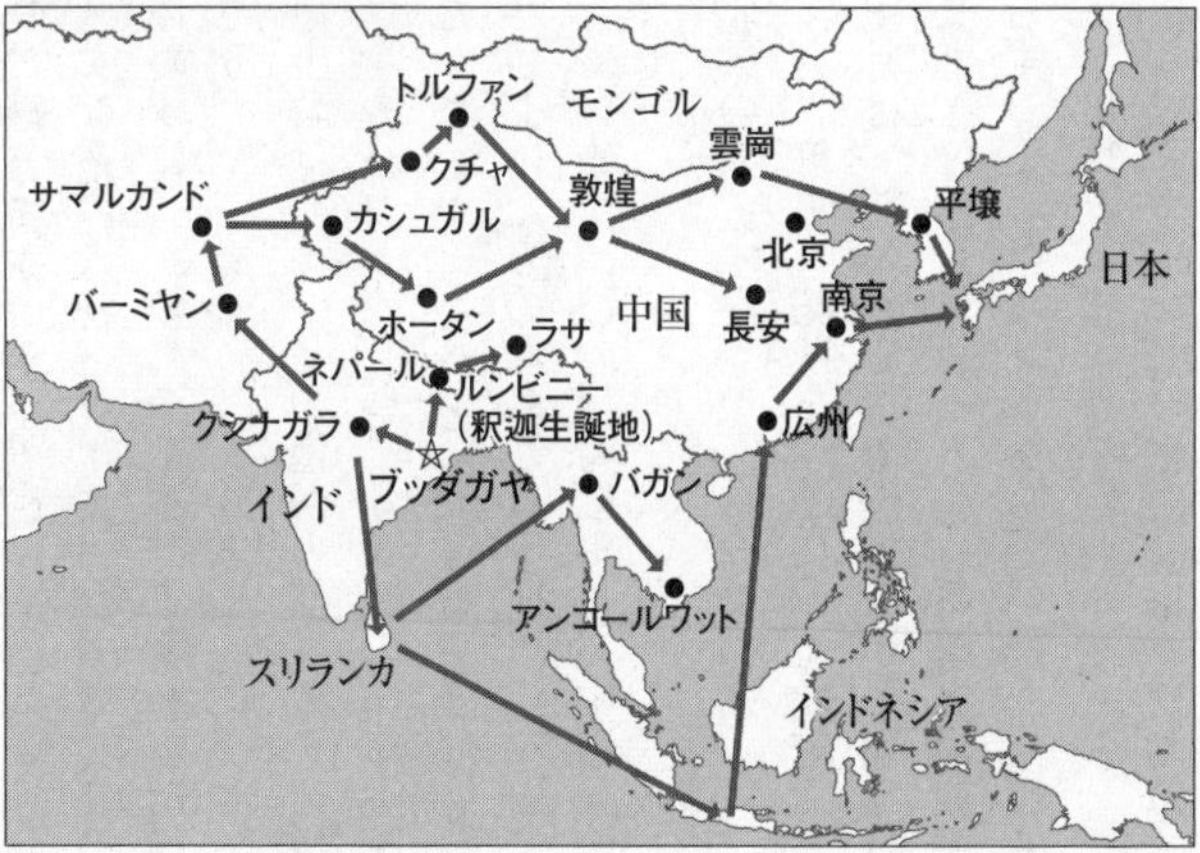

し、「義和団《ぎわだん》の乱」ではキリスト教的な色彩を濃くして、天晴《あっぱ》れなことに二〇世紀頃まで受け継がれている。

「で、私の専門の浄土教です」

いよいよといったふうに、清玄は海に向かって並んでいるベンチに腰を下ろした。望月も付き合って横に座る。

「浄土教が芽生えたのは、西暦一〇〇年ころと見ています」

「……」

「ちょうどインドで仏教が盛んになってきた時期と重なりますが、その頃『阿弥陀《あみだ》経』が編纂されます。むろん、サンスクリット(梵《ぼん》語)ですが、これが大乗仏教の胎動です」

望月が相槌を打つ。

「次に、ナーガ・ルジュナ(一五〇年～二五〇年頃)という人物が登場し、『阿弥陀経』

を受け継ぎます。ナーガは蛇という意味で、漢訳名は龍樹《りゆうじゆ》です。続いて現われたのがパキスタン系の人物、ヴァスバンドゥ（三〇〇年～四〇〇年頃）、漢名、天親《てんしん》。この人物が手を休めずに、かの『浄土論』を著わしたのですが、むろんこれもサンスクリットで書かれている」

浄土教は、インドの僧からパキスタン僧へ渡されたと語った。

「ヴァスバンドゥ、つまり天親の『浄土論』はインドで書かれたのか、パキスタンでの作業だったのか、それとも、もともと北魏《ほくぎ》（三八六年～五三四年）に住んでいて、その地でまとめ上げたものなのかは不明です。とにかくそれを曇鸞《どんらん》（四七五年頃～五四〇年頃）が注解しています。彼の尽力により、中国大陸は浄土教に徐々に染められてゆくことになります」

「北魏の人ですか」

「ええ。鮮卑《せんぴ》、拓跋《たくばつ》……とにかく北方騎馬民族です」

望月は、顎の先を指で撫でながら思案気に続けた。

「まあ、どちらにしろトルコ系騎馬民族ですね。そうすると浄土教は直接チャイナには伝わらず、まずはインドからいったんパキスタン、トルコ系騎馬民族の手に握られていたということになりますか？」

「そうです。インドの北にはヒマラヤの大山脈がそそり立っているので、おのずと北西に迂回せざるを得ません」

「西へ行けば……今のアフガニスタン……騎馬民族エリア。なるほど自然ですな」

と言って望月は、別の思いつきをしゃべった。

「そうすると日本の親鸞は、パキスタン人の天親の『親』、それとトルコ系、曇鸞の『鸞』から拝借した合体名ですね」

「よく気付きました」

「誰でも気付きますよ」

「大学時代にそれを知って、パクリの親鸞がお茶目に見えたものです」

清玄はそう言って、目尻を下げた。鳩があちこち首を動かしながら、ベンチに近づいてきた。おうおう、日本にいてよかったなあ……向こうに生まれてりゃ食われているところだぞ、と言って清玄が続けた。

「浄土教は難しくありません」

鳩に眼をやりながらしゃべった。

「ご本尊は阿弥陀です。厳しい修行に目を奪われるべきではなく、どんな人でも阿弥陀仏を敬《うやま》えば極楽浄土《ごくらくじょうど》に行けるという、実にシンプルな宗教です」

「いい宗教は、元気をくれます」

「ええ、今どきストイックな辛い修行など流行りませんし、お気楽な私の性格にぴったりです。しかし、浄土教など仏教ではないという人もいる」

「上座仏教の人たちですか？」

「とは限りません。彼らが口をそろえて言うには、浄土教など、仏教とは似て非なるもの、したがって宗派名を名乗るべきではなく、あくまでもキリスト教やイスラム教のように『教』を使えと手厳しい」

「だから浄土教と？」

「はい」

たしかに真言宗、天台《てんだい》宗、日蓮《にちれん》宗で、真言教、天台教、日蓮教とは言わない。「教」は浄土教だけだ。

「なるほど気が付きませんでした」

「彼らの主張も、無理からぬことかもしれません」

清玄は、曇っているのにちょっと眩しそうな顔で続けた。

「騎馬民族エリアはゾロアスター教、ユダヤ教、キリスト教の吹き溜まりでした。浄土教はそこにしばらく浸《ひた》っていたわけですから、その段階でかなり別の要素が漬《つ》かり込んでいます」

「言い換えれば、それが大いなる強みともなっているわけですね」

「そう、浄土教は、異国の宗教に徹底して揉まれた結果、進化発展した」

清玄は、軽く頷いたあと腕を組んだ。急に黙りこくったが、何かを考えているように時々溜息を漏らした。先を急がず、しばらく放っておくことにした。思考する大人が二人、のんびりとベンチに座って、目の前の運河を見るともなく眺めている風景は平和だ。

浄土教が、仏教の埓外《らちがい》だとする見方は、甚《はなは》だ興味深い話である。

「曇鸞の後を継いだのが、道綽《どうしやく》（五六二年～六四五年）です」

清玄がようやく口を開いた。

「どこの出身ですか？」

「北周《ほくしゆう》です」

「うーん、やっぱり旗振り役は鮮卑系……騎馬民族ですね」

「で、その弟子が善導《ぜんどう》（六一三年～六八一年）。一般には善導大師と呼ばれており、この人物が日本の法然や親鸞に、多大なる影響を与えた、いわば日本浄土教の父です。善導は唐の都、長安に出て『阿弥陀経』一〇万巻を写経し、休む間もなく迷える人々を献身的に救い歩いたといいます」

「善導がいたお寺は、どちらですか？」

「光明寺《こうみようじ》、大慈恩寺《だいじおんじ》などです」

「ほう、これは、これは……」

望月は背もたれから身を起こした。二つの寺は胸の底に眠っていたある思いを揺り起こした。

「どうかしましたか？」

清玄が首を捩《よじ》って、望月を見た。

「光明寺、大慈恩寺は見過ごせません」

「と言いますと？」

訝《いぶか》しげな顔を向ける。望月は妄想を追いかけるように視線を遠くにやった。

「二つの寺は景教と昵懇《じっこん》の仲。いや、西安現地での取材によれば、昔、景寺と呼ばれていたこともあったというのです」

「景寺って、キリスト教じゃないですか」

「まさに」

キリストは世に光と慈悲を与える存在だ。浄土教の寺の名前そのものだが、慈恩はシオン、エルサレムの別名である。

望月の脳が急に回転した。

仏教のキリスト教用語

景教はシリア人、ネストリウス（三八一年〜四五一年頃）という男が頭目だ。むろんキリスト教の一派である。

カソリックとの大きな違いは、キリストのとらえ方だ。

キリストは生まれる前から神だった、と断定するカソリックに対して、ネストリウス派は人として生まれ、死んで神になったのだと主張する。この考えは後のプロテスタントに多大なる影響を与えるのだが、キリストは生前人間であったのか、神であったのか？　そこが大きな別れ目である。その対立が激化して、エフェソス公会議で異端の烙印をドンと押される。四三一年のことである。

異端追放の憂き目にあったネストリウスと彼の支持者は、東方のペルシャ王国に身を寄せ、セレウキア・クテシフォンに本部を構える。

その後バグダッドに本部を移し、めきめきとパワーを倍増させたかと思うと、中央アジアから東にかけて王、族長もろとも染め上げてゆくのである。見事なまでに一帯を席巻するネストリウス派。

シルクロードに点在する街という街で教会がその威容を晒し、隆盛を極める。そんな宣教団が大手を振って北魏の首都、洛陽に入ったのは六世紀のことである。ちょうど北魏では曇鸞が「浄土教」を漢訳している、まさにその最中だ。非凡な曇鸞が焚き付けられない訳がない。そして共鳴した。

望月は用意していた古書のコピーを、ショルダーバッグから出して清玄に示した。

「これを見てください」

北魏時代の『洛陽伽藍記《がらんき》』である。気になるのは巻四、永明寺《えいめいじ》の条で、仏教大繁盛を述べた後、こう記されているのだ。

〈百国の沙門《しゃもん》、三千余人。西域の遠きもの、大秦国に至る。天地の尽きる西の端……〉

「沙門って、出家僧のことですよね」

清玄が覗きながら、訊いた。大秦国とはむろんローマ帝国だ。が、しかしそれだと、おかしな文になる。三〇〇〇人もの仏教の出家僧がローマに入ったなどという記録もないし、だいいちローマへの仏教伝来など常識的にありえない。たまに大秦国はシリアを指すこともあるが、仮にそうであっても当時、仏教思想が西へなびくなどぴんとこない。思想の数々は、ほぼ西から流入するだけだ。

望月の思考は、ここで滞《とどこお》っていた。引っかかっていたのが『沙門』である。こいつが曲者だった。『沙門』とは何者か？

さらに言えば、もう一つの文書にも『沙門』がある。

〈この時、洛陽で仏教が流行し、沙門以外に西域から来る者三千人余り。魏王はこのため

に永明寺千余を建て、彼らを安堵《あんど》す〉（『資治通鑑《しじつがん》』巻一四七、梁記《りょうき》武帝天監《ぶていてんかん》八年（五〇九年））

「ここにも『沙門』が登場します。二つの『沙門』を、どう解釈します？」

「うーん」

清玄は二つのコピーを、神経質そうに何度も読み較べたあげく、狼狽気味に問い返してきた。

「『沙門』とは、本当に仏坊主の出家僧のことですか？」

「そこです、ポイントは。実は、僕も仏教用語とは違うのではないか、と疑っているのですよ」

「すると……」

「キリスト教に関係する単語ではないかと」

「うーん……」

何とも言えない、という表情で首を捻った。

「例の『大秦景教流行中国碑』で」

説得の口調で望月が続ける。

「調べてみたのですが、残念ながら『沙門』という漢字は見当たらず……しかし疑惑の霧が取り巻いておりましてね」

景教は『大秦景教流行中国碑』に詳しく刻まれている。流行を讃《たた》え、聖書の中身の一部を紹介している宝庫だが、そこに『沙門』という文字はない。

望月は、石碑から抜き書きした漢訳を清玄に示した。

景教＝　キリスト教
大秦《ターチー》寺、景寺、斯波《サーハ》寺＝　（チャーチ）教会
真宗、景団、達娑＝　キリスト教信者
童女＝　マリア
弥師訶《メシフェ》＝　メシア
初人＝　アダム
良和＝　イヴ
沙殫《サタン》＝　サタン
阿羅訶《アラフェ》＝　ヤハウェ
明宮＝　ヘヴン（天国）
暗府＝　ヘル（地獄）
浴水＝　洗礼

風＝　聖霊
羅含《ラフム》＝　アブラハム
業利《ガーリー》＝　ガブリエル
伊斯《イーサァ》＝　イサク
五旬節＝　ペンテコステ

音写と意訳の混合である。

「たしかに『沙門』はありませんねえ」

清玄は、気取りのない顔を上げた。

「で、先生のご意見は？」

「いろいろ考えましたが、解読不能でした。で、カフェオレを呑みながら退屈しのぎに目を通していた時です。ひょいと沙門が、シモンと読めたのです」

「シモン……」

清玄の眼が、何かに気付いたように輝いた。

「キリストの関係者？」

「はい」

清玄はキリスト教に詳しくない様子で、ぼんやりした顔になった。

「お話ししましょう」

キリスト関係のシモンは三人いる。

まず思い浮かぶのがシモン・ペトロ。キリストの一番弟子だ。一二使徒のリーダー的存在で、初代ローマ教皇になった人物である。他には同じ一二使徒に熱心党のシモンがいる。そしてまた、ゴルゴダの丘でキリストを助け、一緒に十字架を担《かつ》いだのは別のシモン。

「シモンはキリスト教のシンボルです。そこからキリスト教、宣教師、あるいは熱心な信者を単にシモンと呼んでいた」

「『沙門』は、仏教の出家僧ではない？」

「僕も最初は仏教の出家僧だと考えました。しかしどうもしっくりこない。そこで仏教用語として扱うから、こんがらがるのではないかと自問したのです。どう言ったらいいのでしょう」

望月は気を引き締め、蝶ネクタイの位置を正した。

「誤解しないでいただきたいのですが、宗教を学ぶ人の問題点は、自分の宗教がまるでポンとこの世に生まれてきたかのように思いがちなところです。しかし、そんなわけはありません。どんな宗教だって、影響を受けたそれ以前の原思想があります。しかし、それを学ぶことはあまりしないものです」

「それは、そうかもしれません」

「仏教の母、古代インド人のことについて、我々はどれだけ分かっているでしょう」

「アーリア人ですよね」

「ええ」

アーリア人は今のイラン周辺、ユーラシア中央部が出自だ。彼らの古宗教は、現世を善悪の戦いの場だとする単純なもので、最高神はヴァルナだ。ヴァルナの発生は紀元前三〇〇〇年とも二〇〇〇年とも言われているが、後にザラスシュトラ（B.C.一三世紀？ 日本語ではゾロアスター）によって収斂《しゅうれん》され、ユダヤ教、キリスト教、仏教、ひいてはフリーメーソンにさえ多大なる影響を与えることになる。

ようするにゾロアスター教、あるいはマズダー教のことだ。

ニーチェの著作『ツァラトゥストラはかく語りき』は、このザラスシュトラのことなのだが、ちなみにゾロアスター教の最高神はアフラ（阿修羅《あしゅら》）・マズダーで、真言密教の大《だい》日如来《にちにょらい》の起源だという説がある。落ち目の説だが侮れない。

ところがシャカが生まれる一〇〇〇年前、原始マズダー教を呑み込んだままアーリア人は二つに分裂する。理由は判然としない。

片方がインドに移動する。ちなみにイランとインドでは、奇妙なことに善悪の神の名前がまったく逆で、そのことから、互いの神の鼻をへし折り、貶《おとし》めるという宗教上の対立が根底にあったという話は説得力がある。

で、インドに移住したアーリア人は先住民、ドラヴィダ人との混血が進み、イラン人とはまったく違う風貌《ふうぼう》になってしまうのだが、変わったのはルックスだけではない。宗教もまた土着と混血した。

生まれたのがバラモン（婆羅門）教だ。

バラモン教は善悪、正邪の二元論が基本で、人間の階級を認めている。しかしバラモンという呼称は、後のヨーロッパ人学者が学問上の区別名称が必要なために付けたもので当時、自らそう名乗っていたわけではない。ちなみに仏教を追い出したヒンドゥー教もヨーロッパ人学者による命名である。

「つまり」

望月がしゃべった。

「マズダーだろうが、バラモンだろうが、ヒンドゥーだろうが、古代宗教に名前などありはしなかったのです。考えてみればこれはしごく当然の話で、古代人は自分たちの神を信じているというだけで、何々宗教という概念はなかった」

「となれば、仏教という名称もない？」

「そのとおりです」

と言って、望月はここが肝心だとばかりに、もともと「仏」という漢字など存在しなかったのだ、と当たり前のことを解説した。

「では、いつから仏教と？」

「もう少し、辛抱してください」

望月は、片眼をつぶった。

「神」と「佛」の驚くべき近さ

インドの方へ移り住んだアーリア人は、混血を重ねながらヴェーダ、すなわち「知恵」と呼ばれる膨大な宗教書を編纂する。リグ・ヴェーダ、サーマ・ヴェーダ、ヤジュル・ヴェーダ、アタルヴァ・ヴェーダ、アーユル・ヴェーダ……まさに「知恵」の数々である。紀元前一〇〇〇年～紀元前五〇〇年の時期にあたる。

「ヴェーダが整い成立したころ、シャカが生まれます。彼はたちまち頭角を現わし、ヴェーダ、つまり知恵者と呼ばれはじめる。そのヴェーダが……チャイナに渡って漢字に直されたわけです」

「あっ」

清玄は、仰天しごくの顔で望月を見た。

「そう、ヴェーダがブッダに聞こえ、『仏陀』という漢字をあてた」

ゾロアスター↓バラモン↓ヴェーダ↓ブッダ
「しかし最初の漢字はこうです」

望月は空中に『佛』という一文字を大きく書いた。

「一文字でブッダと読みました」

『佛陀』という文字が見つかった最古の書は、四世紀のものだと説明した。

「では『佛陀』が『仏陀』になったのは、そのあとですか？」

「ええ、『仏』という字そのものは三国《さんごく》時代に地方で発明されていたらしいのですが、よく使われるようになったのはかなり後です」

「かなり後って、いつくらいです？」

清玄が真剣に訊いた。

「公認されたのは唐の時代。つまり我々の錯覚は、『仏』という漢字や諸々の仏教用語がシャカと共に生まれたように頭から思い込んでいることです。ここに大きな見誤りの原因があって、実は唐以降の、想像よりずっと最近のものなのです。僕はそこを強調したい」

「……」

「何を主張したいのかというと、チャイナは、仏教などより桁違いに早く、ゾロアスター教やユダヤ教やキリスト教に染められていたという歴史です。ならば一足も二足も先に西の諸宗教の漢字用語があった。実はチャイナの主人と言うべき宗教はユダヤ教やキリスト教で、先にそっちの用語ができていたと考えるべきではないか。それを後発の仏教が借用したと考えられるのです」

「逆ですか？」

「そうです。したがって『沙門』という漢字も、仏教の出家僧ではなく、キリスト教のシモンの音写で、宣教師あるいは熱心な信者を意味していた、というのが僕の見立てです」

「キリスト教の『沙門』を、後発の仏教が拝借した……」

清玄は確認するように呟いた。

「一般とはあべこべのイメージです」

「……」

「ユダヤ教もキリスト教も含めて、宗教全般はみな知恵者、ヴェーダ、つまり『仏陀』と呼ばれていた時期が長くあった。そういう眼でチャイナの古書を覗いてごらんなさい。合点のいくことばかりです。そもそも『仏』という漢字は――」

望月は『仏』を俎板《まないた》に載せた。

「人」＋「ム」＝仏

「『ム』は、どこから来たのでしょうね」

と、清玄が何気なく訊いた。

「何だと思います？」

「見当もつきません」

「ではその前に『佛』は？」

さらに分からないというふうに、顔の前で着物の袖をひらひらさせた。望月は得意の漢字の成り立ちを披露した。

「『佛』は、『人』と『弗』の合成文字ですが、チャイナの古い漢字分類『六書《りくしょ》』によれば、『弗』は、木にうざったい蔦《つた》がくねくねと絡まっている様を描いたものです。『弗』には、蔦を取り除くという気持ちが働いており、本質的には否定的意味合いが含まれている。それも全否定ではなく、局部的な否定を表わすとなっています」

「……」

「すなわち『人』と『弗』を組み合わせることによって、人間のしがらみを取り去った崇高な人間、『人であって人でない』存在を表わしていると」

「人であって、人でない？」

「そう、人であって、人でない」

望月が手を伸ばして、鳩に愛想を振り撒《ま》きながら繰り返した。清玄から言葉が出なかったので、先にしゃべった。

「西洋的に言えば、人知を超えた存在、すなわち神です。知恵者、ヴェーダ、『佛』は、神そのものを示しています」

佛陀《ブッダ》
←
ヴェーダ
←
人知を超越した存在
←
神

「やがて『佛』が『仏』という字に置き換わります」

「それじゃ神も仏も同じってことじゃないですか。おおかたそんなことだとは思っていましたが、やっぱり同一なんだ」

わっはっは、と可笑しそうに言って、清玄がふと真顔になった。

「でも先生、『佛』は、絡まったしがらみ、蔦を取り除く図柄ですから、何となく分かりますが、『仏』は何です？　『人』と『ム』の組み合わせですよ」

「はて、何だと思います？　清玄さんの意見が聞きたいのですがね」

「人が、『ム』っと来たわけじゃないだろうし……うーん」

「秘密、神秘のことです」

「神秘がなぜ『ム』なんです？」

望月は「鬼」という字を解説した。

「ノ」＋「田」＋「儿」＋「ム」

「田」はエデンの園で、「儿」は人間の足を表わし、田の上の「ノ」は生きることや、活発なことを示している。そして「ム」は「神秘」的な力を表わしていると付け加えた。

「鬼」はエデンの園でイヴに禁断の果実を食べろ、とそそのかした悪魔のことだ。「魔」はその進化形で「林」を使っている。

「『ム』が『神秘』や『ひそかに』という意味を持っていることはたしかですが、挑発的な僕の私見を言うと『ム』は『△』ではないかと」

「えっ」

上目遣いを寄越した。

「これは糸の切れた凧《たこ》のような、心許ない話ではありません。いいですか、○の漢字が『□』です」

「ほんとうですか？」

「ほんとうですよ、ですから◎が『日』と変化したのです。△だって漢字にならないはずはありません。ならば△はムです」

「うーん」

「癇癪《かんしやく》を起こさないで聞いて欲しいのですが、古代ユダヤは神を△で表わしました。ヨーロッパでもアメリカでも、すべてを見通す神の眼は、△の中に入っています」

と言って、望月は手の平に「全能の眼」を書いた。


こじつけだろうと言われても、やり過ぎず、かと言って控えめ過ぎずの節度こそ、真実を浮き立たせる偉大なる方法である。キリストの受胎告知教会にもは描かれているし、一ドル札にも、フランス革命の宣言書にも入っている。古より△は神そのものだった。

ムは△のことだ、と念を押して言うと、清玄から質問は出なかった。なぜか深刻な顔で沈黙している。摩訶不思議そうな表情にも見えるし、しょげたふうでもあった。

人は、たまにこういう心理状態に陥ることがある。圧倒的な証拠や情況で、これまでのイメージが崩れる時に起こる小さなパニックである。望月が付け加えた。

「『人』という文字は人間の形から作ったというのが定説ですが、違うと思います」

「違う？」

「ええ、人の形ならΥとかΥでしょうね」

と、手の平に指でなぞった。

「僕の考えでは神になっていない、つまり『△』の未完成『ㅅ』で人です」

「あっ」

「東方にやって来たネストリウス教の主張はキリストは『ㅅ』として生まれ、死んで『△』に変容した。だから三角鳥居を持つ木嶋神社（『続日本紀』の大宝元年（七〇一年）四月三日の条にこの神社の名がある）の説明書きにはネストリウスの影響だとあったとあるのも合点がいきます」

「仏△」→「仏」

ここまで話したが、望月は少々後悔した。言い過ぎは無用な混乱を招き、夢の共食いになる。

「まあ」

気を取り直してしゃべった。

「これだけははっきりしていますが、『仏教』の漢字は唐の時代に出現した新造文字です。で、唐時代はキリスト教を景教、教会をごく当たり前のように寺、神父を僧と書いています」

ノートを持ち出し、『大秦景教流行中国碑』の典型的な使用例を読んだ。

〈大秦寺（キリスト教会）、主僧（神父）、業利（ガブリエル）が碑文を校正した〉

「なるほど、先にキリスト教の漢字があり、それが仏教用語に使われた」

清玄はようやく整理がついたようだった。

「では先生、さっきの文を『沙門』をシモン、キリスト教の熱心な信者に置き換えて読んでみます」

清玄は両手でコピーを持ち、顔に似合わない慎《つつし》み深い声で読んだ。

〈百国のキリスト教の熱心な信者、三千余人。西域の遠きもの、ローマに至る。天地の尽

きる西の端……〉

「三〇〇人の熱心なキリスト教信者がローマへ行った、という風景が、こうありありと浮かんできます」

「この時じゃないですかね。麵が伝わってパスタになったのは」

「あっ先生、そうですよ」

清玄の確認は、望月の確信でもあった。

「僕は、もう一つの『資治通鑑』、梁記武帝天監八年も、完璧すぎるほど完璧にキリスト教を示していると考えています」

望月は「仏教」を「キリスト教」に、同じく「沙門」を「信者」に換えて読んだ。

〈この時、洛陽でキリスト教が流行し、熱心な信者以外に西域から来る者三千人余り。魏王はこのために永明寺千余を建て、彼らを安堵す〉

三〇〇〇という数字は数えきれないほど大勢という意味で、一〇〇〇という数字はほぼそのままを意味する。

「書かれたのは五〇九年。唐の前、北魏の時代です。ここのくだりは地元の熱心な信者以外に」

　望月が続けた。

「西から新たな三〇〇〇人もの熱心な信者が来て、魏王は一〇〇〇以上の教会を建てて治めた、となります。永明寺という名に注目してください」

「……」

「永明はエーメンと発音します」

「アーメン寺……なるほど教会ですか？」

「その通り、仏教に気を取られてはいけません。それ以前に大陸はユダヤ教、キリスト教を呑み込んでいるのですから」

　うーんと唸って、清玄は顔をしごいた。忘れ物をしてきたように、何かを盛んに思い出そうとしているようだった。だが、口にしたのは意外に基本的な質問だった。

「なぜ、景教と『景』の文字を使ったんでしょう？」

「単純です」

　チャイナの文献がちゃんと語っている。キリストの教えは、日輪のごとく明らかなので「日」を使っているのだが、『六書』によれば「景」は「」という甲骨文字から進化したもので、神殿を表わし、土台に見えるのは祭礼幕だというのである。

　むろんキリスト教には「善と悪」「光と闇」というゾロアスター教的二元論が含まれて

おり、「光」はキリストの象徴だが、『景』とはまさに光の神殿なのである。『大秦景教流行中国碑』でも、キリスト教を唐のど真ん中に位置する主役宗教として扱っている。

まず、太宗《たいそう》皇帝（二代目）がキリスト教を厚遇した。次の高宗《こうそう》皇帝（三代目）のやったことはもっとすごくて、長安のみならず諸州に景寺の建設を奨励し、アッシリア東方教会の宣教師アブラハム、漢名、阿羅本《あらほむ》になんと「鎮国《ちんこく》大法主」の称号まで与えている。それを説明した時だった。清玄がぴくりと反応した。

「今、鎮国って言いました？」

清玄は襟をかき合わせて続けた。

「国を鎮める、という意味ですよね」

「ええ、そうです。アッシリアの宣教師に、キリスト教をもって唐を鎮国せよ、と任せた。実に景教の円熟も極まった感がある」

「では鎮国寺というのは教会……鎮国……鎮国寺……あっ、そうか先生、空海ですよ」

「空海？」

「ええ、唐から帰国した空海は、九州に立ち寄ったのですが、すぐに造ったのが鎮国寺です」

「ほう」

「今の福岡、宗像《むなかた》市にあります。これって何か関係がありますよね」

「空海が唐のキリスト教の鎮国寺を……」

大胆不敵な考えとつながって、こつんとステッキを地面に突いた。

「また何か閃《ひらめ》きましたね？」

顔を覗き込まれた望月は、うむと頷く。

「実は空海は随分とミステリアスな人物でしてね。長安から聖書を携えてきたというまことしやかな噂があります。僕はそれに対して興味を覚えると同時に少なからぬモヤモヤ感がありました。しかし今、清玄さんの話で何と言いますか、その疑念の一角がすっと晴れたところです」

「聖書持ち込みだったら、私も聞いたことがあります」

「他にも一笑に付せない事実があります。注目すべきは空海が師事した人物です」

「唐で？」

「ええ、どうにも気になる奥深い僧でありましてね」

焦らすように望月は、ステッキを置き去りにして立ち上がった。

「名は般若三蔵《はんにゃさんぞう》」

清玄も立った。欄干《らんかん》に手を突いた望月の隣に少し遅れて来た。

「何者です？」

「『大秦景教流行中国碑』の聖書部分を書いたのは、大秦寺にいたペルシャ人宣教師、景《けい》浄《じょう》です。ちなみに大秦寺はチャーチ寺に聞こえますね」

「あっほんとだ」

「その景浄と行動を共にして『理趣経《りしゅ》』をペルシャ語から漢訳したのが、西明《さいみょう》寺にいたこの般若三蔵なのです」

言ってから西明寺を怪しんだ。西の明るい寺。西方のキリスト教を思わせる寺名で、やはり教会ではなかったのか？

空海は聖書の教えを持ち帰った

大秦寺と西明寺は地理的に近かった。日常の交流は頻繁だから、西明寺に身を預けっ放しだった空海が、キリスト教に染まらない方がおかしい。

常識で考えれば、空海が聖書の入手に奔走したのは自然の成り行きだ。当時空海が所持していた巨額資金をもってすれば収集は難しいことではない。望月が断定した。

「空海の、聖書を背負い込んで凱旋帰国というのは事実ではないでしょうか」

一度、こう言い切ってしまえばモヤモヤがすっきりして、顔に当たる僅《わず》かな海風がさわやかだった。

歴史は怪物だ。巨大すぎて姿形を探るのは難しい。だからといって、大雑把では学問にはならず、かといって詳細をほじくり出せば収拾がつかなくなる。

「脇道に逸れましたが、『大秦景教流行中国碑』には、キリストの教えが唐全土に溶け込み、国は甘い幸福に満たされ、多くの家々が福音によって繁栄を謳歌したと刻まれていますす」

「すごいキリスト礼讃ですなあ」

「大袈裟に持ち上げたのではないかと思うむきもあるかもしれませんが、皇帝の監視下にある以上、でたらめ石碑は厳禁です。しかも石である以上、改竄《かいざん》もききません。そう考えれば、やはりキリスト教が唐全土を染め上げていたと断定できます」

石碑によれば玄宗皇帝（六代目）、粛宗《しゅくそう》皇帝（七代目）、代宗《だいそう》皇帝（八代目）もキリスト教（景教）を敬っている。大秦寺、光明寺、大慈恩寺だけでなく、西明寺や鎮国寺すらキリスト教会だったと、考えるのは勇み足だろうか？

望月は欄干に身を預け、頭の中身をざっと整理し、簡単に要約して話した。

その昔、バベルの塔の時代、ヘブライ人（ユダヤ人）、ペルシャ人がメソポタミアから東方に移動し、チャイナへ定住した。文字が出現した時期と重なるあたりだ。語り継がれていた旧約聖書『創世記』が先住民族の信仰と絡まって、初期の文字が定まってゆく。古代チャイナの神は「上帝」で読み方はシャンディだ。

ヘブライ語でシャンディは「完全なるもの」という意味で神をいう。これは偶然だろうか？　そして文字は人々を支配してゆく。

数百年後にキリストが昇天する。ユダ・トマスが持ち込んだキリスト思想をインドの僧が奉じ、合体した。浄土思想はその賜《たまもの》で、まさに衝突のアートだ。

浄土教はアジアの風土と化学変化を続けながらチャイナに渡り、他宗教を自分たちの目的に合わせて変えてゆく。誰も止めることはできない。北魏を下り、唐時代になる。ネストリウス教の新しいうねりが西方から唐を呑み込み、浄土教はそれに揉まれてさらに発酵する。

続いて遣隋使《けんずいし》、遣唐使がせっせとそれらを日本に運びはじめる。極めつきは空海、最澄だ。その名残は奈良、京都……日本のいたる所にある寺だ。

欄干に手を突いたまま、これら一連の仮説を清玄に問うた。

難しい顔ではあるものの、拒絶の色はなかった。袖に突っ込んでいた腕を組み直し、それから、ちらちらと坊主頭を動かして何度か望月を盗み見た。

「何か言いたそうですね」

水を向けた。

「いえ、そのう……先生の話を聞いて一本取られたというか、古傷が疼いてましてね」

「古傷？」

「いえね」

「……」

「ちょっと奇想天外な話で」

「奇想天外？　大いにけっこう、発見は異なる視点から生まれます。かまいません。話してみてください」

望月は運河を背に、向き直った。

「笑わないでくださいよ」

「開拓者精神に、何の偏見もありません」

「実は浄土教が」

躊躇《ためら》いがちにしゃべった。

「先生同様、キリスト教の影響を受けているのではないか、と思いはじめたのは大学時代なんです」

「ほう、そりゃかなり早熟ですね。続けてください」

「つまり両方の根っこが、何と言いますか、とても似ているのです。キリスト教は、キリストさんにアーメンと祈ったあとは、神にお任せです。それだけで天国に導いてくれます。浄土教も阿弥陀仏を唱えれば、誰でも極楽浄土に行けるわけです」

「二つとも他力本願ですね」

「そのとおりです。キリストさんも阿弥陀さんも、言ってみればケータイ電話みたいなもので、複雑なメカなんか知らなくたって、ケータイで注文すれば天国が宅配される仕掛けです」

「なるほど、ケータイで天国の出前一丁ですか、上手いことを言います」

「いえね。私が引っ掛かっているのはその阿弥陀です。大学ではその意味を、限りない命を表わす『アミターユス』と、果てのない光を表する『アミターバ』から取ったものだと習います。しかし、それは後付けなんじゃないかと、ずっと思っていましてね」

清玄は、綿菓子を指でつまむような柔らかい口調で言った。

「先生じゃないけれど、曇りのない目で素直に見ればですよ、ひょっとして阿弥陀はアーメンのことではないかと」

「ほう、そう来ましたか……」

望月の心が躍った。

阿弥陀がアーメンと重なっている。世間的には突飛な清玄の自説が、歴史探索の虫、望月にとっては向こう見ずな説とは思えなかった。自分で清玄の立場に立って検証しつつ、切り出した。

「ユダ・トマスがインドに来た時、まだキリスト教とは呼ばれていなかったので、単にユダヤの教えです」

「ええ、まさに」

「では清玄さんの説を通すには、その当時、ユダヤ教ははたしてアーメンと唱えていたか、ということが一つの関門です」

ユダ・トマスたちが、祈りの中でアーメンを連発していたら、アーメンがインドの地に根付き、それがサンスクリットで表記され、若干の変化や地方訛《なまり》が加わって漢字、阿弥陀が当てられたという可能性は信憑性を増す。

「言ってたんですか？」

清玄が固唾を呑んで、望月の答えを待った。

「ユダヤ教のラビが」

望月がしゃべった。

「聖書の一句を読んだ後に、信者たちは喧《かまびす》しいくらいにアーメンを連呼します」

「やった！」

「それがユダヤ教のやり方です。アーメンの意味は『そのとおり』、あるいは『そう、あれかし』というほどのものですが、実際の発音はアーメンではなく、古代ヘブライ語ではアミに近かった」

アミと阿弥、ますます自説の存在感が増し、なんだか大学時代のあの興奮が蘇ってきたと陽気に笑い、握手を求めてきた。

「いや、万軍の味方を得た気持ちです」

嬉しそうに、欄干から離れながら言った。

「それともう一つ、『広辞苑』では阿弥陀を西方にある極楽世界を主宰する仏、とあります」

「えっ？　嘘！　チャイナから見て西方の極楽世界ってエデンの園じゃないですか。なんだ、どうしてそんなことに気付かなかったんだろう」

瓢箪《ひょうたん》から駒、望月もたった今、この瞬間に驚くべきことに気付いていた。

「清玄さん」

ゆっくりと歩きかけた清玄を投げ縄で捕えるように呼んだ。はいと振り返る。

「ユダ・トマスが唱えた宗教は、キリスト教じゃありません。あくまでもユダヤ教です」

改めて何だろうとばかりに、清玄がぽかんとした。

「音写すると漢字は、どうなります？」

「ユダヤを音写ですか？」

「ええ、そうです。ヘブライ語の発音ではユダではなく、ジュダです」

「ジュダ……ジュダ……あっ、やばい！　浄土《ジュダ》」

清玄は目を丸くし、それから怯えるような表情をした。

「そんなことって……鳥肌ものです」

清玄は着物の袖から腕をさすった。

「アーメンから阿弥陀が生まれ、ユダヤ思想が浄土（ジュダ）教と呼ばれた。そしてキリスト教の天国という考えが極楽浄土思想に」

「ジュダと浄土……こじつけとは思えません」

興奮冷めやらぬ顔でしゃべる清玄に、望月が問うた。

「清玄さん、参考までに訊きますが、日本浄土教の父、善導大師の出身はどこです？」

「山東省、臨淄《りんし》です」

「ちょっと待ってください。そこは紀元前からヨーロッパ人やら中東人が住んでいたエリア」

頭の中でパッと全部が繋がった。

ユダヤ、キリスト、仏教、チャイナ、遣隋使……そして……天皇はどうなのか？

頭を痛めていた神秘のつながりである。望月は、手品の種をステージの裏から覗いたような錯覚にとらわれた。

9 神武東征――天国の友へ送る手紙

拝啓　笠原君

今は苦しみも、悲しみも、そして死さえない平和な花園に囲まれていることと思います。

相棒を失った今は一人、馴染みの店のカウンターで歴史の散策です。時々ユカさんが来てくれますが、歴史があれば人生に退屈することはありません。むろん僕も、いずれ次元をまたいでそちらへお邪魔することになりますが、その時はまたシャンパングラスを傾け、大いに語り合えることを今から楽しみにしております。

古代、文字を握ったものが知恵を携え、富を握り、民を束ね、戦いを勝ち抜き、天下を統一した。したがって文字のルーツを探れば大王、天皇の姿が浮かんでくる、という君の説は大いにしっくりいくものです。

文字を洗えば、古代天皇の姿が見えてくる。君の言うとおり、まさにこれが日本史の急所でした。そこを突けば、歴史を隠す勢力にとっては、立ち直れないほどの挫折を味わうことになります。

〈暴いた者は、死を賜《たまわ》る〉

君に襲いかかったのも、僕への脅しが止《や》まないのも、我々の調べが、度を越えて致命傷になると愚か者は悟っているからです。君が人生最後に見た顔が銀蠅《ぎんばえ》だったのか、はたまたゴキブリだったのかすら不明なのは無念至極ですが、しかしその辛い思いは、僕の強い信念となって、突き動かされるように西安へ飛んだのはたしかです。

気温は低かったのですが、君の情熱が乗り移ったのでしょう、おかげさまでちっとも寒くはありませんでした。

調べは驚きの連続でした。そんなことは、わざわざ僕が口にしなくても、君は天からしっかりと見守ってくれていましたから知っていると思います。

そう、旅、劇的な展開で、行きと帰りで、これほど世界観が変わるなど、誰が思ったでしょう。これぞまさに、歩けば海が真っ二つに割れ、別世界が現われた感です。

これから語る結論は、気に召さないかもしれませんが、笠原君の鎮魂と葬送の餞《はなむけ》として、僕なりに精一杯アプローチしたものです。

興奮すべきは、古代チャイナのバラエティに富む人間模様でした。

顕著な例は臨淄の遺跡です。土中に眠る中東系やヨーロッパ系の人骨は、白人が安住の地を目指してユーラシア大陸を東へ、東へ、深く、深く移動して、あちこちに共同体を形成したという大いなる証《あかし》です。その滑らかな移動距離は、僕の古代国家のイメージを木端《こっぱ》微塵《みじん》に破壊したほどです。

しかし、よく考えてみれば、我々の視点はバイアスがかかっています。現代、つまり国境線に囲まれた中からのものです。鉄壁の国境線が領土領海を明確に区分し、人はパスポートを提示し、所定の条件が満たされなければ一歩たりとも国の外に出られないという現実の中にいてものを見、考えているのです。農業、土地の所有権、国境と関所……これらが人間を一ヶ所にしばりつけているのです。

しかし、古代にそんなものはありません。いたるところがスカスカの空き地で、どこにも属さない土地や海の方が圧倒的に多く、人は好きなだけ移動し、寛《くつろ》げる場所に定住してきたのです。

ユーラシアは、大陸なのです。二本の足があれば誰でもどこでも踏破は可能なのに、僕の頭のどこかにそれを否定する先入観が漠然と淀んでいました。

平安京は、人種のるつぼであった

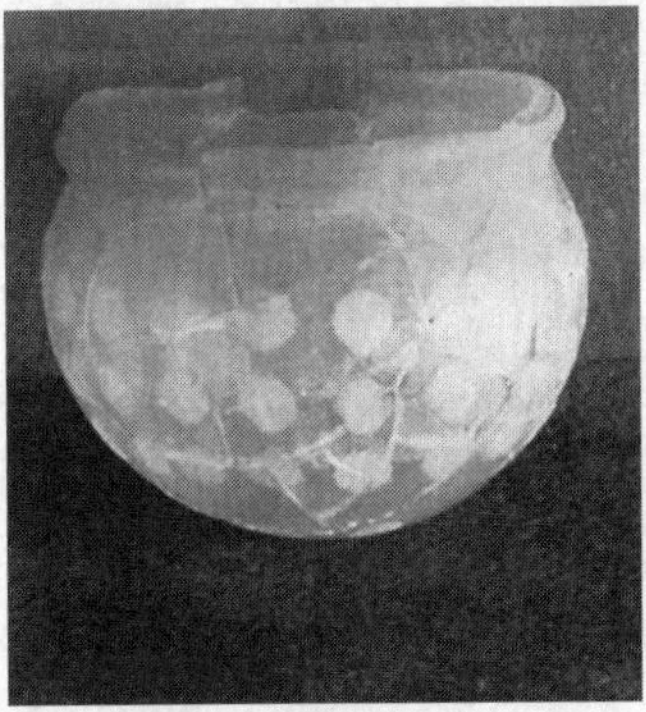

奈良県橿原《かしはら》市の新沢千塚《にいざわせんづか》古墳群で出土した、ササン朝ペルシャ伝来の円形切子ガラス括碗（左、写真／共同通信社）とローマ帝国伝来のガラス皿（右、写真／TNM Image Archives）。

だからユダヤ人が日本に来ていたという想像は、現代人の防腐処理された「先入観」というやつで、愚かしくも切り捨ててしまっていたのです。

しかしローマを出発し、日がな一日ぶらぶら五キロも歩けば、わずか六年で朝鮮半島に到達するほどの距離なのです。

ホモ・サピエンスが出現して約一五万年。定住する民、放浪する民、弱小ライバルからシェアを奪う民、それを敬遠する民、すごむ民、抵抗する民、危険を避ける民、危険に惹かれる民、理由はさまざまですが、地球という球体はそうした民が重層的に移動を繰り返してきた惑星なのです。

人種もハイブリッドなら宗教、思想もぜんぶハイブリッドです。ヨーロッパ、中東からあらゆるものが流れ込み、いつの間にか広いチャイナは諸子百家の溜池と化していました。僕は西安でその風景をいやというほど肌で感じたものです。

紀元前五五一年、天才思想家、孔子が誕生します。

「大男、総身《そうみ》に知恵が回りかね」と言いますが、孔子は長身であっても、頭の働きは恐ろしく忙しい男で、一塊《ひとかたまり》の思想を確立します。王と大臣、主人と家来、親と子という、二人以上の人間関係に思いを巡らせ、それを「ジン」と名付けました。思想から文字が生まれます。哲学は表象としての新しい文字を求め、デザインにつながってゆくのです。

〈仁〉

読んで字のごとし、「二」と「人」。「仁」は二人の関係を表わしています。

家父長制度と先祖崇拝。この二つがなければ古代国家は保てません。保つための儀式が「レイ」です。文字は、神を表わす「示」と、神に跪《ひざまず》く姿勢を描いた「乚」を組み合わせたものです。

〈礼〉

この「仁」と「礼」は、支配者のツールとして発達し、哲学を鋳造成型します。それを昇華させたのが儒教というわけです。

紀元前六世紀、山東省は曲阜というちまちまとした街で誕生した儒教は、孔子の死後、支配層でめきめきとのし上がり、やがて朝鮮半島を経て海を渡ります。我が国に来た儒教は偉い人のハートをつかみ、なんとついこの間まで幅をきかせていたという、とびきりの怪物思想になってしまうのですが、孔子はどこでそのアイデアを得たのでしょう？

僕はいつもの居酒屋で、脂《あぶら》の乗ったメザシに舌鼓を打ちながらつくづく考えたものです。

有名な古代チャイナの伝説に女媧《じょか》がいます。女媧は泥をこねて人を作ったのですが、まるで『創世記』のアダムの登場です。女媧は洪水から地を救いますが、これもノアの方舟に似ています。

女媧には伏羲《ふっき》という兄または夫がいて、現存する二人の絵を見て驚くのは僕だけでしょうか？

なんと女媧はコンパスを、伏羲は直角定規を手にしているのです。コンパスと直角定規は、フリーメーソンのシンボルです。さらに女媧は月と蛙《かえる》、伏羲は太陽と烏《からす》がシンボルなのですが、月と蛙、太陽と烏は天皇のシンボルでもあるのです。

いささか想像が過ぎたかもしれません。

孔子は孤児です。いや、孤児だと言われています。しかし、なぜか奴隷にもされずに、すくすくと成長するどころか、育ち過ぎて二三〇センチ近くにもなった。

当時の学問は富裕層のもので、働かなくとも食べていける人々が朝から晩まで学ぶものでした。今だって東大に入る多数は富裕層が圧倒的らしいのですが、なぜ孤児である孔子が文盲の世で文字を覚え、学問の道に進めたのか？　摩訶不思議な話です。

引っかかったのはやはり外見でした。約二三〇センチ。飽食の現代日本でさえ、おそらく二人、三人いるかどうかという大男です。古代チャイナの食事情など推して知るべしで、しかも紀元前五〇〇年ともなれば、人口だってまばらでありましょう。その中での二三〇センチは見世物小屋に売られてしかるべき異怪に相違ありません。

しかし孔子はそうならず、弟子を欠かさなかったというのですから、ますます妙な雰囲気で、居酒屋の片隅でその風景を想像しても、どうにも上手《うま》く描けなかった。

そのうち、酔った頭にひょっこりと現われたのが、孔子はどこかの部族の長だったかもしれない、という思いです。

その視点だと具合がいい。

孔子は族長の家系だった。だから奴隷にならずに思想家になれたのではないか、と考え

チャイナの伝説とフリーメーソン、そして天皇

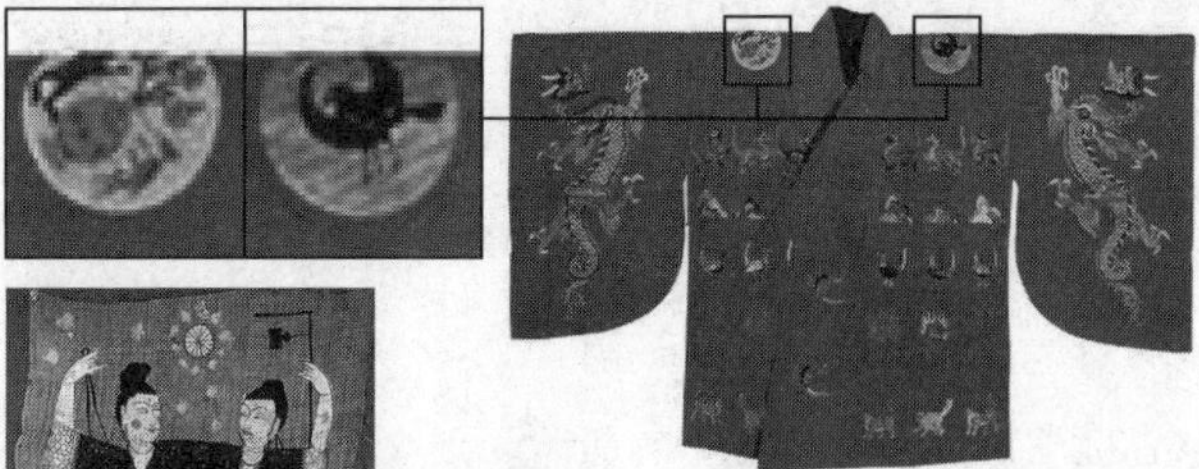

古代チャイナ神話の神、女媧と伏羲(左)。それぞれコンパスと直角定規を持つが、この二つはフリーメーソンのシンボル(中)。また女媧のシンボル「月と蛙」、伏羲のシンボル「太陽と烏」は日本の天皇に通じる(上写真の肩の部分)。上写真は孝明天皇の袞衣(こんえ)。

れば実にスムーズに流れます。

何かのきっかけで山東省にいたユダヤ人コミュニティと接して、いや別にユダヤ人でなくともかまいません。アッシリア人やエジプト人だっていいのですが、とにかく孔子は刺激を受けて、思想造りに取り憑かれます。

当時、ユダヤ教や旧約聖書は他の追随を許さないほど宗教的、哲学的、文学的に優れていました。僕だってそれらに触れたら、たちまちかぶれて、文字の一つや二つ、ゲーム感覚で造っていたかもしれぬほどだったはずです。

僕はますます想像を膨らませました。古代チャイナには「七日来復」といって七日ごとに周期があると信じられていたのです。それに「七日造人」という言葉もあります。これはもう神は六日目に人を造り、翌日を休日に

した旧約聖書『創世記』の七日間期の世界です。

一人シャンパンは既成概念を吹き飛ばすツールでありましょう、孔子の部族が、白人やらユダヤの血を引く家系だったらどうだろうと真剣に考えてみたのです。そう思えば、普通でない身長も頭の中にちゃんと納まるから不思議です。

孔子の発音はチャイナ語でコンスーです。イスラエルでの呼び方はコンシーです。これはユダヤの司祭、コーヘンと非常に似ていることから、ひょっとしたら孔子はその血を引く者だったのではないだろうかと考えました。これは酔った頭のこじつけなのかもしれませんが、「コンスー」と「コーヘン」、少なくとも「まじめですか?」と、小僧が使う「まじっすかー」より耳に近い。

友人と話している時でした。孔子が編み出した儒教はジュー、つまりユダヤの教え「ジュー教」では、と話題が到達し、すっと背中に寒気が走ったものです。この時はじめて、この世に快感を伴った寒気があることを知りました。

儒教=ジュー教

父母を敬え、殺してはいけない、姦淫《かんいん》するなかれ、盗んではならない……モーゼの十戒は儒教にうまく溶けています。

こう言い切っても昔なら一笑に付す話ですが、西安取材後の今では荒唐無稽に思えません。

古代の地球は狭かった。想像以上に狭かった。職場という虫ピンが人を今に留めている現代とは違って、勤めのない古代人は、支配者の眼さえ盗めば自由なのです。いや、遊牧の民は、移動こそ暮らしです。

教養人とは相手の身になって考えられる人のことですが、古代人になりすまして古代を眺めなければ、何も見ていないに等しい。僕に言わせれば、学者の多くは現代社会という常識の中で歴史をぼんやりと思い浮かべているだけです。

始皇帝、その容貌と出生の謎

西安、兵馬俑坑《へいばようこう》で見た横四頭立ての馬車は、素晴らしいの一語でした。しかし、あれはどう見ても紀元前一〇〇〇年あたりに猛威を振るったヒッタイトやエジプトの馬戦車です。シチリア島から出土した紀元前四五〇年から紀元前四〇〇年のコインは、兵馬俑の四頭立て馬車と目眩《めまい》がするほど瓜二つです。

馬戦車は中東方面から秦国へ運ばれている。

そう考えればその目眩はおさまります。何せ同じ地球なのですから、馬車くらいどこでも走ります。山とか砂漠があって不可能だと思ってしまうのは、やはりぬくぬくと暮らしている現代人の視点です。シルクロードは起源を探れないほど古くから存在するのです。となると、これまた出生不明な秦の始皇帝自身だって、運ばれたかもしれません。始皇帝が騎馬民族の出だ、ということは常識ですが、司馬遷の『史記』は、そのエキゾチックな風貌を今に伝えています。

「鼻が高く、眼は切れ長……」

始皇帝は司馬遷のほぼ一〇〇年前の人物です。司馬遷は前漢の宦官《かんがん》で記録係ですが、なぜ、わざわざ滅んだ皇帝の面立ちを強調して「鼻が高く……」と『史記』に刻み込んだのか？

すなわち周囲はみな鼻が低く、眼は小さく、始皇帝だけが一〇〇年も語り継がれるほど際立った顔だったからでしょう。現代風に言うならば「外国人顔」だった。それを司馬遷は世に伝えたかった。だが世は多民族がひしめく国家。今、身を置く前漢が正統で、よそ者はみな野蛮人と見なしている中にあって、まさか正統なる正史に先帝を西の蛮族だとは記せない。だから司馬遷は「鼻が高く、眼は切れ長……」と表現し、あとは勝手に想像しろと読者に投げてしまったのではないか？　僕も昔の記録係なら、首をちょん切られないためにもそう描くはずです。

西安の取材の途中、なぜか僕はふと立ち止まって薔薇《ばら》の匂いを嗅《か》ぐように、始皇帝を思い浮かべていたものです。

　それが僕にとっての始皇帝劇場の開演でした。

　始皇帝の偉業の筆頭はくねくねとした万里の長城と、民間人の武器所有の禁止です。この二つだってすごいのですが、しかしこの程度なら僕でもできそうです。

　飛びきり感心したのは、全国を三六の郡に分割して、それぞれ守《しゅ》（行政担当）、尉《い》（軍事担当）、監《かん》（監察担当）を設置し、郡の下にさらに県を置いて郡県制度をもって支配したことです。

　さらに唸ったのは、一〇里ごとに設置した「亭《てい》」です。

「亭」は官僚宿舎付き役所です。仕事は税の徴収、奴隷狩り、治安維持、文字、貨幣、度量衡《どりょうこう》（長さ、体積、重さ）などの統一、すなわち税務署と警察と軍隊とを一緒くたに束ねたような国の出先機関です。

　一つ一つのこまやかな行政システムに

「戦車」はどこから来たか

シチリア島のコインに描かれた戦車（上2点）と秦の馬車（下・兵馬俑坑出土）は瓜二つ。これは何を物語るのか。

至《いた》っては、はたしてこの始皇帝は古代人なのかと眼を瞠《みは》るばかりです。何せ卑弥呼よりさらに約五〇〇年も前の時代なのですから。

始皇帝は、どこからこのアイデアを捻《ひね》り出したのか？

肌が合おうが、合うまいが、何千人という外国人知恵者を集めた、呑み食い自由のサロンです。政治は彼らの知恵で賄《まかな》っています。しかし、サロンはギリシャの発想なのです。異人歓迎！　下々歓迎！　異教徒大歓迎！　一見《いちげん》さん、いらっしゃーい！　そんなサロンなど、伝統と格式を重んじる古い人間にとっては、堪《た》えがたい所業でしょう。しかし始皇帝は、いとも簡単にやってのけている。まるで古参の宦官など、周囲にいないがごときです。

これだって始皇帝自身が、文明的に数歩先んじていた西域の人間だった、毛色の変わった支配者だったとしたら自然の振る舞いではないでしょうか。

報奨と処罰、和平と戦《いくさ》、巧みな手綱捌きで匈奴、韓、趙、魏、楚、燕、斉を次々と打ち破った大ボスは、それまで「帝」あるいは「王」と呼ばれていた慣例を打ち破って、初めて「皇帝」を名乗りました。

〈皇帝〉

僕は、じっとこの文字を見つめたものです。たしかあの時も、少しアルコールに酔っていたと思います。見つめたというより、しばらく視線が釘付けになっていたと言った方がいいでしょう。手酌で三杯ほど呑み干した時でした。大袈裟かもしれませんが、あまりの驚きに椅子からころげ落ちそうになったのを覚えています。

「皇」の字です。分解してみてください。

〈白〉＋〈王〉

白い王なのです。

——白い王……肌が白い……——

「始」＋「白」＋「王」＋「帝」

初めての白い王だった。ということは、今までは違う肌の色だったのではないか？　だからわざわざ白い王「始皇帝」と名乗ったのではあるまいか。

僕は勘定もそこそこに、部屋に戻って始皇帝と名乗った理由について、ほじくり返したものです。

すぐさま一般的な説を発見しました。

チャイナには昔、「天皇《てんこう》」「地皇《ちこう》」「泰皇《たいこう》」という三皇と五帝がいたという説です。笠原君も知っているとおり、「三皇五帝」の有名な伝承神話ですが驚くことに「三皇」はみな肌が白く、「五帝」は肌が白くなかったのです。

さらに調べてみました。真摯《しんし》に求めれば、いつだって神は手ぶらでは帰しません。「三皇」の物語は秦の成立後、漢の時代に付け足されたもので、始皇帝以前のものではないことが分かりました。

すなわち「皇」という漢字は、始皇帝以前には存在せず、秦時代の造語の可能性が高いのです。

付け足しますが、「兜」という字を見てください。中にいるのは白人です。おそらく西から来た白人支配層だけが着用を許されていたのではあるまいか。

ご存じのとおり、DNAで漢民族の区分けはできません。いったい何をもって漢民族というのか科学的にはさっぱり片付かず、ちゃんと分かるのは騎馬民族系かどうかだけです。

西山氏によれば、あの国は歴代王朝のほとんどがペルシャ系、モンゴル系、トルコ系で占められており、その王朝にしても細かい小国家に眼を転じれば、白人ヨーロッパ系部落がぱっぱっと散らばっているモザイク連立国家です。

ハイブリッドこそ進化だと僕は考えますが、しかしそれは民族紛争で血塗られた中華人民共和国にとっては、頭の痛い歴史。ここは一つ、幻でも何でもいいから漢民族という括《くく》りですっきり行きたいという固い国策があります。まあ、ご都合主義の無茶苦茶な話ですが、簡単です。であるなら、国の発端がヨーロッパや中東の民族などというのは悪夢で、あくまでも漢民族らしき人物でならねばならないのです。屋根裏部屋に住む変なおじさんならさっさと始末をつけられますが、始皇帝は偉大すぎて無理です。ならば始皇帝は永久凍土の中に埋めておく。

で、始皇帝陵発掘は中止になりました。

騙されてはいけません。現代の技術ではダメージを与えるかもしれない、という愚にも付かない理由でストップしておりますが、実は始皇帝中東人説を封印するためのものだという西山氏の説は、何やらどこかの国の陵墓調査禁止令を彷彿とする話ではあります。

キリスト教に溺れたチャイナ

時代が下って、キリスト後です。

ユダ・トマスの宣教団によってインド・パルティアに、キリストの思想がもたらされたという証拠は、伝承とコインです。僕が手にした手駒はわずかですが、しかしすらすらと胸に納まるものでした。

愛と許し、アーメンと祈って神にすべてを委ねる。他力本願思想です。

高校がミッション・スクールの僕は、キリスト教にはかなりうるさく、洗礼も受けています。まあ、洗礼といっても親しい牧師と温泉に行った時、石鹼で背中を流してもらっただけで、それを洗礼と見るかどうかは意見の分かれるところではありますが。

それはさておき、キリストの思想はインド・パルティア人のハートを射止めていたシャカの教えと混じり合います。

パルティア国、そう『安息国』です。

勘のいい笠原君のことですから、漢字でぴんとくると思います。

ユダヤ教……初期キリスト教もユダヤ教ですが、宗教上欠かせないのが安息日です。安息を取る民族だから『安息国』。言い換えれば、パルティアに、安息日をことのほか大切にするユダヤ教がしっかりと根付いていた証拠といえます。

パルティアから北魏へ伝わり、アーメンが阿弥《あみ》と漢訳され、ジュダ教が浄土教と表記される。考えれば考えるほど腑に落ちるのです。

アーメン＝阿弥

ジュダ教＝浄土教

むろん異を唱える人はどこにでもいます。殺人鬼を九割の人が「虫も殺せない穏やかな人に見えました」と答えるのが人間ですし、バカでも学者や政治家になれる世の中ですから抵抗勢力は放っておきましょう。

さて北魏と唐が、キリスト教を受け入れます。いや受け入れた、などという表現は控え目すぎます。正しくは「北魏と唐がキリスト教に溺れた」です。

五世紀の終わり、『洛陽伽藍記』には、三〇〇〇人の沙門《シモン》が大秦国《チャーチ》、すなわちローマを訪れたことが記され、また『資治通鑑』巻一四七、梁記武帝天監八年（五〇九年）には、大秦国から三〇〇〇人の宣教師が訪れて席巻し、名君で誉《ほま》れ高い武帝（在位五〇二年〜五四九年）が、なんと一〇〇〇余の永明寺《アーメン》を建て安堵したとあります。一〇〇〇余のアーメン寺ですよ、笠原君。

唐はキリスト教熱に浮かされていたのです。

知る限り、北魏の洛陽に、現在、永明寺は見当たりません。それをもって『資治通鑑』はガセ本だと口角泡を飛ばして反駁《はんばく》を加えようとする自己顕示欲の強い学者がいますが、上辺の風景に惑わされる冴えない連中です。

チャイナを襲った宗教弾圧の恐ろしさを理解できないのです。その矛先はキリスト教にも向けられ、永明寺はついに時代を越えることはできなかったことは、火を見るより明らかです。

チャイナを大規模な宗教弾圧が四度襲いました。

北魏時代、四五〇年前後
北周時代、五七五年前後
唐時代、八四五年前後
後周時代、九五五年前後

そして止めの一撃は、言わずと知れた毛沢東の文化大革命。これは原爆級でキリスト教会の残骸すら、許さなかったほどです。

古代日本列島の姿

さていよいよ日本列島です。
我が国は朝鮮半島抜きに考えられません。古代、九州の一大勢力は朝鮮半島との関係が濃く、見方によれば親類なのですが、我々は、いつからなのでしょう、半島住人を日本人とは別の一つの民族、すなわち朝鮮族として捉え、思い込むようになっていました。しかし古代、はたして朝鮮民族などと一つに括れたでしょうか？　そうは思いません。大陸同様、人種の坩堝だったのです。

紀元前五世紀くらいを切り取って覗いてみると、北方や南方からやってきた騎馬民族、農耕民族それぞれが、それぞれの集落を柵で囲っています。集落というのは五〇人からせいぜい一〇〇人です。

数は力、連合なき集落の末路は奴隷か死です。半島でも小集落が大きな部族に呑み込まれ、離反融合を繰り返しながら国らしきものを結成します。

三世紀前半の「韓」は『魏志《ぎし》』に詳しい。

〈韓は帯方郡《たいほう》の南にあり、東西は海を以《もっ》て限りとなし、南は倭《わ》と接し、方四千里ばかり。三種あり、一を馬韓《ばかん》と曰《い》い、二を辰韓《しんかん》と曰い、三を弁韓《べんかん》と曰う。辰韓は、古の辰国なり〉

『三国志魏書』「東夷《とうい》伝」

「東夷伝」は馬鹿にできません。注目するのは韓の位置です。

韓の北は、魏の直轄植民地、帯方郡です。どの古地図にも韓の頭上には、帯方郡が重石のように乗っています。そして東西の両脇は海、これも異論がありません。

問題は韓の南です。てっきり海だと思ったら、そうではなく倭となっている。それもわざわざ「倭と接している」と書いてあるのです。

東西は海だが、南は海ではなく倭。これだとまるで倭が、朝鮮半島まで這い上がってきて隣接している風景です。何かの間違いではないかと思うかもしれませんが、驚くべきことに、これは『三国志魏書』の別の章「倭人伝」と一致しているのです。


〈帯方郡から倭国に行くには、船で韓国の海岸線を南に進み、しばらく東に行けば、倭国の北岸狗邪韓国《くやかん》に着く。七千余里である〉


狗邪韓国というのは朝鮮半島の南にあります。しかしそこは、倭国の北岸だと書いてある。倭の北岸というからには、倭はもっと南の半島内に位置していなければなりません。もし狗邪韓国が韓の領土であるなら、「韓の南岸」と記すはずです。が、しかし「倭人伝」は違う。あくまでも何憚《はばか》ることなく「倭の北岸」だと断わっているのです。やはり倭国は朝鮮半島にあったというのが正しい理解なのだと思います。

さらに付け足せば、「東夷伝」の「弁辰」の条にもあります。

〈弁辰（弁韓）の瀆盧国《とくろ》、倭と界を接す〉、

弁辰というのは、朝鮮半島の南ですが、これも「倭と界を接す」で、倭と陸上で接している表現です。

現在、「釜山《プサン》は日本の北岸だ」と書けば、どうなるでしょう？ キムチをぶつけられるどころの騒ぎではなくなりますが、「東夷伝」に二カ所、「倭人伝」に一カ所、計三度も、しつこく朝鮮半島南に倭の存在を知らしめている。

三つの「韓」

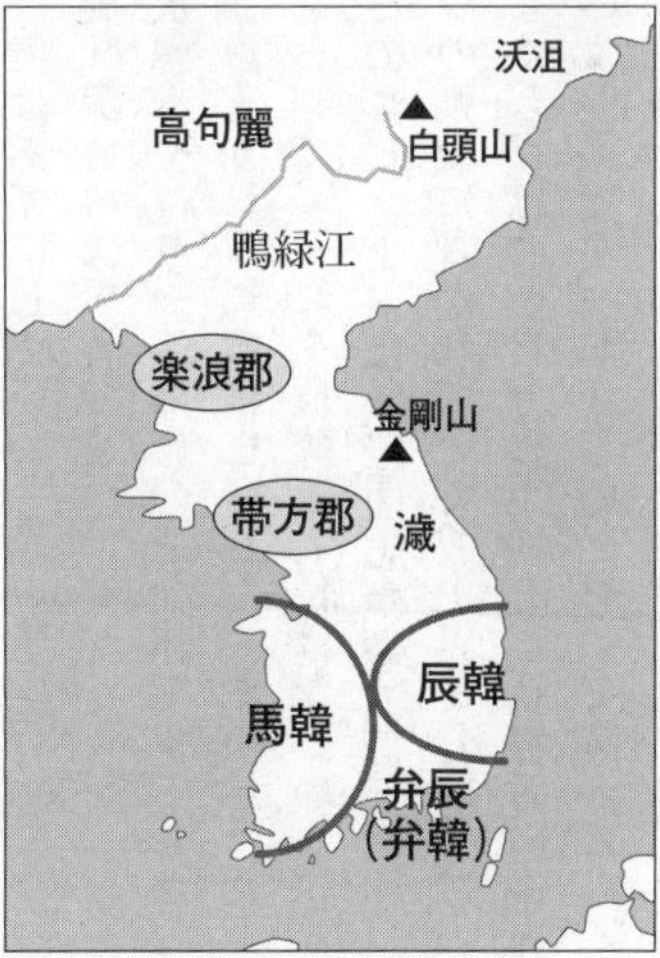

僕には大陸から移動してきた異なる部族、たぶん騎馬民族ですが半島の南端に倭国を作っていたというふうに見えます。

さて、韓を三分していたのは馬韓、辰韓、弁辰（弁韓）です。

馬韓は五四部族の裸族に近い民族の連合体で、弁辰は一二部族の連合体です。

もっともこれは『魏書』に書いてあるだけなのですが、けっこう詳しい描写なの

で、僕はあてにしていいと思います。

興味深いのは辰韓です。

辰韓もやはり一二部族の連合体です。しかしなんと『魏書』には、もともと秦の強制労働に耐えきれず馬韓に亡命した「秦の民」だと記されているのです。彼らは馬韓の東の地をもらって、それを辰韓と名付けたという。

このエピソードは『三国志魏書』「辰韓伝」、『後漢書』「辰韓伝」、『晋書《しんじょ》』「辰韓伝」の三つの正史に書かれていて、史実として受け入れていい。

しかし、ぽんと自分の土地を、新参者の秦人に割愛するなど、馬韓の王はずいぶんと気前のよい男です。おかしいと思って調べてみると、これにはそれなりの理由があって、くれてやったという芝居がかった表現とは、いささか趣が違うようです。

まずは亡命者の多さです。辰韓という一つの国ができるほどのものですから半端な数ではなく、万という数の部族が秦からごっそりと大移動したイメージです。

「東夷伝」によれば、秦人は牛馬に乗っています。数キロにわたる鳴り物入りの行列。それに対して押し掛けられた馬韓は牛馬に乗りません。馬に乗らないのに馬韓というのは間抜けですが、秦人は戦力的にきつ過ぎる相手ですから馬韓にとっては冷汗ものです。怒らせれば、筋肉という筋肉を縮みあがらせ、関節という関節が音を立てて躍動しそうなので、ここは一つ穏便策以外にない。

それにもう一つは言葉です。「辰韓伝」の条によれば、言葉がぜんぜん違うのです。何せ秦語は首都、長安の標準語で、その辺のチンピラ部族ではない。『三国志魏書』によれば馬韓人は裸族に近く、辰韓人は清潔で服を着て、礼節をわきまえていると書かれている。

想像するに、馬韓の連中は都会のセレブに気圧《けお》されたのではないか。あれやこれや考えれば、土地を与えて離れて暮らしてもらうのが良策です。すなわち与えたと言えば聞こえはいいのですが、事実は、半ば強制的に領土を切り取られたのではないかと僕は睨んでいます。

こうして出来上がったのが「辰韓」です。

秦の苦役を嫌った逃亡者ですから、移動の時代が分かります。おそらく紀元前二一〇年前後、「東夷伝」には「辰韓」を「秦韓」と記した個所もあるし、〈辰韓は、古の辰国なり〉とも述べられています。ようするに、秦が辰なのです。

どうして『魏志』に「秦」ではなく「辰」という字が使用されたか説明します。亡命者たちは格調高く「我々は『秦』の人間だ」と名乗ったはずです。

それを、秦の正統なる継承者、漢や魏が許すはずはありません。

輝かしき「秦」の字を半島への逃亡者が使うなど、おこがましいとばかりに剝奪して、「辰」の字を当て、正史にそう記した。書けば勝ちです。後世、我々の目には「辰国」という文字だけが刷り込まれ、よほどの観察力を持たなければ本家の「秦」とは無関係のように錯覚してしまうのです。

『三国志』によれば、辰韓と馬韓は言葉が通じなかったが、しかし辰韓と弁辰とは「互いに雑居し、風俗や言葉は似ていた」と書かれています。

想像するに、秦を抜け出した一団は、辰国に落ち着き、五〇〇年後の『三国志』の頃には辰韓と弁辰に分裂したけれど、それでもさまざまな揺り戻しがあって雑居状態だったことを示しています。

秦国→辰国 ＜ 辰韓
　　　　　　　弁辰

「辰韓伝」が、無造作にくわえ込んでいる一文が気になります。

倭人が、辰韓の豊富な鉄を求めて盛んに足を踏み入れている、という記述です。今も古代も倭人は何かと物入りだったのは分かりますが、その文からは辰韓と話を付けてうまく交易している様子がありありと窺《うかが》えます。

そして、次の個所で僕のイメージは一変するのです。

〈辰韓の民の頭は扁平で短くイレズミがあり、男女は倭人に似ている〉

ようするに両者は似ているのです。『魏志倭人伝』でも、倭人はイレズミありです。扁平だというのは頭のどの部分を指しているのか分かりませんが、とにかく辰韓と倭人、似た者どうしが取り引きしているのです。僕の目には両者が愛想よく宴卓を囲んでいる様子が、リアルに浮かんでくるのですが、もう一度頭をクリアーにして文を眺めているうちに、次第にみな近親者に見えてきたのです。

秦＝辰韓―倭
｜
弁辰

笠原君、そう呆《あき》れずに聞いてください、呆れるのはこれからです。

辰韓は後の新羅ですね。辰韓から新羅へ、国の引き継ぎは四世紀の中頃ですが、この時代になってようやく新羅という真打ち登場です。言うまでもなく日本の歴史と深くかかわっている国ですが、とどのつまりが新羅の元をただせば秦の人間だったというわけです。

我々は、なぜかシラギと読みます。しかし朝鮮語ではシンラ。もう勘づいたと思いますが「羅」は「国」の意味ですから、シンラはシンの国、すなわち辰の国です。ただ単に「辰」を音写して「新」に変えたに過ぎません。そしてもっと逆流すれば、やはり秦に行き着きます。

秦国↓辰国↓新羅

新羅の「新」は秦国の「秦」で、僕にとって、秦人と新羅人の違いは足袋《たび》と靴下ほどのものです。

徐福《じょふく》の謎

話を元に戻します。

『三国志魏書』「辰韓伝」に、辰韓と倭が似ていると書かれています。

当時、嘘を書いても何の得にもならないので、本当のことでしょう。エキセントリックかもしれませんが、僕は、言いたいことを我慢しているような性質ではないのでこの際、ぜんぶ言います。秦の民も、倭に来ていたのではないか。そう考えるならば辰韓と倭の仲に合点がいくのです。

言ったついでにもっと言わせてもらいますが、そこで秦の徐福伝説です。

司馬遷によれば、秦の始皇帝は不老不死の薬を手に入れようと必死で、寝ても覚めても薬、薬、薬です。その思いは日に日につのるばかり。噂は大策士の徐福の耳に届き、一計を案じた徐福は、遥か東の海中に蓬萊《ほうらい》・方丈《ほうじょう》・瀛洲《えいしゅう》という三神山があり、そこに住む仙人が薬を持っていると申し出るのです。

始皇帝の許可のもと、一度旅立った徐福は途中何かに躓《つまず》いたのか、挫折して戻ってくる。

しかしへこむどころか、動じる様子もなくけろりとして「手の届く所まで行ったのですが、寸前の所で鯨に阻まれ失敗しました」など、冴えない詐欺師のような言い訳を口にするのです。

さすがに始皇帝の肚《はら》は太い。徐福のくさい芝居に眉一つ動かさず、ふんと鼻でせせら笑ったかと思うと、面白いとばかりにさらなる膨大な資金と大勢の技術者を伴わせて再度の船出を許したのです。

その数三〇〇〇、あるいは五〇〇〇人。口先一つで大技術者集団の移動を認めさせたのですから、詐欺師もここまでくると見事というほかはありません。仙人から不老不死の薬を得る妙手は先方との親睦しかなく、そのためには技術者を伴って、信頼と尊敬を勝ち取るのが良策だ、などという誇大宣伝でたらし込んだのではないでしょう、何百という大船団です。

徐福はどこに着いたのか？　伝説では東方の「平原広沢《へいげんこうたく》」とあります。そこの王となった。

手付かずの原野と広い沢、すなわち広い湿地帯を思わせる「平原広沢」とはどこか？

それだけで日本列島だ、というのは乱暴ではあるものの、古来、我が国には徐福伝説の地が二〇カ所近くあり、いつできたのか和歌山には本人の墓まで存在する。

いずれにしても古狸の徐福、狙いは最初から不老不死の薬ではなく、万事が苦役からの逃亡で、大技術者集団というお膳立ては小国の建設を謀《はか》っていたと見るのが自然です。

〈自ら古の亡人にして秦の役を避けて韓国に来適し、馬韓その東界の地を割《さ》きてこれに与うと言う〉

金銀はもちろんのこと、五穀百工、すなわち米、麦、粟などの種子と農耕機具・技術者、いっさいを徐福は携えており、もしこれが事実なら、やはり目論見はパラダイス国家建設です。

朝鮮半島に到達した徐福は、馬韓の東にしばし根を下ろし、それを切り取って辰韓と成します。僕にはこの司馬遷（B.C.一四五～B.C.八七）が書いた徐福伝説が、魏の正史、『三国志魏書』「東夷伝」と重なって見えるのです。

おそらく徐福は一回目の偵察で馬韓までたどり着き、そこで交易していた倭人と接した。そして倭国の耳よりな話を仕入れていたのではないでしょうか。

徐福はチャレンジャーです。潮流に乗れば、黙っていても北九州から島根、能登《のと》、新潟あたりに漂着する知識を得、いったん半島に腰を落ち着けた徐福は、おもむろに高笑いを残して、倭国へ船を出す。

鉄器を手にした技能集団にとって、人に心優しき土着先住民など目ではありません。あっという間に取り込むか、追い払うかのどちらかでありましょう。

徐福にとって、そこはまさに「平原広沢」の別天地、騎馬軍団がひしめく大陸、半島と較べれば、自然豊かなとびきりの極楽浄土、蓬莱です。

一〇〇年、二〇〇年、彼らの子孫は土着の民と和戦を繰り返しながら、地方の王に成り上がりつつ、鉄を求めて朝鮮半島、辰韓に出入りします。勝手知ったる古巣、カムバックサーモンのごとく半島南部に倭人として商業拠点、軍事拠点を広げてゆく。

こう考えれば『三国志魏書』「東夷伝」の、倭は韓と陸続きの隣り合わせだという記述、倭の北岸が狗邪韓国であったり、弁辰が倭と接したり、辰韓に来て鉄をさかんに仕入れていたりという書かれ方が、みなすっきりするのです。辰韓人と倭人は似ていると記されているのも合点がいくでしょう。根がつながっていれば、瓜二つになるのは当たり前のことです。

国としてまことに影の薄い弁辰に、はたして伝説の都市「任那《みまな》日本府」が置かれていたのか、なかったのか、という論争は、ここまでくればもはや無用に思えます。その地は別名伽耶《かや》と呼ばれていましたが、伽耶は狗邪韓国であり、そこは「東夷伝」が伝えるとおり倭国であり、後世、「日本府」と呼ばれる都市であったとしても何ら不思議ではありません。

秦の時代、朝鮮半島に亡命した秦人が、海を渡って倭国建設に大いに関わり、有力者として君臨した。これは膨大な資料を読み、チャイナに足を延ばして得た僕の史観なのですが、まだ世間的には正気を疑われる説です。

それが鎖国という静止画像的状態で育《はぐく》まれた日本人の感覚でありましょう。ダイナミックな騎馬民族が、見えない分子となって我々の身体に入り込んでいるのが実感できないのは、実に情けない話です。

日本語に似た古代言語とは

日本列島の食糧事情は満点でした。魚介が豊富で、こんこんと湧きいずる水と温暖な気候は稲作に適している。おまけにまわりは山や岩を畏怖する温室育ちのヤワな先住民が穏やかに暮らしているだけで、男女の奴隷の捕獲は赤子の手を捻るよりたやすい。

まさに理想郷です。

人間、足があればどこにでも行けます。船があれば海は渡れます。大陸や半島から日本に来ていないという証拠こそ、あれば示して欲しいものです。

アメリカ西部開拓時代、白人は先住民を蹴散らしながら西へ西へと不毛の地帯、危険地帯を五〇〇〇キロも踏破し、ついにカリフォルニアに到達しましたが、原動力は金が出るという噂一つです。それに較べれば移動が商売の騎馬民族が列島奥地に踏み込むなど朝メシ前です。

僕が騎馬民族の到来を考える大きな根拠は、『三国志』や司馬遷の『史記』や人間の行動心理学的観点からばかりではありません。

言語、そう世界でも稀《まれ》なる日本語というやつです。

ある学者は日本語に親類語はないと断じ、違う学者は朝鮮語と日本語はウラル・アルタイ語に属している故に、朝鮮語が変化したのだとのたまいます。正直僕も、長いことそう思い込んでおりました。

しかしどうも様子が違う。玄界灘《げんかいなだ》を隔てただけというのに、朝鮮語との共通単語があまりにも少なく、同等性が乏しい。今の英語の日本語化より断然足りない。ならばチャイナ語はどうかというと、こちらは文法すら違っていて、てんでお話にならず、まるで迷路に迷い込んだ具合でした。

日本語に似た言葉はないのか？

実は、遥かなる地に見出すことができたのです。

注目すべきは古代突厥。すなわちバイカル湖周辺に発生した騎馬民族、テュルク（トルコ）語です。生活に根差した古の大和言葉が、古代トルコ語と共通しているのは驚くほどです。

たとえば食事をして、とっさに口を突いて出る「美味《お》しい」という言葉ですが、てっきり朝鮮語だと思っていたらお門違いでした。ましてチャイナ語でもない。ところが古代トルコ語に「オホシディ」があったのです。

この一つだけで、付け上がっているわけではありません。「明るい」も「アカル」で、その用途もひっくるめて似ています。

「黒」はチャイナでは「ヘイ」です。しかし日本では「クロ」。だれが何と言おうと大和言葉で、「黒」は「クロ」です。古代倭人はどうして「クロ」だと頑張り、がんとして貫き通せたのか？

大陸から漢字が入ってきた時のことを推測してみてください。六〇〇年あたりだと言われていますが、そもそもこの時期からして常識的に考えてもおかしい。

少なくとも五七年に倭が漢に朝貢し、「漢委奴国王《かんのわのなのこくおう》」の金印を持っているのですから、その時点ですでに漢字に触れているわけです。もっと言えば、日本に来たであろう徐福集団に代表される秦人の技術者たちが、一人も漢字を知らないわけはなく、その後もチャイナと倭国の人的交流はさかんで、漢字が玄界灘で一字一句葬り去られて上陸しなかったなど、考えられるものではありません。

僕はすでに、紀元前のかなり前から王は漢字を知っていたと考えています。漢字は神ですから、その後は王が権力者のツールとしてずっと独占しています。貴族社会にどっと広まったのが、六〇〇年以降でありましょう。その時点で、しっかり根付いていた大和言葉に漢字を当てる作業に没頭したのだと思います。

で、「クロ」です。当時選んだ文字が「久路」。漢字の持つ意味などまったく無視で、ひたすら音写一筋、古代のクロは「久路」で「黒」ではないのです。

「くらい」は「暗」ではなく「倶例」となります。

当時の人間を舐めてはいけません。「くらい」の意味を手繰れば、「暗」がぴったりなことは知っています。しかしチャイナの発音は「アン」ですから、どう逆立ちしてもクライと読めない。で、読ませるために「倶例」にした。

「くれ」は「久礼」となります。「暮」はチャイナの発音が「ム」ですから、機能は働きません。「久礼」と書けば、貴族たちはクレと読んでくれるわけです。

分かりますか？　これはどういう状態を物語っているか？　ここが重要です。

漢字を導入したころの支配層はチャイナ語でもなく、朝鮮語でもなく、つまり僕は古代トルコ語を話していた人たちだったと思っているのです。それが大和言葉ではないか？

たとえ神と仰ぎ見る漢字の輸出国の言葉であっても、覆《くつがえ》せなかった。それほどの多人数で占められていた、ということです。支配層が使う大和語（古代トルコ語）が頑《がん》としてあり、それに合わせて漢字の料理にとりかかったのです。

「くろ」「くらい」「くれ」という生活に根ざした大和語が、みな古いトルコ語だとするならば倭人の根っこのルーツが見えるはずです。

最初は失敗作でしたが、やがて革命が起こり、漸次《ぜんじ》「訓読み造り」をはじめます。「黒」や「暗」や「暮」の意味から漢字を選び、大和ふうに読ませてゆくのです。その意気やよし、漢字のリメーク作品、オリジナルです。

「とる」という言葉にも、母国が見てとれます。「とる」は、何にでも使える万能の大和語で、現代チャイナ語の二〇くらいを「とる」一言でこなします。

日本語	現代チャイナ語
手にとる（手をにぎる）	拉（ラー）・握（ウォ）
ボールをとる（ボールをつかむ）	拿（ナア）
柄をとる（柄をつかむ）	抓（ジュア）
魚をとる（魚を得る）	捕（ブー）
犯罪人をとる（捕まえる）	捉（ジュオ）
場所をとる（占有する）	占（ジャン）
とる（持ってくる）	拿来（ナーライ）
水をとる（こっちに水を引く）	引（イーン）
縁をとる（縁に沿って縫う）	沿（イエン）
車をとる（車を使用する）	用過（ヨングオ）
権力をとる（権力を掌握する）	掌（ジャン）
方法をとる（方法を採用する）	采取（ツァイチュ）
脈をとる（脈を調べる）	按（アン）
政策をとる（実行する）	実行（シィシン）
態度をとる（態度を示す）	保持（バオチィ）

その他にも「お茶をとる」（呑む）「記録をとる」（書いて保存する）「こっちのデザインをとる」（選択する）と、底なしの活躍です。

「とる」は全能です。こんな言葉はチャイナはもちろんのことお隣、朝鮮語にだって見つからないのですが、トルコ語の「トルト」がそれに当たります。何でもかんでも全部「トルト」です。

「凄い」は「ソギーク」、これは最近の小僧が使う「スゲー」に似ているのは気のせいでしょうか。

冗談はさておき、「柔らかい」は「ヤワッシュ」、「堅い」は「カッティク」、「ガヤガヤ」は「ガウガ」、「ぐらっと」揺れるのはまさに「グラット」です。

限《きり》がないので、この辺でやめにします。

大和語の鍵はトルコ系騎馬民族が握っている。むろん全部を古いトルコ語に投げ込むわけでありませんが、彼らの言葉が大和言葉やアイヌ語の源だった、という説は僕の騎馬民族渡来説を全面的に庇《かば》ってくれるお気に入りです。

僕のおぼつかない説明より、詳しくは専門家の書いた『騎馬民族がもたらした日本のことば』（東巌夫著）を読んだ方がいいでしょう。

余談ですが「人」のことをトルコ語では「アダム」と言います。ヘブライ語の影響だというのです。あまり書くといい加減にしろと上目遣いで睨まれそうですが、地球は丸く、人はどこにでも行けるのですから、仮に兄弟言語であっても驚くことではありません。

なぜ奴《な》国は後漢を知っていたのか

トルコに端を発した騎馬民族は中央アジアから南東、北東に散じ、四分五裂を繰り返して、匈奴《きょうど》、扶余《ふよ》、鮮卑《せんぴ》、女真《じょしん》、月氏《げっし》、烏桓《うがん》（烏丸）、契丹《きったん》、満州《まんしゅう》など派生民族を産み落とします。

彼らは勝手に日本列島に居座って、各地で根を張っていましたが、そこに徐福のような秦人も合流する。一〇〇年、二〇〇年と経てあちこちに小国家が林立し、倭人と称されはじめます。先ほどからしつこい押し売りのように幾度も同じことを繰り返しているのは、騎馬民族、遊牧民族の移動など朝メシ前だということを頭に叩き込んで欲しいからです。

言葉以外にも騎馬民族は生活に根付いている

蕎麦は、奈良時代前に日本に渡来したものだが、起源はバイカル湖のほとりだ。チャイナでも半島でも、ほぼ定着せず、日本で根強く広まったのは、バイカル湖周辺の蕎麦を好む騎馬民族が移住したからだと考えられている。

異議を唱える学者は、騎馬民族が各地で王になったのならば馬具の副葬品があるはずだ。日本最古の馬具は奈良箸墓《はしはか》古墳の木製鐙《あぶみ》で、三〇〇年代前半ではないか。なぜもっと古いものが出てこないのか？　と捲《まく》し立てます。

いろんな考え方がありますが、しかしこれだけはいただけません。

古代騎馬民族は鞍《くら》や鐙を使用していないのです。いや今だって、中央アジアに点在する遊牧民族にそんなものはありません。馬具など素人のものです。誇りにかけても使わない。馬具がなければ副葬品になろうはずがないのです。

それでも倭人渡来説を採るなら死んだ方がましだという人は、ならば馬があるだろう、馬の骨が一頭くらい出てきてもいいはずだと目くじらを立てますが、そういう人は科学を見落としています。悲しいかな日本は火山灰性の酸性土壌ですから、骨は溶ける。せいぜい三〇〇年が限界です。

馬具も馬も出土しなくて当たり前。そう底が割れてしまえば、騎馬民族渡来説がもはや僕だけの閉じこもった物語でないことが分かると思います。

その渡来倭人が造った一つの国に、北九州の奴国がありました。先ほども軽く触れましたが五七年、後漢に朝貢した国です。

〈建武中元《けんむちゆうげん》二年（五七年）、倭の奴国は貢物《みつぎもの》を持って朝賀《ちようが》した。使人自ら大夫《たいふ》と称した。

倭国の極南界なり。光武《こうぶ》、印綬《いんじゅ》を賜《たまわ》った〉『後漢書』「倭伝」

文はたったそれだけですが、多くのことを伝えています。

奉貢とは、後漢の子分になりたいと高価な物を捧げることですから、子分志願者は何はともあれ、前提として大陸に後漢がある、ということを知らなければなりません。

新聞も電話もない時代です。五七年という年に、海を渡った半島のさらに遥か向こうに、後漢という大国があることを知っているのです。強大な、後漢の朝貢というシステムを心得ている。後ろ楯になってくれたらどんなに心強いかと、抜け目なくちゃんと分かっている情報収集と分析能力はたいしたものです。

さらに言えば、使者が後漢の光武帝に面会しているから、首都が洛陽にあって、ガイドブックはおろか地図のない古代、洛陽の位置を正確に知っているわけです。

祈りと踊りに手いっぱいの、原住土着民にできる芸当ではありません。しかも使者は自分のことを「大夫」だと名乗っている。「大夫」とは古代チャイナの小国王の正式名です。奴国が渡来人の国だったか渡来人が、奴国の王を乗っ取ったか、のどちらかでしょう。が、僕は前者に軍配を上げます。

発見された『漢委奴国王』という金印は数奇な運命を辿った後、北九州、福岡県志賀島《しかのしま》から奇跡的に出土しますが、そこが『後漢書』に記されている奴国の場所です。

金印を埋めた理由を順当に考えれば、後漢が滅びた時です。前政権が武力で倒されれば、前王朝の金印などかえってヤバイ代物となり、出る幕はありません。あるいは奴国王が、倭国の代表から滑り落ちた時も、持っているだけでまずい。いずれにしても卑弥呼がヤマタイ国の代表として魏と結ぶ前に捨てられたと推察しています。で、この奴国、〈倭国の極南界なり〉と「倭伝」に書かれているくらいですから、後漢にとっての倭国の認識もまた、本国は壱岐《いき》・対馬《つしま》を挟んで朝鮮半島部にあることを想像させます。倭国が南下し、九州に食い込んでいるイメージです。何せ南の端が博多近辺の奴国なのですから。

笠原君、僕の自問自答しながらのこれまでの解釈、いかがですか？

異論がなければ次に進みます。

僕はチャイナの正史を重視します。まずそこに記すというのは、ビッグニュースだから取り上げるのであって一行、二行、いや一字一句たりと油断せずに精読しなくてはなりません。

続いて一〇七年、再び倭が記されております。

〈倭の国王帥升《すいしょう》等、生口《せいこう》百六十人を献し、請見を願う〉『後漢書』「倭伝」

生口とは奴隷のことです。

それほど魅力的な貢物だとは思えませんが、わざわざ一六〇名もの奴隷を船に分乗させて連れて行ったというのですから、献上するものが他になかったのかもしれません。あるいは「奴隷コンテスト」で、穏和な日本奴隷は随一の人気を誇っていたということも考えられますが、しかし遠く離れた後漢に対する、この気の遣いようには並々ならぬものがあります。

驕《おご》る者は久しからず。驕らなくても国は久しからずなのですが、時代が下って漢が滅び、魏、呉《ご》、蜀《しょく》の三国時代になります。正統なる後釜が魏です。卑弥呼は早速、魏とくっつく。たちまち皇帝のハートを射止めたようで『魏志倭人伝』から伝わってくる皇帝の視線は、まるで養女を眺めているようです。

しばらくたって卑弥呼がまつろわぬ部族、句奴《くな》国と交戦しますが、あっという間にピンチに陥って魏に助っ人を要請します。頼られた魏は、ヨッシャとばかりに一肌脱いで簡単明瞭な詔書と、切り札の黄色い旗を張政《ちょうせい》という高官に持たせるくらいですから、やはり魏と倭は切っても切れないほどの密着度です。

その時、朝鮮半島を見落としてはいけません。どうなっていたでしょう。

チャイナが魏、呉、蜀の三国なら、朝鮮半島も馬韓、辰韓、弁辰の三韓がまだ目立っている時代です。

卑弥呼は魏と親しく、その魏は辰韓と深く交わっていました。

こんな具合です。

卑弥呼―魏―辰韓

笠原君、この図式は何かを暗示していませんか？

そう邪馬壹国は辰韓、すなわち秦の亡命者国家と親しい。倭と秦は近親懇《ねんご》ろなのです。

卑弥呼が死にます。とたんに世が乱れたというのですから、どれも似たり寄ったりの小粒の王ばかりだったのでしょうか、またまた女王の登場で世を治める。壹與《いよ》の女王即位です。

その時まで、倭に長居していた魏の張政は壹與という幼い女王に寄り添い、おのが野心を目覚めさせるでもなく、檄文をもって一三歳の女の子を励ましたというから生真面目《きまじめ》な男です。

壹與が、倭の高官とおぼしき二〇名と貢物を伴って張政を帰国させたのは二六六年と見られていますが、チャイナの正史での倭の露出はそこまでです。その後、ぴたりと止む。

なんと一五〇年の間です。不気味な空白の一五〇年ですが、卑弥呼も壹與もあれほど魏にお熱を上げていたにもかかわらず、これは一体いかなる変節か？

実はその頃、正確には二六五年ですが、魏は晋に滅ぼされており、北方の騎馬民族、高《こう》句麗《くり》が朝鮮半島で暴れまくるという大動乱期に突入していたのです。

しかし、それだけなら、ダルマ落としのように魏の玉座に滑り込んだ晋に朝貢すれば済むはずですが、倭国はそれもやらない。

そのことから、動乱はあちらだけに留まらず、大海を抜けて倭に伝播し、天地をひっくり返すほどの激変が起こっていたと考えるのが合理的でありましょう。

その結果、日本はほぼ九州、出雲《いずも》、奈良、三つの地方豪族に収斂《しゅうれん》されています。幾度も言いますが、日本各地の主だった勢力の元をただせばエキゾチックな騎馬民族系です。

そこに大陸、半島の大動乱です。

大陸や半島と関係を持っている以上、大動乱の津波が玄界灘を越えないわけはなく、倭はたちまちその渦に巻き込まれ、朝貢どころの話ではなかった。

当然、内乱が勃発する。

これが僕の想像する一五〇年にわたる空白の顚末《てんまつ》です。

倭を俯瞰《ふかん》してみると朝鮮南端、対馬、壱岐、北九州をまったりと支配しています。ところが大陸北方の騎馬軍団に押され、死に物狂いで半島を南下してきた部族によってバランスを失います。

時期はずばり、壹與が張政を魏に送り返したまさに直後ではなかったか。雨霰《あめあられ》と射掛けられるあまたの矢に、倭連合国は否も応もなく対策を講じなければならないのですが、これがまた何が何だか分からないくらいしんどい。

倭国を抱き込もうとする馬韓（百済《くだら》）は、間男のように接触を試みるのですが、弁辰（伽耶）は、すでに倭国とイコールに近い関係ですから、寝取られまいと必死です。辰韓だってこの際、昔のよりを戻そうじゃないかと、別れた亭主みたいに言い寄ってきます。

この駆け引きを想像すれば、小説の一〇や二〇は軽くできそうです。

「倭国は恐れ多くも始皇帝の末裔《まつえい》、秦の流れを汲む国の連合だ。テメーらみたいな下衆《げす》の言葉なんぞ、てんで分からねえや。どこの馬の骨か知らねえが、楯突くのは一〇〇年早い」

「馬の骨？」

片言の言葉が返ってくる。

「よく分かったな。俺ら馬韓の者だ」

「おっ、テメーらか、あの馬にも乗れねえのに馬韓だなどとふざけた名前の下衆野郎は。噂には聞いていたが、こうして見ると馬韓というより馬鹿面だな」

「うるさい、おまえが秦なら、こっちの祖先だって神《シン》だ」

「なんだと？」

「お互いシン」

「まぎらわしいことをぬかすな」

ひょっとしたら案外、「神」をシンと言うのは、都合がいいので「秦」と「神」をダブらせただけかもしれません。

秦《シン》は、神《シン》だ。秦は飾り立てられた伝説の国です。「辰」「晋」「清」「新」……シンと発音する国が多いのは、そのせいです。これはあたかも中央アジアで騎馬民族の君主が正統なる王、ハンを継承しているごとき印象を植えつけるため、「漢」「韓」「安」などハンと発音する国名を持ってきたようなものです。古今東西、ブランドに弱いのが人間でありましょう。

話をツケに、大陸や半島からは信念を持った使者が来ます。

さて、ここで質問です。なぜ倭にこだわるのか？

地政学です。倭の位置が、決定的にものを言っているのです。シルクロードのドンツキに踏ん張っている倭を味方につければ、半島は背後から突かれる心配がない。

さらに屈指の国力です。「東夷伝」によれば、高句麗三万戸、馬韓一〇万戸、辰韓は四、五万戸ですが、倭国連合は計一五万戸という数ですから、立ち上がればかなりヤバい。

倭国連合は、あくまでも寄せ集めの連合国ながら、当時駐留していたであろう魏の駐留軍とも手を結んでいた形跡があり、かなりの知恵者ぞろいであることは確かです。

しかし、いくら倭に地の利があろうと、数にものを言わせようと、しょせんはチャイナに朝貢する二等国。それに比べて魏の駐留軍はひと味違います。チャイナ・ブランドとのコラボレーションは他勢力を牽制する屈強なセットでありましょう。

魏の駐留軍は、ごたごたの御意見番だったかもしれないし、キングメーカーだったかもしれませんが、倭国連合、それに伽耶を加えて束《たば》ねるのは大変です。連合内での鍔迫《つばぜ》り合いは、しかし爆発し続ける大陸、半島の今そこにある危機を思えば、そうも言ってられません。兎にも角にも尻に火が点いているのですから、すべてを棚上げして、優先するは九州からの脱出ただ一つ。まずは軍の半分を割いて瀬戸内海を東に漕ぎ出したのです。

目指したのは、より安全な本州の臍《へそ》、奈良地方です。『日本書紀』の神武東征は、たんなる都市伝説ではないということは笠原君、君との共通認識でしたね。

望月はここで根《こん》を詰めていた作業を止め、指を休めた。続きは明日書くことにした。

神武東征とは何か

朝五時、いつもどおり自然に目覚めた。カフェオレの入ったマグカップを持って、豆大福をパクつきながらパソコンの前に座る。望月は、手こずることなく、指は一気にキーを打ちはじめた。

『神武（磐余彦《イワレヒコ》）東征』

優れたキャッチコピーです。すでに大和で勢力を持っていたのが饒速日命《ニギハヤヒノミコト》一家。血雨降る激しい戦闘は、目に見えるようですが、結局、神武の軍門に下った饒速日命は司祭を務め、やがて軍事氏族、物部になってゆきます。

物部が、「もののふ」と訛《なま》って、武士となりますが、武士は最初、朝廷に仕えた官人でした。その後、物部が源氏となり、朝廷に刃向かってゆくのですが、この話はまた別の機会にするとして、注目すべきはその物部が住んでいた土地、ナラという地名です。

ナラは辰韓の言葉で国のことです。くどいようですが辰韓は秦の言葉に近く、秦は当然のごとく同じ騎馬民族、古代トルコ語の影響を強く受けています。ようするに古代トルコ語で国は「ウル」といいます。「ウル」と言っても発音はほとんど「ナラ」に近い「ウル」です。物部がずいぶん前に列島移住した辰韓経由の秦人だと思えばさもありなん、だからこそ物部の祖、饒速日は「おらが国」という意味で「ナラ」（ウル）と呼んでいたのです。

さっきから僕の話はぐるぐると回っているように見えますが、つまりはどこから語っても行き着くところは、ぜんぶ騎馬民族と秦なのです。

ここまでは笠原君と、意見はほぼ同じでしたね。

違うのは、それに対して『日本書紀』にのさばり出てきた男、神武とは何者だったのか、という点です。君の部屋を訪ねた時、熱く語り合ったのを覚えています。

むろん神武などという人物は後付けの名前で、我々の言う神武は倭国を率いて九州から奈良地方に入った大王Xのことです。

君は、Xを魏の駐留軍の大将だと断定しました。僕も何パーセントかはそう思い、何パーセントかは違うと思い、心はてんで定まらず、とっ散らかったままでした。

古代ヤマト政権と朝鮮勢力。どちらが武力的に強かったのか？　これは史実として興味があるし、知ればもっと歴史は見えてくるはずです。

孔子や老子《ろうし》がなんと言おうとも、古代国家など力づくです。略奪、殺人、強姦などごく当たり前の感覚で、最後は武力がものを言います。

で、常識的に考えれば列島より朝鮮半島の方が文明強国チャイナに近く、ならば軍事、政治、文化、すべてにおいてチャイナの優れた知恵を取り入れた半島が、かなり進んでいるはずです。

となると朝鮮勢力が玄界灘を越え、ヤマトに手を伸ばしたと考えるのは自然で、極論すればヤマトのどこかに百済などの勢力が落ちついたという説があっても何ら不思議ではない。

英国と独立初期のアメリカの関係を見れば分かりやすいと思います。初期アメリカ国家の操縦席を占領したのは、英国から渡米した連中です。それと同じ感覚で半島が列島を動かしていた。これは昔、リベラルな学者にとっても受けが良く、けっこう持てはやされた話です。

が、リベラルな学者というのは、物腰は穏やかなくせに頑迷なところがあって、彼らは肝心要《かんじんかなめ》の資料を懐《ふところ》に仕舞い込んだまま、所属する学閥史観を弄するので、僕には疲れる内容なのです。

西暦三五〇年頃、まあこの年代は僕の見立てで言えば、大王Xがヤマトに東征して八〇年くらいが経過したあたり、王権に余裕がでてきた時期です。一方の朝鮮半島ですが、大雑把に言えば辰韓が母体となって新羅が生まれ、弁辰（弁韓）は伽耶に、馬韓が百済になります。

辰韓↓新羅
弁辰↓伽耶
馬韓↓百済

その頃の半島の事情は『広開《こうかい》土王《どおう》碑』に詳しい。

広開土王は、ご存じ騎馬民族の高句麗一九代目の王。王の息子、長寿《ちょうじゅ》王が父を偲《しの》び、敬意をはらって四一四年に建てた石碑で、高さ六・五メートル、幅一・五メートルという仰ぎ見る角柱に、一八〇二文字をもって業績を刻み込んでいる。

しかし、これを一瞥《いちべつ》すれば、日本人なら誰しも首を捻りたくなる代物なのです。というのも、倭軍がわざわざ海を渡って朝鮮半島に上陸し、傍若無人に暴れていることばかりが目立つのです。直言すれば、強い倭軍と、浮き足立った朝鮮勢の戦国絵巻が、なんのためらいもなく描かれている。

まず三六七年、生まれたての百済が、倭国に使者を送ります。

これは倭国との関係強化というより惨めな助っ人要請で、案の定二年後の三六九年、想定どおり高句麗軍が大挙して百済を攻めてきます。そして高句麗が返り討ちにあって敗れる。これは倭国との共通軍事行動の成果ですが、石碑には同じ年、倭軍がそのままの勢いで朝鮮半島を侵略して、新羅（辰韓）を攻撃し、半島南部を割譲、支配下に置いたと書かれている。

笠原君、支配したというのですよ、あの力自慢の新羅の南部を。このレポートは腰を抜かすほどのものです。その昔、倭が真正面から半島に攻め込み、南部を占領したなど、むこうのおばさんに打ち明けたら日傘で殴られそうな話ですが、しかしこれは序の口です。

〈三七七年、高句麗、新羅がチャイナの前秦《ぜんしん》に入朝して倭の攻撃からの救済を依頼〉

〈三九一年、百済と新羅が倭に降伏する〉

高句麗と新羅がチャイナに助けを求め、また百済と新羅が倭軍に負け、降伏したのです。

すなわち倭国は半島に上陸し、支配したのです。半島の方がチャイナに近く、武力も文明も上だったはずなのに、いったいこれはどういう因果でありましょう？

普通、分家は本家より弱体です。それに謙《へりくだ》って控え目です。しかし、倭にそんな謙虚さはありません。あべこべに円熟したところを見せ、格上の本家を圧倒して完全に降伏させるなど、いったいどっちが本家か分からぬ所業です。僕の頭は大混乱の極みでした。

降伏させるくらいの軍隊ですから、万という数です。

笠原君、万軍の船が玄界灘の荒波を蹴立て進軍する姿を想像してみてください。遣唐使の時代だって、渡航の成功率は七、三か六、四かといわれている海峡です。それほどの危険をものともせず果敢に渡り切るだけでも、ゾンビのごとき無神経さにぞっとしますが、半島の三国を次々に攻めるなど、いったいどういうことなのか？

アメリカがいくら生みの親の英国に楯突き、独立戦争に勝利したとはいえ、しかしアメリカは英国本土まで足を延ばして攻めてはいないのです。

普通、攻撃は親から仕掛けるものです。独立を許せば、税金というミカジメ料が入って来なくなるからです。はたしてびくつくことなく、子が親を攻め立てるなどという親不孝な歴史が他の世にあったかどうか、ぴんとこない展開です。

石碑には倭国が一方的に攻め込んでいる事実が刻み込まれているだけで、半島勢力がヤマトに進軍したなど一字たりともない。

で、広開土王碑など眉唾《まゆつば》だという学者がいます。旧日本軍の手によって改竄したというのです。考えられなくもないので、両政府の迷惑顔も顧《かえり》みず、僕も調べてみました。

が、手を加えた形跡はゼロでした。強《し》いて言えば、ほんの数文字削られた個所があるにはあるが、だからといってそこは倭国が朝鮮半島に出兵し、百済や新羅を降伏させた事実に影響を及ぼすような個所ではなかった。

また広開土王碑は、誇大に書いているのだという先生もいます。

石碑というのは、賞味期限は永遠です。古代最高の広告塔です。王は偉業を膨らませて喧伝したというなら納得できますが、だがこの碑は、どう深読みしても、王の偉業より倭軍の強さの方が俄然光っているのです。で、ひょっとすると倭軍の腕っぷしを誇張し、その倭軍を押し返した高句麗王はもっと偉大だと自慢したかった、という線も考えてみました。

すなわちこういうことです。

当時倭軍は、地獄の軍団と恐れられていた。そしてそれを防ぎ切った広開土王は嬉しくなって、やった！　とばかりに碑を建てた。しかし、それが後世、裏目に出て半島側にとってはみすぼらしさだけがやたらと目立つ、とんでもない失敗作となってしまったのではなかろうかというものです。

どうやらこれが真実のようです。

碑文は告白する

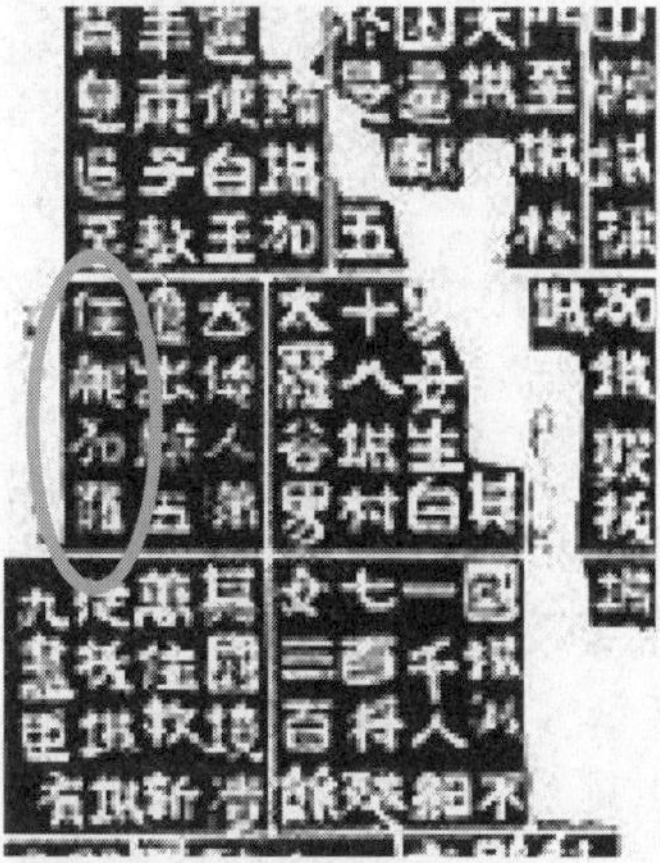

広開土王碑文の拓本（部分）。「任那加羅」の四文字が、はっきりと刻まれている。

アホな物書きはいつの時代にもおり、せっかく建てた石碑を恥さらしの遺言状にして、すべてを台無しにしてしまった。まことに間抜けな作者ですが、そう考える以外思い当たる節はないのです。

倭軍はそれほど強かった。

石碑には切羽詰まった様子を、こうも記しています。

〈三九九年、百済は先年の誓いを破って

倭と和通した。そこで広開土王は百済を討つべく平壌《へいじょう》に赴《おもむ》く。ちょうどその時、新羅の使いが来て、「多くの倭人が侵入し、新羅の王を臣下としたので救援を願いたい」と要請した〉

これまたとんでもない国辱記録です。倭軍は新羅を攻め、新羅王を捕虜にしたあげく自分の家来にしたというのです。勘繰《かんぐ》らなくとも、倭軍は声もかけずに土足で踏み込む恐怖の軍団に違いありません。

〈四〇〇年、高句麗は五万の大軍で新羅を救援した。新羅の都を占拠していた多数の倭軍が撤退したので、任那、加羅《から》に迫って迫ったが、安羅《あら》軍が逆を突いて、彼らは新羅の都を占領した〉

倭国が引き、また押し返してくる。助っ人の安羅国は、朝鮮半島南部にあったということは判明済みです。そこには少し前まで弁辰（弁韓）があり、弁辰という母体から伽耶が生まれ、伽耶の中の一つの地域国家が安羅国だと言われています。

この国の名に注目してください。そう安羅です。アッシリアの東方教会宣教師アブラハム、漢名安羅本《アラハム》です。安は一度聞いたら忘れられないトルコ、ペルシャ系の名前ですね。

倭軍と組んでいるくらいですから関係は濃く、この中に俗に言う『任那日本府』があったのではないか、という説はいまだに根強い。

倭国の半島における領土「任那」。日本のリベラルな学者と韓国の学者はその存在を否定しますが、しかし石碑は個人的な墓石とは違います。国王が世に知らしめるもので、そこに偽りの地名を書くとは思えないし、また仮に実在しない地名を記したとしても、何の得もありません。やはり「任那」は存在していたのです。

いかなる経路で伝わったのか、「任那」の存在は遥かチャイナ官吏の耳にまで届き、正史の中にいくらでも確認できます。

『宋書《そうしょ》』四三八年の条、そして四五一年の条にも「任那、加羅」と二国が併記されていますし、それとは別に『宋書』「倭国伝」に、宋の文帝《ぶんてい》は四五一年、倭王済《せい》（允恭《いんぎょう》天皇か）に「使持節都督倭《しじせっととくわ》・新羅・任那・加羅・秦韓《しんかん》・慕韓《ぼかん》六国諸軍事」の肩書を授けたとあります。

さらりと書きましたが、もう一度読み返してください。宋は倭王の朝鮮半島の支配権を認めたのです。目を疑うほどのものですが、その二七年後、皇帝の座に座った宋の順帝《じゅんてい》が倭王武《ぶ》（雄略《ゆうりゃく》天皇か）に与えた称号はダメ押しです。再び「使持節都督倭・新羅・任那・加羅・秦韓・慕韓六国諸軍事安東大将軍倭王」を授けているのです。これが当時の空気です。

その後も続々と「任那」は登場します。

五四〇年ころに書かれたという『南斉書《なんせいしょ》』には「任那、加羅」とあり、『梁書《りょうしょ》』もまた「任那、加羅」、『翰苑《かんえん》』（六六〇年成立）新羅の条には「任那」があり、別の条で古老の話として、加羅と任那は新羅に滅ぼされたが、その古地は新羅国都の南七〇〇里から八〇〇里に併存していたと、場所まで示されている。

重ねてチャイナの『通典《つてん》』（八〇一年成立）、『太平御覧《たいへいぎょらん》』（九八三年成立）、『冊府元亀《さつぷげんき》』（一〇一三年成立）にも、ほぼ同様の記事が見られます。

これだけの記録があってもなお「任那」を否定し、とぼけ続けてきたという感覚が僕にはまったく解《げ》せないのですが、それにつけても怖いのは、日韓関係に波風立てたくないという人たちの手によって「任那」という名前が教科書からあっさりと消されたことです。「任那」が消せるなら歴史の何だって消せます。空恐ろしく感じるのは僕だけでしょうか。

朝鮮の古書の告白

『日本書紀』での任那は自国のことだけに、詳しく述べています。

気を引き締めて精読してみました。

すると、任那日本府の場所はトルコ、ペルシャ勢力を思わせる安羅にあり、大和の豪族、吉備臣《きびのおみ》が関与しており、「官家《かんけ》」や「内宮家《うちつみやけ》」が置かれているとある。むろん『日本書紀』は見た目でイカレており、胡散臭い部分だらけですが、この部分は騙し絵的な情景ではない。

遺跡も負けてはいません。近年、日本列島固有の前方後円墳が朝鮮南部と西部にかけていくつも（現在一一基）確認されるにいたっては、やはり一帯は倭国の勢力範囲内だったとしか思えないのです。

僕は現存する最古の朝鮮史『三国史記《さんごくしき》』に立ち返ってみました。

これは高麗《こうらい》一七代目の仁宗《じんそう》が命じ、作らせたもので、高句麗、新羅、百済の三国時代から統一新羅末期までを記したものです。

編纂作業開始は一一四三年。二年の歳月を費やして完了させた五〇巻にも及ぶ長編ですが、僕が今まで『三国史記』を軽視していたのは、おそらく笠原君と同じ理由からだと思います。

『古記』『海東古記《かいとう》』『三韓古記』『本国古記』『新羅古記』という古い朝鮮史料を叩き台にして執筆編纂しているものの、いずれの書も現存せず、内容を訝《いぶか》しむ学者がいるところにもってきて、チャイナの史料と衝突する場合は朝鮮を優先するという現代に通じる悪いミエッ張り癖がちらほら見つかっているからで、何となく手が伸びなかったわけです。

しかし、よく考えてみれば、どの国の史書も身贔屓《みびいき》は常にあり、ならば鵜呑みにするのではなく、古代史の基本文献として是々非々で参考にするならば、立派に通用する代物だということに遅まきながら気付きました。少なくとも『日本書紀』より、当てになる部分もあるのではないかと。

腰を据えて眼を通せば仰天の連続です。

朝鮮贔屓で書かれているはずなのに、やはり悪役倭軍のマッチョぶりがやたら目立つのです。

『三国史記』の「新羅本紀」は、のっけから朝鮮半島のどてっ腹に倭兵が這い上がって来ています。倭人が兵を率いて潜入しようとしたが、始祖に神徳があると聞いて、すぐに引き返したという記述です。

笠原君、僕がびっくりしたのはその年代です。紀元前五〇年なのですよ。

僕の常識の紀元前五〇年は弥生時代ですから、そのころの倭人はお行儀よく稲作を習っている光景でした。それなのに龍虎のごとく、はるかに文明国であったであろう鉄製武器の本場、半島で暴れまくっている風景など想定外ですから、驚かない方がどうかしています。

正確にはまだ辰韓の時代で、新羅（三五六年〜九三五年）成立の前のことです。したがってこの侵攻事件は、辰韓を構成していた一二国の一つ、斯盧《しろ》国ではないかとされています。

斯盧国は、やがて辰韓全部をまとめて新羅になるのですが、実際には斯盧国はシンロ国と発音し、やはり「斯」は、辰韓の辰と同じ発音で「シン」です。すなわち辰↓斯です。

まあ、ようするに『三国史記』を額面通り受け取れば、紀元前五〇年から、組織だった倭人が朝鮮半島深く侵入もしくは居住しているということなのです。

次の物語は、幾度も食い入るように読み返した事項です。

紀元前二〇年の春二月、斯盧国（辰韓）は瓠公《ここう》という、何ともとぼけた名の高官を派遣して、馬韓との関係を強化しようとします。が、馬韓の王は見下ろしてこう言います。

「辰国と卞《べん》国（弁韓のことか？）の二韓は、我が国の属国のはずだが、どうしたことか近年は貢物もない。大国への礼として、これでいいのか」

瓠公は、眉ひとつ動かさず言い返す。

「我が国は、二聖（王・赫居世《かくきよせい》、王妃・閼英《あつえい》）が国を建ててからというもの人心が安定し、天の時が和して豊作となり、倉庫は米に満ち、民が互いに敬い譲るので辰韓の遺民から卞《べん》韓《かん》、楽浪《らくろう》、倭人に至るまで恐れ、従わないものはおりません。しかし、それでも我が王は謙虚にふるまわれております」

瓠公が床に両足を踏ん張ったまま、続ける。

「我がこうして私のような下臣を遣わし、貴国と結び交わそうとするは、過ぎたる礼ではございませぬか。にもかかわらず大王はかえって怒り、兵を使って私を脅すのは何の意味がありましょうや」

権威がないのに権威で脅すのは物笑いの種だ、と無礼千万の言い草である。頭に来た馬韓の王は、小賢《こざか》しいとばかりに瓠公を殺そうとするものの、左右の下臣に諫《いさ》められて瓠公を斯盧国に帰したという話です。

ここにも倭人が出てきます。倭人は斯盧国に恐れ入って、大人しくしている、と述べている部分だ。裏を返せば、倭人は朝鮮人を恐れず従わない人種だという共通概念が出来上がっていた証とも言える告白で、日頃から最大限手こずっていたから、「倭人に至るまで」という台詞を織り交ぜたのだと思います。

猟犬のような鼻の持ち主でなくとも、乱暴者の倭人兵が、しょっちゅうしょっちゅうやって来て頭を悩ましている様子が嗅ぎとれますが、倭の根城と思われる加羅から陸伝いに攻めているのか、というとそうでもありません。

〈倭人の兵船一〇〇余隻で海辺に侵入〉

とあります。これは西暦一四年のことですが、卑弥呼の時代より一五〇年以上前、船一

○○隻以上の軍団が、押し掛けているのです。何たる国力、今の自衛隊だってそんな力はありません。

以下、『三国史記』「新羅本紀」の続きをざっと列記しますが、そこから真相が見えてくるはずです。

〈五九年夏五月、倭国と友好関係を結んで修交し、使者を派遣し合った〉

〈七三年、倭人が木出島を侵したので、王は角干《かくかん》の羽鳥《うう》を派遣して、これを防衛させたが羽鳥が戦死した〉

角干というのは辰韓の大臣並みの一等級官名です。

〈一二一年夏四月、倭人が東の辺境を攻めた〉

〈一二三年春三月、倭国と和解〉

〈一五八年、倭人が交際のために訪問〉

〈一七三年、倭の女王、卑弥呼の使者が訪問〉

〈二三二年夏四月、倭人が金城《きんじょう》を包囲〉

金城は新羅の都で、今の慶州《けいしゆう》の辺り、それを取り巻いたというのですから数万の軍勢ではないでしょうか。


〈二三三年五月、倭兵が東辺を攻撃〉

〈二四九年夏四月、倭人が舒弗邯《じよふつかん》の于老《うろう》を殺害〉


舒弗邯も一等級の官名です。


〈二八七年夏四月、倭人が一礼部《いちれいぶ》（場所不詳）を襲い、一千人もの人々を捕らえてたち去った〉

〈二八九年夏五月、倭兵が攻めてくると聞き、戦船を修理し、鎧《よろい》と武器を修理した〉

〈二九二年夏六月、倭兵が沙道《さどう》城を攻め落とそうとした〉

〈二九四年夏、倭兵が長峯《ちようほう》城を攻める〉

〈二九五年春、王が臣下に訊いた。「倭人がしばしば城邑《じようゆう》を侵すので、百姓が安心して暮らせない。私は百済と共に謀って、海を渡り倭を討ちたいが、皆の意見を聞かせよ」。舒弗邯の弘権《こうけん》が「我々は海戦に不慣れであり、冒険的な遠征は不測の危険を伴います。まして百済は偽りが多く、常に我らを呑み込もうと野心を持っておりますゆえ、彼らと共に謀

ることは難しいと存じます」と答えると、王はそれに納得した〉

倭軍相手の海戦はまずい、と白状しています。

〈三〇〇年春正月、倭国との間に使者を派遣し合った〉

〈三一二年春三月、倭国の王が使臣を遣わして息子のために求婚したので、王は阿湌《あさん》の急《きゅう》利《り》の娘を倭国に送った〉

阿湌は一七階級の六等級の官名です。

〈三四四年、倭国の使者が来て婚姻を請《こ》うたが、すでに以前女子を嫁がせたことがあるので断わる〉

〈三四五年二月、倭王が書を送って国交を断ってきた〉

〈三四六年、倭兵が風島に来て進軍、金城を包囲攻撃する〉

〈三六四年、多数の倭人がまっすぐ突っ込んできたので、伏兵が不意を突くと、倭人は大いに敗れて敗走した〉

〈三九三年、倭人が来て金城を包囲し、五日も解かなかった〉

〈四〇二年、三月に倭国と友交し、奈勿《なこつ》王の子、未斯欣《みしきん》を人質として倭に送った〉

奈勿王は第一七代新羅王で、その子を倭国に人質として出さざるをえない屈辱の状況に陥っています。怯《おび》える新羅、もはや無抵抗で悲しげですが、これはもう誰が何を言おうと勝者と敗者の関係を如実に表わしており、倭国に降伏状態です。

新羅王の始祖は何者なのか

倭軍は遊びに来ているわけではありません。狙いは不明ですが、恐ろしくしつこく攻めてくる倭兵に新羅が手を焼き、血眼になって追い払っているのが手に取るように分かります。

この記事は『日本書紀』ではなく、陰では新羅のヨイショ史記と呼ばれている「新羅本紀」のものです。自国の誇大宣伝はあっても、他国の誇大広告は考えられない。かなり割り引いて書いているはずなのですが、それでも倭兵はとんでもない強さです。ここまで書かれるとヤマトは朝鮮王朝の出張所だというのは真っ赤な嘘で、イメージはまったく逆です。

しかし、どうしたらそんな強国が海にぽつんと浮かぶ島国に出現したのか、いまひとつ合点のいかぬ話ではあります。

では『三国史記』のもう一つ、「百済本紀」はどうでしょう。「新羅本紀」ほどでないにしても、それでも倭の記述は三九二年からけっこうあります。

〈三九七年夏五月、王は倭国と友好関係を結び、太子の腆支《てんし》を人質として倭に送った〉

百済は最初から蹴躓《けつまず》いています。新羅同様、人質、それも王の息子という最高の人質を差し出している。人質など自国への冒瀆だと思いますが、手心を加えて欲しい一心なわけです。しかし、これではまるで倭国の植民地です。

〈四〇二年五月、使者を倭国に派遣し、大きな珠を求めた〉

〈四〇三年春二月、倭国の使者が来たので、王は彼を迎えて慰労し、特に厚く遇した〉

〈四〇五年、腆支太子は倭国で（父の）訃報を聞き、哭泣《こっきゅう》しながら帰国する事を請うた。倭王は兵士一〇〇名を伴わせて、護送した〉

〈四一八年夏、使者を倭国に遣わし、白綿一〇反を贈った〉

〈四二八年、倭国からの使者が来たが、随行者が五〇名であった〉

百済は倭に使いを出したり、人質を出したり、攻められたりと、踏んだり蹴ったりで、それでも治まらず倭の使いを厚遇したり、貢物を贈ったり、ご機嫌取りを超えています。一方の倭はというと、傍若無人の一語、やたら押しまくって態度がでかい。『隋書』「倭国伝」には、「新羅は倭国に恭《うやうや》しいほど使いを出していた」とばっちり書かれているくらいですからチャイナの眼にもそう映っていたのです。

かくもどうして、これほど怖気《おじけ》づいているのか、これでは半島勢力の魂は救われない。僕が青春期に抱えていた日朝のイメージとはあまりにもかけ離れていて、薄気味の悪いほどでした。

笠原君、僕の感想を直言すれば、天地神明に誓って「倭国による朝鮮半島支配」も「任那」もあったのです。

朝鮮史料の中で、心にグサリときたのは瓠公なる知恵者です。何ごとも究めたいと思う質《たち》の僕ですから、気が済むまで調べてみました。するとこの人物、かなりの有名人らしく、『三国史記』の別の個所にもクールな瓠公が見てとれます。

〈族と姓はつまびらかではない。しかし元は倭人で、はじめ瓠《ひさご》を腰にぶら下げて海を渡ってきたので瓠公と称している〉

海を渡ってきた倭人だというのです。面白いのは倭人であるのは確かだが、「族」ははっきりしないという表現。すなわち同じ倭人でも、いろいろな部族があったことを彷彿とさせる表現で、僕の騎馬民族の重層的渡来説とも一致します。その瓠公は、新羅建国神話の重要場面で主役を果たしていますが、ここは日本民族と朝鮮民族の根幹に関わる、実に重大なところだと睨んでいます。

四代目新羅王、脱解《タレ》・尼師今《イサグム》（尼師今は王の称号、在位西暦五七年？〜八〇年？）の生まれはなんと倭国、それも東北一〇〇〇里のところだと朝鮮の『三国史記』にナビ付きで紹介されているのです。

もう一度言います。第四代新羅王は倭国生まれなのですよ。

「秦」「秦韓」「倭国」

瓠公は、初代新羅王と四代目新羅王に仕え、さらに一三代目を見出しています。奇妙というより、これを知った時、僕はヘッドライトを浴びて立ちすくむ鹿状態でした。倭風たなびくのは新羅だけの特徴であって、高句麗や百済の始祖神話には見られず、そこに、僕は新羅という国の特殊性を感じざるをえないのです。

両国の関係記録は日本側にもあります。

高天原《たかまがはら》を追放されたスサノオが、いったん新羅に降り、それから倭国に来たという『日本書紀』、そして『新撰姓氏録《しんせんしようじろく》』には、露骨にもなんと新羅を興《おこ》した祖は鵜草葺不合命《ウガヤフキアエズノミコト》の子の稲飯命《イナヒノミコト》だという記述がある。この人物を調べると瓢簞のように大きな卵から生まれたという伝説の初代新羅王とダブるのですが、とにかく決して両国の関係はたな晒《ざら》しにできるものではありません。

稲飯命というのは、神武天皇の兄なのです。

『新撰姓氏録』を額面通りに受け取れば、弟は日本の初代天皇で、兄は初代新羅王というなんだこれは！　の展開です。いかに古代史書が大袈裟であっても、まったく火のないところに、これほど煙を立てることは困難ではないでしょうか？　僕に言わせれば火はボウボウで、倭と新羅、同じ瓠から生まれた双子のような仲なのではなかったかと思っているのです。分析するにつけ、半島に確国たる王権ができる前に屈強な倭国が成立していた、ということなのです。

エジプトからモーゼが逃げ、イスラエルを造った史的サンプルなど、幾世紀の間にはいくらでもあるでしょう、それと同じです。

遠い昔、マケドニア、エジプト、ユダヤ、ローマの部族がユーラシア大陸を東に移動し、チャイナ全体に散らばって暮らしはじめます。道教がのたまったように、事物は始はあるが終なく、創はあるが成はなく、変はあるが実はなく、道はあるが極はない、のと同じで、歴史に終も、成も、実も、極もありません。すべては前奏曲に過ぎないのです。

チャイナ東方に孔子が出現します。彼は「天と地への犠牲《いけにえ》は、人間が上帝に仕えるためだ」と断言しているように、ユダヤ教と同じ一神教なのです。

やがて秦が興ります。白人の血を引いた白い王、始めての皇帝がチャイナの広範囲を手中に収めますが、彼は自らが神（シェン）となる必要性から多神教への道を歩きはじめます。で、秦の圧政からあちこちの部族が離脱します。これまた道教によれば、甲《こう》があれば非甲があり、両者が合して己《き》になる。己と非己が合して丙《へい》となり、止まるところがありません。

ある一団は手薄の東、朝鮮半島方面へ逃げ、そこで秦韓を名乗る。時は紀元前二〇〇年あたりです。仮にその移動を伝説渦巻く徐福集団と重ねれば、これも余興の一つに過ぎないけれど、シャンパンのアテとしては珍味です。僕の物語では徐福は秦韓に留まらず、とことん東を目指します。一部を残して技術者と共に渡ったのが倭国という筋書きになります。

徐福集団は南朝鮮、壱岐、対馬、北九州に確固たる基盤をつくっている倭勢力を嫌って、出雲に落ち着く。

その後、能登、越後に勢力を伸ばして行くのですが、それは四隅突出型古墳が広く分布する日本海側ではないでしょうか。

彼らは山陰、山陽、畿内、さらには関東方面に勢力を拡大し、またそれとは別の渡来勢力も瀬戸内、四国に根を張ります。

きな臭い時代に突入します。紀元を挟んで前後の一〇〇年間ですが、それは高地性集落が瀬戸内海と大阪湾沿岸を中心とした航路沿いに、続々と出現することによっておおむね分かります。高地性集落というのは、外部攻撃にそなえた要塞村で、戦争の脅威が高まった証拠と見ていい。恐怖の侵略集団は北九州勢力の倭国です。

西暦一四年には倭人が船一〇〇隻で辰韓に侵入し、西暦五七年には倭国王が後漢に使者を送っているくらいですから、北九州の倭軍がいなごのように瀬戸内海に襲いかかるのは造作もない話です。

考古学的な高地性集落建設ラッシュは三度です。

紀元前五〇年から西暦二〇〇年代の間に二度あり、卑弥呼が死んだあたりが三度目です。最後の動乱を読み取れば、北九州倭国がいよいよ瀬戸内を平定しながらヤマトに移動した時期と重なるのです。

きっかけはやはりチャイナ、朝鮮半島の動乱です。海の向こうは何がどうなっているのか、気が揉めるどころの騒ぎではなく、天地が逆さまにひっくり返っている様子。火の粉がぱちぱちと海を越えて飛んできて、倭国本陣の尻にも火が点きはじめていたのです。

笠原君、我々を悩ませていたのは神武東征の際、大王Xは誰だったのかという点ですね。

これから先は、もう少し知識の整理が必要で、我が弟子、ユカさんの力を借りることになります。どうぞ天国からご観覧ください。君と僕の間柄ですから反論、ケチ、何でもご遠慮なくいただければ大変嬉しく、盛り上がるはずです。それではひとまずここで終わります。

10 倭、ヤマト、日本

望月は一瞬足を止めた。隅田川沿い、桜が目に入った。

――はて、もう六月だが……異常気象の狂い咲きか？　人類は地球を幸せにしないシステムを造ってしまったためにすでに虫の息なのかもしれない――

初夏とも梅雨《つゆ》時季とも思えない生温い風が、まったりと川面《かわも》を撫でてゆく。望月は視線を遊ばせながら向こう岸の浅草側に目を細める。晴れているのに曇っている、どことなくこちらとは違う空気が上空を覆っているようで、妙な天気である。なんとなくしっくりしない面持ちでステッキを突き、望月は歩き始めたが、ぎょっとして再び足を止めた。

足音だ。自分の足音に、大きな足音がかぶさるように後方から響いている。望月が止まると、後ろの足音が止まり、歩き出すと再び舗道に靴音が響きはじめた。

振り向く。二人連れがいた。一人は三〇歳前後、隣の男は五〇歳近いのではないだろうか、望月と眼が合った。が、歩調は変わらない。距離が一歩、そしてまた一歩と詰まり、襲われる気配がむんむん押し寄せてくる。

——まずい……——

周囲に目を配った。他に人影はなかった。

望月はステッキから体重を外して、右手に持ち替えた。二人の歩調が乱れた。

「何の用かね」

いきなりだった。エンジ色のトレーニング・ウェアを着た若い男の胸に、きらりとナイフが光った。問答無用の突進は素早かった。望月のステッキが唸《うな》った。うまい具合に男の耳のあたりを一撃した。男は短く奇妙な声を吐き、顎から地面に落ちた。手には頭蓋を叩き割った手ごたえが残っている。

残りの一人が、寸詰まりの首をすくめて躊躇《ちゅうちょ》した。しかしナイフはしっかりと握ったままだ。

「君は勝てん」

と言って、剣道のように上段に構えてからステッキを打ちおろした。空気がブンと威嚇の音を立てて震える。

「居合いの達人だぞ」

ハッタリをかまし、一歩進んだ。むろん居合いなど嘘だが効き目があったのか、敵は一歩下がった。

「このステッキは鋼鉄が巻いてあり、身体のどこに当たっても、骨を砕く。それに長い。

そっちのナイフが届く前に、仲間のように頭を叩き割る」

しかしたじろがなかった。原始人のような男は眼で望月を制したまま、ジャケットを脱いだかと思うと、左腕にぐるぐると巻きつける。なるほど、鋼鉄ステッキをそれで受ける算段だ。

——こいつは本格的だ……——

かくなるうえは先制攻撃あるのみ。望月は一気に踏み込んで、上段から打ち落とした。

案の定、ジャケットを巻き付けた左腕で受けたが、骨の芯まで響いたのか、顔を顰《しか》めた。

次で仕留めようとステッキを振り上げた時だった。男が頭を低くして突進してきたのだ。ナイフを突き出しての、捨て身の攻撃だった。

望月は胸を引いた。あわやという既《すん》のところでナイフは届かなかった。ところが切っ先が方向を変え、上へ向かった。ナイフはポシェットの革紐とジャケットを鋭く斬った。一拍遅れてポシェットが地面にドサッと落ちた。

男が何やら口走った。日本語ではなかった。広東語か何かだが、とっさに鄧寿が頭に浮かんだ。

——そうか、日本語が通じないのだ——

無意識に手の甲で顎をさすった。ヌルっとして手に血が付いたようだったが、見る暇はなかった。

また猛然と突進してきたのだ。

――猪《いのしし》年か、こいつは……――

望月は応戦したが、どこでどうなったのか、もみ合いになった。男がステッキを持ち、望月がナイフを持った敵の手首を掴んでいる。力負けは否めないが、普段のヨガのせいか、ことのほか善戦している。眼と眼が合った。男はすばやくステッキを離して、パンチを繰り出した。

とっさのことだった。それを避けるように身体を反転させ、同時に相手のナイフを持った手首あたりを両手で掴んで、再び身体を反転させながら、一本背負いを仕掛けた。昔取った杵柄《きねづか》である。猪首《いくび》男は柔道の素人だということがすぐに分かった。体が宙を舞い、次の瞬間、アスファルトの舗道に脳天から落下した。

狛犬《こまいぬ》とライオン

「先生！」

「おや、ユカさん、お待たせしましたか？」

「いえ、今来たばかりです」

ユカの微笑みは三囲神社に彩りを添えた。水色のニットのアウターを羽織り、それに落ち着いたベージュのロングスカート、肩から斜め掛けした紺のポシェットが愛らしかった。

「しばらくだねえ、どれどれ、もっとよく顔を見せて」

「こんな顔でよかったらどうぞ。あっ先生、ジャケットが……それに顎……血ではないですか……」

掠《かす》り傷である。途中、牛島神社に寄って、手洗い水で顔を洗って落としたつもりだったが、また血が滲《にじ》んできたらしい。

「さっき段差に蹴躓いて、すってんころりんと……」

取り繕《つくろ》った。ユカはまあ危ない、と言いながら怪しむ顔を寄越したが、自分がやったのでもないのに申し訳なさそうな顔で、本当に大丈夫ですかと心配した。ユカに告げても詮《せん》ないことで、望月は不器用な笑いでごまかし、僕のむさい顔などどうでも良い、ユカの顔をちゃんと見せて欲しいと、ことさら陽気にふるまった。

「さてと、古代史のフルコースといきますか」

ユカは、鳥居口から中の秘密を覗いた。

「こぢんまりとした神社ですね」

「あれ、初めてだったかな？」

「ええ、初めてですよ」

「ほんと？」

「先生の抜けがけです」

口元は微笑んでいたが、目は真面目っぽい。

「てっきり以前一緒に来たと思ったが……はて、どこで手筈が狂ったのかな」

とぼけ顔で付け加えた。

「近ごろは万年健忘症で……あれ……」

鳥居を潜《くぐ》ったところで顔をしかめた。

「以前は、なかったのだけれど」

「あのライオン像？」

足早に近づきながらユカが、あっそうだと気付いたことを口にした。

「去年、テレビのニュースで……」

池袋三越にあったライオン像で、閉店に伴って撤去したやつだと言った。

「やっぱりそうだわ、池袋三越の供養のためにここに運んだのね。先生が電話でおっしゃったとおり、三井の神社ですね」

望月が、像の台座にある説明書きに目をやった。

〈奉納　株式会社三越　清水建設株式会社　平成二十一年十月吉日〉

池袋三越も守護できずに閉店させたのに、ここに置いて三井の御霊《みたま》を守れるのだろうか、と余計な心配が通過した。

ライオンはスフィンクスを見るまでもなく、中東に端を発して、マケドニアやギリシャでも館の守護神だ。古代ローマの文献に、ライオンを飼い馴らすのが一番難しいとある。そう書いてあるからには実際に飼っていたのだが、力の誇示か威嚇のためか、本物を門前に置いていた。

百獣の王を飼うご主人など、どんなお方なのか？　想像するだに空恐ろしい。

「いつしか本物や大きなライオン像が、王のお印になりました。ライオンがユダ族のシンボルであることは、聖書『ヨハネの黙示録《もくしろく》』（五—5）に出ているとおりです。ソロモン神殿の門には凜々《りり》しいライオン像が睨みを利かせ、禍々《まがまが》しくもダビデ王の守護を務めています。その風習がチャイナやインドに流れ、高麗《こま》犬、狛犬《こま》となって日本に辿り着きました」

「何だか妙ですね、イスラエルの守護神が日本古来の神社を守っているなんて」

「それこそが日本です。シルクロードの終着点ですから、人も物も、バラエティ満載です」

ライオン像から、ゆっくりと離れながら言った。

つかみどころのない古代イメージを、素質ある我が弟子と共に語る。たわむれでもなんでもいいから成り行きで語れば次第に頭の中身が澄みきって、これまでの推理がみすぼらしくなってゆく。幾度もためしているが、大変効果的で、ことのほか楽しい作業で、健忘症もあいまって、塚原卜伝《つかはらぼくでん》気取りでステッキを振ったさっきの命のやりとりが嘘のように思えてきた。

守護神はライオン

池袋三越の閉店に伴い、三囲神社境内に移築されたライオン像。神社を守護する姿は、スフィンクスのようだ。

紀元前一〇〇〇年前後からざっと流すことにした。

動乱と飢餓は人を動かす。とりわけ騎馬民族の移動は素早いと、定石どおりに切り出す。

陸が尽き、海が目前に迫る。生きる苦しさより、楽園が夢見られるなら、大海に呑まれて死んだ方がましな場合などいくらでもある。しかし案ずるなかれ、どんなご時世であろうとも、港にはちゃんと水先案内専門の顔役が揃っていた。

「あっちへ船を向ければいい女だらけさ。こっちへ行けば、がっぽり稼げるしな。向こうの岸に上陸して俺の名を出せば○○族の親分と会え、そいつに鉄を渡せば、客分として迎えてくれるぜ」

と平然と言い寄る港の顔役。

「どうしまっか？　女と奴隷をくれれば、いい船をいくらでも用意するぜ。安心しな、俺の船は強えから、岬を回れば、あとは波と風が運んでくれるってもんよ」

弱ければ吹っかけてくるし、強い集団なら、ヘコヘコと言うことを聞く。

こうして繰り返し、繰り返し、船は新世界に繰り出してゆく。部族はさまざまだ。甕棺《かめかん》（北九州）、箱式石棺《せっかん》（山陰、山陽）、木棺《もっかん》（瀬戸内）……全国に散らばる異なる埋葬法が、民族の違いを如実に表わしている。

列島は天国だった。食い物、水、肥沃《ひよく》な土壌、温暖な気候、お値打ち物のお宝が腐るほど唸っているし、穏やかな男女はとびきりの奴隷だ。噂は風に乗って、猛スピードで朝鮮半島に逆流する。

「東の大海に蓬萊《ほうらい》の国がある！」

「山奥の仙人は、不老長寿の秘薬を隠し持っている！」

噂は、バージョンアップしながら西へ西へと拡大する。

耳にした逃避行《とうひこう》部族民が続々と後に続くが、大集団が海を渡って陸に上がれば腹も減る。空腹は悪魔の遊び場、新参者はたちまち略奪者に変貌する。

平和に生きてきた者の悲しさで、列島奥は戦《いくさ》知らずだ。端《はな》っから鎧兜《よろいかぶと》の戦支度《いくさじたく》とあっては、なす術《すべ》はない。新参者はどんどんつけ上がって膨れ上がり、野山から野山、川から川へ、あちこちかってに居座って縄張りを持ち、やがて縄張りと縄張りが激突する。

その後も列島を目指す集団は後を絶たなかったが、その中に、ひときわ目立つ謎めいた一団がいた。

伝説の徐福に代表される秦国系（秦韓あるいは辰韓）である。

彼らは手強い倭国と名乗る北九州連合を避け、手付かずの日本海側、出雲、新潟方面に多数の船を着けて上陸したのであると持論を展開した。

なぜ「倭」を「ヤマト」と呼んだのか

望月は、大胆な仮説をくりかえした。

「大雑把《おおざっぱ》に言えば」

「秦国系は主に日本海側に潜入し、百済系は北九州に入り込んだ。史料をどんどん刈り込んで得た結論です」

「すると出雲に来たという、スサノオ勢力もやはり秦国系ということに？」

「議論の余地はありません。スサノオの出自は『日本書紀』で告白しているとおり新羅です」

新羅は言うまでもなく辰韓、つまり秦国系である。

「ユカさん、歴史は些細なことが重要です。欺《あざむ》かれないためには『日本書紀』にだって、ちりばめられたきらりと光る本物の一粒、一粒を見逃さないかどうかです。スサノオは秦国系だった。僕の仮説、ここまではいいですか？　というより、まずはそう思ってください。そうでなければ前に行けません」

「はーい」

「次の場面は、いわゆる神武東征です。チャイナの動乱が朝鮮半島に感染し、玄界灘を飛び越えます。北九州倭国には大軍襲来の噂がしきりに流れはじめる。何せ、自分たちや自分たちの先祖だって、あっさりとここに来たくらいですから移動能力はハンパじゃない。突如、海から敵軍が這い上がってくるかもしれず、本気で来られたらかないません。三十六計逃げるに如《し》かず。ならば遥か遠くに逃げれば逃げるほど安全です。そして占いは東に遷都せよと出ます」

神武東征。望月は、見たようなことを言った。命を守ったステッキに、少しもたれかかって続けた。

「神武東征説をためらいなく折る学者がいますが、話になりません。その事実がないなら、『日本書紀』に、なぜわざわざあれほどのボリュームをもって書き留める必要があったのか。はっきり言って、不感症は歴史家に向いておりません」

つい口が滑ったが、さりとて言い過ぎではないだろう。ユカも、同意の笑みを返してくれた。

「心強いですね。公務員に頷いていただけると」

ユカが苦笑して望月の腕を突く。和気あいあいのいいひと時である。

「東征ルートは瀬戸内海です。疑う余地はありません。日本海より穏やかだということもありますが、やはり出雲に陣取っている大勢力が怖かった。日本海は回避して、多少なりともほっとする瀬戸内ルート。むろん、スムーズだったわけではなく、瀬戸内に点在する部落を和戦両睨みでたいらげながら数年かけてやって来た。しかし、目を付けていたのは最終ポイント、ヤマトです。そこには言うまでもなく屈強なニギハヤヒ、後の物部勢力という、きつい連中ががっちりと根を張っていて、ついに倭国本隊と衝突します」

「はい」

「ではユカさん、ニギハヤヒは何系部族ですか？」

教師のように問うた。しかし、残念ながらユカの方が背が高く、顎を上げて見上げる姿勢に、優越感はたちまちへこんだ。

「えーとニギハヤヒは、随分以前にヤマトに移住していた秦国系です」

「よくできました。『日本書紀』の、互いに同じ神宝を持っていたという記述が決め手です。百済も、元を正せば秦国系ですから。イメージ的には秦という怪獣から倭国とか、新羅とか、百済とか、ボコボコ頭が出て、互いに争ったり、和睦したりしているだけなのですよ」

「はい」

「では次は重大な質問です。ヤマトという名称はどこからきていると思います？」

望月は社殿脇に林立している、小ぶりな石碑を見ながら訊いた。石碑は小粒で、庭に遊ぶ陽気な魑魅魍魎《ちみもうりょう》に見えなくもなく、ユカも釣られてその一つに思案気に目を留めた。

そしてやがて形のよい口を開いた。

「一般には……邪馬台国が訛《なま》ってヤマトになったと言われていますけど……」

考えた割には、聞くに堪えない茶呑み話のような答えだった。

「しかしその説の、目の上のたんこぶは『魏志倭人伝』の表記が、「邪馬台国」ではないことです」

実は「邪馬壱国」である。ならば読み方はヤマトではなくヤマイだ。いや、『魏志倭人伝』の「邪馬壱国」は「邪馬壹国」の凡ミスだという学者もいる。しかしこの学者は「壹」が「二」の派生で、「イ」と発音するのを知らないのだろうか？　壱だろうが壹だろうがイなのだ。ならばやはりヤマイ国で、ヤマイがヤマトに訛ったなどとしらばっくれて逃げられるなら、何でもありだ。歴史を文献、遺跡、科学、心理学、そして常識から推理する望月的アプローチとしては認められない。

「僕は簡単に考えてみました。昔は日本を何と呼んでいました？」

「倭《ワ》です」

「そう、倭です。それが古墳時代のどこかで、いつの間にかヤマトが割り込んでくる。しかし漢字の『倭』は変わりません。『倭』あるいは『大倭』と書いて、読み方だけを強引にヤマトです。これはどういうことか？　その鍵は、ここにあります」

　ユカの眼が輝いた。幼げな垂れ気味の眼ではあるものの、先生すごいと素直に反応する瞳。話し甲斐ある相棒だ。

「ヤマトとは昔、奈良盆地の東南地区を指していました」

「ええ、それは複数の文献で分かります」

「古代において、地名イコール部族名だと考えていい」

部族名
↖
ヤマト
↙
地名

「で、倭を無理やりヤマトと呼ぶようになったのは北九州倭国が、ニギハヤヒに代わって奈良盆地の王に立ったからではないかと睨んでいます」

「つまり、どういうことですか？」

困惑の表情で訊いた。

「僕に騙されないよう、よく聞いてください。後漢や魏に朝貢していたのは『倭』です。『倭』は親分と仰ぐチャイナ正史に載っている由緒正しい国名であり、『倭』の文字は、簡単に捨てられません」

ユカは、どうしてなのかという表情をした。

「後漢や魏の文書保管倉庫には」

望月が繰り返す。

「『倭』の文字が刻まれた皇帝の書やら金印のコピーがごっそり保管されているのです。

栄誉ある『倭』は残したい。しかし東征後、拠点はヤマトに移った。だからと言って国名をヤマトに変えたら、チャイナ王朝との関係が面倒くさくなります」

「なぜですか？」

「だってユカさん、ヤマトと名乗ったとたんに波風が立つではありませんか？　『倭』はどうした。お前は我が子分の『倭』を滅ぼしたのではないかとね。そうなれば、あれがこうなって、これがああなってと長い説明を要し、それでも疑いを持たれたら査察官を検証派遣しかねません。それより、対外的表記を『倭』のままにしておけば、いらぬ詮索はされません。それで読み方だけを変えたのです。ヤマトとね」

「国内的にもヤマトにしたのかしら」

「おそらく、そうでしょう。『日本書紀』によれば、イワレビコナ（神武）は、地元のニギハヤヒを完全に捻《ひね》り潰《つぶ》したわけではない。最初の激突はあったものの、兵馬のいらない手打ちで締め括っています。すなわち倭とヤマトとは五分五分ではないけれど、六・四とか七・三で合併しています。そのうえに、ヤマトという不利なアウェイ上に立ったわけですから、獅子身中《しししんちゅう》の虫はいくらでもいるわけで、危険はまだ去っておらず、玉座を守るにはヤマトを尊敬してやった方が納まりがよかった」

「それなら何となく分かります。今だって市町村合併後でも、長く旧名が残っていますもの」

「あれ、納得?」

「……」

「ユカさん、そのくらいで矛《ほこ》を納めてはいけません。『倭』という漢字だけを残し、呼び名をヤマトに変えた理由には、もっと決定的なことが……」

「そもそも、ヤマトって何語ですか?」

おっとりした声で訊いた。

「そう来なくてはいけません。土着の言葉かもしれない。あるいは、どこかの騎馬民族の言葉かもしれません。いろんな説が取りざたされていますが、奈良東南部には東《ヤマトノ》漢《アヤ》人と呼ばれる部族がいたし、今でも神武天皇の皇后を祀《まつ》った東《ヤマトノ》大谷《オオタニ》日《ヒ》女命《メミコト》神社があります。すなわち手打ちは地元の王の娘と結婚したのではないか。その娘が東《やまと》だった」

「ということは、ヤマトは東《ヤマト》という意味ですか?」

「そう唱える学者もいます。山の東で、山東。あるいは北九州倭国よりずっと東に位置していたのでヤマトだとも。この説は何遍も耳にしていますが、少なくとも邪馬台国の転訛説より実感はあるものの、東がヤマトなら、では西は何と呼んでいたのか?」

望月はこの話題から外れて、口を閉じた。まだ話すタイミングではないと思ったのだ。切り替え時をはかるように間を取った。

「日本国」の由来

静かな場所だった。磁場的にもいいものを感じた。いつの間にか快《こころよ》い陽差しがあたりを照らし、小鳥のさえずりが聞こえていた。顎の痛みはない。血の滲みも完全に止まったようだった。同じ時間、同じ場所、望月は無二の親友、ユカと二人でいるこの一時に、しばしまったりと浸っていたかった。

ぬくぬくとしているとふと思いだしたのか、ユカの方から質問を変え、今度は日本という国名について尋ねてきた。

「先生、日本国の由来はどうでしょう」

「有名なのは」

望月は長くなりそうだったので、壊れた石碑の台座に腰を下ろした。

「倭王が遣隋使、小野妹子《おののいもこ》に持たせた国書でしょうね」

「日出《い》ずる処の天子、日没する処の天子へ、云々《うんぬん》という書き出しですね。たしか六〇七年のことです」

望月は、まだ立っているユカを仰ぎ見てしゃべった。

「首が疲れますよ。隣に座りませんか」

ユカも、台座に腰を下ろした。スカートを整えポシェットを膝の上に置く。

「続けてみてください」

「はい……えーと……国書を受け取った隋の皇帝は、煬帝《ようだい》ですが」

ユカがやさしい顔で続ける。

「自分を日没する国の天子と見下したと怒って、無礼な書は今後自分に見せないよう外交担当官に命じた話は有名ですね」

「水を差すようですが、それは少し違うようですよ」

「えっ？」

きょとんとした表情で見返した。

「日が没するというのは、別に見下した比喩ではありません。昔は東を〈日が昇る方〉と言い、西を〈日が没《しず》む方〉と言い表わしています。たとえば東洋はオリエントですが、オリエントはラテン語の『日が昇る』を意味するオリエンスから来ており、古代騎馬民族も、東を『日が昇る方』と言っていたのは事実です。また、仏教経典関係の書にも〈日出処是東方　日没処是西方〉という解説があって、言い方自体は非礼でも何でもない。煬帝が怒ったのは、日没するという表現ではなく、自分と倭王を『天子』と、同列に扱ったからのようです」

「そういうことですか」

「で、『日本』という名の由来ですが、日が昇る国だから日の本で、日本となった。しかしこれは珍答《ちんとう》でしょうね」

「珍答ですか？」

「黴《かび》が生えかかっています。日の本説で納得していては、僕の弟子として少々寂しい」

「すみませーん、でも、すると……」

「俗説の中に籠ってはいけません。学者ぶっている連中が寝込んでしまうくらいの答えを探して欲しいものです」

「はーい」

「だっておかしくありませんか、日本なんて。日出ずる国ならば日出国、あるいは日昇国になってしかるべきです。しかし、日の本ですよ」

「……」

「僕は、日本という文字をむしゃむしゃと食べてしまうくらいに、じっと見つめてみました。すると、何というか、かなりへんてこな気分になってきたのです」

言い方が可笑しかったのか、ユカはむしゃむしゃですか？　と訊き返しながら忍び笑った。

「へんてこな字ですよ。どうしても日が昇る処だと言いたいなら、『日元』とか『日源』となるはずです。『日』と『本』って突拍子もない組み合わせだと思いませんか」

「そう言われれば……」

「それにニッポンという発音です。ポンだなんてマージャンでもあるまいし、いかにも軽い。どこの国の発音なのでしょう。チャイナの雰囲気はない。で、再び僕は『日本』の二文字を見続けました。するとまた支離滅裂に見えてきたのです」

「ゲシュタルトの崩壊現象ですね」

ユカは〈ゲシュタルトの崩壊〉を知っていた。心理学で扱う分野だ。さすがである。侮《あなど》れない。望月は賢そうな、それでいておっとりした我が弟子の顔を満足気にちらりと見た。

〈ゲシュタルトの崩壊〉とは、同じ文字をじっと見ていると、バランスが突然崩れはじめ、まったく別のものに見えてくることをいう。

たとえば『飛』という字を何分間も見つめる。するとある瞬間に、いきなり別次元に突入して、まったくもって奇妙な文字に見えたりするのだ。

裏を返せば、新しい閃《ひらめ》きである。望月も仕事で数回、このやり方を試している。思考が袋小路に迷い込んで、いよいよにっちもさっちも行かなくなると、〈ゲシュタルトの崩壊〉に突破口を求めたことがある。

じっと見つめる。見つめて瞑想し、また見つめる。すると、それまでの思い込みが見事に壊れ、予期せぬ新像が立ち上がって、救われたことがある。何でもない女をじっと見つめているうちに、急に違う女に見えるようなものだ。

『日本』の時もそうだった。字に長い間視線を固定させていると、急に胸騒ぎがして倭、あるいはヤマトとは不連続の、まったく別物に見えてきたのだ。

倭《ワ》　≠　倭《ヤマト》　≠　大倭《ヤマト》　≠　日本《ニッポン》

「気付いた時には興奮しましたよ」

「……」

「ワ、ヤマト、ニッポン。呼び方が変わるたびに王権の大変化が起こっていたのではないかとね。北九州勢力の『倭』。近畿に移って『倭』をヤマトと呼ばせ、そして大阪、奈良勢力が衝突して、新生児『大倭《ヤマト》』が誕生した。そして今度は『大倭』から『ニッポン』への変化です。単に日が昇るからという理由は完璧にアウトです」

「……」

「占いで決めたのかとも思いましたが、その線も感じられない。僕に見えたのはやはり血脈の断絶です。まったく別部族が王になった。そこには『ワ』も『ヤマト』もバッサリと斬り捨て、白地に赤丸の旗を高々と掲げた新支配者の覚悟というか、本気度が感じられるのです」

「日本国の初名乗りは、西暦七〇〇年より少し前ですよね」

「そう見ています。その時に何があったのか？」

「壬申《じんしん》の乱」

ユカが即座に答えた。六七二年、天地を揺るがす動乱だが、ヤマトの地に起こっている。天智《てんじ》王（六二六年～六七一年）が没した後の、大戦争だ。

王の弟×王の息子
叔父と甥《おい》のガチンコバトルだが、しかし望月の見立てはもっと深い。

「いつものごとく、僕の考えは教科書的ではありませんが――」

「ええ、合理的なアプローチです」

「ありがとう。さて一般には、即位した息子の弘文《こうぶん》王が叔父の大海人《おおあま》（六三一年？～六八六年）を過剰に恐れたあげく、抹殺しようと起こした事件です」

望月は、ゆっくり首を横に振ってこれを否定した。

「かなり違います」

「えっと……大海人は初めて天皇（スメラミコト）を名乗った人物ですよね」

「そう、彼が天武《てんむ》天皇です。正真正銘、日本国の初代天皇、記念すべき男です」

宮内庁御用達説では第四〇代天皇だが、それを初代だと言い切った。

「老舗がさらにもっと古い創業をこじつけたがるのと同じで、はっきり言ってズルです。気持ちは分からないでもありませんが、秦の始皇帝のように潔《いさぎよ》く、すぱっと公言していただきたかった」

「始天皇ですね」

「そう、我こそは天武始天皇ぞ、とね。名乗ってくれないばっかりに、誰が初代か後々の歴史家が不毛の推測に大苦労です。知る人は語らず、語る者は知らず……」

と、ユカがめずらしく伝説さ迷う天皇の肩を持った。

「でも先生、始皇帝とは較べものにはなりませんが、それでも日本の始天皇は律令制度を整えたり、古代都市飛鳥《あすか》を興したり、随分と思い切った改革を成した人物ではありませんか？」

ユカが指を折って、天武天皇の事績を数えた。

軍事の強化。日本最古の貨幣「富本銭《ふほんせん》」の発行。難波《なにわ》副都の建設と藤原《ふじわら》京の着手……。

望月は、同意した。

「『天皇』を発明しただけあって知恵が詰まっています。中でも『日本書紀』編纂は、すごい」

息子の舎人《とねり》親王（六七六年～七三五年）に造らせている。

「日本の歴史は『日本書紀』をもって生ずです。出自を完全にボカす偉大なる迷宮でありましてね。その後、万という学者が日本書紀ワールドに引きずり込まれ、あまりの支離滅裂さに寝込んでしまうほどの代物です。そして、天武天皇は国名を大倭から日本へと変えた張本人でもある」

ようやく、話を戻した。

「あっそうか、分かりました」

ユカが、お見通しだと言わんばかりに語尾を上げた。白い歯をのぞかせ、薄く唇をほころばせている。

「さっきから遠回しに言っていますが、何をおっしゃりたいのか想像できますよ」

「……」

「でしゃばっていいですか？」

「かまいません」

「その人物は『天皇』を発明し、『日本書紀』を造らせ、国名を『日本』にした。ようするに過去をきっぱりと清算した、と言いたいのですよね？」

「続けてください」

「天智王と天武天皇は血のつながりのない、まったく別の勢力だけれど、でも『日本書紀』などで何とか歴史につなげたかった」

「そのとおりです、ユカさん」

小気味よい答えに、今にも抱きしめんばかりに両手を広げた。

「そうなんですよ。僕たち日本人は長い間、『日本書紀』にずっと騙されてきたようです」

望月は騙されてきた、という言葉に力を込めた時、不気味な気配を感じ、あたりに目を配った。

天智と天武、その本当の関係とは

さっきの襲撃が、身に残っているせいか、歴史の不気味さが増幅した。

天智王の弟が天武だ、というたったそれだけの記述で、かくも思い込んでしまう怖さだ。文字が風景を創造し、それが真実であったかのごとき記憶を刻み込む。文字は歴史を造り、人の脳を乗っ取る。特に漢字だ。「てんからまごがおりてきた」より「天孫降臨」の方が権威と有実性が数倍増す。まさに歴史は神のごときツールと共にあるのだ。『日本書紀』はイリュージョンを造り上げ、我々はその中にいる。

望月は墓場のように静まり返った境内を見渡した。するとあちこちに林立する石碑が墓石に見えた。

「古代において血脈というのは決定的でした」

望月はユカを見、気を取り直してしゃべった。

「天武が王権を握る。初代天皇ですから、いわゆる創業者です。しかし、みんなハッピーとはいきません。騒擾《そうじょう》の気配を見せる不満分子がヤマトのあちこちに大勢いる。その不満分子が、血という武器を使いはじめたらどうなります？　血は支持条件の重要なファクターです。天武天皇など、お高く留まっているがヤマトの正統なる血筋ではない。どこの馬の骨か分からんよそ者だ、と吹聴するわけです。卑しき亜流の烙印。地元の正しき血のネットワークでぎゃあぎゃあ騒ぎ立てたら、持て余すどころか現代人には想像できないほどの厄介なパワーとなる。血脈からの逸脱は、まずい」

噂は猛スピードで広がり、尾ヒレも背ビレも胸ビレも付いて戻ってくる。デリケートな野合《やごう》の上に乗っている始天皇としては、この噂は放っておけない。ヤマトは和合しなければならないのだ。

問題は血脈だ。対策は己《おのれ》を先代の天智王とつなげることだ。それで噂は封印できる。口で言えば言うほど、胡散臭《うさんくさ》くなるだけだ。神宿る漢字に限る。読んだ者は、重厚な漢字に支配される。今に譬えるなら、ＢＢＣ録画記録映画を観《み》せられる以上で、真実味が迫ってくる。

　このあたりは、歴代の王が民族の同和を求めて漢族になりすますチャイナの手法と同じだ。天皇も倭人、それももっとたしかな万世一系でつなげたのである。

で、『日本書紀』の編纂である。由緒正しい歴史に塗り替え、その血脈に天武天皇をはめ込む。

「でも、まるっきりのでたらめは書けません。バレバレの捏造《ねつぞう》ストーリーでは却《かえ》って信用を落とし、自分の首を絞めることになります。神武東征だとか、三輪《みわ》勢力のことだとか、出雲《いずも》勢力のことだとか、誰もが知っているポイントはちゃんと押さえる。むろん最大の注意は血脈の辻褄合わせです」

「……」

「ようするに彼の血は、ぎりぎりオーケーどころか、かなり外れていたから『日本書紀』などという仰々《ぎょうぎょう》しいものを創り上げ、『天皇』などという神的ポジションをこしらえなければ治まらなかったのです」

　望月は、もう一度繰り返した。

「天智と天武の血脈はない。これがきわめて明確な僕の結論です」

「もう少し、根拠がありますか？」

「兄である天智王の諱《いみな》（実名）の葛城《かつらぎ》です」

即座に答えた。

「葛城市の？」

「そう、河内《かわち》の豪族です。天智王がその部族出身なのは、火を見るよりも明らかです」

望月は座ったまま股の間にステッキを突き、柄頭に両手を重ねた。

「ところが弟の天武天皇の和風諡号《しごう》を見てください。天渟中原瀛真人《あまのぬなはらおきのまひと》です。即位前は大海人でした。どちらにも葛城の『か』の字どころか、奈良、大阪近辺の他の豪族名らしき欠片《かけら》もない」

「そう言われれば……」

ユカは難しい顔で眼を細めた。

「大海人は海から来た渡来系を暗示し、天渟中原瀛真人の『瀛真人』は、瀛州《えいしゅう》という神山に住む仙人の高位名で、実に道教的です。すなわち仙人思想です」

相槌は聞こえなかったが、ユカは話をやんわりと受け入れているようだった。

天智王―葛城（諱）―天命開別尊《あめみことひらかすわけのみこと》（和風諡《おくりな》）
天武天皇―大海人（諱）―天渟中原瀛真人（和風諡）

「天智王は百済《くだら》系ですね」

望月は自分のペースで主張した。

「で、天武天皇は新羅、すなわち秦国系の別部族出身だというのが、今のところの僕の見立てなのですよ」

ユカは反論せず黙然と口を閉ざしたままだった。

「解く鍵は二人の異なる外交です。さすがに天下を極めた二人だけあって、大胆さは際立っていますが、それを話す前にユカさん、喉が渇きました。途中で自動販売機を見かけませんでしたか？」

「あら、いけない。話に夢中になっていて、すっかり忘れていました。冷たいお茶を用意していたんです」

慌ててジッパーを開け、金属製携帯ポットを取り出す。ユカの気配りに望月の表情が緩んだ。話す言葉を探りながら、再び言葉を紡《つむ》ぎはじめる。

「天智王は百済のサポーターです。それはもう徹底していて一〇〇パーセントに近い。自慢の軍の大半を割《さ》いて半島に送りつけ、百済と共に新羅戦に熱を上げましてね。執着心といったらパラノイア的で、他愛ない古代人の夢の一場とは思えない異常性を発揮しています。しかし百済の血がそうさせたのだと思えば、その異常さの謎が解けるのです」

冷茶を蓋に注ぎながら、ユカがしゃべった。

「たしか倭軍が唐、新羅連合軍と激突したのは白村江《はくすきのえ》の海戦（六六三年）でしたよね」

「そうです。すでに百済は滅亡しているにもかかわらず、倭軍は高い運動能力を発揮して漕ぎつけ、百済の遺民と共に戦いますが、唐と新羅の軍にこてんぱんに負けています」

望月は冷たい麦茶を一口呑んだ。旨かった。喉を鳴らして残りを呑み干し、次に話すべきことが口から転がり落ちた。

「『三国史記』「百済本紀」は、こう記しています」

〈六五三年秋八月、王（百済）は倭国と修交した〉

〈六六二年七月、扶余豊《ふよほう》は、高句麗と倭国に使者を派遣して、援軍を願う。唐、新羅連合軍は百済を救援に来た倭軍の軍船四〇〇を白江《はくこう》に焼く。百済は復興に失敗し、倭軍は自国へ退却、扶余豊は行方不明になる〉（扶余豊は百済最後の王の子供）

「百済は消滅します。しかし天智王は見捨てることなく、逆に、命懸けで何万人という亡命難民を遷都した大津京《おおつ》に引き取るのですよ」

「百済にメロメロですね」

「敗軍の将となった天智王は、新羅を過敏に恐れるようになります。むしろ恐れたので何万という同朋の百済人をヤマトに入れ、守ってもらったと考えた方がしっくりいくかもしれません」

「そうか……」

「夜毎《よごと》悪夢にうなされたのか、北九州に水城《みずき》、防人《さきもり》を設置し、それでも枕を高くして眠れなかったものだから長大な烽火《のろし》台を築き、壱岐、対馬から北九州、瀬戸内を通過してヤマトにつなげています。この大事業が裏目に出た。敵は外ではなく、内に潜んでいたのです。天智王の暗殺。狩りの最中に殺害されたという記述が『扶桑略記《ふそうりやつき》』にあります。で、天智王の息子、大友《おおとも》皇子が大津宮で即位し、近江王朝の弘文王（六四八年〜六七二年）となります」

『日本書紀』は、この大王交代劇を天武天皇側が正統になるように美しく綴っている。

天智王は最初、弟の大海人（天武）に跡継ぎを打診したが辞退したので、しかたなく息子にしたと書かれている。

大海人（天武）は慎み深く吉野《よしの》に引っ込む。が、その恩は仇《あだ》で返され、弘文王が攻めるべく挙兵した。吉野一帯に鬨《とき》の声がこだまする。しかしあれよあれよという間に形勢は逆転し、追い詰められた弘文王は自害。

譲歩した善玉は大海人（天武）で、しつこく追って軍を差し向けた悪玉は弘文王だ。大海人（天武）はしぶしぶ正当防衛で立ち向かわざるをえず、しかし己に徳があって勝利、弘文王は自分で死を選ぶ。

最初から最後まで大海人（天武）美談あふれる筋書きである。

美しすぎる歴史ほど怪しい。こんな話はとても真に受けることはできない。

東に声して西を撃つがごとく、我々は天武にしてやられたのだ。大した古狸である。『日本書紀』など、一から十までぜんぶ天武天皇の仕切りだから、みなころりと騙され、美談にむせび泣き、あの方こそ義の人、忠の人と尊敬を一手に集めた。

事実は違う。大海人（天武）は最初から正統なる後継者、弘文王を狙って吉野に潜伏、周到な準備を整え、手はずどおり首を打ち取っただけだ。望月はそう睨んでいる。

「武力で制圧した大海人が、飛鳥京に凱旋《がいせん》し、初代天皇になったとたんに彼は電光石火一八〇度、外交を転換し、心置きなく新羅と懇《ねんご》ろになります」

血のなせる業《わざ》だ。

「先生、天智はは天武の兄弟ではなかったわけですよね」

「そう。百済系と、新羅系」

「いつからヤマト王権は、百済系の手に握られていたのでしょう……」

ユカが素朴な疑問を口にした。

「ヒントは新羅を攻めていない年で、鍵は『新羅本紀』の中にある。読むかぎり、友交的な記述は卑弥呼治世前後の九〇年間と、西暦三〇〇年から約一五〇年間、そして西暦五〇〇年からほぼ一五〇年の間です。その間の新羅攻めは見当たらない」

「つまり、その時期の支配者が新羅系だった可能性は高い？」

「常識的に考えればそういうことになります」

「最後の西暦五〇〇年からの約一五〇年というのは、継体王《けいたい》（四五〇年～五三一年）から……崇峻王《すしゅん》（生年不明～五九二年）までかしら」

「継体王による王朝簒奪は有名で、たしかＮＨＫのテレビでもやったことがある。その継体王から新羅系が六代続き、で、崇峻王でひっくり返り百済系になる。王権中枢にいた物部が、粛清されたのはこの時です」

「すると新羅系の物部に対し、滅ぼした蘇我《そが》氏が百済系ということですか？」

「一般には、神道の物部と仏教の蘇我の対立となっていますがそう事は単純ではない。望月流に言えば、蘇我氏は騎馬民族ですから百済ではありません。根底には新羅系と百済系の闘いもあったけれど、もう血は混沌としており、物部の守屋の妹が蘇我馬子と一緒になり蘇我蝦夷が生まれているように、民族よりも利害でくっついたり、離れたりしていましてね。おそらく物部の祖も大陸からきています」

いよいよ話は核心に近づいてゆく。

その後の倭国の様子は、『三国史記』に垣間見える。

百済はすでに滅んでこの世に存在しないので、六六二年以降の「百済本紀」は当然空白だ。で、突然日本という名前が「新羅本紀」に登場する。

〈六七〇年一二月、倭国が国号を日本と改めた。自らの説明では日の出ずる処に近いので、名付けたという〉

〈六九八年三月、日本国から使臣が来たので、王は崇礼殿《すうれいでん》で引見した〉

〈七〇三年、日本国から使臣が来たが、みんなで二〇四名だった〉

倭国が日本と国名を変えるのと同時に、新羅と外交を開始したのである。

「先生」

ユカは異議をはさんだ。

「六七〇年というと、まだ天智王が生きてます。死ぬのは翌年です。それなのに日本に国名を変えましたと新羅に伝えるのは、少しおかしくありませんか?」

「ユカさんは、やはり慧眼《けいがん》の教師です。そう、大変おかしい」

動じることなく答える。

「おかしいのは一代前の、斉明《さいめい》女王からです」

斉明は天智王同様、百済を救済し、自ら援軍を率いて北九州へ出向き、駐留先の朝倉《あさくら》宮で急逝した女王だ。むろん暗殺の噂は絶えないが、わずか六年の治政だ。それから七年の空白の後、天智王が即位する。

妙なのは即位までの空白の七年間だ。意味不明だ。が、ようするに天智王を認めない勢力がいたのだと考えるとしっくりいく。さらに言えば天智王の在位だ。たった三年で、殺されている。息子の弘文王にいたっては、わずか一年で死亡だ。

「こうしてみると、ヤマトは地獄の鍋のようにぐつぐつと沸騰して、秩序など保てなかったと見ていい。すなわち底の知れぬ大策士、新羅系の大海人勢力がまだ天智が生きている最中にめきめき力をつけ独自に新羅と外交を展開し、勝手に国名を『日本』に変え、日本こそ正統なる倭国の後継者だと知らせたと見ていい」

「ヤマト」は何語だ？

望月は両手に持っていたカップに気付き、ユカに返した。

「『新羅本紀』の日朝関係はまったく新たな境地です。あれだけしつこく攻めていたのに日本は謝罪もないし、新羅だって遺恨の追い打ちをかけることもない。拍子抜けするくらい憎悪はなく、新羅は新生日本を厚待遇で迎えている。常識では考えられません。しかし昔の憎い倭国は滅び新しい日本が生誕した。しかも血筋は同朋の新羅系。こう考えれば、この友好も無理なく理解できる風景だと思いませんか？」

ユカが茶を満たした蓋に口をつけた。こくりと小さく喉を鳴らす。しばらく思案気に二、三度お茶を呑んだが、やがて独り頷き、話の筋を見失わないようにゆっくりとしゃべって確認した。

「東征した騎馬系の倭が、ヤマトで根を張っていた勢力を呑み込んだ。むろん呑み込まれた方も渡来人です。そしてある時、倭国の王権は百済系に乗っ取られる……それがきっかけで大倭と改めた可能性は理解できます」

「そして再び百済系が新羅系にやっつけられ日本になった。ユカさん、別部族の支配に替われば、国名も代えたくなるのは自然ではないですか。チャイナだって秦、漢、魏……全部新しい名に変えています」

「そうか、倭《ワ》、大倭《ヤマト》、日本《ニッポン》が違う部族であれば……今までどうしてそれに気付かなかったのかしら……」

「二転、三転、いや四転、五転、宝の山、ヤマトの争奪戦です」

「宝の山ですか……あっそういえば、これも忘れていました」

またポシェットを覗き込んだ。望月の眼は、ユカが取り出したジップロックの中身に釘付けになっている。

「豆大福……あーあ、ユカさん、ノッペラボウのペシャンコです」

しかめっ面で言った。

「ごめんなさい」

「いえ、いいえ、餅は形じゃない。大切なのは気モチです」

望月は駄洒落《だじやれ》を口にしたが無視された。気を取り直して、子供のように豆大福を受け取ると、慈《いつく》しむように頰張った。

「この弾力ある歯応え……大福は粒餡《つぶあん》でなければいけません」

「先生」

望月の感激とは対照的に、冷静な声が聞こえた。

「宝の山って……たしか近畿で金《きん》は出ませんけど」

「出ませんよ、金は」

「では宝というのは？」

「奴隷と土地です」

もぐもぐと口を動かしながら、また新しい茶を吞む。

「奴隷と土地ですか……」

「そうです。肥沃な土地と従順な民は大いなる財です」

大福餅を吞み込んでからしゃべった。

「一君万民とか王土王民と言われるもので、耕作地を民に貸す代わりに税、労役、兵役を課す。古代チャイナには周以前からあるビジネスモデルです。何せその辺の地面やその辺にいる人々がおカネになる。ヤマトは東に濃尾《のうび》平野、関東平野と田畑に適した土地が広がっていた。ヤマトを制する者はお宝の総取りで、だからこそ命懸けで玉座を狙ったわけです」

律令制度などと言えば聞こえはいいが、ヤクザと同じだ。ヤクザより性質《たち》が悪いのは絶対に民を逃さないことだ。そのために完璧な戸籍を作った。

「逃げれば処刑です。今だって同じでありましてね。住民票は水も漏らさぬ徴税のツールで、脱税は重罪。人類は何千年も支配から逃れられません」

「耕作地を貸してくれた昔の方が、分かりやすかったかもしれませんね」

「ええ、現代は自分の力で土地は買わなければなりません。カスリは持ってゆくのだから始末が悪い」

望月は青空を見上げた。

大福で腹が満たされたせいもあって気持ちはすこぶるよかった。ふと天に笠原の視線を感じた。空を眺めながら、ぼそっと呟く。

「これを言ってしまわないと、やっぱり気持ちが悪い……」

「えっ、何ですか？」

「いや……メジャーではないけれど、巷《ちまた》で密かに囁《ささや》かれている噂です。実はね、今日ここに来たのは、我が弟子にそれを打ち明けるためなのですよ」

「……」

「僕は、奈良盆地の隅にあったヤマトという地名がずっと気になっていました」

話を大きく揺り戻した。

「山の東じゃないのですか？」

「最初はそうじゃないかと思っていたのですが、それにしては長い間ヤマトという国名に執着し、しがみついています。つまり『倭』もヤマト、『大倭』もヤマト、『日本』もヤマト、ヤマトという呼び方は今だって手放さない、不滅です。それには何か深いわけがあるのではないか、と考えました」

「でも先生、さっきそれは、ヤマトが地名であり、世間の認知度が高かったからおいそれと変えられなかったと、おっしゃいましたよ」

「そう、むろんそれもあります。しかし五〇〇年、一〇〇〇年とヤマトはすたれない。あまりにも長すぎます。チャイナなど五〇〇年の間に、秦、漢、魏、呉、蜀、晋、東晋……国名が目まぐるしく変わっている。朝鮮半島だって、あちこち国名が変わりすぎるくらい、変わっているのですが、しかし、ヤマトは静かに生き続けている」

「……」

「事実、何度も政権は倒されている。しかしずっとヤマト。そこで、よほど縁起の良い名前だったのではないかと考えてみたのです。縁起が良すぎて変えられない。ヤマトには呪いのようなものが込められていて、変えたら国がひっくり返る、そんな名前だったのではないかと。そう思っていると、偶然にもある人物に出会ったのです」

「……」

「呆《あき》れないでください。その人は、ヤマトはアラム語だというのです」

唐突に言った。

「アラム語って、キリストがしゃべっていた？」

ユカがポカンとした顔で訊いた。

「僕も最初は巷間うろつく与太話的感覚で、またかと受け流しました。勘弁して欲しいというのが正直なところでね。が、しかし、まあ暇潰しのつもりで、黙って聞くだけ聞いてみたのです。よく考えれば『日本書紀』だって与太話ですからね」

その人物は、ヤマトはアラム語のヤー・ウマトだ、と語った。

「油断せずに耳を傾けていると、ヤーはヤーウェーの頭文字で、神のことです。続くウマトはアラム語の民。すなわち『神の民』だと」

「へえー」

ユカは小さく声を出した。

「そうすると、僕の推理とぴたっとくるんですね。すなわち、ヤマトが恐れ多い名前だったから、長い間変えるに変えられなかった」

ユカは、望月が最初にこの話を聞かされた時ほど、驚いていないようだった。もう慣れっこになっているのか、それとも相棒として多少のことには目を瞑《つむ》って受容しようという優しい気持ちからなのか、穏やかに耳を傾けている。

「その人は本村《もとむら》さんといって、実は西山さんの紹介で帰国してから会ったのですが、シルクロードの研究家でありましてね」

暗号「八」

本村二郎《じろう》が大手銀行を退職したのは三年前だが、待ちわびていたように奈良からシルクロードを遡った男である。すごいのはイスタンブールからさらに脚を延ばし、二カ月かけてエルサレム、エジプト、ローマを回ったことだ。それだけでも並大抵のことではないのだが、目を付けたのは、チャイナは「開封《かいほう》」にある三つの遺跡だった。

遺跡からは、明代にあたる一四八九年の『重建清真寺記碑《じゆうけんせいしんじきひ》』と銘打った石碑が出土しており、とりわけそれに興味を覚えたのだと言う。

現在、博物館に保存されている石碑の表面は、つるんつるんの判読不可能だ。そのうえチャイナ政府は都合が悪いので判読不可能の本物の撮影すら許可しない、という癪《しやく》に障る扱いをしているのだそうだが、しかし、以前のはっきりとした石碑の拓本が存在し、本村はそれを入手したのである。

それには、なんと漢王朝（B.C.二〇二年〜二二〇年）に、ユダヤ人がインドからやって来たと書かれていたというのだ。本村は雷に打たれたように動揺し、その日のうちに、ほぼ全文の訳を済ませている。

石碑には阿無羅漢（アブラハム）の時代から、乜攝（モーゼ）、バビロン捕囚時代の預言者エズラまで、旧約聖書の伝承が刻み込まれ、さらに、宋の皇帝に呼ばれて謁見《えっけん》したこと、皇帝からユダヤ人が漢姓を賜《たまわ》ったことが、その七〇名の氏名と共に記されていた。

本村が出したコピーを望月はわくわくする思いで貪《むさぼ》り見た。

そこにはユダヤ人の漢姓、金《きん》、石《せき》、高《こう》、文《ぶん》、艾《こう》、李《り》、張《ちょう》、趙《ちょう》、の八家を含む一七の姓が記されていた。たしかにゴールド（金）さんもストーン（石）さんもコーエン（高）さんもユダヤ人の姓である。ジョシアが張になりジョナサンが趙になった。

彼らは先祖伝来の食事規定や割礼《かつれい》という掟を守り、周囲とは別の暮らしを続けているらしかった。

「すごい」

「本村さんの仕事は褒《ほ》められるべきです。彼をシルクロードに駆り立てたものは名声でもなければ、金銭でもありません」

本村の中東系風貌を思い出しながらしゃべった。

「ただただ知的好奇心だけで、退職金を歴史の真実に貢《みつ》いでいるのです」

石碑は一一六三年の清真寺の建立を記念して後年、造ったものだ。清真寺は普通イスラム教のモスクが一般的だが、これはあきらかにユダヤ教のシナゴーグだと本村は語っていた。

二個目の石碑は、一五一二年と書かれた『尊崇道経寺《そんすうどうきょうじ》記碑』だ。ここにはユダヤ教の主な宗教行為が書かれている。

三個目の石碑は、一六六三年の「清真寺」の再建を記念した『祠堂述古《しどうじゅつこ》碑紀』というタイトルで、前の二つの石碑の内容が繰り返されている。

ユダヤ人の祖国への想いは強く、それは石碑に書かれている「盡忠報国」、すなわち「祖国への限りなき忠誠心」という重い言葉に込められ、イスラエルの民が南宋軍の兵士として共に戦ったことも書かれていたと語った。

「僕の頭には、ヨーロッパや中東の人骨がごっそり出てきた例の臨淄の遺跡もあって、本村さんの話に感慨も一入《ひとしお》でした。しかもですよ。一五一二年の碑文を書いた人物は、ユダヤ教と孔子の儒教が、同一であるとさえ主張しているので

「昔、ユダヤ人が来た」

開封で出土した「重建清真寺記碑」。明代のものだが、碑文には「漢の時代にユダヤ人がインドからやって来た」と刻まれている。（小岸昭『中国・開封のユダヤ人』人文書院より）

すよ」

「先生が、おっしゃっていた儒教はジュ教だという――」

「そうなんですよ。これはもう、鼻高々と言いますか、嬉しくて失神してもいいほどです」

「失神だなんて大げさなんだから」

「それまでの胡散臭さはどこへやら、冷やかしムードは、あっという間に吹っ飛んで、僕は本村さんに襟を正したわけです」

ユカが笑みを浮かべる。

「しかしこれは序の口でした。本村さんは白髪の紳士ですが、神武王の名前、カムヤマトイワレビコナを口にし、事もなげにヘブライ語だと語ったのです。さすがにヘブライ語はないでしょうという顔をしたら、それを読み取って、では、どういう意味か説明してみてください、と反撃されましてね」

望月が苦笑した。

「さすがの先生もお手上げですね」

「ええ、まったく。すると本村さんは、少なくとも自分は説明できる。説明できないあなたが、説明できる私の話を言下に否定すべきではないのではないか、と突っ込まれて、これには参りました。それもそうだ、とまたまた襟を正して拝聴すると、これがよくできた話で」

望月は、石台に座り直して説明した。

神武王、またの名はカムヤマトイワレビコナである。本村いわく、最初のカムはヘブライ語で群れなどを「集める」という意味だと語った。

「ヤマトは、さっき説明したヤー・ウマトで『神の民』。続くイワレはアラム語でユダヤという単語を耳にすればイワレに近い音に聞こえるのだそうです。最後のビコナはヘブライ語の長男のことです」

「すると……」

「カムヤマトイワレビコナを続けると、『神の民を集めた、ユダヤ民族から生まれた長男』という意味になるというのです」

「まあ、でき過ぎ……」

ユカが頬に手を当て、呆れ顔だったが、それでも興味津々のようだった。

「たしかに上手《うま》くできています。しかしこんなもので感心している場合ではありません。実は次も凝《こ》っていましてね」

「……」

「日が昇る国を、ヘブライ語ではミズホラと言うらしい」

「ミズホラですか」

怪訝《けげん》そうに訊いた。

「はい、ミズホラの国、すなわち『瑞穂《みずほ》の国』になると言うのです」

「うわー、そうなります？　古代、オオクニヌシとオオモノヌシが力を合わせて造ったという『瑞穂の国』……」

ミズホラ（瑞穂の国）＝日出ずる国《（ヘブライ語の意味）》

「ヘブライ語のミズホラは日出ずる国という意味ですが、もう一つ天国という意味でもあるらしく、この語呂合わせは一つでは終わりません。第二弾があります。モーゼがユダヤの民を引き連れて向かった約束の地、カナンです。ヘブライ語で『カヌ・ナー』と言えば『葦《あし》の原』のこと。我が方のスサノオは『葦原の中つ国』を追放されて出雲にやって来ています。これがカナンだというわけです。どう？　本村さんの止まらない話にたじたじやありませんか」

ユカはええと頷きながらも、ぼんやりと何かを想像しているようだった。

「本村さんは、僕に旧約聖書の『イザヤ書』を勧めました。指定された章をそういう目で読めば、イスラエル人の東進を暗示させる個所はたしかにいくつかあります」

〈彼らは声をあげ、神の威光ゆえ喜び歌い、西から叫び声を上げる。それゆえ、あなたたちは東の地でも主を尊び、海の島々でもイスラエルの神、主の御名を尊べ〉『イザヤ書』二四―14・15

「『東の地』や『海の島々』だけで、日本を特定するのはやりすぎですが、『イザヤ書』の四一章の一・二・三と五にも『島々』『地の果て』があって、そこで『一人の者を東から起こし』とある。少なくとも聖書からノストラダムスの大予言を造り出すより許される範囲ではないか、と本村さんはおっしゃる。自分の説は期待と思い込みの産物ではなく、学問的解釈かどうかは別として、可能性の領域内に踏み留まっているはずだ、と語ったあとで、聖書のイスラエル復活の場面では、世界に散らばった民をこう記している、と最初の話に戻ったのです」

〈あなたたちは「我が民でない者」と言われるかわりに、「神の子」と呼ばれるようになる〉『ホセア書』一―10

「ヤマトという国名はヘブライ語の『神の民』。だから、国名を変えられなかった、と語る本村さんの説は本当なら大事《おおごと》ですが、何かこう捨て切れないものがあって、即座に撥《は》ね退《の》けられるものではありません」

「すると先生、秦国あたりから移動してきた部族には、イスラエルの民が交じっていて、それがヤマトに住み着いた物部で、神武王もまたイスラエル系ということですか？」

「神武東征物語を思い出してみてください」

　望月は本村氏に代わってしゃべった。

　イワレビコナはヤマトに入ろうとして一帯の族長、長髄彦《ながすねひこ》と交戦状態に陥る。膠着状態になったとある空白時、イワレビコナは己を神と名乗り、敵に証拠の神宝を提示する。それを見た長髄彦が動転する。前に同じ神宝を目撃していたからだ。持っていたのはなんと自分が仕えるニギハヤヒ。親分のニギハヤヒもまた自分が神だと名乗っている。神がこの世に二人いるのか、いったいどうなっているのかと従順な長髄彦は悩む。

　ちなみに『日本書紀』のこの記述は、多神教ではない。一神教だ。

　それを知ったニギハヤヒは、こともあろうに部下だった長髄彦を殺して、イワレビコナに服従してしまうのである。

「この卑怯極まりないニギハヤヒは後の物部であることは論をまちません。すなわちこの時、イワレビコナもニギハヤヒも同じ神宝を敬う部族、民族だった可能性が高い」

「神宝って三種の神器ですか？」

「ユカさん、よくぞ訊いてくれました。八咫鏡《やたのかがみ》、八尺瓊勾玉《やさかにのまがたま》、天叢雲剣《あめのむらくものつるぎ》です。そしてユダヤにも三種の神器があります。モーゼの石板、マナのツボ、アロンの杖です。世界広しといえども三種の神器があるのは日本とユダヤだけで、しかも両者の神器はどこか似かよっています。鏡と石板、剣と杖……」

「あ、ひょっとして八咫鏡は、ユダヤの鏡が訛って――」

二人は顔を見合わせた。

「ユダヤの鏡か……本村さんの言うように、イワレビコナもニギハヤヒも互いに同じ宗教を持つ『神の民』だった。それで手を結び、用済みとなった他部族の長髄彦を葬《ほうむ》った。で、めでたく神武が天下を握った。そして神武は、倭をやめ、ヤー・ウマト、つまり『神の民』ヤマトにした。それからこの名を後生大事に残したのだと」

「『神の民』という輝ける看板でしたら、降ろせませんものね」

とユカが独り言のように呟いてから、声を上げた。

「先生！」

その大声に望月も驚く。

「でしゃばるようですが、『日本書紀』や『古事記』には、やたらに八っていう数字が出てきますよね。これってヤーから来ているのではないでしょうか」

「何？」

望月はモグラ叩きのハンマーで、バシッと頭をぶたれたような気がした。ぴんぴんとくる。望月は口の中で、ごにょごにょと呟いて、ユカを見た。

「いけるかもしれませんよ、ユカさん」

望月はユカの膝を叩いて、立ち上がった。ステッキを突いて断固たる歩調でカッカツと境内をうろつき回り、言うべき言葉も失念してしまったかのように、考えに没頭した。荒い鼻息が鎮まると、なるほどそうかと呟き、不意に顔を上げ、うれしそうに口を開いた。

「今まで僕は、いくら考えても八の意味が不明でした。八咫烏《やたがらす》、大八洲《おおやしま》（本州）、八峰《やつお》、八束穂《やつかほ》、八束髭《やつかひげ》、八重《やえ》、八雲《やくも》、八垣《やつがき》、八百万《やおよろず》、八千代《やちよ》、八坂《やさか》、八幡《やはた》、八岐大蛇《やまたのおろち》、八瀬童子《やせどうじ》……しかしぜんぶ八を神の『ヤー』に置き換えると、しっくりきます。ユカさん、実にあっぱれな着眼です」

望月は、ずっと頭を悩ませていたスサノオが妻を娶る時に歌ったとされる和歌をソラで言った。

〈八雲立つ　出雲八重垣妻籠みに　八重垣作る　その八重垣を〉

一般的解釈は、八を「大量」とか「多い」という意味にとらえている。それでゆくと「幾重にも雲が立ちのぼる出雲の国に、多くの垣根を造って妻を籠もらせる。その垣根を八重に作るぞ」というふうになる。

権威ある学者がこぞって支持している訳だが、しかし意味はさっぱり分からない。だいたい妻を垣根に閉じ込めるなど拉致監禁の、危ない話ではないか。垣根をいっぱい作るぞ！ なども頭がおかしい。したがって誤訳も誤訳、大誤訳ではなかろうかと、この句を目にするたびに感じていたのだ。

『日本書紀』の原文には、こう書かれている。

夜《や》句《く》茂《も》多《た》兎《つ》伊《い》弩《づ》毛《も》夜《や》覇《え》餓《が》岐《き》蒐《つ》磨《ま》語《ご》味《み》爾《に》夜《や》覇《え》餓《が》岐《き》都《つ》倶《く》盧《る》贈《そ》廼《の》夜《や》覇《え》餓《が》岐《き》廻《を》

「八」など一つもない。「八」が末広がりの縁起物で大量を表わす言葉なら、なぜそのまま縁起物の「八」を使わなかったのか？ この歌を初めて目にした時、「ヤ」は「八」ではないのではないか、とすぐに思った。

原文は「夜」だ。「夜」とは何か？ 素直に「夜」を当ててみたりもしたが、しかし今ユカに言われ、興味本位に「夜」をヤーの「神」に置き換えてみた。するとこんなふうな具合になった。

〈神の雲が立つ出雲、神を描き、ツマゴミに、神を描き造り、また神を描く〉

ツマゴミの意味は分からないが、こちらの方が歌らしい。

『雲』がとても重要だ。イスラエル、モーゼの『出エジプト記』（一九―9・16）でも、神は雲と稲妻、そして角笛の音と共に降臨している。雲は神の化身だ。出雲も同じである。出雲大社の巨大な注連縄《しめなわ》は雲で、そこから下がった紙垂《かみしで》は稲妻だ。そう、雷は文字どおり神鳴《かみなり》なのである。参拝者は雲と雷に平伏《ひれふ》す。

「もちろん訳は完全ではありませんがね」

「奥さんを、垣根の中に監禁するより親しめます」

漢字に君臨する天皇

「いよいよ西暦七〇〇年前後に」

望月はまた大きな石に座った。

「突如ニッポンという名前が登場します。マージャンでもあるまいし、ポンなどという軽い響きを持つ国名は不思議といえば不思議な話で、当時の国名制定会議でも、かなり揉《も》めたのではないかと気を回しますが、本村さんに言わせれば、ちっとも難儀じゃない。これも旧約聖書が関係しているというのです。『創世記』の四六章—16に、ガドの息子にエッポンが登場します。発音はニッポンに近いらしい」

「エッポンから日本と……」

「ようするに、秦国経由、辰国乗り換えで倭国に到達したのは、イスラエル一二部族の中のガド族、エッポンを祖とする一団だったというわけです。彼らは秘密の血の儀式で結束し、壬申の乱で百済系の王を打ち破った。で、祖のエッポンを国名としたという説です」

ユカはまた懐疑派に逆戻りしたようだったが、珍説だとまでは思っていないようだった。

「本村さんは身を乗り出して、僕に天皇を帝《みかど》と呼ぶのはなぜかと畳みかけてきました。まったく考えたこともなかったので、首を振ると、意味ありげにもう一度、なぜテンノウではいけないのです？　どうしてわざわざミカドという出所不明の名称をもう一つ持ってきたのか、おかしいではありませんかと繰り返したのです」

神は「雲」と「雷」と共に

出雲大社の巨大な注連縄から下がる紙垂（かみしで）は稲妻を表わす。これは旧約聖書『出エジプト記』の記述に通じている。

そう言われ、なるほどチャイニーズで帝はテェーと発音し、ミカドではない。望月もなぜミカドと呼んだのかを改めて考えたが、まことにもって奇妙だと思わざるを得なかった。

「で、ガド族だったからだと、こう来ました」

「それで御《み》カドと……」

「ミ・カドというのはヘブライ語で『偉大な人』という意味も含まれているのですが、実はその説は僕も前に聞いたことがあります。以前ならそんなトンデモ話は相手にしないのですが、こういう一連のひとくさりを論じた後なので、意外にもすとんと胸に落ちたのです。彼らは最初からミカドという言葉を使っていた。自分たちの王のことをです。列島にやって来て他の大王を次々に潰しながら出自を隠すために公式には天皇としたが、仲間内ではあくまでもミカドなのです。ミカドは音写され、帝または御門となったと」

「へえ……」

「単独でぽんと言われると嘘っぽいのだが、一事が万事そんな調子で言われると、そうかなと」

ユカはまだ納得できないような口調で、設問を放った。

「では、スメロギはどうでしょう?」

「スメロギだって変ちくりんな言葉です。しかし北イスラエルの首都のサマリアの王だと」

　本村を代弁して言った。

「ヤマト、ミカド、スメロギ、ニッポン……これらがどこから来たか？　由来を説明できる学者がいたら聞きたいものです。ところが、本村さんはヤー・ウマトのガド族、サマリアの王、エッポンで終わりです」

『大化《たいか》の改新』のタイカも、ヘブライ語に直すと『希望』であり、日本の大化は、ユダヤ暦七月一日の新年祭に合わせて、旧暦の七月一日から始まったなど、こっちの理解が追い付く前にぽんぽんと本村の口から出てきて、とどまるところを知らなかった。

　しかし、何でもかんでもユダヤ人と結びつける日ユ同祖論とは完全に違っていて、そこにはちゃんとした根拠が必ずあり、いっぷう変わってはいるものの、正直辻褄は合っていた。

　ニッポンがヤマト言葉として耳に奇妙であるばかりでなく、そもそも日本をニッポンと発音すること自体おかしい。普通なら「日本」は「ヒホン」だ。それをなぜニッポンなどと超読みさせたのか？　やはりあべこべなのだ。

　はじめにニッポンという国名があって、「日本」という漢字を当てたのではあるまいか？　ならばニッポンの意味は日出ずる国ということではない。違う意味を持っており、つまりは本村説がぐんと接近してくる。

儀式は古代人の心理、世界観、宗教、習慣……あらゆるものを丸呑みにして今に伝えるものだ。それを分析すれば、さまざまなものが見えてくる。

たとえば天武天皇だ。占星術は大得意だが、はたしてその占星術は西洋式ではなかったか。とりわけ伊勢神宮は祭祀を進化させ、新嘗祭《にいなめさい》と大嘗祭《だいじょうさい》が大切だ。二つをはっきりと分離区別したのも天武天皇である。

新嘗祭と大嘗祭は、作物を神に捧げる最重要儀式なのだが、ユダヤの「仮庵《かりいお》の祭」と瓜二つなのである。

「この辺は僕も調べて知っています。で、作物を神に捧げる儀式はユダヤ教の専売特許ではありませんと質《ただ》すと、本村さんは僕の顔をじっと見つめて、自分はそんな浅い話をしているのではないことくらい知っているでしょうと笑いましてね」

図星だ。神道とユダヤ教の儀式が相似形だというのはとうの昔に気付いているものの、望月は本村に対してその奥を試すように突いて、もっと掘り起こしたいと思っていたのである。

共通点はたくさんある。

米はヘブライ語でカマだ。コメとカマ、チャイナ語のミィや朝鮮語のサル（쌀）より、だんぜん近い。また塩や水で身体を清める禊《みそぎ》の習慣は、世界広しといえども日本とユダヤだけで、共にきれい好きだ。神主は榊《さかき》の枝を、ユダヤ祭司はヒソフの枝を、同じように振

り回すのも同じだ。

トリイ（鳥居）の語源は謎だが、アラム語なら「門」である。

生後三〇日目のお宮参りの風習は日本とイスラエルにしかなく、伊勢神宮暦とユダヤ暦が一致し、エルサレム神殿の門に穿《うが》ってある菊の紋は、きっかり一六弁、神秘の暗号のように天皇家とつながっている。

そして正月のお供《そな》え餅《もち》だ。チャイナでは小麦粉をこねて焼いたものを「餅」と書いてもモチとは言わない。ビンもしくはペイだ。では日本古来の「モチ」はどこから来たのか？　イスラエルでも種なしの小麦粉パンを神に捧げ食している。このパンを「マッツァ」と呼ぶ。「マッツァ」と「モチ」、実に似た発音で、共に神聖で円形である。ちなみに朝鮮語ではトック（떡）で、日本のモチとイスラエルのマッツァが兄弟に見えるのは望月だけではあるまい。数えだしたら嫌になるくらい共通点がある。

そして笠原の迫った漢字だ。聖書が込められているという漢字と共に天皇がヤマトに君臨していた、という仮説を基に本村の説を重ね合わせてみた。いや、そうするまでもなく望月の瞼《まぶた》には、あたかも前世でそこに身を置いたような、壮大な原風景が立ち上がっていたのだ。

望月は本村の説を補足するように切り出した。

「天武天皇は『八色《やくさ》の姓《かばね》』を制定していますす。これもヤーの八を使っていますが、僕に言わせれば、この制定がむやみに不自然なのです」

「貴族身分の厳格な序列ですね」

「まあ聞いてください。トップが真人《まひと》で、次が朝臣《あそみ》です」

漢字を空に書いた。

「何か気付きますか？」

「真人に、朝臣ですか……」

ユカは鸚鵡《おうむ》返しに呟いたが、最初から脳トレを放棄し、すべてをこちらに預けている。

「真人を、音《おん》で読むとどうなります？」

「ええと、シンジン」

望月はシンジン、つまりは秦人《しんじん》ではないだろうかと問いかけ、で、朝臣は単に朝鮮半島から来た朝廷人という意味ではないかと語った。

「秦人と朝廷人……」

「壬申の乱で勝利した秦国系（真人）が一段上位を確保し、それまで朝廷の周辺にいた諸々の貴族を低い身分に格付けした」

と言って、真人の位は守山《もりやま》、路《みち》、高橋《たかはし》、三国《みくに》、当麻《たぎま》、茨城《うまらき》、丹比《たじひ》、猪名《いな》、坂田《さかた》、息長《おきなが》、羽田《はた》、酒人《さかひと》、山道《やまぢ》の一三氏に与えられていると語った。

「先生」

ユカが訊いた。

「天武天皇の和風諡号に、真人が入っていますよね」

天渟中原瀛真人である。

「たしかに」

「そうなると真人の一三氏は天皇と同じ位《くらい》になってしまい、そんなことは許されないことでは……あっ、そうか」

「そう、だから『八色の姓』の真人だけは位とともに、出身部族を表わしていると僕は考えているのです」

天武天皇は、自分も含めた一三氏に真人の姓を与えている。一カ月後、大三輪氏など五二人に朝臣という高貴な姓を授けたのだが、裏腹に彼らの権限を骨抜きにしている。

貴族を上品にしたのは策略だ。敵の扱いは二つある。外に遠ざけるか、それとも内に置いて取り巻きにするかだ。

危険部族の親分はできるだけ宮廷に取り込み、貴族であるものの人質同然の監視下だ。しかし、元はと言えば一騎当千の気の荒い連中だ。そんな者に伸《の》し歩かれては、いつ寝首を掻かれるかたまったものではない。そこで編み出したのが、武力を削《そ》ぎ、政治の埒外《らちがい》に置くというシステムだ。すなわちできるだけヤワになるよう遊び漬けで腑抜けにしたのである。

おかげで、貴族は一年もたたないうちに女色に男色、舟遊び、歌会、茶会、かるた遊びに現《うつつ》を抜かす軟弱なモヤシばかりとなって一件落着。これを雅《みやび》だセレブだと持ち上げておけば、刃物など見ただけでも失神し、結果、天皇は枕を高くして寝られるようになる。宮廷は政府機関ではあるものの、同時に強敵を腰抜けにする「安楽死」システムでもあった。

明治維新の時も同じ手法が使われている。それまでの藩主を貴族として取り込み、骨抜きにしたのだが、いつの世も階級制度を盛大にいじるのは敵が多く、不穏渦巻く時代だ。

天武天皇は毎年五カ月間、肉食を禁じ、ヘアスタイルを髷《まげ》に改めさせている。それまでは髪を真ん中から分け、耳の横でそれぞれ輪や八の字に巻きつける日本独自のスタイルだった。

天武天皇は、あきらかにそれまでの宮廷とは違う文化に染め上げたのである。

三角鳥居が示す秦氏の正体

望月は立ちあがって、お尻をパンパンと叩き神社裏に回った。

見慣れた三角鳥居をユカに教えた。

〈三角石鳥居　三井邸より移す。原形は京都太秦《うずまさ》・木島《このしま》神社にある〉

太秦の大地主、秦氏と三井の関係が明確だ。

『日本書紀』の応神《おうじん》一四年条を捲《めく》れば、百済から弓月君《ゆづきのきみ》が朝廷を訪問し、弓月の民を加羅から連れてくるため葛城襲津彦《かつらぎのそつひこ》を派遣したと記されており、その葛城が弓月集団を連れて戻ってきたのは三年後だ。この弓月の民が秦一族だ。一説にはその数、一万とも五万人ともいう。

弓月君はVIPだ。応神王はそれに応えて、大豪族、葛城をわざわざ迎えにやっているくらいだから、どう控え目に言っても最重要人物である。

『新撰姓氏録』では「融通王《ゆづ》」と記されていて、朝鮮半島地域国家の王、すなわちこの男が秦氏の祖だと記されている。望月はこのゆづが太秦《うずまさ》の音源だと思っている。

応神は実在濃厚な大王で、応神一四年は西暦二八四年だが、しかしこれはインチキだ。年代的にずれがある。

応神三年の条に、百済の阿花王《あか》が即位したと書かれているので、実際の年を探れば三九二年となって、そこに約一一〇年の差が現われる。

鉄面皮というのか、悪びれもせず細工を施す『日本書紀』の最高監修者、天武天皇はまったくもって油断ならぬ男だが、その騙し絵を修正すれば、秦氏の渡来は西暦四〇〇年あたりだ。渡来人の戸籍を造ったのは、さらに一〇〇年以上後の西暦五〇〇年のことである。

いずれにしても、その頃の倭国は強国だ。新羅や百済を蹴飛ばし（『三国史記』）、高句麗に攻め入り（広開土王碑）、宋に朝鮮半島の支配権を認めさせた時代である。そんな時、応神大王は技術大集団の秦氏と手を組んだのだ。

「応神は曲者です。ちょっと漢字で遊べば、応神は大神《オオジン》となって大神はタイシンとなり、大秦となります」

「まあ」

「秦氏集団は福岡、大分、北九州一帯から広がって、出雲、京都、奈良、長野……全国に散らばる。彼らが散らばった先と、なぜか、スサノオを祭神とする神社が重なり、調べれば分かるけれど、そこは八幡神社の分布とも重なる」

秦氏とスサノオと八幡が同系列に見えてしかたがないのだと語った。

「秦氏は聖徳太子の大スポンサーで、事実上、平安京を造った一族ですが、景教、すなわちキリスト教徒団と見ています。父（神）と子（キリスト）と聖霊の三位一体《さんみいったい》を信じ、太秦の木島神社に三角鳥居を設置し、洗礼の池まで備えています」

「行きました」

「あっ、そうでした。京都はユカさんと一緒でしたね。どうも忘れっぽい」

望月はバツの悪そうな表情で首筋をさすった。

「由緒によれば、スサノオの孫を祭神とする松尾《まつお》大社（京都）は平安時代以降、朝廷の守護神となっているが、同時に秦氏の神社でもある。なぜ秦氏が松尾なのか？　例のマッツァ神社だったという説もあるし、マッシア（救世主）神社だという話もあります。本村さんの説によれば、ウズマサ（太秦）などという奇妙な名前はイッシュ・マッシャ、つまりイエス・メシアのことで、平安京の平安をヘブライ語に直すと『エル・シャローム』、すなわち『エルサレム』になるというのです。平安京の紋章はダビデの紋章ですが、春日《かすが》神社や京都市の市章とよく似ています。『日本書紀』によれば、西暦五九九年、ヤマトにラクダがいました」

「そうそう、けっこう頻繁に連れてきていますよね。六一八年には高麗《こうらい》経由で（『日本書紀』）、六五七年には百済から（『日本書紀』）、六七九年には新羅から（『日本書紀』）。ヤマトはラクダに馴染《なじ》んでいますね」

「この頃のヤマトは、どんどん外国を取

秦氏が信じたものとは

三囲神社裏手にある三角鳥居。秦氏ゆかりのこの鳥居は「三位一体」の象徴か。

り入れています。常に南を指し示す方位針、『指南車』を沙門《シモン》が作ったのもこの頃です（六五八年）。『日本書紀』に書かれているこの沙門にしても、キリスト教宣教師だと思います。シルクロードの終着点がヤマトだった。そこに国際都市『長安』を真似て『平安』を造った」

望月は、三角鳥居を見ながら付け加えた。

「そして三井は、秦氏の末裔《まつえい》だと思います」

そうユカに微笑んでから、望月はゆっくりとその場を離れた。

日本民族とは何か

ユカと肩を並べて歩き、心の中でさてこんなところです、と笠原に呟いた。

僕は長い間、歴史に触り続けてきましたが、今こうして歩いていてもローマやエルサレムから見て日本列島は最終到達地で、異民族の溜まり場だったという実感があります。我々にはあらゆる民族の血が混じっている。

笠原君の風貌は多分にモンゴル的だったし、お隣の背の高いユカさんだって白人の匂いがぷんぷんします。そういう僕も、若かりし頃行ったアメリカでは、よくメキシコ人に間違えられたものです。

そんなことは薄々知っていたのですが、改めて君と一緒に我が国のルーツを探り、出自を自分なりにたぐったことは、僕の世界観をどれほど変えたことでしょう。心から感謝します。

随分気が楽になったのは確かです。民族などあいまいで規定のしようがなく、ならば民族の誇りなどありようがない。これが僕の結論です。

日本人と呼ばれる我々は、何でもかんでも器用にこなします。こなすどころではなく、クラシック・バレエもフラダンスもお手のもので、フラメンコ、ヨーデル、はては闘牛士まで揃っており、中には遠く本場ヨーロッパで現地の人を差し置いてコンテストに優勝してしまう強者《つわもの》もいるくらいです。呆れるほどに不思議な能力を持っているのも、シルクロードのドンツキ、究極のブレンド民族だからではないでしょうか。

誇り高き日本民族と言いながら、恥も外聞もなく、原爆を落とした国とあっという間に最友好国になったり、現人神が瞬く《またた》間に人間になったり、でも無頓着です。これもハイブリッド遺伝子のなせる業かもしれません。

宗教に至っては軽佻浮薄《けいちょうふはく》そのものです。子供が生まれると神社に行き、教会で結婚式を挙げ、葬儀は仏教で執り行なう。中身など問いません。雰囲気がよければそれでいいのです。他国から見れば狂気のサタですが、この国ではブーイング一つ起きない。

寛容と無節操は違いますが、我々の民族意識は遠いノスタルジックなロマンにすぎないのではないというような気がしてならないのです。これはむしろ歓迎すべきことかもしれません。理想的ではないかもしれませんが、我々は馬鹿馬鹿しい民族紛争の中和剤になれそうな気がするのです。

　僕は、この先どれくらい生きられるか分かりません。しかし枝から落ちるのを待っているだけの枯葉にはなりたくはない。僕の本を読んだからと言って、どうかなるわけではありません。しかし、真実と愛は常に勝利を収めてきました。この惑星に産まれた独りの人間の締めくくりとして、これまで強者に迫害された個々の人々に敬意を払い、これから先も、微力ながら歴史の救済ができればと思っています。

　笠原君、ありがとう。

　気が付くと、胸の中でそんなふうに語りかけていた。

「さてと、ユカさん」

　望月はアロンの杖をコンと地面に突き、歩みを止めた。

「お昼をだいぶ回りました。たまには明るいうちからシャンパンでもやりましょうか、退屈しない歴史でも語って」

「賛成！」

　ユカは悪戯《いたずら》っぽい眼で応じた。

【参考文献】

『中国・開封のユダヤ人』小岸昭（人文書院）
『中国神秘数字』葉舒憲・田大憲／著　鈴木博／訳（青土社）
『The Discovery of Genesis』C. H. Kang and Ethel R. Nelson（CONCORDIA）
『旧約聖書は漢字で書かれていた』C・H・カン＆エセル・R・ネルソン／著　林玲子／訳（同文書院）
『漢字に秘められた聖書物語』改訂版　ティモシー・ボイル（マルコーシュ・パブリケーション）
『日本書紀』一〜五巻　坂本太郎・家永三郎・井上光貞・大野晋／校注（岩波文庫）
『岩波　天皇・皇室辞典』原武史・吉田裕／編集（岩波書店）
『秦氏の研究』大和岩雄（大和書房）
『古代史の謎を探る』黒岩重吾（大和書房）
『文字と古代日本　1　支配と文字』平川南・沖森卓也・栄原永遠男・山中章／編（吉川弘文館）
『日本の歴史2　王権誕生』寺沢薫（講談社）
『大王家の柩　継体と推古をつなぐ謎』板橋旺爾（海鳥社）
『万世一系のまぼろし』中野正志（朝日新書）
『驚くほど似ている日本人とユダヤ人』エリ・コーヘン／著　青木偉作／訳（中経の文庫）
『魏晋南北朝』川勝義雄（講談社学術文庫）
『始皇帝陵と兵馬俑』鶴間和幸（講談社学術文庫）
『漢字の起源』藤堂明保（講談社学術文庫）
『秦漢帝国』西嶋定生（講談社学術文庫）
『倭人と韓人』上垣外憲一（講談社学術文庫）
『日本語の真相』李寧熙（文春文庫）

『耽羅紀行　街道をゆく28』司馬遼太郎（朝日文庫）
『隠された聖書の国・日本』ケン・ジョセフ・シニア&ジュニア（徳間書店）
『古事記の起源』工藤隆（中公新書）
『モンゴルと大明帝国』愛宕松男・寺田隆信（講談社学術文庫）
『ローマ皇帝の使者中国に至る』ジャン＝ノエル・ロベール／著　伊藤晃・森永公子／共訳（大修館書店）
『世界最古の文字と日本の神々』川崎真治（風濤社）
『別冊歴史読本　ユダヤ大事典』（新人物往来社）
『ユダヤ人に学ぶ日本の品格』エリ＝エリヤフ・コーヘン　藤井厳喜／著　青木偉作／訳（PHP研究所）
『ユダとは誰か』荒井献（岩波書店）
『イスカリオテのユダ』大貫隆編（日本キリスト教団出版局）

【西安取材先】

兵馬俑坑博物館、始皇帝陵、西安碑林博物館、咸陽市博物館、清真大寺、大興善寺、阿房宮、華清池

【取材協力】

小岸昭（京都大学名誉教授、マラーノ［カソリックへの改宗ユダヤ人］研究家）
エリ＝エリヤフ・コーヘン（元イスラエル駐日大使）
株式会社ダルマ
株式会社日本コインオークション

（本書は平成二十二年八月、小社から四六版で刊行されたものに著者が大幅に加筆、修正したものです）

失われたミカドの秘紋

一〇〇字書評

切り取り線

購買動機（新聞、雑誌名を記入するか、あるいは○をつけてください）

□（　　　　　　　　　　　　）の広告を見て
□（　　　　　　　　　　　　）の書評を見て
□ 知人のすすめで　　　　□ タイトルに惹かれて
□ カバーが良かったから　□ 内容が面白そうだから
□ 好きな作家だから　　　□ 好きな分野の本だから

・最近、最も感銘を受けた作品名をお書き下さい

・あなたのお好きな作家名をお書き下さい

・その他、ご要望がありましたらお書き下さい

住所	〒				
氏名		職業		年齢	
Eメール	※携帯には配信できません		新刊情報等のメール配信を 希望する・しない		

この本の感想を、編集部までお寄せいただけたらありがたく存じます。今後の企画の参考にさせていただきます。Eメールでも結構です。

いただいた「一〇〇字書評」は、新聞・雑誌等に紹介させていただくことがあります。その場合はお礼として特製図書カードを差し上げます。

前ページの原稿用紙に書評をお書きの上、切り取り、左記までお送り下さい。宛先の住所は不要です。

なお、ご記入いただいたお名前、ご住所等は、書評紹介の事前了解、謝礼のお届けのためだけに利用し、そのほかの目的のために利用することはありません。

〒一〇一―八七〇一
祥伝社文庫編集長　坂口芳和
電話　〇三（三二六五）二〇八〇

祥伝社ホームページの「ブックレビュー」からも、書き込めます。
http://www.shodensha.co.jp/bookreview/

祥伝社文庫

失《うしな》われたミカドの秘紋《ひもん》 エルサレムからヤマトへ──
「漢字《かんじ》」がすべてを語《かた》りだす！

平成26年12月20日 初版第1刷発行

著 者 加治将一《かじまさかず》
発行者 竹内和芳
発行所 祥伝社《しょうでんしゃ》
東京都千代田区神田神保町3-3
〒101-8701
電話 03（3265）2081（販売部）
電話 03（3265）2080（編集部）
電話 03（3265）3622（業務部）
http://www.shodensha.co.jp/

印刷所 堀内印刷
製本所 関川製本
カバーフォーマットデザイン 芥 陽子

 ISBN978-4-396-34080-3 C0193